ISEGRIM

Stefanie Straßburger, Jahrgang 1982, hat Germanistik und Vergleichende Kulturwissenschaften studiert und arbeitet seit 2007 als Texterin und Redakteurin – zunächst im Angestelltenverhältnis für Werbeagenturen, seit 2011 als freie Journalistin und Autorin für diverse Verlage und Firmenkunden. Autorin zu werden, war schon als Kind ihr Berufswunsch. Auch wenn der Schreiballtag nicht immer so einfach ist, wie sie es sich damals ausgemalt hat: Heute ist sie sehr glücklich, ihren drei Kindern beweisen zu können, dass sich Träume erfüllen, wenn man an sie glaubt.

Kontakt zur Autorin: post@stefanie-strassburger.de

Stefanie Straßburger

DIE BÜCHERWELTSAGA

VERLIEBT.

ISEGRIM

© 2017 ISEGRIM VERLAG
in der Spielberg Verlag GmbH, Regensburg
Bildmaterial: shutterstock.com
Umschlaggestaltung: Ronja Schießl
Herstellung: BoD - Books on Demand, Norderstedt
Alle Rechte vorbehalten
Printed in Germany
ISBN: 978-3-95452-952-0

www.spielberg-verlag.de
www.isegrim-buecher.de

Für Egid-Opa.

Du hast mir gezeigt, dass Geschichten überall sind.
Man muss sie nur zu erzählen wissen.

Vorwort der Autorin

Ich freue mich, dass du zu Teil I der Bücherwelt-Saga gefunden hast und möchte dich nicht lange aufhalten. Einen Hinweis aber möchte ich dir mit auf deine Reise durch mein Buch geben, der es dir ermöglichen kann, noch tiefer in die Geschichte abzutauchen: Achte auf die Musiktitel, die im Laufe der Geschichte erwähnt sind. Sie haben mich beim Schreiben inspiriert und transportieren die Gefühle der Protagonisten auf einer weiteren Ebene. Wenn du dir die zugehörigen Lieder beim Lesen anhörst, öffnest du damit einen weiteren Sinn. Die Liste der Titel findest du am Ende des Buches. Nun aber los: Viel Spaß beim Lesen!

Prolog

13. Juli 1908

Lauter Jubel brandete auf. Die Begeisterung der Leute für die Olympischen Spiele steckte Richard beinahe an. Während die Sportler ins Londoner White City Stadium einmarschierten, war er jedoch mit etwas völlig anderem beschäftigt. Hier sollte er einen Zugang erhalten, das hatte Erika vorausgesehen. Endlich sollte er einen entscheidenden Schritt weiterkommen in der Arbeit, die nicht nur sein ganzes Leben bestimmte, sondern auch das seiner gesamten Familie, soweit man ihre Linie zurückverfolgen konnte. Er sollte derjenige sein, der zum ersten Mal die Grenzen überschritt. Noch konnte er es nicht recht glauben. Bislang aber hatten sich alle Prophezeiungen seiner Schwester erfüllt, sodass er ihr auch dieses Mal blind vertraute. In alphabetischer Reihenfolge liefen die Athleten der einzelnen Nationen ins Stadion. Als die Sportler des Vereinigten Königreichs einliefen – mit einer riesigen Gruppe von über 700 Teilnehmern stellten sie die mit Abstand größte Mannschaft – gab es kein Halten mehr. Das Publikum tobte, winkte und klatschte. Richard hatte noch einen der ruhigsten Plätze unweit der britischen Königsfamilie, trotzdem konnte er sich nur sehr schlecht konzentrieren. Er wusste nicht genau, wonach er suchte. Er wartete auf ein Zeichen, eine Hilfestellung und sah sich um – in der Hoffnung, etwas übersehen zu haben. Die Menge schenkte ihm keine Beachtung – alle waren zu sehr vertieft in das Geschehen dort unten.

Richard blickte sich um. Da fiel ihm ein Mädchen auf. Nicht nur deshalb, weil der Großteil der Zuschauer aus Männern bestand, sondern vor allem, weil sie eigenartig gekleidet war. Sie trug ein körperbetontes, langes hellblaues Kleid, das so gar nicht der aktuellen Mode entsprach. Ihre honigblonden Haare fielen ihr offen bis über die Schultern. Das auffälligste aber war ihre Schönheit.

Trotz der seltsamen Kleidung sah sie geradezu perfekt aus. Als sie kurz den Kopf hob und ihn anlächelte, erstarrte er.

Er zuckte zusammen. Es hatte deutlich geknallt, so laut, dass seine Ohren regelrecht schmerzten. Aber im gesamten Stadion schien niemand den Knall gehört zu haben. Was noch viel merkwürdiger war: Als Richard sich umsah, schien es, als hätte jemand die Zeit angehalten. Niemand um ihn herum bewegte sich, jeder Einzelne war in seiner Bewegung erstarrt. Der Mann neben ihm, der eben noch die Hand gehoben hatte, um jemandem zuzuwinken ebenso wie der englische König und die Athleten. Einzig Richard konnte sich frei bewegen – genauso wie das schöne Mädchen, auf das er noch immer seinen Blick gerichtet hatte. Sie bewegte sich zielgerichtet auf ihn zu, ohne mit dem Lächeln aufzuhören. Wie ein Engel schwebte sie ihm entgegen und auch Richard begann sich seinen Weg durch die Menge zu bahnen.

Sollte das das Zeichen sein? Er hatte es sich einfacher vorgestellt, in die andere Welt zu gelangen. Doch was in aller Welt hatte ein Mädchen damit zu tun? Ein Zeichen hatte er erhalten, aber er wusste absolut nichts damit anzufangen.

Da übermannte ihn ein Gefühl. Sein Herz begann wie wild zu klopfen. Eine wohlige Wärme durchströmte ihn. Er fühlte sich glücklich, geborgen, sorgenfrei – so wundervoll wie noch nie zuvor in seinem Leben. Wie wunderschön sie war! Ihre grünen Augen fesselten ihn, er konnte an nichts anderes mehr denken, war wie in einem Rausch. Er wollte nur noch so schnell wie möglich zu ihr gelangen. Sie schien es ebenso eilig zu haben, zu ihm zu kommen. Ihr Lächeln wich allmählich einem verzweifelten Gesichtsausdruck. Noch lag eine zu große Entfernung zwischen ihnen. Die Gefühle, die er für sie hatte, waren unbeschreiblich. Er fühlte sich ihr so vertraut, als würde er sie schon ewig kennen. Und doch hatte er sie vor einigen Augenblicken das erste Mal in seinem Leben gesehen. Die Angst, sie zu verlieren, war übermächtig. Er musste sich schnell etwas einfallen lassen, wo er sie außerhalb dieses Getümmels noch einmal treffen konnte. Vor allem musste er ihr das mitteilen. Tagsüber, im Trubel der Olympischen Spiele schien ihm das unmöglich. Aber sobald es dunkel war, verebbte die Flut der

Menschen. Glücklicherweise sollte die kommende Nacht nicht sehr dunkel werden – es war Vollmond. Er wollte etwas sagen, aber er war unfähig zu sprechen. Richard deutete mit seinen Händen einen Kreis, zeigte nach oben in den Himmel und formte mit den Lippen das Wort »Moon«.

Auch das Mädchen öffnete den Mund, aber er konnte keinen Laut vernehmen. Ehe er sich versah, war der Moment so schnell vorüber wie er gekommen war und das Mädchen mit den grünen Augen war verschwunden. Die Zeit hatte wieder angefangen im steten Rhythmus zu laufen, die Athleten marschierten wieder, der König nickte ihnen zu, die Menge jubelte.

Schnell drehte Richard den Kopf, in der Hoffnung, irgendwo ein hellblaues Kleid zu entdecken. Nichts. Er zwängte sich entschuldigend an den Menschen vorbei. Er suchte alles ab. Aber sie war und blieb verschwunden. Alles schien wieder normal und Richard dachte angestrengt, fast verzweifelt nach. Er konnte sich absolut keinen Reim auf dieses seltsame Zeichen machen. Einen Zugang konnte er auf diese Weise jedenfalls nicht aufbauen. Die grünen Augen wollten ihm nicht mehr aus dem Kopf gehen. Ob er sich das alles nur eingebildet hatte?

Da durchfuhr es ihn wie ein Blitz: *Die Herzbande!* dachte er. Es war unmöglich, aber genau so lauteten die alten Überlieferungen einer innigen, fast magischen Verbindung zweier füreinander bestimmter Menschen.

»Höre zu und merke:
Im Blick allein liegt eure Stärke.
Habt ihr euch einmal gesehen,
so ist es gleich um euch geschehen.
Mit einem Knall steht still die Zeit,
ihr seid allein, ihr seid zu zweit.
Doch nur für einen Augenblick,
dann kehrt ihr in die Zeit zurück.
Ab sofort und unumwunden
ist euer Herzschlag eng verbunden.«

sprach er leise die Worte seiner Großmutter nach. So oft hatte sie ihm diesen Spruch aufgesagt und so oft hatte er darüber gelacht. Jetzt war es ihm passiert: Er hatte die Liebe seines Lebens gesehen. Und sie war verschwunden.

1

Manche Menschen lesen ein Buch in einem Satz von vorne bis hinten durch, ohne sich dabei unterbrechen zu lassen. Sie nehmen Augenringe in Kauf, um in diesen Genuss zu kommen und reagieren wütend, wenn sie unterbrochen werden. Andere lesen bei jedem Buch zuerst den Schluss. Vielleicht wollen sie sichergehen, dass es auch gut endet. Und wenn nicht – na, dann sind sie wenigstens darauf gefasst. Wieder andere lesen unglaublich langsam, saugen jedes Wort förmlich in sich auf, wiederholen lange und komplizierte Sätze, um sie auch wirklich zu verinnerlichen und können sich später an jedes Detail erinnern.

Tilda las gerne, aber erst jetzt, bei dieser Besprechung fiel ihr auf, welch unterschiedliche Lesetypen es eigentlich gab. Sie hatte sich unglaublich viel Mühe gegeben, alles schön herzurichten. Sie hatte Blumen gekauft, die zu den Vorhängen passten, sie hatte einen Korb mit frischem Obst bereitgestellt, um für eine unterschwellige Zitrusnote zu sorgen, sie hatte Petit fours vom Edelkonditor besorgt und die Stifte und Notizblöcke mit dem Agenturlogo akkurat platziert. Nicht zuletzt hatte sie das herrliche Buch – jedes dekorativ mit einer Schleife versehen – obenauf gelegt. Schließlich war ihr wochenlang vorher eingebläut worden, wie wichtig dieser Kunde für die Agentur war.

Alle Vorschläge für die heutige Präsentation hatte die Grafikabteilung eigens binden lassen und nun lag auf jedem Platz eben dieses wunderbare Buch voller Ideen. Tilda selbst hatte eine dazu beigetragen, darauf war sie besonders stolz, denn schließlich arbeitete sie nicht in der Kreativabteilung, sondern war gewissermaßen das Mädchen für alles. Als die Bücher aus dem Druck gekommen waren, hatte sie als Erste den Karton geöffnet, das oberste Exemplar herausgenommen und ehrfürchtig aufgeschlagen. Da sie den

Inhalt bereits grob kannte, hatte sie gezielt zu der Seite mit ihrer Idee geblättert und diese gefühlt tausendmal gelesen. Ihre grünen Augen hatten vor Freude und Stolz geleuchtet. Sachte ließ sie jetzt noch einmal ihren Blick über ihre perfekte Dekoarbeit schweifen, wandte sich dann aber unverzüglich wieder den anwesenden Kunden sowie ihren Vorgesetzten zu, die das Meeting leiteten. Noch hatte es nicht offiziell begonnen, aber alle blätterten oder lasen bereits in dem Buch, das auf ihrem Platz lag.

Der Besprechungsraum war das absolute Highlight der Agentur: Großzügig und hochmodern, dennoch strahlte er eine Gemütlichkeit aus, die man in solch riesigen Räumen normalerweise vermisste. Am großen ovalen Tisch saßen Mia Gutenberg aus der Grafikabteilung, Frank Wissmann aus dem Textbereich und Ute van Lessen, die Chefin des Unternehmens. Der neue potentielle Kunde war durch zwei Herren vertreten, die nach Tildas Geschmack einen Tick zu jugendlich für ihr Alter gekleidet waren. Tilda schätzte sie auf Ende vierzig, Anfang fünfzig und fand die rockigen T-Shirts unter den Sakkos rochen ein bisschen zu sehr nach ›ich würde gerne, aber kann nicht mehr‹. Der eine blätterte wie wild durch das Buch, der andere, der seinem Outfit mit einem schwarzen Lederband um den Hals noch die Krone aufsetzte, studierte gerade ausgiebig die erste Seite.

Tildas Hände zitterten vor Aufregung, denn sie hatte Gefallen an der kreativen Arbeit gefunden und hoffte, dass ihre Idee beim Kunden ankam. Vielleicht durfte sie dann öfter an den vielen Brainstormings des Teams teilnehmen. Jetzt aber musste sie ihre Gedanken erst einmal beiseitelegen: Die Damen und Herren warteten auf einen Kaffee. Tilda schlich sich unauffällig aus dem Raum, legte – nachdem sie sachte die Tür geschlossen hatte – einen Spurt in ihren zehn Zentimeter-Absätzen bis zur Küche hin, warf unterwegs noch einen flüchtigen Blick in den Spiegel und konnte gerade noch rechtzeitig stoppen, bevor sie mit voller Wucht gegen die sauber aufgereihten Kaffeetassen gekracht wäre. Sie fluchte leise, ärgerte sich über sich selbst, dass sie offenbar doch sehr aufgeregt war. Um ein wenig runterzukommen, ging sie zur Musikanlage und drückte auf Play, bevor sie sich dem Kaffee widmete. Es dauerte immer einen Moment, bis die Anlage in die Gänge kam und Tilda hoffte innerlich, dass nicht gleich Franks Schlagerparade aus den Lautsprechern dröhnte.

Doch sie hatte Glück: Freddy Mercury sang »Crazy little thing called love«.

Ute war totaler Queen-Fan, da war es kein großer Zufall, dass regelmäßig alle ihre Lieder auf und ab liefen. Dieses Lied mochte Tilda besonders gerne. Sie stellte eilig zwei Tassen auf die Kaffeemaschine, drückte auf den Knopf und bewegte sich tanzend zum Tresen, um Untertassen, Milch und Zucker aufs Tablett zu stellen. Während einer perfekten Drehung bemerkte sie erschrocken, dass sie offenbar an der Kante des Unterschrankes hängen geblieben war: Ein daumennagelgroßes Loch zierte ihre teuren Strümpfe und setzte sich bereits nach oben und unten in einer breiten Laufmasche fort.

»Scheiße! Scheiße!« fluchte sie erneut, diesmal ein wenig lauter. Während die Bohnen gemahlen wurden, schlüpfte sie aus ihren camelfarbenen Pumps und begann, sich ihrer Strümpfe zu entledigen. Nachdem der erste Strumpf ausgezogen war, hob sie kurz den Kopf, denn der Kaffee war durchgelaufen. Im Takt der Musik ging sie zur Schublade mit den Tassen, sang den Refrain mit und stellte schließlich zwei weitere Tassen auf die Kaffeemaschine. Noch immer singend stellte sie das Bein mit dem verbliebenen Strumpf auf einen Stuhl neben sich, um auch diesen loszuwerden. Als sie kurz aufblickte, stand zu ihrem Entsetzen keine zwei Meter von ihr entfernt ein Mann mit Sakko, Totenkopf-T-Shirt und Lederhalsband und grinste amüsiert.

»Kann ich Ihnen zur Hand gehen?«, fragte er anzüglich.

Tilda verdrehte innerlich die Augen, lächelte dann aber freundlich und erwiderte mit roten Wangen: »Wenn Sie Laufmaschen aus Strümpfen entfernen können, würden Sie mich glücklich machen.«

Dann legte sie ihre Strümpfe demonstrativ auf den Tresen, streckte ihm die Hand entgegen und sagte: »Ich bin Matilda Hummel.«

Der Mann im Totenkopf-Shirt reichte ihr seine Hand und erwiderte:

»Schön, Sie kennenzulernen, Matilda. Ich bin Jürgen König und auf der Suche nach den Toiletten. Aber bei so einem Anblick vergisst man selbst das dringendste Bedürfnis für einen Moment«, und grinste schon wieder.

Heilige Scheiße, durchfuhr es Tilda. *Das ist der Oberboss der König AG!*

Obwohl sie gerade vor den Augen des wichtigsten potentiellen Kunden der Agentur ihre Strümpfe ausgezogen und noch dazu geflucht hatte, blieb sie ganz cool: »Nur einmal um die Kurve, dann ist der Anblick auch wieder verschwunden und Sie können sich ganz auf ihr Bedürfnis konzentrieren.«

Der Typ war ihr sofort unsympathisch geworden. Mit einem Nicken und immer noch grinsend verschwand Jürgen König um die Ecke zu den Toiletten, während Tilda die dritte Garnitur Kaffeetassen auf die Maschine stellte. Nachdem sie sechs volle Tassen auf einem knallroten Tablett platziert hatte, machte sie sich wieder auf den Weg in den Besprechungsraum. Natürlich war Jürgen König auch wieder auf dem Weg zurück. Er hielt ihr die Tür auf und machte sich ein wenig breiter als nötig, so dass Tilda ihn beim Betreten des Raumes mit ihrer Hüfte streifte.

Tilda war wirklich eine Augenweide. Sie war groß, schlank, hatte lange Beine und dichte honigblonde Haare, die ihr bis über die Schultern reichten. Sie hatte Kurven an den richtigen Stellen und noch dazu ein sehr ebenmäßiges und schönes Gesicht mit strahlend grünen Augen, die die meisten Menschen sofort in Begeisterung versetzten. Nach ihrem Abitur vor gut einem Jahr hatte sie – im Gegensatz zu den meisten ihrer Klassenkameraden – kein Studium begonnen. Sie hatte sich für kein Fach entscheiden können und noch dazu war es ihr wichtig gewesen schnell ihr eigenes Geld zu verdienen. Deshalb hatte sie auch recht rasch das erste Angebot angenommen, das sich ergeben hatte. Der Job am Empfang der Agentur war zwar nicht sehr anspruchsvoll, aber Tilda machte ihre Arbeit nicht nur gern, sondern auch gut. Ute hatte ihr Potential erkannt und ließ sie in letzter Zeit hin und wieder in die Kreativabteilung schnuppern.

Auch jetzt schaltete Tilda wieder in den Schönheitsmodus: Ihr gutes Aussehen hatte ihr schon so manches Mal Vorteile verschaffen können. *Mal sehen, ob ich irgendwo einfließen lassen kann, dass ich eine*

Idee zur Präsentation beigesteuert habe. Ute ergriff das Wort. Sie sprach vom großen Vertrauen, das die König AG der Agentur entgegengebracht hatte, von schlaflosen Nächten und tausenden Ideen, von Begeisterung für dieses neue Projekt und übergab schließlich das Wort an Mia. Mia war klein, zierlich und blass. Sie hatte braune Augen, die aber so leuchteten, dass Tilda sich manchmal fragte, ob Mia wohl Kontaktlinsen trug. Tilda fand, sie sah ein wenig aus wie sie sich früher Schneewittchen vorgestellt hatte – nur anstelle der langen Haare hatte Mia einen Bob. Sobald sie aber den Mund aufmachte, war das Puppenhafte verschwunden: Mia sprach mit fester Stimme, die immer ein leichtes Schmunzeln im Unterton hatte und die Zuhörer hingen automatisch an ihren Lippen. Gemeinsam mit Frank, einem leicht untersetzten, sehr gemütlichen und äußerst talentierten Texter erklärte sie den beiden Herren der König AG Schritt für Schritt ihre Ideen.

Nach fast drei Stunden, zwei weiteren Kaffee- und einer Raucherpause verabschiedeten sich die Herren und Tilda ging entnervt zu ihrem Spind. Es war über eine Stunde nach Feierabend. In zwanzig Minuten traf sie sich mit Leon und hatte keine Zeit mehr für ein neues Styling oder etwas zu Essen. Noch dazu hatte sie keine Möglichkeit gefunden, ihre Mitarbeit an dem Projekt zu erwähnen, denn außer sie gelegentlich anzüglich anzugrinsen, hatte Jürgen König sie nicht beachtet. Sie ärgerte sich über sich selbst. Normalerweise war sie nicht auf den Mund gefallen und fand immer einen Weg, um auf sich aufmerksam zu machen. Aber heute war es wie verhext gewesen. Als hätte jemand ihren Plan manipuliert.

Zu allem Überfluss hatte sich keiner der beiden Kunden in irgendeiner Weise zu der Präsentation geäußert. Niemand wusste diese Reaktion zu deuten. Ute brachte es schließlich auf den Punkt: »Alles Spekulieren nützt nichts, wir müssen einfach abwarten.« Und damit war sie auch schon verschwunden. Tilda tat es Ute gleich, setzte ihr perfektes Lächeln auf und verabschiedete sich ins wohlverdiente Wochenende. Sie überlegte kurz, Leon für heute abzusagen, denn sie fühlte sich ziemlich geschlaucht. Allerdings hatte sie ihn seit letztem Freitag nicht mehr gesehen. Und er war eine willkommene Abwechslung zum Arbeitsstress der letzten Tage. *Was soll's, er wird mich schon auf andere Gedanken bringen.*

Für ihr Treffen war sie zu früh dran, aber das störte Tilda nicht. Warum sollte sie sinnlos in der Gegend herumlaufen, wenn sie es sich bereits im Café Rastlos gemütlich machen konnte? Sie schnappte sich den letzten freien Tisch an einem der bequemen Sofas und kramte in ihrer Handtasche, um sich eine Beschäftigung zu suchen. Sie hatte kurz das Buch mit den Ideen in der Hand, legte es dann aber wieder zurück – das hatten sie eben im Detail durchgekaut. Für heute hatte sie wirklich genug von diesem Thema. Sie suchte nach ihrem Handy, weil sie ein wenig im Internet surfen wollte, da berührten ihre Hände etwas, das sie nicht erwartet hatten. Ein weiteres Buch? Tatsächlich! *Ich habe doch nichts zum Lesen eingesteckt.* Sie holte es heraus und legte es vor sich auf den Tisch. Noch nie hatte sie der Anblick eines Buches so erschreckt und gleichzeitig fasziniert. Es sah fremd und vertraut gleichermaßen aus. Es war alt und doch irgendwie neu.

2

Ungläubig starrte Tilda das Buch an. Sie war verwirrt. Einerseits fühlte es sich so an, als würde das Buch schon immer ihr gehören, als wäre es eine Art Tagebuch, dem sie all ihre Geheimnisse anvertraut hatte, etwas sehr Intimes. Andererseits wusste sie ganz sicher, dass sie es noch nie zuvor in ihrem Leben gesehen hatte. Und doch hatte es etwas faszinierend Vertrautes an sich. Sachte strich sie mit den Fingern über den Umschlag. Er fühlte sich rau an, obwohl er allem Anschein nach, eine glatte Oberfläche zu haben schien.

Seltsam. Wie kann das sein? Sie ertastete eine Reihe von Unebenheiten, die sie aber selbst aus nächster Nähe mit dem Auge nicht erkennen konnte. Sie nahm das Buch in die Hand, hob es hoch und roch daran. Nichts. Dieses Buch hatte keinen Geruch. Die meisten Bücher rochen nach Druckerschwärze, nach Papier, nach Gerüchen, die sie im Laufe der Zeit angenommen hatten, nach irgendwas eben! Aber dieses Buch hatte keinen Geruch. Ein Gedanke durchfuhr Tilda.

Vielleicht riecht es wie ich? Den eigenen Geruch nimmt man auch nicht wahr. Doch sie traute sich nicht die Frau am Nebentisch zu fragen, ob sie mal an ihrem Buch schnuppern konnte – die schaute sowieso schon eine Weile sehr skeptisch zu ihr herüber.

Auf dem Umschlag war kein Titel zu lesen, kein Autor, kein Verlag. Ein paar seltsame Zeichen waren aufgedruckt, die Tilda aber nicht deuten konnte. Sie wollte eben das Buch aufschlagen, um zu sehen, was darinstand, da fragte die Bedienung gelangweilt: »Was darf ich dir bringen?«

Hastig schob Tilda das Buch zur Seite und antwortete: »Ich nehme einen Chai-Latte bitte. Und ein Glas Wasser. Und kannst du mir bitte die Speisekarte bringen?« *Wenn du mich duzt, dann duze ich dich auch, auch wenn du schon mindestens 40 bist!*

Ob Jürgen König ihr dieses Buch untergejubelt hatte? Gelegenheit hätte er dazu sicher gehabt, denn sie hatte ein paar Mal ihren Platz verlassen müssen, um neue Getränke zu holen.

Aber warum sollte er das getan haben? Wenn dann hätte er mir eher ein Buch mit einem schlüpfrigen Titel untergejubelt und ganz fett seine Visitenkarte eingesteckt. Nein, er kann es nicht gewesen sein. Tildas Gedanken schweiften weiter ab. Ihre Tasche hatte sie heute Morgen erst gepackt, weil nur diese zu den camelfarbenen Pumps passte. Sie war zuvor leer gewesen, dessen war sie sich sicher.

Oder etwa doch nicht? Ob es mir beim letzten Büchereibesuch aus Versehen hineingefallen ist? Welche Tasche hatte ich denn dabei, als ich das letzte Mal…

»So, bitteschön«, unterbrach sie die Bedienung, stellte den Chai-Latte und das Wasser auf Tildas Platz und reichte ihr die Speisekarte.

»Danke«, entgegnete Tilda, noch immer in Gedanken versunken. *Wenn das Buch aus der Bücherei stammt, muss irgendwo der Stempel oder die Nummer zu sehen sein. Das haben wir gleich.* Sie blickte nach rechts, ob die andere Frau noch immer so neugierig herüberschaute – *ein Glück, sie ist mit ihrem Handy beschäftigt!* – hob das Buch erneut auf und untersuchte es zunächst äußerlich von allen Seiten. Es war weder eine Nummer noch sonst eine Kennzeichnung darauf zu sehen. Sie schlug es auf.

»Hey, hey, schöne Frau!«, begrüßte sie Leon gut gelaunt. Seufzend klappte Tilda das Buch wieder zu, erhob sich und gab dem gutaussehenden Jungen einen Kuss auf die Wange.

»Hi Leon, wie war deine Woche?«

»Bist du schon länger hier?«, fragte Leon mit Blick auf die Getränke. »Ein paar Minuten«, erwiderte Tilda. »Ich komme direkt von der Arbeit, daher bin ich noch im Business-Look unterwegs.«

Leon strahlte: »Du siehst toll aus, egal in welchem Look.«

Tilda seufzte innerlich. Leon sah blendend aus, war charmant, witzig, beruflich erfolgreich und gut im Bett – ein echter Traummann, um den sie alle ihre Freundinnen beneideten. Aber der Funke sprang einfach nicht über. Keine Frage: Tilda genoss es sehr, Zeit mit ihm zu verbringen, aber sie konnte sich keine feste Beziehung mit ihm vorstellen. Zum Glück beruhte diese Einstellung auf Gegenseitigkeit. Tilda war froh über diese Freiheit. Mit ihrer Arbeit hatte sie genug zu tun und da war vermutlich nicht einmal genug Zeit für eine richtige Beziehung. Trotz allem – das musste sie sich insgeheim immer wieder eingestehen – sehnte sie sich nach etwas Festem. Sie wartete darauf, irgendwann jemanden kennenzulernen, bei dem sie echte, tiefe Gefühle hatte. Wenn sie verliebte Pärchen die Straße entlanglaufen sah, versetzte es ihr jedes Mal einen Stich. So wohl sie sich bei Leon fühlte, so sehr wurde ihr in solchen Momenten der Unterschied bewusst. Wenn sie sich von Leon verabschiedete, wusste sie nicht, wo er hinging. Es interessierte sie auch nicht wirklich. Mal sahen sie sich dreimal pro Woche, mal drei Wochen gar nicht. Als sie nach ihrem ersten Treffen im Bett gelandet waren, stand für beide fest, dass das eine einmalige Sache gewesen war. Als sie sich dann kurze Zeit später wieder über den Weg gelaufen waren, hatten sie beschlossen, dass »man das ab und zu wiederholen könnte – völlig unverbindlich!«, wie Leon betonte.

»Kein Grund in Panik zu verfallen«, sagte Mia immer, wenn Tilda wieder einmal sentimental wurde. »Du bist gerade einmal 19 – da hast du wirklich noch genug Zeit, deinen Traummann zu finden.« Mia hatte natürlich Recht. Warum sollte sich Tilda unnötig stressen? Es gab so viele schöne Momente im Leben, die sie genießen wollte.

3

»Sag mal Tilda, bist du betrunken?« fragte Leon und grinste sie an, während Tilda sich bückte, um zum dritten Mal ihr Handy aufzuheben. »Ich hab zu viel Handcreme dran, da wird alles so glitschig…«, gab sie wenig überzeugt von ihrer Ausrede zurück.

Ein einziges Glas Weißwein: Ich vertrag ja wirklich gar nichts mehr! dachte sie hilflos.

»Ohhh ja, glitschig hört sich gut an«, erwiderte Leon und grinste noch breiter. Tilda verdrehte die Augen und suchte verzweifelt nach dem Foto, das sie ihm zeigen wollte. Es war einfach wie verhext. Vor der Präsentation hatte sie sich die Schnappschüsse ihres Neffen noch mit Mia angesehen. Aber jetzt waren sie einfach verschwunden. »Das gibt's doch nicht«, sagte Tilda und suchte verzweifelt weiter, während Leon sich schon wieder seinem Bier widmete. »Ok, Schluss mit der Sucherei«, bestimmte sie schließlich. Allmählich zweifelte sie an sich selbst. Normalerweise war sie sehr belastbar. Aber vielleicht war in letzter Zeit doch alles ein wenig viel? Zugegeben: Sie machte in ihrem Job mehr als von ihr verlangt wurde. Aber das tat sie gerne – schließlich machte ihr die Arbeit Spaß.

Was Sport anbelangte, war Tilda eher faul. Sie ging zwar regelmäßig joggen, um sich fit zu halten, aber die halbe Stunde war jedes Mal eine Quälerei. »Von nix kommt eben nix«, sagte sie sich immer wieder, um sich zu motivieren. Freitag- und Samstagabend war Tilda fast immer in Bars, Clubs und Kneipen unterwegs. Meistens zusammen mit Mia oder Leon. Vor 4 Uhr früh gingen sie selten nach Hause. Aber auch wenn man all das zusammennahm: Von Überbelastung konnte man doch wirklich nicht sprechen.

Tilda wurde aus ihren Gedanken gerissen, als sich ein Arm um ihre Schultern legte.

»Süße, ich schlage vor, wir brechen hier ab und machen's uns bei mir zu Hause gemütlich. Was hältst du von einer ausgiebigen Massage?« fragte Leon. »Hmmmm…«, Tilda überlegte, wusste natürlich, worauf Leon hinauswollte, erwiderte aber schließlich: »Weißt du was? Vielleicht ist das jetzt genau das Richtige! Wenn ich schon mal so ein Angebot bekomme, dann kann ich das doch nicht ausschlagen!«

»Sehr richtig«, freute sich Leon und führte sie aus dem Café.

Am nächsten Morgen wachte Tilda in ihrer Wohnung auf. Alles tat ihr weh. Als sie sich aufsetzen wollte, stieß sie sich den Kopf. »Aua!«, rief sie empört und völlig überrascht, welch schmerzvolle Erfahrung über ihrem Bett lauerte. Die Rollos waren vollkommen geschlossen, es war dunkel im Zimmer. Tilda bemerkte, dass sie noch immer ihre Kleidung vom vorherigen Abend trug. Sogar einen ihrer camelfarbenen Pumps hatte sie noch an. *Meine Güte, was ist denn nur mit mir passiert?* Sie versuchte den vergangenen Abend Revue passieren zu lassen, während sie langsam ihre Hand zum Lichtschalter bewegte. Aber der war nicht da, wo er sein sollte. Nichts war da, wo es sein sollte! Panik brach in ihr aus. Es war stockfinster und sie wusste nicht, wo sie war. *Ganz ruhig atmen. Wahrscheinlich ist es noch mitten in der Nacht und Leon liegt irgendwo neben mir. Aber ich liege definitiv nicht in einem Bett…*

Langsam tastete sie sich den Fußboden entlang, in der Hoffnung bald an eine Wand zu kommen. An den Abend gestern konnte sie sich gut erinnern. Als sie bei Leon zu Hause angekommen waren – und sie auf dem kurzen Weg dorthin zwei Mal gestolpert war – hatten sie eine Flasche Rotwein aufgemacht. Leon hatte sein Versprechen gehalten und sie ausgiebig massiert. Die Massage war sogar besser gewesen als der Sex danach. Tilda hatte beschlossen, nicht bei Leon zu übernachten, weil sie am Morgen zum Joggen gehen wollte. Er hatte darauf bestanden, sie persönlich nach Hause zu bringen und das war eine sehr gute Idee gewesen. Obwohl Tilda sich zwischendurch sogar die Schuhe ausgezogen hatte, um sicherer laufen zu können, hatte sie es geschafft, ganze vier Mal zu stürzen – glücklicherweise ohne sich dabei ernsthaft zu verletzen.

Das letzte an das sie sich erinnern konnte, waren ein Kuss von Leon und seine Worte: »Süße, du machst mir Sorgen.«

Das nächste, das ihr einfiel, war der seltsame Traum, der sie die ganze Nacht wieder und wieder verfolgt hatte: Sie stürzte in einen Graben und jemand reichte ihr die Hand, während sie fiel. In der Hand hielt die Person ein Gänseblümchen, das schon ein wenig zerrupft aussah. Tilda sah das Gänseblümchen in allen Details vor sich, sie sah das Wasser in dem Graben, sie sah den Schein der Laterne. Aber sie konnte sich beim besten Willen nicht mehr an das Gesicht der Person erinnern.

Es waren bestimmt nur zwei oder drei Meter, bis Tilda an eine Wand kam, aber die fühlten sich an wie eine kleine Ewigkeit. Vorsichtig erhob sie sich und ging Schritt für Schritt weiter, ohne den Kontakt zur Wand zu verlieren. Schließlich fanden ihre Hände den Lichtschalter.

Mein Gott! Ich habe tatsächlich in meinem Bücherregal geschlafen! Tilda spürte ihre schmerzenden Körperstellen noch intensiver, als sie sah, wie sie ihre Nacht verbracht hatte. Von Leon war nichts zu sehen. Nachdem sie die Rollos hochgezogen hatte und helles Morgenlicht das Wohnzimmer durchflutete, warf sie einen Blick in Bad, Schlafzimmer und Küche, aber auch hier war keine Spur von ihrem Freund. Er war gar nicht mehr mit reingekommen.

<h1 style="text-align:center">4</h1>

Frisch geduscht saß Tilda mit dem Telefon auf der Couch und fühlte sich gleich viel besser. »Wenn ich's dir doch sage, Emi. Ich hab nicht zu viel getrunken. Meine Güte, drei Gläser Wein machen doch nicht gleich so einen Rausch! Und ich hab ja nicht mal Kopfweh oder sonstige Katererscheinungen.«

»Also können wir doch zusammen joggen gehen?«, fragte ihre Schwester.

»Es tut mir echt leid, aber… ich trau mich einfach nicht!« Tilda brach in Tränen aus. »Ich hab keine Ahnung, was mit mir los ist! Alles ist wie verhext. Vorhin wollte ich mir nur einen Tee machen und hab nicht mal das geschafft.«

»Mann oh Mann, das hört sich aber gar nicht gut an! Kann dir gestern jemand was in dein Getränk geschüttet haben?«, fragte Emi.

»Nein, das glaub ich nicht, ich bin ja nie vom Tisch aufgestanden und Leon macht so etwas nicht«, erwiderte Tilda überzeugt. »Und dieses ganze Durcheinander hat gestern bereits in der Agentur angefangen. Da schüttet einem niemand was ins Getränk.«

»Ok, dann bleib wo du bist – ich bin in zehn Minuten bei dir! Bis gleich!« Schon hatte Emi aufgelegt.

Als Tilda das Telefon auf den Wohnzimmertisch legte, fiel ihr Blick auf den Schuh, der ihr seine Sohle entgegenstreckte: An einem ihrer Pumps klebte ein Gänseblümchen. *Oh mein Gott!* Tilda war sich sicher, dass es das Gänseblümchen aus ihrem Traum war. *Du spinnst! Es gibt tausende von Gänseblümchen.* Sie versuchte, vernünftig zu denken. Dennoch fühlte sie ganz tief drin, dass sie mit ihrer Vermutung Recht hatte.

Ihre Tasche fiel ihr wieder ein. Und das seltsame Buch. Sie hatte noch keine Gelegenheit gefunden, einen weiteren Blick hineinzuwerfen. Sie machte es sich mit dem Buch auf der Couch bequem und schlug es auf. Es gab keinen Titel, keinen Autor, keinen Verlag. Ein kleiner Schauer durchzog sie und ein eigenartiges Gefühl nahm von ihr Besitz. Tilda wusste nicht, ob sie dieses Gefühl angenehm oder beängstigend finden sollte. Sie fühlte sich geborgen, angekommen, zu Hause. Aber sie fühlte sich auch, als würde ihr etwas Unangenehmes bevorstehen. Sie spürte, dass sie ihre volle Aufmerksamkeit nun dem Buch widmen sollte und begann zu lesen:

Ihre Schwester macht sich große Sorgen um sie, als sie so überstürzt wieder aus der Wohnung gehen muss. Aber der Unfall ihres Mannes lässt ihr keine andere Wahl. Eine tröstende Umarmung, dann ist sie wieder alleine. Alleine mit ihren quälenden Gedanken um die Ereignisse des vergangenen Tages.

Tilda blätterte weiter. Als wollte das Buch, dass sie an einer bestimmten Seite Halt machte, fiel ihr ein weiterer Absatz auf:

Sie sieht ihn und es trifft sie wie ein Blitz. In diesem Moment weiß sie: Er ist die Liebe ihres Lebens! Er sieht sich um, sucht etwas. Da erblickt er sie. Einen winzigen Moment bleibt die Zeit stehen und sie ist mit ihm verbunden, aufs Innigste. Ein Augenblick, der sehr bedeutungsvoll sein wird, für ihr Leben, für sein Leben, für das Leben aller. Braune Augen treffen grüne Augen.

Es läutete. Emilia stand vor der Tür. Ein wenig verärgert, weil sie sich noch immer keinen Reim auf das Buch machen konnte, klappte Tilda das Buch zu und empfing ihre ältere Schwester. Nach nur wenigen Minuten klingelte Emilias Handy. Innerhalb von Sekunden wurde sie kreidebleich. »Ich bin sofort da!«, rief sie, während eine Träne über ihre Wange lief.

Tilda sah ihre Schwester fragend an. »Was ist denn los?« Emilia antwortete: »Da hat jemand vom Krankenhaus angerufen. Patrick hatte einen Unfall! Ich muss sofort zu ihm! Er ist wohl vom Gerüst gestürzt und hat sich einiges gebrochen. Nichts Lebensbedrohliches, aber … tut mir so leid, Süße!« Sie sah völlig fertig aus. »Weißt du, ich habe so einen Schrecken bekommen. Ich möchte doch nicht, dass es Timmy so geht wie uns beiden…«

»Emi! Bitte mach dir keine Vorwürfe!«, beruhigte Tilda ihre Schwester und drückte sie. »Timmy wächst nicht ohne Papa auf! Du hast doch gesagt, es ist nichts Lebensbedrohliches! Also ganz ruhig! Soll ich mitkommen?«

»Nein, nein, ich möchte lieber alleine bei ihm sein. Ich sag dir Bescheid, sobald ich was Genaueres weiß. Ruh dich aus!« Als Emi die Tür geschlossen hatte, blieb Tilda wie gelähmt stehen. Vor nicht einmal einer halben Stunde hatte sie exakt diese Szene gelesen. In dem eigenartigen Buch!

Tilda stürzte regelrecht auf das Buch zu. *Das kann nicht sein! Das war sicher nur ein Zufall. Die Szene war bestimmt nur sehr ähnlich.* Fieberhaft suchte sie die Stelle, die sie zuvor überflogen hatte. Nichts, es war wie verhext. Sie konnte sie nicht mehr finden. Dafür blieb sie an einem anderen Absatz hängen.

*Er ist da. Ganz nah bei **ihr**. Er beobachtet **sie** auf Schritt und Tritt. Aber **sie** bemerkt ihn nicht in seiner Bedeutungslosigkeit. **Sie** sitzt nur auf **ihrer** Couch und liest. **Sie** ist verwirrt, über das, was **sie** liest. Mag nicht so recht glauben, dass es tatsächlich um **sie** selbst geht. **Sie** hält inne und denkt nach.*

Tilda hob den Kopf und sah sich im Zimmer um. Das Buch jagte ihr Angst ein. Wie konnte so etwas möglich sein? Sie las weiter.

***Sie** wünscht sich **ihr** altes Leben zurück. Aber insgeheim weiß **sie**, dass es dafür zu spät ist. Er kommt immer näher.*

Panisch schaute sich Tilda um. *Um wen geht es? Das kann nicht sein! Ich kann nicht gemeint sein! Unmöglich!*

Und doch fühlte sie, dass sie nicht alleine im Raum war. Sie suchte jeden Winkel mit den Augen ab, starr vor Angst. Nichts. Da war nichts. … oder etwa doch?

Das Gänseblümchen! Es schwebte in der Luft, direkt vor ihren Augen. Tilda atmete tief durch, schloss ihre Augen und öffnete sie wieder. Es hatte sich nichts verändert. Das Gänseblümchen war greifbar nahe. Sie streckte langsam, ganz langsam ihre Hand danach aus. Eine winzige Sekunde zögerte sie, doch dann berührte sie es mit ihrer Fingerspitze. In diesem Moment sah sie ihn. Erst eine fast durchscheinende Silhouette, dann wurde die Gestalt immer deutlicher. Es war ein Wesen von der Größe eines Kleinkindes. Ein kleiner Mann mit riesengroßen Augen, der sie neugierig ansah.

»Mein Name ist Titus«, sagte der kleine Mann mit einer höflichen Verbeugung. Er hatte nicht nur riesige Augen, sondern dazu auch noch eine sehr große, knubbelige Nase. Sein ganzes Gesicht wirkte, obwohl es voller Falten und Kerben war, sehr gepflegt. Die Ohren waren ungewöhnlich klein und rund. Rund war eigentlich fast alles an ihm. Sogar die Finger schienen eher rund als lang zu sein. Er trug eine Art grünblaues Kleid mit Kapuze, die er sich tief ins Gesicht gezogen hatte und blickte Tilda aus seinen Kulleraugen von unten an.

Tilda war nicht einmal sonderlich überrascht. Das kleine Wesen wirkte alles andere als bedrohlich. Sie war eher erleichtert, dass sie endlich eine Ursache für die seltsamen Vorkommnisse gefunden hatte. Trotzdem brachte sie kein Wort hervor, wartete einfach darauf, dass ihr dieses Wesen alles erklären würde. Dass es alles wieder in Ordnung bringen würde. Und das tat es. Titus begann ohne Umschweife zu erklären: »Ich komme aus der Bücherwelt. Mir ist ein schwerwiegender Fehler passiert, denn ich habe aufgehört, in deinem Buch zu lesen. Da hat es sich selbstständig gemacht und den Weg zu dir gefunden. Ich möchte es wieder zurückbringen.«

»Aha.« Tilda nahm das Buch, aus dem sie eben noch gelesen hatte, in die Hand. »Meinst du das hier?«

»Gib es mir!«, rief Titus aufgebracht.

Tilda wollte es ihm gerade reichen, doch in ihr sträubte sich etwas dagegen.

Was, wenn in diesem Buch tatsächlich meine Zukunft steht? So etwas kann ich nicht einfach wieder zurückgeben!

Titus hielt ihr noch immer seine Hand entgegen. »Nein«, sagte Tilda bestimmt. »Erst erklärst du mir, was es damit auf sich hat und warum da drin Sachen stehen, die mir tatsächlich passiert sind!«

Und was es mit diesem geheimnisvollen Jungen auf sich hat, der in diesem Absatz beschrieben wurde.

Titus seufzte. Alle Aufregung schien verflogen. »Können wir dazu nach draußen gehen?«, fragte er.

Sie saßen auf einer Wiese nicht weit von Tildas Wohnung entfernt. Titus hatte gleich zugestimmt, als Tilda diesen Platz vorgeschlagen hatte. Auf dem Weg dorthin hatte niemand Notiz von dem ungleichen Paar genommen, was Tilda sehr verwundert hatte. Schließlich war Titus, trotz seiner geringen Größe, eine sehr auffällige Erscheinung. Er hatte den ganzen Weg sorgsam darauf geachtet, dass sie das Gänseblümchen immer in der Hand behielt, was Tilda ebenfalls wunderte. Dennoch hielt sie sich brav an die Anweisung, schließlich erhoffte sie sich von dem Gespräch eine Menge Antworten.

»Ich stelle die Fragen«, bestimmte Tilda nüchtern. »Und ich will alles wissen. Eher bekommst du das Buch nicht zurück.«

»In Ordnung«, erwiderte Titus.

»Was ist das für ein Buch?« fing Tilda an.

»Es ist das Buch deines Lebens. Da drin steht alles, was in deinem Leben passiert. Oder vielmehr, was in deinem Leben passieren sollte, bevor ich zu lesen aufgehört habe.«

»Wie meinst du das?«, hakte Tilda nach.

»Ich muss vielleicht ein wenig weiter ausholen. In meiner Welt gibt es sowohl Schreiber als auch Leser.«

»Stopp!« unterbrach ihn Tilda. »Was heißt in deiner Welt? Wo kommst du her?«

»Aus der Bücherwelt«, entgegnete das Wesen.

»Schön«, erwiderte Tilda mit sarkastischem Unterton. »Und was soll das sein? Wo ist diese Welt?«

Titus seufzte. »Meine Welt ist für euch Menschen nicht zu erreichen. Sie befindet sich auf einer anderen spirituellen Ebene. Aber lass mich doch erklären.«

Tilda hob die Augenbrauen, sagte aber nichts und wartete darauf, dass Titus fortfuhr.

»Wie ich schon sagte: Es gibt bei uns Schreiber und Leser. Die Schreiber sind dafür zuständig, die Geschichten der Menschen aufzuschreiben. Die Leser lesen sie einfach vor. Und alles, was wir vorlesen, ereignet sich ganz genauso. Nur ich habe den Fehler gemacht aufzuhören. Und weil jedes Buch mit seinem Menschen auf eine magische Art und Weise verbunden ist, findet es den Weg zu ihm, wenn wir es nicht durch unser Vorlesen daran hindern.«

Tilda musste schlucken. »Dann bist du also Gott oder sowas Ähnliches?«

»Nein!«, sagte Titus energisch.

»Aber du sagst, dass ihr die Lebensgeschichten der Menschen schreibt. Ihr bestimmt über unser Schicksal!« Ein Schaudern durchzog Tilda, sie sah ihre Welt zusammenbrechen. Als sie keine Antwort erhielt, sah sie Titus an. Der saß mit geschlossenen Augen auf seinem Platz und erweckte den Anschein, als würde er ihren Gefühlsausbruch in vollen Zügen genießen.

»Was bist du, Titus?«, fragte Tilda leise.

»Niemand von uns kann euer Schicksal beeinflussen. Nicht die Leser und auch nicht die Schreiber. Wir sind nur ausführende Organe. Das Schicksal der Menschheit liegt nicht in unserer Hand. Ich erzähle dir, wie unsere Welt aufgebaut ist. Du wirst vielleicht nicht alles verstehen, aber ich möchte, dass du alles weißt. Ich habe keine andere Wahl.«

Tilda war nun wieder etwas zuversichtlicher und lauschte den sanften Worten von Titus Stimme.

»Ich bin ein Bücherwesen und gehöre zu den Lesern. Das sind die niedrigsten Wesen in der Bücherwelt. Über uns Lesern stehen die Schreiber. Und ganz oben die Wächter. Die Wächter passen auf, dass niemand die Grenzen überschreitet. Kein Mensch, kein Bücherwesen und kein Buch. Es war nicht leicht, an ihnen vorbeizukommen«, schmunzelte er. »Die Schreiber besitzen das innere Auge. Das erlaubt ihnen, in die Zukunft zu sehen. Vielmehr noch: Sie können in die Zukunft reisen. Ihre Aufgabe ist es, die Geschichte des Menschen, der ihnen zugewiesen wurde, im Detail aufzuschreiben. Verstehst du? Sie denken sich die Geschichten nicht aus. Sie notieren nur, was sie in der Zukunft sehen. Die fertig aufgeschriebenen Lebensgeschichten kommen in einen ganz besonderen Saal. Denn sie sind sehr wertvoll. Zu Beginn eines jeden neuen Lebens wird ein Bücherwesen fest mit einem Menschen verbunden. Das magische Orakel wählt uns aus und stellt die Verbindung her. Ich wurde mit dir verbunden und erhielt die Aufgabe, deine Lebensgeschichte zu lesen. Alles, was wir Leser tun, ist Lesen. Tag und Nacht. Wir lesen jedes Detail und genauso ereignet es sich auch bei unseren Menschen. Ich weiß nicht, warum ich aufgehört habe. Das hat vor mir noch nie jemand getan.«

Tilda musste erst einmal durchschnaufen. Sie konnte noch nicht so recht glauben, was ihr dieses kleine Wesen da erzählte. Und doch ergab alles langsam einen Sinn. »Und was geschieht jetzt mit mir, wenn keiner meine Geschichte vorliest?«, fragte sie vorsichtig.

»Das weiß ich auch nicht«, erwiderte Titus hilflos. »Aber offenbar läuft dein Leben ja weiter. Ich hatte schon befürchtet, du wärst gestorben.«

»Es läuft aber ziemlich chaotisch, findest du nicht?«, fragte ihn Tilda.

»Das ist nur eine Übergangsphase. Ich habe mir in den letzten Stunden so meine Gedanken gemacht. Und ich habe einige Antworten gefunden. Tilda, vielleicht ist es gar nicht notwendig, dass wir eure Lebensgeschichten lesen! Ihr könnt auch ohne uns leben! Du bist der Beweis dafür!«

»Ein seltsamer Beweis, wenn du mich fragst. Ich habe bis vor ein paar Minuten noch nicht einmal gewusst, dass mein Leben von jemandem gesteuert wurde. Und jetzt sagst du mir, ich wäre der einzige Mensch auf der Welt, der frei entscheiden kann. Entschuldige, aber das kann ich nicht so recht glauben. Jeder hat doch seinen freien Willen!«

»Eben nicht«, erklärte Titus. »Ihr Menschen macht genau das, was wir euch vorlesen. Vor langer Zeit ist einer meiner Vorfahren einmal darauf gekommen. Er besaß das innere Auge und hat sich einen Spaß daraus gemacht, kurze Zeitsprünge zu machen und den Menschen anschließend ihre Zukunft vorzulesen. Er war erstaunt, dass sie genau das taten, was er ihnen vorlas. Mehr noch: Er fand heraus, dass sich die menschliche Rasse ordnete, je mehr Bücherwesen sich an dem Vorlesen beteiligten. Die Entwicklung vom homo erectus zum homo sapiens: Das waren wir!«, erklärte Titus nicht ohne Stolz.

Tilda fühlte sich auf den Arm genommen. »Was soll der Quatsch, Titus? Das war die Evolution. Außerdem hat nie ein Mensch ein Bücherwesen gesehen. Wenn ihr ständig in allen Zeiten unterwegs seid, dann müssten wir euch doch schon mal gesehen haben.«

»Gutes Argument. Aber du weißt noch nichts über unsere wichtigste Eigenschaft: die Bedeutungslosigkeit. Wir sind überall, in jeder Zeit, an jedem Ort. Aber keiner nimmt uns wahr. Überleg doch mal, wie lange du gebraucht hast, um mich zu erkennen! Ich bin dir letzte Nacht direkt vor die Füße gelaufen und du hast mich nicht einmal gesehen. Den ganzen Tag war ich bei dir, habe versucht, dich auf mich aufmerksam zu machen. Aber es hat schließlich nur mit Hilfe des Gänseblümchens funktioniert. Ein Bücherwesen kann sich in jeder Zeit frei bewegen, weil kein Mensch von ihm Notiz nimmt.«

Das Gänseblümchen! Tilda erinnerte sich. *Es war nicht geschwebt. Titus hatte es die ganze Zeit gehalten!* Sie schüttelte den Kopf. Sie hatte noch unglaublich viele Fragen. Aber vor lauter Fragen wusste sie gar nicht, womit sie anfangen sollte. Deshalb sagte sie nur: »Erzähl mir mehr, Titus!«

»Später, Tilda«, entgegnete er. »Ich muss noch etwas Wichtiges herausfinden. Ich werde bald zurück sein. Behalte das Gänseblümchen unbedingt bei dir. Sonst wirst du es schwer haben, mich zu sehen.« Und in dem Moment war er verschwunden.

6

Tilda war unfähig, sich zu bewegen. Das, was ihr das Bücherwesen da eben gesagt hatte, schockierte sie bis ins Mark. Es war verrückt, völlig unmöglich. Und dennoch konnte sie sich nicht vorstellen, dass sie sich das alles nur eingebildet hatte. Es konnte doch nicht sein, dass da eine Parallelwelt existierte, in der kleine Wesen herumliefen, die das Leben der Menschheit kontrollierten! Und sie sollte als einzige nun frei in ihrem Denken und Handeln sein? Aber hatte sie sich denn vorher in irgendeiner Art und Weise gefangen gefühlt?

Warum ich? Kann sich nicht irgendein anderes Buch auf den Weg zu seinem Menschen machen? Warum muss es mein Buch sein? Langsam erhob sich Tilda und erholte sich von ihrem Schockzustand. Sie brauchte unbedingt jemanden, mit dem sie über alles reden konnte. Aber wer sollte ihr denn glauben?

Seltsam losgelöst ging sie am nächsten Montag zur Arbeit. Ihre Erlebnisse mit Titus konnte sie nicht zuordnen, sie glaubte aber auch nicht, dass sie sich alles nur eingebildet hatte. Die Wogen der Missgeschicke hatten sich geglättet und Tilda lebte ihr Leben nun selbstbestimmt. Einen großen Vorteil machte das allerdings nicht aus – im Gegenteil: Auf Schritt und Tritt nagte die Unsicherheit an ihr. Jede Entscheidung, die sie treffen musste, verursachte Angstzustände. *Was, wenn diese Entscheidung nun die falsche war? Was, wenn ich dadurch eine katastrophale Kettenreaktion auslöse?*

Allmählich legten sich aber ihre Zweifel und ein Hochgefühl ergriff von ihr Besitz. Wenn Tilda in die Runde des Großraumbüros blickte, hatte sie nur einen Gedanken: *Ich kann selbst bestimmen, was ich tue, während ihr alle von den Worten der Bücherwesen abhängig seid!*

Titus meldete sich nicht mehr. Allmählich zweifelte Tilda an sich selbst. Was, wenn sie sich diese ganze verrückte Geschichte nur eingebildet hatte? Das Gänseblümchen hatte sie in einen Kettenanhänger gelegt, den sie Tag und Nacht trug. Der Anhänger war durchsichtig und gab den Blick auf ein mittlerweile total vertrocknetes Gänseblümchen frei, das wahrlich keine Zierde war. Aber Tilda hatte in der Eile nichts anderes gefunden als den augenscheinlich sehr betagten Anhänger vom Flohmarkt. Drei lange Tage waren vergangen, in denen Tilda sich ihre Gedanken gemacht hatte. Sie wollte Titus eine Menge fragen, wenn er sich wieder zeigte. Vor allem wollte sie wissen, was es mit dem geheimnisvollen Jungen auf sich hatte, der ihr nicht mehr aus dem Kopf ging, seit sie den kurzen Absatz in ihrem Buch über ihn gelesen hatte.

Das Buch… Sie hatte sich vorgenommen, Antworten darin zu finden. Aber so sehr sie sich auch bemühte, so war es ihr doch nicht möglich, für längere Zeit darin zu lesen. Entweder wurde sie unterbrochen oder sie las nur unverständliche, zusammenhangslose Wortfetzen. Als wäre das Buch verschlossen und wollte ihr nichts mehr preisgeben.

Gerade schrieb Tilda eine Rechnung, als Mia die Agentur betrat.

»Morgen, Mia! Hast du dich schön erholt?«, begrüßte Tilda ihre Freundin. Mia, die nach ihrem verlängerten Wochenende blendend aussah, blieb abrupt stehen und starrte Tilda aus ihren funkelnden braunen Augen an. Nur einen winzigen Augenblick lang hatte sie die Kontrolle verloren, dann hatte sie sich wieder im Griff. »Morgen, Tilda! Alles bestens!«

Der Moment war an Tilda nicht spurlos vorübergegangen. Ein beklemmendes Gefühl kroch langsam durch ihren Körper. *Sie weiß von dem Buch!* durchfuhr es Tilda, bis sie sich selbst beruhigte. *Das kann gar nicht sein. Ich habe sie das ganze Wochenende nicht gesehen und bis Freitagabend wusste ich selbst nichts davon.*

Der Arbeitstag verlief ganz normal. Tilda bemerkte aber, dass Mia sie mied und aus der Ferne ungläubig beobachtete. Darauf konnte sie sich keinen Reim machen. Wie konnte Mia von dem Buch wissen? *Und was, wenn ich mir ihr seltsames Verhalten nur einbilde? Titus, es wird Zeit, dass du wiederkommst! Ich dreh noch durch hier!*

Da trat Mia an ihren Schreibtisch. »Was gibt's Neues von der König AG?«, fragte sie betont lässig.

»Nichts, da hat sich noch niemand gemeldet.«

»Ist das ein neuer Modetrend?«, grinste Mia und nickte mit dem Kopf in Richtung des Gänseblümchen-Anhängers.

Tilda lachte. »Total! Wusstest du das nicht?«

Mia stimmte in das Lachen ein, sagte dann: »Gib mal her, ich will wissen wie das gemacht ist!« und streckte ihre Hand aus.

In Tildas Kopf schrillten alle Alarmglocken. »Ach, das ist nichts als ein stinknormales Gänseblümchen in einem alten Schmuckanhänger. Das kann doch jeder!«

Mia sah sie mit hochgezogenen Augenbrauen an.

»Um ehrlich zu sein«, fügt Tilda hinzu, »ich habe einem Freund versprochen, ihn ständig zu tragen. Dieses Versprechen möchte ich nur ungern brechen.«

»Verstehe«, nickte Mia. »Welchem Freund denn? Ist es doch etwas Ernsteres zwischen dir und Leon?«

Die alte Vertrautheit zwischen ihr und Mia war wieder da. Fröhlich unterhielten sie sich eine Weile, bis Mia sich wieder an die Arbeit machte.

Während die Menschen nach Feierabend an diesem strahlend schönen Sommertag in die Cafés strömten, lief Tilda so schnell sie konnte nach Hause. Als sie die Haustüre aufschloss, spürte sie ihn schon. Titus war wieder da.

7

Wie erwartet brauchte sie einen Moment, bis sie ihn bemerkte. Durch ihre gemeinsame Verbindung über das Gänseblümchen fiel es ihr aber von Mal zu Mal leichter.

»Titus! Endlich! Wo warst du so lange? Ich habe so viele Fragen! Meine Freundin Mia war heute ganz seltsam… Meine Güte! Titus! Was ist denn mit dir passiert?«

Entsetzt sah sie das kleine Bücherwesen an, das über und über mit Kratzern bedeckt war. Eine Wunde blutete sogar noch etwas. Tilda griff nach dem erstbesten Tuch, das ihr in die Hände fiel, hielt es kurz unter den Wasserhahn und reichte es Titus.

»Ich wurde angegriffen«, erwiderte der kleine Mann und wirkte dabei verärgert. »Man hat mein Verschwinden bemerkt und die Wächter suchen mich.«

Erschrocken sah sich Tilda um, aber Titus beruhigte sie. »Keine Angst, sie sind nicht hier. In der Menschenwelt bin ich sicher.« Das Bücherwesen sah sie mit seinen riesigen Augen verzweifelt an: »Kann ich bei dir bleiben, Tilda?«

»Na logisch!«, rief Tilda aus und nahm den überraschten Titus in den Arm, der mit so viel Herzlichkeit gar nicht gerechnet hatte. Genießerisch schloss er die Augen. Nach einer Weile fing er an zu erzählen.

»Ich wollte nur noch einmal kurz in die Bücherwelt, um mir genug Energie zu holen. Als ich in die Nähe der Wächter kam, bemerkte ich ziemlich schnell, dass mein Verschwinden offenbar aufgefallen war. Es gab keine Chance für mich, hineinzukommen. Deshalb habe ich einen Umweg über die Zwischenwelt gemacht, in der das magische Orakel steht. Ich habe einige Antworten von ihm erhalten, aber es war nicht leicht, dorthin zu finden. Die beste Nachricht jedenfalls ist, dass ich genug Energie habe, um mein ganzes Leben damit auszukommen.«

»Was meinst du damit? Was soll das ganze Gerede von Energie?«

»Wir Bücherwesen essen nicht so wie ihr Menschen. Wir ernähren uns von euren Gefühlen. Egal ob die Gefühle positiv oder negativ sind, sie versorgen uns mit Energie und mit der Kraft zu leben. Normalerweise gelangt die menschliche Gefühlsenergie durch das Lesen in unsere Welt. Sie wird dort gespeichert und nach und nach freigegeben. Die meiste Energie aber bekommen die Leser direkt ab, beim Vorlesen. Wenn ein Leser ein besonders emotionales Ereignis vorliest, strömt die Gefühlsenergie seines Menschen direkt in seinen Körper. Nur ein verschwindend geringer Anteil wird in die großen Speicher für die anderen Bücherwesen weitergeleitet.«

»Dann habt ihr Leser also viel mehr Energie?«

»Ja und nein. Wir verbrauchen auch sehr viel Energie beim Lesen. Wir machen ja keine Pausen. Normalerweise. Ein Menschenleben macht ja auch keine Pausen. Deshalb ist es lebensnotwendig, dass das Lesen niemals aufhört, weil sonst die Energiezufuhr gestoppt wird und der Leser ohnmächtig zusammenbricht. Das ist aber zum Glück noch nie passiert.«

»Aber wie hast du dann so einfach aufhören können zu lesen?«

»Das Orakel hat es mir verraten: Ich habe sozusagen eine Überdosis Gefühl abbekommen, die für den Rest meines Lebens reicht.«

Tilda musste grinsen: »Wie Obelix, der als Kind in den Zaubertrank gefallen ist!«

Titus musste ebenfalls lachen. »So ähnlich kannst du es dir vorstellen! Ich habe schon immer gewusst, dass mit mir etwas nicht stimmt. Während alle anderen Leser einfach ihren Job machten, fing ich an, mich zu langweilen. Ich wurde nachlässig, las langsamer. Und ich merkte: Ich trage keinen Schaden davon! Das ließ mich leichtsinnig werden. Ich hörte schließlich ganz auf zu lesen, weil ich neugierig war, was dann passieren würde. Und dann ist es passiert: Dein Buch wurde nicht mehr durch mein Lesen festgehalten und ist verschwunden.«

»Und wie ist es bei mir gelandet? Ich habe es plötzlich in meiner Tasche gefunden. Hat es mir jemand reingesteckt?«

»Das weiß ich nicht. Fest steht nur, dass jedes Buch wie durch einen unsichtbaren Faden mit seinem Menschen verbunden ist. Wir halten es durch unser Lesen fest. Wenn es freigegeben wird, findet es zu seinem Menschen.«

»Aber anfangen kann ich nicht viel damit. Ich hatte gedacht, ich könnte ein bisschen in meiner Zukunft schmökern. Aber es ist wie verhext! Das Buch gibt mir nichts preis!«

»So etwas Ähnliches hatte ich schon vermutet. Mal abgesehen davon würde dir deine Zukunft aus dem Buch auch nicht viel sagen. Schließlich hast du jetzt deinen freien Willen und deine Zukunft kann sich mit jeder Entscheidung ändern.«

»Du meinst also, es ist wertlos?«

»Nein!«, rief Titus aus. »Behalte es immer bei dir! Es ist dein Buch! Deine Lebensenergie ist darin enthalten. Es könnte sehr gefährlich sein, wenn es in die falschen Hände gelangt.«

»Was passiert denn mit den ganzen Lebensbüchern, wenn die Menschen gestorben sind?«, fragte Tilda.

»Das ist die letzte Aufgabe eines Lesers: Wenn eine Geschichte beendet ist, bringt er das Buch in den großen Saal. Dort stehen Milliarden von Bücherregalen, in denen die Bücher aller Verstorbenen der Menschenwelt zu finden sind. Wir dürfen diesen Raum auch nur zu diesem einen Zweck betreten und werden dabei von einem Wächter begleitet. Die Gefahr ist zu groß, dass ein Buch versehentlich ein zweites Mal herausgezogen würde.«

»Und was passiert dann mit euch Lesern? Ist euer Leben dann auch vorbei?«

»Nein. Beim Tod eines Menschen erhalten wir einen Energiestoß, der uns so lange versorgt, bis wir unser nächstes Buch vorlesen. Wir bekommen dann einfach den nächsten Leseauftrag. Ich kann dir gar nicht sagen, wie viele Lebensgeschichten ich schon vorgelesen habe. Immer im selben Trott. Erst bei dir ist mir aufgefallen, dass etwas nicht stimmt.«

Das war ein gutes Stichwort. Tilda erzählte Titus vom seltsamen Verhalten ihrer Kollegin. Weil das Bücherwesen vom Vorlesen jedes Detail aus Tildas Leben kannte, verstand es sofort, dass Mia anders war als sonst.

Titus überlegte konzentriert. »Es gibt zwei Möglichkeiten: Entweder löst deine plötzliche Entscheidungsfreiheit bei Menschen, die dir nahestehen, einen unterschwelligen Neid aus, oder… aber das wäre ja ganz schrecklich…«

»Was denn, Titus?«, fragte Tilda erwartungsvoll.

»Oder Mia ist ein Zwischenwesen.«

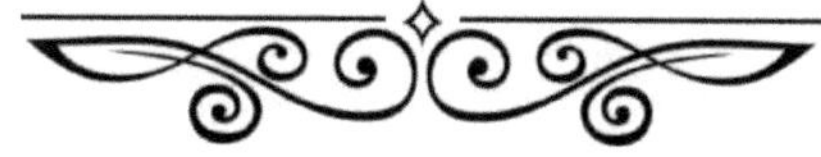

8

»Was ist denn das schon wieder?«, fragte Tilda verwirrt und schauderte, als sie Titus' besorgten Gesichtsausdruck sah.

»Die Zwischenwesen sind gefährlich. Sie wollen völlige Kontrolle über die Menschen. Sie suchen seit Menschengedenken nach einem Weg in die Bücherwelt, um die Bücherwesen zu töten und die Macht an sich zu reißen.« Titus' Tonfall war dunkler geworden. Er sprach mit leiser Stimme, als hätte er Angst, dass ihm jemand zuhören könnte.

»Das ist doch lächerlich, Titus! Mia ist meine Freundin! Sie ist einer der liebsten Menschen, die ich kenne!«, rief Tilda empört.

»Das mag sein. Aber wenn sie ein Zwischenwesen ist, wird es mit der Freundschaft vorbei sein, sobald sie herausgefunden hat, dass du Kontakt mit einem Bücherwesen hast.«

»Quatsch! Ich lege für Mia meine Hand ins Feuer. Wahrscheinlich hatte sie einfach nur einen schlechten Tag. Oder es ist dieser Neid, von dem du gesprochen hast.« Tilda klang nicht sehr überzeugt. »Aber sag mal, wie kann man denn ein Zwischenwesen erkennen?«

Titus seufzte. »Das ist nicht leicht. Sie haben gelernt, sich anzupassen. Zu einer Zeit, als Bücherwesen und Menschen noch nebeneinander lebten, haben sich beide Geschöpfe miteinander verbunden. Daraus ist eine neue Art entstanden, die überaus große magische Fähigkeiten hatte und diese zum Nachteil beider einsetzte. Die Bücherwesen schworen sich, diese neue Art wieder auszulöschen und nie wieder Nachkommen mit den Menschen zu zeugen. Wir mussten restlos alle der neuen Art töten. Nur eines übersahen wir: Eine Menschenfrau erwartete ein Kind von einem der neuen Art. Sie fürchtete um ihr Leben und das ihres Babys und behielt das Geheimnis für sich. Wir in der Bücherwelt ahnten davon nichts, da wir zu diesem Zeitpunkt noch nicht die Geschichten aller Men-

41

schen vorlasen. Es hat Jahrhunderte, ach was, Jahrtausende gedauert, bis wir es geschafft hatten, alle Menschenleben in unseren Büchern festzuhalten. Die magischen Fähigkeiten bei dem Mischlingskind, dem ersten dieser Zwischenwesen, hatten sich zwar ein wenig abgeschwächt, wurden aber von Generation zu Generation weitergegeben – stets unter einem feierlichen Schwur, dieses Geheimnis für sich zu behalten. Erst im Laufe der Zeit kam heraus, dass diese Menschenfrau nicht die einzige gewesen sein konnte, denn auch abseits dieser ersten Familie gab es magische Handlungen, die sich anders nicht erklären ließen. Die magischen Familien verbündeten sich schließlich, nachdem sie sich lange bekriegt hatten und schworen, dass ihr Blut nicht verunreinigt werden durfte. Jeder Nachkomme sollte nur unter seinesgleichen weitere Nachkommen zeugen, um die magischen Kräfte nicht abzuschwächen. Denn nur so – und das war ihr oberstes gemeinsames Ziel – konnten sie Rache an den Bücherwesen üben, die es geschafft hatten, die Kontrolle über die Menschen zu übernehmen.«

»Wow, das klingt total absurd. Ich meine, wo sind denn auf der Welt magische Handlungen aufgetreten?« fragte Tilda.

»Magie ist überall, Tilda. Die Menschen haben nur verlernt, sie zu erkennen und zu nutzen. Ihr erklärt alles immer hochwissenschaftlich – selbst dann, wenn es eure Fähigkeiten übersteigt. Aber das Naheliegendste zu sehen – die Magie – darauf kommt ihr nicht. Und wenn es doch einer tut, dann wird er ausgelacht.«

Tilda war vollkommen geplättet. Das, was Titus ihr erzählt hatte, brachte ihr ganzes Weltbild ins Wanken. Wenn es nicht schon ganz umgestürzt war.

»Eines verstehe ich nicht: Mittlerweile lest ihr doch die Lebensgeschichten aller Menschen vor. Da merkt man doch gleich beim Lesen, wenn man das Leben eines Zwischenwesens vorliest. Warum schlagt ihr dann nicht sofort Alarm?«

»Das ist gar nicht so leicht. Theoretisch könnten wir Alarm schlagen. Aber praktisch kann ein Leser ja erst aufhören, wenn das Leben des Menschen vorbei ist. Deshalb können wir erst dann Meldung machen, dass uns etwas Magisches aufgefallen ist Es ist unsere Pflicht, jede magische Handlung nach Abschluss eines

Lebens sofort zu melden. Es wird aber gemunkelt, dass die Leser nicht sehr viel auf diese Anweisung geben. Sie melden den Vorfall einfach nicht, weil sich dadurch die Wartezeit bis zum nächsten Buch verlängern würde – und damit auch die Wartezeit bis zum nächsten Energieschub zu Beginn eines Menschenlebens. Und es gibt nichts Schöneres als diesen Energieschub, das kannst du mir glauben. Mal abgesehen davon: Eingreifen könnten wir sowieso nicht. Wir würden nur zu gerne die Aktivitäten der Zwischenwesen im Auge behalten. Leider wissen wir nicht einmal, wie viele es von ihnen überhaupt gibt. Es ist uns noch niemals aufgefallen, dass wir das Leben eines Zwischenwesens gelesen haben. Die einen vermuten, dass es einfach daran liegt, dass es die Leser nicht melden. Ich für meinen Teil glaube aber, dass es den Zwischenwesen irgendwie gelungen ist, sich von uns zu lösen – dass wir ihre Lebensgeschichten gar nicht vorlesen.«

»Dann wäre ich also doch nicht die einzige, die ihr Leben selbstbestimmt leben darf«, sagte Tilda.

»Vielleicht, ja«, erwiderte Titus. »Aber wie gesagt: Keiner weiß das so genau.«

»Aber wenn ihr die Geschichten der Zwischenwesen nicht vorlest, wie wisst ihr dann von ihrer Existenz?«

»Das hat wieder etwas mit Magie zu tun. Wir haben sehr feine Antennen und können spüren, wenn uns eine Gefahr droht. Außerdem wussten wir von den Menschenfrauen, die die Zwischenwesen geboren hatten. Den Rest konnten wir uns teils zusammenreimen, teils hat uns das Orakel weitergeholfen. Aber nichts ist sicher. Vielleicht besteht mittlerweile die halbe Welt aus Zwischenwesen, ohne dass wir davon wissen.« Titus sah hilflos und verängstigt aus.

»Wie soll ich mich Mia gegenüber verhalten? Kann ich sie irgendwie auf die Probe stellen, um herauszufinden, ob sie ein Zwischenwesen ist?«, fragte Tilda.

»Wenn sie wirklich ein Zwischenwesen ist, dann weiß sie längst Bescheid. Ich kann mich zwar nicht mehr an alles erinnern, was man uns damals über sie gelehrt hat, aber soviel ich weiß, können sie die Bücherwesen riechen. Oder so ähnlich.«

Tilda erschrak. »Sie wollte unbedingt meinen Anhänger mit dem Gänseblümchen untersuchen. Ich habe ihn ihr aber nicht gegeben. Denkst du, sie konnte nur anhand dessen eine Verbindung zwischen uns … riechen?«

»Das könnte gut möglich sein. Schließlich ist das Gänseblümchen unsere magische Verbindung.«

»Du nimmst mich auf den Arm! Was soll denn daran Magisches sein?«

»Zugegeben: Es ist Magie der einfachsten Art. Aber um in Kontakt mit dir treten zu können, brauchte ich eine Verbindung, ein Medium. Das Gänseblümchen war das Erstbeste, das ich greifen konnte. Seit du es bei dir trägst, fällt es dir immer leichter, mich zu erkennen! Das liegt daran, dass es die Energie unseres ersten Kennenlernens gespeichert hat. Wir müssen also nicht immer wieder von vorn anfangen.« Er lachte, als er in Tildas ungläubige Augen blickte.

Tilda beschäftigte aber noch etwas anderes: »Mia… Wird sie mich angreifen?«

»Keine Sorge. Menschen gegenüber sind die Zwischenwesen sehr friedlich – schließlich überwiegt ja der menschliche Teil in ihnen. Sie wird mit Sicherheit viele Fragen an dich haben.«

»*Falls* sie ein Zwischenwesen ist«, fügte Tilda hinzu, die aber nicht mehr so recht daran glaubte, dass Mia nur einen schlechten Tag gehabt hatte.

»Eine Sache ist da noch, die ich nicht verstehe«, fuhr Tilda fort, als Titus fragend zu ihr hochblickte.

»Ich habe die Szene, dass mein Schwager einen Unfall hatte, in meinem Buch gelesen und das ist genau so passiert. Auch der Moment, als ich dich zum ersten Mal gesehen habe: Das steht ebenfalls so im Buch geschrieben. Wie kann das sein, wenn doch niemand mehr daraus vorliest? Läuft mein Leben trotzdem so ab, wie es vorgesehen war?«

Titus überlegte. »Das ist eigenartig. Normalerweise dürfte nichts, was der Schreiber aufgeschrieben hat, mehr zutreffen. Ich kann mir höchstens vorstellen, dass die Verbindung zu deinem Buch so eng war, dass du noch eine Weile gebraucht hast, um dich ganz von deinem alten Leben zu lösen und deshalb alles noch so abgelaufen ist, wie es dort steht. Damit dürfte jetzt dann aber Schluss sein. Ich spüre die große Freiheit in dir.«

»Das heißt also auch, dass die Szene über den geheimnisvollen Jungen so nicht zutreffen wird?« fragte Tilda mutlos.

»Vermutlich, ja«, erwiderte Titus und zuckte mit den Schultern.

9

Titus hatte sich verabschiedet. Er wollte noch mehr über die Zwischenwesen herausfinden. Tilda brauchte sich keine Sorgen um ihn machen. Durch seine Bedeutungslosigkeit würde niemand Notiz von ihm nehmen. Sie wiederum konnte ihn anhand des Gänseblümchens überall sofort erkennen.

Nachdem Tilda ihren Schwager Patrick im Krankenhaus besucht hatte – dem es trotz eines doppelten Rippenbruches und eines angebrochenen Armes einigermaßen gut ging – war sie noch auf einen Sprung zu Emilia und dem dreijährigen Timmy gegangen. Der Kleine freute sich immer riesig, wenn er sie sah. Tilda wurde jedes Mal von ihren plötzlichen Muttergefühlen übermannt, wusste oft gar nicht, wie sie die bedingungslose Liebe des kleinen Timmy erwidern sollte. Sie sah zum jetzigen Zeitpunkt weder einen Mann in ihrem Leben, mit dem sie sich Kinder vorstellen konnte, noch war sie bereit dafür. Trotz allem genoss sie es in vollen Zügen, Tante zu sein. Besonders jetzt, da man mit Timmy schon einiges unternehmen konnte, holte sie ihren Neffen hin und wieder zu einem Ausflug ab und schmunzelte dann über die erstaunten Blicke der Leute, die alle dachten, sie wäre Timmys Mutter.

Die Ablenkung hatte ihr gutgetan. Für den Abend hatte sie sich vorgenommen, noch einmal in aller Ruhe in ihrem Buch zu lesen. Leons Einladung hatte sie abgelehnt – für ihn hatte sie im Moment einfach keinen Kopf.

Sie kochte sich einen Tee, zog sich ihre gemütliche graue Jogginghose an und machte es sich auf der Couch bequem. Sie wollte endlich mehr über den geheimnisvollen Mann mit den braunen Augen herausfinden, der die Liebe ihres Lebens sein sollte, ganz egal, was Titus sagte. Schließlich hatte sie jetzt die Freiheit, selbst über ihr Leben zu entscheiden. Warum also nicht ein wenig in dem herumschmökern, was für sie vorgesehen gewesen wäre? Wenn der

Kerl nun wirklich die Liebe ihres Lebens sein sollte, durfte sie sich das nicht entgehen lassen!

Sie koppelte ihr iPhone mit der Stereoanlage und wählte den Ordner mit ihrer »Chillout«-Musik. Weil sie bereits wusste, dass das Buch ihr niemals seinen ganzen Inhalt zeigen würde, schlug sie es wahllos an einer beliebigen Stelle auf, ließ es dann offen auf den Boden fallen und sah nach, auf welcher Seite es gelandet war.

Höre zu und merke:
Im Blick allein liegt eure Stärke.
Habt ihr euch einmal gesehen,
so ist gleich um euch geschehen.
Mit einem Knall steht still die Zeit,
ihr seid allein, ihr seid zu zweit.
Doch nur für einen Augenblick,
dann kehrt ihr in die Zeit zurück.
Ab sofort und unumwunden
ist euer Herzschlag eng verbunden

Während sie las, griff sie nach dem Notizblock auf dem Tisch vor sich, ohne den Blick vom Buch zu lösen. Sie hatte Angst, dass alles wieder verschwunden war, sobald sie das Buch aus den Augen ließ. Den Blick weiter starr auf das Buch gerichtet, tastete sie nach dem Kugelschreiber, ergriff ihn und schrieb blind die Zeilen auf, die auf der Seite standen. Erst als das geglückt war, atmete sie auf, legte das Buch beiseite und fing an, über das kleine Gedicht nachzudenken.

Für Tildas Geschmack klang es wie aus einem kitschigen Film — aber je öfter sie es wiederholte, desto wärmer wurde ihr ums Herz, umso mehr wusste sie, dass sie genau das wollte. Sie spürte, dass dieser Spruch irgendetwas mit ihrem Leben zu tun hatte. Sie wusste nur nicht was. Doch sie war fest entschlossen, es herauszufinden.

Sie griff wieder nach dem Buch.

»Du bist also mein Leben«, sagte sie kopfschüttelnd. »Oder das, was es mal hätte werden sollen. Irgendein glubschäugiger Büchergeist hat dich geschrieben und mit irgendeiner Zauberei hat man dich mit mir und Titus verbunden. Warum willst du mir nicht sagen, was du für mich geplant hattest? Wäre mein Leben so furchtbar geworden, dass ich es nicht wissen darf? Ich möchte zu gern wissen, wer die Liebe meines Lebens sein soll! Ist es jemand, den ich kenne?«

Tilda zog die Augenbrauen hoch und seufzte. Sie hasste es zu warten. Vor allem aber hasste sie es, auf unbestimmte Zeit zu warten. Egal wie lange die Zeit war: Wenn man wusste, wie lange die Warterei dauerte, dann ließ sie sich leichter ertragen. Aber im Moment ging es ihr wie bei einem Date, bei dem man sich nicht sicher war, ob der andere auch wirklich kam.

»Das ist überhaupt das Schlimmste an der ganzen Sache! Ich weiß ja nicht einmal, ob ich den Mann meines Lebens überhaupt treffen werde – jetzt wo ich selbst über mein Leben bestimmen kann und alles, was in diesem verdammten Buch steht, gar nicht mehr stimmt!«, rief sie.

Es war schon paradox: Einerseits hatte sie die Kontrolle über ihr Leben erhalten, andererseits die Kontrolle verloren. Was nützte es ihr schon, eigenmächtig entscheiden zu können, wenn sie nicht wusste, wie sie ihren Traummann finden sollte.

Tilda schüttelte sich. »Ich sollte vermutlich versuchen, dieses Hirngespinst abzulegen. Irgendwann werde ich schon den Richtigen treffen – ob es nun der aus dem Buch ist oder nicht. Mein Leben ist jetzt völlig neu geordnet! Das, was im Buch steht, ist Schnee von gestern. Besser gesagt von morgen… Wie auch immer – es ist sinnlos, sich da hineinzusteigern!«

Was sich so toll angehört hatte – die Zukunft selbst bestimmen zu können – erschien Tilda wie ein Fluch. Welchen Vorteil hatte sie schon davon? Dass ihr Leben aus den Fugen geriet? Dass sie um die Liebe ihres Lebens gebracht worden war? Dass sie mit kleinen Bücherwesen redete, die sonst keiner sah und Angst vor Zwischenwesen hatte, von denen sie nicht einmal wusste, wie sie zu erkennen waren?

Wenn ich irgendjemandem davon erzähle, lässt er mich sofort in eine geschlossene Anstalt einweisen. Bitte lass mich aus diesem Albtraum aufwachen!

Wütend nahm sie noch einmal das Buch zur Hand und las an
einer beliebigen Stelle weiter:

Während **sie** *sich wünscht, der Situation zu entrinnen, ist Leon auf dem Weg zu* **ihr**. *Sie verschwendet keinen Gedanken an ihn, während* **sie** *auf der Couch sitzt und über Sinn und Unsinn* **ihres** *Lebens nachdenkt.* **Sie** *kann nicht begreifen, was* **ihr** *das Buch bringt.* **Sie** *ist wütend über die gesamte Situation.*

Schlagartig stand Tilda auf. Wenn das, was sie eben gelesen hatte,
tatsächlich ihr Leben war, dann war es eine Passage aus ihrem
neuen Leben – aus ihrem freien Leben. Und das bedeutete auch,
dass das so nicht vorgesehen sein konnte. Wie auch immer diese
Zeilen in das Buch geraten waren, sie hatten mit Sicherheit nicht
von Anfang an daringestanden. Da keiner mehr aus dem Buch
vorlas, gab es nur eine Möglichkeit zu überprüfen, ob die Zeilen
trotzdem stimmten…

Schnell griff sie zum Telefon und wählte Leons Handynummer.
Nach kurzem Läuten hob er ab: »Hey Süße! Alles klar?«

Tilda antwortete: »Ja, ja. Sag mal, ist das Gedankenübertragung
oder bilde ich mir nur ein, dass du gerade auf dem Weg zu mir
bist?«

Stille.

»Ich, äh, ich stehe tatsächlich quasi vor deiner Haustür.«

»Wow! Ähm, das… ich… Pass auf: Das war ein Witz! Ich hab
dich eben gesehen. Ich wollte dir nur sagen, dass ich gerade los bin,
um meine Schwester zu besuchen. Du weißt doch, dass Patrick den
Unfall hatte. Ihr geht es nicht so gut und sie braucht ein wenig Hilfe
mit Timmy. Ich meld mich später bei dir, ja?«

Leons Antwort hörte sie schon nicht mehr, so schnell hatte sie
aufgelegt.

»Es stimmt!«, jubelte sie. »Du weißt auch über meine neue Zukunft Bescheid!«

Sie hob das Buch hoch und küsste es. Vielleicht war ihre Begegnung mit dem geheimnisvollen Fremden doch nicht verloren.
Wenn die Szene mit Leon stimmte, dann konnte alles andere auch
eintreffen. Von ihrem Hochgefühl erfasst, drehte sie die Musik

lauter. Und während James Morrison mit Nelly Furtado im Duett »Broken strings« sang, läutete die Türglocke.

Überschwänglich öffnete sie – und hätte die Tür am liebsten gleich wieder zugemacht. Leon stand vor ihr und sah sie überaus wütend an.

»So, du bist also bei deiner Schwester?« schnaubte er.

»Ich hab etwas vergessen und musste nochmal zurück«, erwiderte Tilda zerknirscht.

»Schon klar: Ist dir unterwegs eingefallen, dass du noch deine Jogginghose anhast und dass du vergessen hast, die Musik auszumachen?«

»Leon, ich… Oh Mann, entschuldige bitte. Ich wollte dich nicht anlügen. Aber ich habe im Moment so viele andere Sachen um die Ohren…«

»Ach ja, und was denn bitte? Ich kann mir schon vorstellen, was das für Sachen sind! Wenn du einen anderen kennengelernt hast, dann sag es mir doch einfach!«

In der Wohnung unter ihr ging die Tür auf. *Auch das noch!* Um den neugierigen Augen und Ohren der Nachbarn zu entgehen, nahm Tilda Leons Hand und zog ihn in die Wohnung. Der aber fasste das völlig anders auf. Nachdem sie die Tür geschlossen hatte, begann er sie leidenschaftlich zu küssen.

Tilda war zu verdutzt, um sich zu wehren. Während sie Leons Kuss erwiderte, wurde ihr klar, wie gut ihr seine Nähe tat. Sie umarmte ihn, drückte ihren Körper an ihn und schloss für einen Moment die Augen. Sie sog seinen Geruch ein, als wäre er Nahrung. Ihre Hände glitten von seinen dichten braunen Haaren über seine straffen Oberarme, über seinen Rücken bis zu seinem Po, den sie manchmal heimlich anstarrte, weil er so unglaublich knackig war.

»Mann, Tilda, ich hab dich so vermisst…«, stöhnte Leon während seine Hände überall gleichzeitig waren. Als sie die Augen wieder öffnete, sah sie ihn an. *Er hat braune Augen!*

Das war ihr nie bewusst gewesen. Als Leon sah, wie verdutzt sie schaute, grinste er verschmitzt, hob sie mit einem Satz hoch und trug sie ins Schlafzimmer.

10

Nachdem Leon wieder gegangen war, seufzte Tilda tief. Sie war hin- und hergerissen. Sie hatte seine Nähe so sehr genossen und merkte, wie gut es ihr tat, ein wenig abgelenkt zu sein. Aber sie war sich ein weiteres Mal bewusstgeworden, dass Leon einfach nicht ihr Traummann war.

Warum mache ich es mir nur selbst so schwer? Leon ist perfekt! Er ist nicht nur gutaussehend, sondern ich fühle mich richtig wohl bei ihm. Jeder sagt wir wären ein absolutes Traumpaar. Und er hat auch noch braune Augen! Kann er derjenige sein, den das Buch mir offenbart hat? Quatsch, es gibt Millionen Jungs mit braunen Augen! Aber er ist immer so lieb zu mir! Er würde wirklich alles für mich tun. Er liest mir jeden Wunsch von den Augen ab. Er ... Scheiße, er liebt mich!

Durch Leons kleine Eifersuchtsszene war ihr klargeworden, dass da mehr sein musste. Dass er Gefühle für sie hatte. Warum sonst hätte er so reagieren sollen? Längst war ihr die lockere Affäre entglitten, die sie – einvernehmlich – von Anfang an hatten führen wollen. Sie hatte ein unglaublich schlechtes Gewissen und nahm sich vor, bei der nächsten Gelegenheit mit Leon zu reden. So schwer es ihr fiel, aber es blieb ihr unter diesen Umständen nichts anderes übrig, als alles zu beenden. Denn so perfekt eine feste Beziehung zu Leon war, so sehr fehlten ihr gewisse Dinge, die eine Beziehung ihrer Meinung nach ausmachten. Wo waren die Schmetterlinge im Bauch? Wo die Träume von einer gemeinsamen Zukunft? Wo war die Sehnsucht, wenn sie ihn einmal ein paar Tage nicht sah? Nein, das konnte nichts werden. Solche Gefühle kann man nicht erzwingen. Und doch... irgendwie würde er ihr fehlen, das wusste sie. Aber eben nicht auf diese Art, wie man jemanden vermisst, den man liebt. Sie würde generell die Nähe vermissen, die Zärtlichkeit, die er ihr gab, den Zeitvertreib, die lustigen Abende, die durchgetanzten Nächte, sein schelmisches Grinsen,

51

seine sanfte Stimme, seine breiten Schultern, seine Frisur, die nach dem Aufstehen immer so unglaublich süß zerstrubbelt aussah…

Wenn sie so darüber nachdachte, war es doch eine ganze Menge, was sie an Leon mochte.

Kann es sein, dass ich mich täusche? Wenn ich das jetzt beende, gibt es kein Zurück mehr! Er wird sicher nicht noch einmal angekrochen kommen. So gut wie er aussieht, kann er jede haben. Aber ich will ihn auch nicht enttäuschen. Dafür bedeutet er mir einfach zu viel! Wir sind schon fast in eine Beziehung reingerutscht! Wenn ich mich dafür entscheide, muss ich es auch durchziehen. Aber wenn ich ihn lieben würde, dann würde ich das doch merken…oder? Warum muss sowas nur immer so kompliziert sein?

Wie immer, wenn sie aufgewühlt war, verspürte sie das dringende Bedürfnis, jemandem davon zu erzählen. Sie nahm den Telefonhörer in die Hand. Wen sollte sie anrufen? Emilia hatte genug eigene Probleme, ihre Mutter wusste nicht einmal von ihrer Affäre mit Leon – und Mia stellte eine potentielle Gefahr da. Mia… Sie war im letzten Jahr zu ihrer engsten Freundin geworden. Mit ihr konnte sie reden als hätten sie sich schon ewig gekannt. Mia kannte jedes Detail ihrer Beziehung zu Leon. Tilda verspürte einen Stich im Herzen, als sie an Titus' Worte dachte. Wenn Mia wirklich ein Zwischenwesen war, dann war sie kurzerhand von der Freundin zur Feindin geworden. Wenn sie nur wüsste, was an ihrer Vermutung dran war. Sie musste unbedingt noch mehr über diese seltsamen Zwischenwesen herausfinden.

Tilda berührte ihre Kette. Wie durch ein Wunder stand plötzlich Titus vor ihr. »Titus! Was für ein Glück! Du kommst genau im richtigen Moment!« rief sie aus.

»Stets zu Ihren Diensten«, schmunzelte das kleine Bücherwesen und begann sogleich ausgiebig zu erzählen, was er herausgefunden hatte.

Tilda saß auf dem Boden, umarmte ihre Knie und lauschte Titus' Worten. Er hatte es geschafft, in die Bücherwelt zurückzukommen. Die Wachen waren seltsamerweise nicht mehr so aufmerksam wie beim letzten Mal gewesen und er hatte eine günstige Gelegenheit gefunden, unbemerkt durch das Tor zu schlüpfen. Er war direkt in den Lesesaal marschiert. So gefährlich das zunächst klang, so sicher war er kurioserweise dort gewesen: Die Vorleser waren so vertieft in ihre Arbeit, dass sie einen Besucher vermutlich gar nicht wahrnehmen konnten, außerdem hätte niemand von ihnen Alarm schlagen können, ohne den Energiefluss zu unterbrechen. Titus hatte alle Lebensbücher überprüft, die gerade vorgelesen wurden. Mias war nicht dabei.

»Stell dir das vor! Es gibt kein Buch über Mia!« sagt er.

Damit stand fest, dass Mia ein Zwischenwesen war – und dass Zwischenwesen ein von der Bücherwelt unabhängiges Leben führten, zwischen den Bücherwesen und ihnen bestand keinerlei Kontakt.

Tilda stand auf und schüttelte ungläubig den Kopf. »Du konntest unmöglich alle Bücher überprüfen, Titus, dazu reicht kein Menschenleben aus!«

Titus schmunzelte schon wieder. »Bei uns ticken die Uhren anders. Wenn du so willst, gibt es in der Bücherwelt keine Zeit – zumindest nicht so wie bei euch. Unsere Zeit läuft so langsam, dass wir viele Menschenleben lesen können, ohne merklich zu altern. Und noch dazu sind die Leser selbstverständlich nach Geburtsdaten geordnet. Da war es nicht so schwer für mich, das herauszufinden.«

»Jetzt muss ich mich also nicht nur von Leon trennen, sondern auch noch von meiner besten Freundin? Titus, ich kann das nicht! Ich will in mein altes Leben zurück! Du kannst nicht von mir verlangen, dass ich alles, was mir wichtig ist, einfach aufgebe!« Tildas Augen füllten sich mit Tränen. »Und hör gefälligst auf, meine Emotionen zu… essen – oder wie du das auch immer nennst!«

Titus setzte einen entschuldigenden Blick auf, fragte dann aber erstaunt: »Wieso musst du dich von Leon trennen? Wart ihr überhaupt richtig zusammen?«

Tilda schnaubte verächtlich. »Das spielt jetzt keine Rolle mehr. Dieses blöde Buch gibt mir ständig irgendwelche Hinweise auf einen geheimnisvollen Kerl, der wohl die Liebe meines Lebens sein soll. Nur leider habe ich nicht die geringste Ahnung, wer das sein soll! Ich habe nur einen winzigen Hinweis erhalten: Er hat braune Augen!«

»Aber Leon hat braune Augen«, unterbrach sie Titus.

»Haha, gut gekontert.« Tilda funkelte ihn wütend an. »Fast die gesamte Menschheit hat braune Augen! Du weißt doch, was ich für ihn fühle! Es ist alles gut, aber eben auch nicht! Ich fühle schon etwas für ihn, aber ich weiß einfach nicht, ob es ausreicht. Das kann's doch nicht sein, oder? Die einzige, mit der ich darüber reden könnte, ist Mia! Und die willst du mir jetzt auch noch wegnehmen!«

»Tilda, ich will dir doch niemanden wegnehmen!« Titus war ganz bestürzt. Allmählich schien er zu begreifen, welches Durcheinander er in Tildas Leben angerichtet hatte. Sein schlechtes Gewissen war ihm förmlich anzusehen. Aber noch mehr machte ihm zu schaffen sich nicht anmerken zu lassen, dass ihn die Energie aus Tildas Emotionen durchströmte.

»Ich rede morgen mit Mia!« sagte Tilda bestimmt. »Und es ist mir egal, was du dazu sagst! Das ist schließlich mein Leben!«

»Warum eigentlich nicht? Du musst ihr ja nichts von dem Buch erzählen.«

»Aber Titus! Damit hat doch das ganze Schlamassel erst angefangen!«

»Ich weiß, ich weiß. Aber mit Leons neuen Gefühlen für dich hat es nichts zu tun, oder? Das ist es doch, was dir im Moment am meisten zu schaffen macht!«

»Hm, naja, irgendwie hast du Recht, ich kann dich und das Buch erst einmal außen vor lassen und mir Rat wegen Leon holen. Aber wenn Mia nachfragt, werde ich sie nicht anlügen! Sie ist meine Freundin!«

»Ja, das verstehe ich. Ich kann mir auch nicht vorstellen, dass sie dir etwas tun würde. Ich weiß nur leider fast gar nichts über die Zwischenwesen. Irgendwo in meiner Welt gibt es einige Bücher, aber da bin ich vorhin nicht rangekommen…« Er überlegte. »Welche Hinweise hast du denn noch von deinem Buch erhalten?«

Tilda reichte ihm den Zettel mit dem Spruch. Titus las mit leiser Stimme die Worte.

»Höre zu und merke:

Im Blick allein liegt eure Stärke.

Habt ihr euch einmal gesehen,
so ist gleich um euch geschehen.
Mit einem Knall steht still die Zeit,
ihr seid allein, ihr seid zu zweit.
Doch nur für einen Augenblick,
dann kehrt ihr in die Zeit zurück.
Ab sofort und unumwunden
ist euer Herzschlag eng verbunden.«

Tilda sah ihn erwartungsvoll an.

»Das ist die Herzbande!« rief Titus aus.

»Die Herzbande? Was ist denn das schon wieder?«

»Das ist etwas, das der Menschheit verloren gegangen ist, seit wir die Leben lesen. Es ist… wie soll ich dir das erklären… Es ist so etwas wie Liebe auf den ersten Blick. Nur viel, viel stärker! Wenn zwei Menschen, die füreinander bestimmt sind, sich zum ersten Mal sehen, dann erleben sie genau das, was in dem Gedicht beschrieben ist. Zumindest ist das so überliefert. Ich habe so etwas noch kein einziges Mal vorgelesen, weil die Herzbande nur freien Menschen widerfahren kann.«

»Du willst damit sagen, ihr habt uns die Liebe auf den ersten Blick geklaut?« Tilda konnte nicht glauben, was sie da hörte.

Titus sah schuldbewusst zu Boden.

»Also so hab ich das noch nicht gesehen. Aber wir haben euch doch so viel Gutes gebracht! Ohne uns und die Ordnung eures Lebens würdet ihr wahrscheinlich heute noch in Höhlen sitzen und Bilder an die Wände malen!«

»Das kannst du doch gar nicht wissen!« erwiderte Tilda zornig. »Während ihr in eurer zeitlosen, langweiligen Welt herumsitzt und Gott spielt, habt ihr uns die Luft zum Atmen genommen: die Liebe!«

»Herrje, Tilda, das klingt doch aber reichlich pathetisch. Noch dazu aus deinem Munde! Ich weiß ganz genau, was du zu Leon gesagt hast: ›Ich seh das eher locker! Wer braucht schon feste Beziehungen?‹«, äffte er sie nach. »Und außerdem ist unsere Welt weder langweilig noch spielen wir Gott!«

»Mir doch egal! Mach doch, was du willst! Ich jedenfalls rede morgen mit Mia! Und bitte tu mir einen Gefallen und lass mich in Ruhe!«

»Wie du willst«, erwiderte Titus achselzuckend und verschwand.

11

Gut gelaunt und perfekt geschminkt wie immer schwebte Mia am nächsten Morgen durch die Eingangstür der Agentur. Als sie Tilda sah, kam sie mitfühlend auf sie zu: »Schatzilein, was ist denn passiert?«

Tilda sah Mia prüfend an. Keine Spur von Feindseligkeit in ihrem Blick – im Gegenteil: Mias Augen waren voller Sorge. *Sie kann kein Zwischenwesen sein! Und wenn, ist es mir auch egal. Sie ist meine Freundin und ich brauche jetzt jemanden, dem ich von Leon erzählen kann.*

»Ich muss mich von Leon trennen«, sagte Tilda und bemühte sich, nicht loszuheulen. Den ganzen vorherigen Abend war sie von Zweifeln geplagt worden, ob es wirklich richtig war, was sie vorhatte.

»Aber ihr seid doch gar nicht zusammen?«, fragte Mia vorsichtig.

»Jetzt fang du nicht auch noch damit an!«

»Entschuldige. Erzähl, was ist passiert?«

»Er ist in mich verliebt.«

»Oh – aber... Aber das ist doch toll...?«

»Soweit sollte es aber gar nicht kommen! Wir wollten einfach nur eine ganz ungezwungene Affäre, ohne Verpflichtungen, ohne den ganzen Beziehungskram.«

»Schon klar, aber wie sieht's denn mit dir aus? Bist du nicht in ihn...?«

»Nein!« entgegnete Tilda energisch, setzte dann aber gleich einen sanfteren Ton an. »Es ist alles perfekt – fast zu perfekt, wenn du mich fragst. Ich fühl mich wirklich wohl bei ihm, aber ... wie soll ich dir das erklären? Das gewisse Etwas fehlt einfach! Mia, du kennst uns doch beide. Wir sind nun wirklich kein Paar!«

»Ich versteh schon«, sagte Mia und eine Strähne ihrer schwarzen Haare fiel ihr ins Gesicht. »Mit Tom war es bei mir dasselbe. Nur dass ich mit ihm eine fast achtmonatige Beziehung geführt habe, bevor mir das klar wurde. Sei froh, dass du es jetzt gemerkt hast und nicht später. Wie hat Leon dir denn gesagt, dass er dich liebt?«

»Das hat er noch nicht direkt. Ich hab's nur einfach an seinem Verhalten gemerkt. Er hat eifersüchtig reagiert, weil ich ihm öfter abgesagt habe und dann hat er gesagt, er hätte mich so vermisst.«

Mia lachte: »Wie süß! Das kann ich mir bei Leon gar nicht vorstellen! Also Eifersucht vielleicht, aber dass er so etwas zu dir sagt? Das passt so gar nicht zu ihm! Aber hey, das ist ja perfekt! Wenn er es dir noch nicht einmal gesagt hat, dann macht es dir das nur noch leichter. Keine Sorge, das sollte ganz schnell gehen. Ruf ihn am besten gleich an!«

Tilda zog die Augenbrauen hoch: »Am Telefon? Nein, ich will schon persönlich mit ihm Schluss machen.«

»Es ist doch nicht richtig Schluss machen! Aber vielleicht hast du Recht und sagst es ihm besser persönlich. Es war ja trotzdem schon fast ein halbes Jahr, oder? Du solltest ihn anrufen, um ein Treffen auszumachen.«

»Ist ja gut! Ich ruf ihn an!« Tilda seufzte, griff zu ihrem Handy und wählte Leons Nummer. *Hoffentlich geht er überhaupt ran.* »Übrigens waren es mehr als sieben Monate!« fügte sie hinzu, während sie dem Klingeln lauschte.

»Guten Morgen, Süße«, meldete sich Leon und Tilda konnte ihn durchs Telefon lächeln hören.

»Hi Leon. Hast du vielleicht heute Abend kurz Zeit?« *Lieber mache ich es ganz schnell.*

»Für dich eigentlich immer, aber ich habe eben eine bescheuerte Dienstreise aufgebrummt bekommen, weil mein Kollege krank ist. Da bin ich erst nächsten Dienstag wieder zurück«, erklärte er verärgert.

»Oh, das ist ja blöd. Ich müsste dringend mit dir reden und weiß nicht, ob ich damit noch so lange warten kann.«

»Meine Mittagspause wird heute auch ausfallen, das tut mir ehrlich leid. Aber ich möchte auch etwas mit dir besprechen. Können wir das bitte auf Dienstag verschieben?«

Tilda atmete tief durch. *Jetzt oder nie!* »Das mit uns… Das kann nicht so weitergehen, Leon!«

»Ich weiß! Ich bin derselben Meinung wie du! Aber findest du, dass wir das am Telefon klären sollten? Bitte hab noch ein paar Tage Geduld. Ich lade dich Dienstagabend zum Essen ein, ja? Um acht bei mir! Dann reden wir in Ruhe über alles! Glaub mir, ich würde das auch lieber gleich heute hinter mich bringen.«

»Ja, ist gut. Dann bis Dienstag. Und viel Erfolg auf deiner Reise. Wo geht's denn hin?«

»Nach London. Aber ich werde keine Zeit zum Sightseeing haben, leider... Dann bis Dienstag! Ich freu mich schon auf dich!«

Mia blickte Tilda erwartungsvoll an.

»Und?«, fragte sie neugierig.

»Er muss beruflich nach London. Wir treffen uns am Dienstag bei ihm. Er hat mich zum Essen eingeladen!«

»Und wie hat er reagiert, als du gesagt hast, dass es so nicht weitergehen kann?«

»Das ist komisch. Er war derselben Meinung, wollte aber persönlich mit mir reden.«

»Na siehst du!« Mia strahlte. »So schlimm ist es doch gar nicht! Er ist wohl gar nicht verliebt in dich und ihr könnt am Dienstag in Ruhe alles klären!«

Tilda konnte sich nicht richtig freuen, was Mia sehr wunderte: »Bist du am Ende doch in ihn verliebt?«

»Nein«, widersprach Tilda. »Aber ich war mir so sicher, dass er...« Sie zuckte mit den Schultern. »Ist ja auch egal. Puh, jetzt geht es mir schon besser.«

»Na dann kannst du dich vielleicht auch endlich mal an deine Arbeit machen, meine Liebe«, kam es von Ute, die unbemerkt dazugekommen war.

»Sorry! Ich bin schon dabei«, rief Tilda schnell und auch Mia flitzte zu ihrem Arbeitsplatz.

12

Nur noch morgen, dann ist wieder Wochenende! Tilda fiel todmüde in ihr Bett. Der Tag hatte sie sehr geschlaucht und die Gedanken an Leon ließen sie nicht los. Insgeheim ärgerte es sie, dass Leon doch nicht in sie verliebt war. *Lächerlich! Ich sollte froh sein, dass es so ist! Das erspart mir einiges an Ärger!* Trotzdem war sie enttäuscht – bisher hatte sie geglaubt, eine gute Menschenkenntnis zu haben.

Was das Essen am Dienstag betraf, hatte sie ein mulmiges Gefühl. Sie hatte nie Probleme gehabt, offen mit Leon zu reden. Schließlich war alles von Anfang an ganz ungezwungen gewesen. Aber jetzt wo es ernst wurde, überfiel sie auf einmal die Panik.

Sie dachte an den Abend zurück, als sie Leon das erste Mal gesehen hatte. Der Tisch, an dem er gesessen hatte, war der einzige im ganzen Café mit zwei freien Plätzen gewesen. Mia und Tilda hatten sich mit ihrem süßesten Lächeln einfach dazugesetzt, obwohl Leon in Damenbegleitung gewesen war. Die hatte zwar etwas irritiert geschaut, sich dann aber wieder Leon zugewandt, während Mia und Tilda erleichtert geseufzt hatten, weil sie ihren Füßen eine Pause gönnen konnten.

»Wir sollten uns zum Weggehen wirklich Wechselschuhe einpacken«, hatte Tilda laut gelacht.

»Wo denkst du hin?«, hatte Mia entsetzt entgegnet. »Das geht absolut nicht mit der Handtaschenmode konform! In dieses Ding« – sie hatte auf ihre azurblaue Clutch gezeigt – »passt nicht einmal EIN Schuh rein!«

Leon hatte amüsiert gegrinst und gesagt: »Tut euch keinen Zwang an, Ladies! Weg mit den Schuhen! Ich melde mich schon, wenn's unerträglich wird.« Seine Begleitung, eine attraktive Brünette in einem engen schwarzen Kleid, hatte merklich genervt geschaut.

Im Hintergrund war Robin Thickes »Blurred Lines« zu hören gewesen – ein Song, bei dem Tilda immer in Hochstimmung geriet. War es wegen des Songs gewesen oder hatte es doch am Alkohol gelegen, dass Tilda sich zu einer frechen Bemerkung hatte hinreißen lassen:

»Wenn er ein echter Gentleman ist, dann bietet er uns eine Fußmassage an«, hatte sie lächelnd zu Mia gesagt, aber trotzdem so laut, dass Leon ihre Worte hatte hören können.

»Das würde ich mir gut überlegen«, hatte Leon erwidert, während er schelmisch zwinkerte. »Meine Massagen machen nämlich süchtig – stimmt's Jana?«

Jana im schwarzen Kleid hatte gezischt: »Sorry, Leon, darauf habe ich keinen Bock! Viel Spaß beim Massieren!« und war gegangen.

Mia hatte gekichert: »Oh, oh, Tilda! Du hast eine Beziehung zerstört!« und einen empörten Gesichtsausdruck aufgesetzt.

Tilda hatte schuldbewusst mit gesenktem Kopf in Leons Augen geblickt.

Der hatte noch immer gegrinst und gesagt: »Keine Sorge – Beziehungen sind ein Fremdwort für mich. Aber die Einladung zur Massage steht noch immer.«

Tilda schüttelte den Kopf, als sie daran zurückdachte.

Meine Güte, was für ein Angeber! Und sowas von unsensibel! Lässt einfach seine Begleitung links liegen und flirtet mit zwei anderen Mädels. Wie konnte ich überhaupt jemals etwas mit ihm anfangen?

In ihrer Gegenwart hatte Leon so etwas nie gemacht. Tilda wiederum hatte Leon nie auf Jana angesprochen. Seine Ex-Affären hatten sie nicht zu interessieren und sie musste zugeben, dass sie das auch nie interessiert hatte. Sie war nicht einmal neugierig, ob er neben ihr noch andere Affären hatte. Allerdings, im Moment hätte sie zu gern gewusst, wie viele Bekanntschaften er nebenher noch hatte. Sie hatte ihn zwar nie mit einer anderen gesehen, aber das musste ja nichts heißen.

Schluss jetzt! So kann ich nie damit abschließen! Die Sache ist ein für alle Mal vorbei! Und wenn doch nicht…?

Tilda war zu aufgewühlt, um zu schlafen.

Warum eigentlich warten? Ich habe doch ein Buch, das mir meine Zukunft verrät! Wie dumm von mir! Ich will nur schnell einen Blick auf den nächsten Dienstag werfen, damit ich beruhigt bin…

Ärgerlich blätterte Tilda durch die Seiten. *Das war klar! Du willst mir wieder einmal nichts verraten! Dann zeig doch, was du willst!* Wütend schmiss sie das Buch auf den Boden. Als sie sah, dass es aufgeschlagen auf ihrem Teppich lag, hob sie es schnell auf:

Die Menschenmenge ist sehr groß. Sie ist unsicher und noch ein wenig wackelig auf den Beinen. Herzukommen hat sie viel Energie gekostet. Aber sie weiß genau, was sie will und sucht systematisch die Menge ab. Ihre Kleidung ist ziemlich auffällig. Die Sonne blendet sie. Sie ist ratlos, weiß nicht, wie sie ihn finden soll. Wütend denkt sie darüber nach, warum sie so viel auf sich genommen hat, um hierherzukommen. London ist einfach viel zu groß, um einen einzigen Menschen zu finden, noch dazu in einer Menschenmenge wie dieser. Für sie ist es allein der Gedanke an die Liebe ihres Lebens, der sie weiter vorantreibt. Sie hat nur einen Gedanken: Ich finde ihn!

Der Rest verschwamm vor Tildas Augen zu unleserlichen Zeichen. In diesem Moment war es ihr auch völlig gleichgültig. *London! Warum London? Leon ist in London! Ist er doch…?*

Jetzt war endgültig nicht mehr an Schlaf zu denken. Tilda stand aus ihrem Bett auf, zog sich schnell einen Pullover über und ging im Zimmer umher.

Nach einigen Minuten setzte sie sich an ihren Computer und suchte nach Last-Minute-Flügen. *Wie blöd kann man eigentlich sein? Jetzt suche ich völlig verzweifelt mitten in der Nacht nach einem Flug! Und warum das alles? Weil mir ein dämliches Buch einen Hinweis gegeben hat. Ich weiß überhaupt nichts! Wo soll ich denn hin, wenn ich in London ankomme? Leon anrufen? Der würde noch denken, ich klammere. So ein Mist aber auch!*

13

»Titus! Wo bist du! Ich brauche dich!« Tilda hatte sich durch den letzten Arbeitstag der Woche gequält, auf dem Weg nach Hause spontan den letzten Flug des Tages nach London gebucht, in aller Eile die wichtigsten Sachen in ihre größte Handtasche gepackt und saß jetzt am Flughafen London Gatwick. Es war schon nach 23 Uhr und Tilda war hundemüde, hatte außerdem kein Hotel und fühlte sich so verloren wie schon lange nicht mehr. Wie um alles in der Welt hatte sie sich dazu hinreißen lassen, diesen Flug zu buchen, der nebenbei bemerkt nicht ganz billig gewesen war. Sie sehnte sich nach ihrem Bett.

Sie dachte an das Gänseblümchen, das sie im Anhänger um ihren Hals trug und wenige Sekunden später erblickte sie das kleine Bücherwesen, das sich wieder einmal tief verneigte.

»Wo kommst du nur immer so schnell her?« fragte Tilda ungläubig und setzte dann einen entschuldigenden Gesichtsaufdruck auf. »Es tut mir leid, dass ich letztes Mal so aufgebracht war. Und es tut mir leid, was ich über deine Welt gesagt habe. Aber ich blicke im Moment einfach nicht mehr durch! Und jetzt sitze ich hier, mitten in London und weiß nicht wohin!«

Das kleine Wesen sah sie so mitfühlend aus seinen großen Augen an, dass Tilda ganz warm ums Herz wurde. Sie war unendlich froh und erleichtert, nicht alleine in der fremden Stadt zu sitzen. Mit Titus — so unscheinbar er auch war — fühlte sie sich geborgen. Vielleicht lag es zum einen daran, dass er jedes Detail aus ihrem bisherigen Leben kannte, weil er es höchstpersönlich vorgelesen hatte. Vielleicht war es aber einfach nur die Tatsache, dass er der einzige war, mit dem sie offen über alle Ereignisse der letzten Zeit reden konnte, ohne sich dabei lächerlich vorzukommen.

Titus hörte geduldig zu, als Tilda ihm von der neuen Passage aus ihrem Buch erzählte, sagte dann aber: »Ich denke, dass du heute niemanden mehr triffst. Am besten ist, du suchst dir schnell eine Unterkunft.«

Das war leichter gesagt als getan. Die Schalter am Flughafen waren bereits alle geschlossen und Tilda hatte so gar keine Erfahrung mit spontanen Auslandsreisen. Als sie in einer Bar schließlich erfuhr, dass sie bis ins Zentrum von London noch eine Stunde Fahrt vor sich hatte, ließ sie sich erschöpft auf einen der Stühle sinken und vergrub den Kopf in ihren Händen.

»Du kommst aus Deutschland, oder?«, fragte der Barkeeper lächelnd. Er hatte blonde Haare, die er sich mit sehr viel Gel aufgestellt hatte, tiefblaue Augen mit dichten, langen Wimpern und ein freundliches Gesicht mit einer leicht krummen Nase.

»Ja.« Tilda nahm die Hände vom Gesicht und sah ihn musternd an.

»Wenn du eine Übernachtungsmöglichkeit brauchst – ich habe in einer Stunde Feierabend und wohne nicht weit von hier. Und ich habe sogar eine Ausziehcouch.«

Tilda dachte nach. Das Angebot auf ein Bett – oder zumindest auf eine Ausziehcouch – klang zu verlockend. Am liebsten wäre sie dem Barkeeper um den Hals gefallen. Aber andererseits konnte sie nicht einfach mit einem wildfremden Jungen mitgehen, von dem sie noch nicht einmal den Namen wusste. Jedenfalls nicht so weit weg von zu Hause.

»Das ist wirklich nett von dir«, sagte sie. »Aber ich weiß ehrlich nicht, ob ich dein Angebot annehmen kann. Ich kenne dich ja nicht einmal.«

»Ich heiße Jan«, erwiderte der und lachte. »Ich bin 26 Jahre alt und wohne seit zwei Jahren hier. Ich bin wegen meiner Freundin nach England gezogen, wir haben uns aber ziemlich schnell getrennt. Sie ist in die USA gegangen, ich bin hiergeblieben. So, jetzt kennst du mich. Und wenn dich das nicht zu sehr abschreckt, Prinzessin, hast du noch eine Stunde Zeit, mich weiter kennenzulernen. Dann kannst du immer noch nein sagen.«

Tilda musste lachen.

»Ok«, antwortete sie. »Das hört sich doch gut an.«

Die wenigen Passagiere, die jetzt noch am Flughafen landeten, hatten es eilig, zu ihren Hotels zu kommen. Deshalb war nicht gerade Hochbetrieb in der Bar und Tilda hatte Zeit, sich mit Jan zu unterhalten.

»Was treibt dich zu so später Stunde nach London?«, wollte er wissen.

Tilda seufzte. »Ach, das ist ein wenig kompliziert. Ich suche jemanden und habe erst gestern Abend den Hinweis bekommen, dass er sich in London aufhält.«

»Ich wusste es: Es geht um die Liebe!«, rief Jan aus. »So verrückte Sachen macht man nur aus Liebe. Ich weiß, wovon ich spreche. Erzähl: Wie lange kennst du ihn schon? Wohnt er hier in London?«

»Nein, er wohnt nicht hier. Also, ganz ehrlich gesagt, weiß ich das nicht genau. Ich weiß ja nicht einmal, wo ich ihn finden soll. Es ist … kompliziert. Und ich will auch nicht weiter darüber reden.«

»Wie du willst, Prinzessin«, Jan grinste verschmitzt. »Gehst du noch zur Schule?«

Dankbar, dass er von sich aus ein anderes Gesprächsthema anschlug, begann Tilda von ihrer Arbeit in der Agentur zu erzählen. Die Stunde verging wie im Flug und Tilda fasste Vertrauen zu dem sympathischen Barkeeper. Er stellte viele Fragen ohne aufdringlich zu sein. Er hörte zu, erzählte hin und wieder eine lustige Geschichte und lachte viel. Gerade rückte er Stühle und Tische zurecht und wollte wissen, ob sie sich entschieden hatte. Tilda warf Titus einen fragenden Blick zu. Der zuckte nur mit den Schultern, lächelte aber. Deshalb sagte Tilda: »Also, wenn es dir wirklich nichts ausmacht, würde ich dein Angebot gern annehmen.«

»Das freut mich, Prinzessin!« rief Jan aus und bot ihr seinen Arm. Tilda nahm dankend an und musste schmunzeln, als sie sah, dass Titus neben ihr spazierte, als wäre er ihr Kind. Noch immer fand sie es überaus faszinierend, dass niemand anders auch nur die geringste Notiz von dem Bücherwesen zu nehmen schien.

14

Am nächsten Morgen erwachte Tilda von herrlichem Kaffeeduft. Die Sonne schien schon durch die grün-rot gemusterten Gardinen. Jans spärlich eingerichtete Wohnung war erstaunlich gemütlich und Tilda hatte auf der geblümten Ausziehcouch hervorragend geschlafen. Titus war nicht von ihrer Seite gewichen, aber Jan war ganz Gentleman und hatte Tilda mit gebührendem Respekt behandelt.

»Guten Morgen«, rief Jan gut gelaunt. »Hast du gut geschlafen, Prinzessin?«

Tilda rieb sich die Augen und setzte sich auf.

»Wundervoll! Ich danke dir für deine Hilfe!«

»Gern geschehen. Wenn du mal wieder eine Übernachtungsmöglichkeit in London brauchst, dann melde dich bei mir. Und übrigens: Ich kenne mich in London gut aus. Wenn ich dir helfen kann, deinen Prinzen zu finden, dann frag mich. So eine Chance bekommst du nicht wieder!«

Tilda musste lachen. Jan war wirklich nett. Sie musste sich irgendwann revanchieren. Aber im Moment hatte sie nur den einen Gedanken: Sie musste los und IHN finden. Wenn sie nur gewusst hätte, wo sie zu suchen anfangen sollte.

»Die Menschenmenge ist sehr groß«, stand in meinem Buch. Wo kann das nur sein?

Als Tilda aus dem winzigen Bad kam, fragte sie aufgeregt: »Weißt du, wo es hier große Menschenmengen gibt?«

Jan sah sie verwundert an.

»Ich verstehe zwar den Zusammenhang nicht ganz, aber die meisten Menschen findest du sicherlich jeden Morgen an der Victoria Station. Dort treten sich Einheimische und Touristen geradezu auf die Füße. Ich kann dir aber viel schönere Plätze in London zeigen!«

»Wie komme ich zur Victoria Station?« fragte Tilda atemlos, ohne Jans letzten Satz zu beachten.

»Mit dem Gatwick Express, der fährt alle 15 Minuten. Aber jetzt setz dich doch erstmal und frühstücke in Ruhe!«

»Das ist wirklich lieb von dir, aber ich muss jetzt los! Tausend Dank, Jan! Ich melde mich bei dir, wenn ich wieder mehr Zeit habe!«

Wie von der Tarantel gestochen packte Tilda ihre wenigen Sachen zusammen, fragte währenddessen Jan nach dem schnellsten Weg zum Bahnhof, schlüpfte in ihre Schuhe und umarmte den verdutzten Barkeeper, bevor sie aus seiner Wohnung stürmte.

Keine 20 Minuten später saß sie im Gatwick Express und fuhr mit klopfendem Herzen der Victoria Station entgegen.

Die Fahrt verging wie im Flug. Wegen der vielen Menschen traute Tilda sich nicht, mit Titus zu reden. Es blieb ihnen nur eine stumme Unterhaltung. Titus blickte sie mit riesigen, fragenden Augen an, hob die Schultern und die Augenbrauen und drehte seine Handflächen nach oben.

»Was in aller Welt machst du hier für eine Schwachsinns-Aktion?«, schien er zu fragen.

Tilda antwortete, indem sie die Lippen zu einem schiefen Lächeln verzog, ebenfalls die Augenbrauen hochzog und mit den Schultern zuckte.

Titus verdrehte die Augen und tippte sich mit dem Finger an die Stirn.

Tilda blickte ihn wütend, aber mit einem Hauch von Belustigung an, faltete dann ihre Hände vor dem Oberkörper und formte mit den Lippen ein stilles »Bitte!«.

Titus spielte den Genervten, nickte aber mit dem Kopf – gleichzeitig deutete er auf den Mann, der Tilda gegenübersaß und die stumme Unterredung verwirrt beobachtete.

Tilda nickte kaum merklich und verhielt sich für den Rest der Fahrt ruhig. Je näher sie der Victoria Station kamen, desto unruhiger wurde Tilda. Sie wusste überhaupt nicht, was sie dort erwartete, hoffte aber einfach, dass diese Passage aus dem Buch ihres Lebens eintreffen würde, wie es auch die anderen getan hatten.

Als der Zug hielt, schloss Tilda die Augen. Sie wollte warten, bis die meisten Leute ausgestiegen waren, weil sie fürchterlich nervös war. *Vielleicht treffe ich jetzt gleich meinen Traummann! Wie wird er nur aussehen? Oder ist es am Ende doch Leon?*

Zögernd und mit zitternden Knien verließ Tilda schließlich den Zug und erblickte eine gnadenlos überfüllte Victoria Station. Menschen mit Koffern, Menschen mit Aktentaschen, Menschen in Businesskleidung, Menschen in Touristenoutfits, Menschen mit braunen, blauen und grünen Augen: Die ganze Welt schien sich an diesem Bahnhof versammelt zu haben. Und alle – bis auf Tilda – hatten es ungeheuer eilig, hasteten von einer Seite zur anderen, vom Zug zur U-Bahn, zum Bus oder einfach raus aus dem Bahnhofsgebäude.

Tilda versuchte, in die Gesichter der Menschen zu sehen, in der Hoffnung, etwas Vertrautes zu erkennen oder zumindest eine Reaktion zu provozieren. Immer wieder machte sie sich darauf gefasst, Leon ins Gesicht zu blicken. Mehrere Male meinte sie, ihn zu erkennen, um dann noch rechtzeitig zu bemerken, dass sie sich getäuscht hatte.

Der ein oder andere lächelte ihr freundlich, aber distanziert zu, die meisten gingen jedoch vorüber, ohne ihr Beachtung zu schenken. Mit jeder Sekunde wurde Tilda mutloser, sank immer mehr in sich zusammen. Sie war maßlos enttäuscht. Sie hatte zwar nicht gewusst, was sie hier erwartete, doch sie hatte wenigstens IRGENDETWAS erwartet. Dass ganz einfach nichts passierte und das Leben einfach so an ihr vorbeizog, ohne innezuhalten und sie zu seinem Mittelpunkt zu machen, konnte sie nicht glauben.

Mit einem Schlag war Tilda in der Realität angekommen. Eine stumme Träne lief ihr die Wange hinunter. Hier – das wurde ihr jetzt klar – würde sie ihren Traummann nicht finden. Wie hatte sie nur so naiv sein können, allein auf Grund eines Satzes in einem Buch nach London zu fliegen – ohne zu wissen, auf was sie dort treffen würde? Sie ärgerte sich über ihre Dummheit und ihre hoffnungslos romantische Ader. Warum sollte ausgerechnet sie einen Jungen treffen, bei dessen Anblick sie sofort wusste »Er ist es!«, wenn doch andere lange Zeit mühselig um ihre Beziehungen kämpften. Sie kam sich nicht nur dumm, sondern absolut fehl am Platz vor und wäre am liebsten auf der Stelle im Boden versunken.

Titus griff nach ihrer Hand. Zunächst wollte Tilda die Berührung abwehren, aber sie spürte schnell, dass eine wohltuende Wärme von Titus ausging, die sie durchströmte und ihr neue Kraft verlieh.

»Lass uns nach Hause fahren«, sagte Titus leise. Tilda nickte.

15

Auf dem Rückflug am späten Nachmittag saß Tilda auf einem Mittelplatz im Flieger und war zwischen zwei Männern eingequetscht, die beide gerade so noch in ihren Sitz passten. Titus saß auf dem Gang und hüpfte nur hin und wieder zur Seite, wenn Passagiere oder die Flugbegleiterinnen vorbeigingen. Tilda wollte das kleine Bücherwesen nicht anschauen. Sie schämt sich für ihre Aktion und wollte am liebsten niemanden sehen. Titus war sehr mitfühlend und hielt sich mit seinen üblichen frechen Behauptungen zurück.

Tilda stöpselte die Kopfhörer an ihr iPhone und suchte nach einem Song, der zu ihrer aktuellen Stimmung passte. Es dauerte eine Weile, aber dann hatte sie ihn gefunden. Sie drückte auf »Wiederholen« und hörte die ganze nächste Stunde Eric Carmens »All by myself«.

Samstagabend erreichte sie vollkommen erledigt ihre Wohnung. Ihr Handy hatte sie nach dem Flug konsequent ausgeschaltet gelassen – weil sie genau wusste, dass Mia anrufen würde, um mit ihr wegzugehen. Das konnte sie einfach nicht. Zum einen, weil ihr die Kraft fehlte, zum anderen, weil sie Mia dann sicherlich alles erzählen musste. Und Mia war ihr irgendwie unheimlich geworden.

Tilda fiel es schwer, sich ihr gegenüber so unbeschwert zu zeigen wie vorher. Sie hatte keine Angst, dass Mia ihr etwas antun könnte – dazu waren sie zu eng befreundet – und trotzdem wusste sie die Folgen ganz und gar nicht einzuschätzen und hatte entschieden, ihr Geheimnis um das Buch und Titus so lange es ging für sich zu behalten. Allein die Tatsache, dass Mia ein Zwischenwesen war, bereitete ihr großes Kopfzerbrechen.

Titus war die ganze Zeit nicht von ihrer Seite gewichen. Es tat so gut, ihn bei sich zu wissen. Tilda fühlte sich selbst mit ihm schon mutterseelenallein – gar nicht auszumalen, wie es ihr ohne Titus ginge.

»Am besten, du legst dich gleich ins Bett. Du siehst schrecklich müde aus«, sagte Titus und lächelte sie aufmunternd an.

»Nein! Ich werde mir jetzt mein Buch vorknöpfen. Das dumme Ding kann mich doch nicht einfach so hängen lassen! Ich will jetzt sofort mehr wissen! Vielleicht können wir ja gemeinsam mehr aus ihm herausfinden?«

Titus grinste, als er Tildas herausfordernden Blick sah. »Du bist die Chefin«, meinte er achselzuckend und fügte hinzu: »Na, dann gib mal her das gute Stück.«

Er holte tief Luft, bevor er Tildas Buch berührte und ließ dann einen tiefen Seufzer hören. Als er durch die Seiten blätterte, verschmolz er förmlich mit dem Buch, wurde vollkommener. Alle seine kleinen Rundungen wurden ein Stückchen runder, seine Haut glatter. Seine Gestalt strahlte von innen heraus. Tilda konnte zumindest ein Stück weit erahnen, wie sein Leben in der Bücherwelt ausgesehen hatte und musste feststellen, dass das – entgegen ihrer vorherigen Meinung – ein recht angenehmes Leben gewesen sein musste.

»Kannst du etwas lesen?« fragte sie erwartungsvoll.

»Nein. Ich verstehe jetzt erst, was du damit gemeint hast, als du gesagt hast, dass die Buchstaben vor deinen Augen verschwimmen. Es ist tatsächlich so, als wolle das Buch nichts preisgeben. Aber wir wollen doch mal sehen, wer länger durchhält.«

Titus wirkte hochkonzentriert, blätterte ehrfürchtig aber konsequent weiter, hielt bisweilen inne – dann stockte Tilda jedes Mal der Atem – um dann doch wieder weiterzublättern. So ging das eine ganze Weile und Tilda bemerkte, wie viel Kraft es Titus zu kosten schien. Dann stieß das Bücherwesen einen kurzen Jubelschrei aus.

»Da!« rief es und zeigte mit dem Finger auf eine Passage, die Tilda sogleich vorlas:

*Sie lässt ihren Blick über die begeisterte Menge schweifen. Während die Sportler mit ihren Fahnen durch das Stadion schreiten, hat **sie** nur eines im Kopf: **Sie** muss ihn finden – und das innerhalb kürzester Zeit. **Sie** denkt daran, dass **sie** unter*

»Das war's schon?« fragte Tilda ungläubig.

»Hm. Sieht so aus«, sagte Titus.

Tilda blätterte verzweifelt durch die Seiten des Buches, aber es war vergebens.

»Ich habe fast den Eindruck, dass das Buch in der Menschenwelt viel zu wenig Energie besitzt. Mehr als ein kurzes Stück schafft es nicht preiszugeben.«

»Du meinst, es muss sich erst wieder aufladen?«

»So scheint es, ja.« Titus zuckte mit den Schultern.

»Nimm es doch mit in die Bücherwelt und lies dir dort durch, was mit mir geschieht!« rief Tilda aus.

»Das ist ein Risiko, das wir nicht eingehen können! Ich kann dir nicht garantieren, dass ich es heil wieder heraus bekomme. Oder schlimmer noch: Es könnte genauso gut sein, dass dein Leben weitergelesen wird. Dann hättest du deine Freiheit verloren.«

Tilda schloss verzweifelt die Augen. Eine tiefe Falte bildete sich zwischen ihren Augenbrauen. »Wir haben also zwei Möglichkeiten«, bemerkte sie schließlich. »Entweder wir warten, bis das Buch die nächste Passage ausspuckt oder wir versuchen uns einstweilen, einen Reim aus dem zu machen, was wir bis jetzt haben.

»Na dann los«, grinste Titus.

Tilda griff nach ihrem Notizblock, in den sie bereits das Gedicht der Herzbande geschrieben hatte. Auf die nächste Seite schrieb sie ein paar Schlagwörter:

Stadion

Menge

wenig Zeit

gute Arbeit unter Druck

Sportler

vorsichtig

»Fällt dir noch etwas ein?«, fragte sie Titus. Der schüttelte den Kopf, meinte aber: »Kannst du dich noch an die letzten Passagen aus dem Buch erinnern, die du über das Zusammentreffen mit deinem Traummann gelesen hast?«

Tilda überlegte eine Weile, ergänzte dann ihre Liste um weitere Schlagwörter:

wackelig auf den Beinen

viel Energie gebraucht, um herzukommen

auffällige Kleidung

London

braune Augen

Noch einmal schloss Tilda die Augen, um zu überlegen. Schließlich schüttelte sie den Kopf. »Das war's. Mehr fällt mir nicht mehr ein.«

Titus, der alles mitgelesen hatte, meinte: »Das ist doch schon eine ganze Menge! Du bist auf jeden Fall bei einem großen Sportereignis in London.«

»Super kombiniert«, entgegnete Tilda sarkastisch. »Und offenbar bin ich zu Fuß hingelaufen, weil ich fix und fertig bin. Und obendrein bin ich angezogen wie ein Paradiesvogel. Ganz ehrlich: Das ist ganz schöner Quatsch!«

Titus sah sie tadelnd an: »Es ergibt alles einen Sinn, das kannst du mir glauben. Wir müssen nur noch herausfinden, welchen.«

»Vielleicht habe ich nur ein wenig zu viel getrunken und die Nacht im Partyoutfit durchgemacht? Das würde auch erklären, warum ich wackelig auf den Beinen bin«, lachte Tilda.

»Jetzt hör doch mal auf damit!« Titus wirkte beleidigt. »Ich will dir helfen und du ziehst das nur ins Lächerliche!«

»Ist ja gut, entschuldige. Also, womit fangen wir an? Mit der Sportveranstaltung? Welche großen Sportereignisse gibt es denn in London? Bei jedem Fußballspiel sind viele Zuschauer! Und es gibt mit Sicherheit mehrere Fußballclubs in London…«

»Nein, nein, das ist etwas Größeres als ein normales Fußballspiel. Im Buch stand, dass die Sportler durch das Stadion schreiten. Das ist ein offizieller Einmarsch. Sie haben sogar Fahnen dabei!«

Tilda überlegte. »Bei Fahnen fällt mir nur Olympia ein. Aber die Olympischen Spiele waren erst 2012 in London. Die sind bestimmt nicht so schnell wieder dort. Also muss es etwas anderes sein.«

16

Bis spät in die Nacht hatten Titus und Tilda noch gegrübelt, gegoogelt und anschließend wieder alles verworfen. Es ließ sich kein künftiges Sportereignis in London finden, bei dem ein offizieller Einmarsch mit Fahnen stattfand. Außerdem blieb da noch immer die Frage nach Tildas auffälliger Kleidung und ihrer körperlichen Erschöpfung.

Als Tilda am Sonntagvormittag aufwachte, fühlte sie sich kein bisschen ausgeschlafen. Die Gedanken an London und ihr Buch hatten sie bis in ihre Träume verfolgt und ihr keine Ruhe gelassen. Titus dagegen wirkte frisch wie eh und je – sofern man bei seinem zerknitterten Gesicht überhaupt von frisch sprechen konnte.

Das erste, was Tilda tat, war durch ihr Buch zu blättern. *Du hattest jetzt eine ganze Nacht Zeit, dich zu erholen! Zeig mir wieder etwas Neues! Bitte!* Aber weder sie noch Titus konnten dem Buch eine neue Passage entlocken. Enttäuscht schlurfte Tilda in die Küche, um sich einen Kaffee zu machen. Titus lief im Wohnzimmer auf und ab, tief in Gedanken versunken und murmelte leise vor sich hin.

Tilda blickte auf das kleine Bücherwesen und sagte missmutig: »So kommen wir nicht weiter. Lass uns über etwas anderes reden, damit ich endlich auf andere Gedanken komme!«

Titus presste die Lippen aufeinander und sagte: »Ich denke dauernd, die Lösung liegt mir auf der Zunge. Aber ich komme einfach nicht darauf! Egal, wahrscheinlich hast du Recht. Wir sollten über etwas anderes reden. Hast du einen Vorschlag?«

»Ja!«, rief Tilda aus. »Erzähl mir noch mehr aus deiner Welt! Wie läuft das ab, wenn du eine neue Lebensgeschichte vorlesen sollst?«

»Wenn ein Leben beendet ist und das Buch sicher im großen Saal angekommen ist, muss jeder Leser sofort weiter zu seiner nächsten Geschichte.«

»Ihr macht keine Pausen dazwischen?« unterbrach ihn Tilda.

»Nein, die brauchen wir auch nicht. Wir müssen ja weder essen, noch trinken, noch schlafen.«

»Und was ist mit Freunden? Habt ihr denn keine Freizeit?«

»Das ist schwer zu erklären. In meiner Welt gibt es so etwas wie Freundschaft nicht. Wir brauchen das nicht.«

Tilda sah ihn mitfühlend an: »Dann hast du also noch niemals einen richtigen Freund gehabt?«

»Nein.« Titus zuckte mit den Schultern. »Wenn man es aus menschlicher Sicht sieht, nicht. Aber das ist nicht weiter schlimm. Keiner von uns vermisst das. Obwohl wir durch das Lesen und Schreiben ständig mit der Menschenwelt in Kontakt stehen und sehen, wie es dort zugeht, verspürt niemals jemand das Bedürfnis danach. Alles Menschliche ist – nun ja…« Er stockte.

»Was denn?«, fragte Tilda neugierig.

»Es hört sich komisch an. Aber wir Bücherwesen sind weiter entwickelt als ihr Menschen. Alles, was typisch menschlich ist, würde für uns allein deswegen nicht in Frage kommen, weil es uns auf eine niedrigere Stufe stellen würde.«

Tilda zog die Augenbrauen hoch, begann aber nicht – wie Titus es erwartet hatte – loszuschimpfen. Sie sagte nur: »Wer weiß, wo die Menschen heute stehen würden, wenn ihr uns nicht in die Sklaverei geschickt hättet.«

Titus setzte einen beleidigten Gesichtsausdruck auf, während Tilda hinzufügte: »Wie auch immer, ändern können wir sowieso nichts mehr. Aber ich finde, dir gefällt die Menschenwelt ziemlich gut, Titus! Du nimmst richtig menschliche Züge an…«

Während Tilda grinste, sprach Titus: »Eigentlich ist das eine schlimme Beleidigung, aber ich muss zugeben: So ein bisschen menscheln macht mir großen Spaß!«

»Es wird dir auch nichts anderes übrigbleiben – schließlich wirst du dich damit abfinden müssen, hier zu bleiben, denn in die Bücherwelt darfst du nicht mehr zurück, sagtest du doch.«

»Ja, das stimmt. Außer ich finde eine Möglichkeit alles ungeschehen zu machen. Ich müsste es nur schaffen, unscheinbar einem neuen Buch zugewiesen zu werden. Wenn der Prozess einmal gestartet ist, darf er unter keinen Umständen unterbrochen werden.

Ich bräuchte nur einen Schreiber, der mich mit in die Vergangenheit nimmt, dann…« Titus riss die Augen auf.

Tilda sah ihn erschrocken an: »Was dann? Titus, was ist los?«

»Tilda! Ich hab es!« jubelte Titus laut.

»Das freut mich sehr für dich. Aber kannst du mich wenigstens ab und zu einmal besuchen?« fragte Tilda traurig. Sie konnte es nicht glauben, dass die Zeit mit dem kleinen Fabelwesen so schnell vorüber sein sollte.

»Ach Quatsch!« rief Titus. »Vergiss meine Rückkehr in die Bücherwelt! Ich weiß jetzt, wie du deinen Traummann findest!«

Sofort war Tilda wieder bei der Sache.

Titus fuhr aufgeregt fort: »Diese ganze Geschichte von wegen, es hat viel Energie gekostet, nach London zu kommen. Das ist die Lösung: Du triffst deinen Traummann nicht in der Zukunft, sondern in der Vergangenheit!«

»Äh…« entfuhr es Tilda, die völlig verwirrt war und schon dachte, der kleine Büchergeist sei völlig durchgedreht.

»Jetzt pass mal auf: Dieser Einmarsch in einer solchen Größenordnung, das kann nur Olympia sein, soweit waren wir uns doch schon einig. Alles hat gestimmt, nur die Zeit nicht und deswegen haben wir auch nicht weiter an Olympia festgehalten. Wenn wir aber nun die Möglichkeit hätten, frei durch alle Zeiten zu reisen, könnten wir in beide Richtungen denken – nicht nur in die zukünftige, sondern auch in die vergangene. Das bedeutet, dass die Lösung klar auf der Hand liegt! Wir reisen ins Jahr 2012!«

»Ins Jahr 2012?« Tilda sah Titus ungläubig an und hob ihre Hände. »Tut mir leid. Da bin ich raus. Ich würde mit dir an jeden Ort der Welt reisen. Aber doch nicht in die Vergangenheit! Du spinnst doch! Ich meine: Magie schön und gut – aber das ist eindeutig zu viel! Du machst nur Witze, stimmt's?« Titus sah sie nur kopfschüttelnd an. »Du meinst das ernst? Du willst allen Ernstes zurück in die Vergangenheit springen? Aber…« In Tildas Kopf ratterte es. Sie ging nochmal alles durch, was Titus ihr gesagt hatte. Es ergab tatsächlich einen Sinn, so schwer das auch zu glauben war. Sie lachte leise. »Das ist wirklich dein Ernst. Oh Mann, das ist zu krass.« Sie schloss kurz die Augen und verzog das Gesicht zu einer Grimasse. »Also schön. Aber verrate mir doch mal eins: Wie willst du das machen? Ich dachte, als Leser kannst du nicht zeitreisen…«

»Gut aufgepasst!«, lobte Titus. »Es fällt mir in der Tat nicht so leicht wie den Schreibern, das stimmt. Das heißt aber nicht, dass wir es nicht mit ein wenig Magie schaffen können. Kostet zwar eine Menge Energie«, – er grinste – »aber machbar ist es.«

Tilda sprang auf, nahm die Tasse mit dem längst kalt gewordenen Kaffee in die Hand, trank einen Schluck und sagte dann: »Du bist echt der Wahnsinn. Du sagst also, jeder kann so mir nichts, dir nichts durch die Zeit reisen?«

»Naja, ganz so einfach ist es nicht, aber ja: Jeder kann das. Theoretisch. Und wir werden das jetzt in die Praxis umsetzen.«

»Klasse!«, rief Tilda und klatschte in die Hände. Ihre Müdigkeit war verflogen. »Was brauchen wir dazu? Machst du einen Zaubertrank?«

Titus sah aus, als würde er gleich in lautes Lachen losbrechen, aber er riss sich zusammen. »Nicht ganz, meine Liebe. Wir brauchen einen Spiegel und eine Menge Energie. Am besten besorgen wir uns einen Gegenstand, der für das Jahr 2012 steht. Dann brauchen wir nicht ganz so viel Energie.«

»Ok, schön langsam. Welche Art von Energie brauchen wir für unsere Zeitreise?« fragte Tilda.

»Oh, entschuldige. Bei euch gibt es ja viele unterschiedliche Arten von Energien. Ich meine die Energie, die entsteht, wenn ein Mensch fühlt. Die Energie, von der wir in der Bücherwelt leben.«

17

So einfach, wie es sich anfangs angehört hatte, war es dann doch nicht. Titus hatte Tilda aufgetragen, einen Gegenstand zu suchen, in dem sie ihre Energie sammeln konnte. Wichtig war nur, dass dieser Gegenstand in Tilda selbst Gefühle auslöste. Es musste also etwas sein, mit dem sie etwas Wichtiges verband – egal ob in positiver oder in negativer Hinsicht. Tilda war sich schnell sicher, was sie auswählen wollte: ihren Anhänger mit dem Gänseblümchen. Immer wenn sie ihn ansah, wurde sie daran erinnert, wie in kürzester Zeit ihr ganzes Leben umgekrempelt worden war.

Der nächste Schritt war wesentlich schwieriger. Tilda musste lernen, wie sie Energie bündeln und in den Anhänger bannen konnte. Weil sie als Mensch keine Ahnung von diesen ganzen Energien hatte, wusste sie auch nicht, wo sie zu finden waren. Titus versuchte immer wieder, es ihr zu erklären. Alles, was Emotionen zeigte, sonderte einen riesigen Schwall an Energie ab, die zum größten Teil an die Luft abgegeben wurde. Die Bücherwelt erhielt durch ihre Verbindung mit jedem Menschen genug, ein noch viel größerer Teil aber verpuffte ganz einfach. Tilda musste es nur schaffen, eine kleine Menge davon einzusammeln. Angeblich funktionierte das Bannen der Energie rein durch Gedankenkraft. Tilda sollte sich vorstellen, wie sie die Energie mit bloßen Händen in ihren Anhänger steckte. Wenn sie eine Szene mit intensiven Gefühlen fanden, würde das ganz schnell gehen, versprach Titus.

Aber es wollte ihr einfach nicht gelingen. Nicht, als die junge Mutter voller Liebe ihr Kind tröstete, das eben aufs Knie gefallen war. Nicht, als das Paar gegenüber eine kleine Meinungsverschiedenheit austrug. Und auch nicht, als eine Frau mit Tränen in den Augen den Friedhof verließ. Tilda konnte sich beim besten Willen nicht vorstellen, wie sie es schaffen sollte, diese Energie, die sie weder sehen noch spüren konnte, in ihren kleinen Anhänger zu bringen.

»Können wir nicht versuchen, einen Gegenstand zu finden, der bereits genügend Energie besitzt?«, fragte sie am Abend völlig erschöpft und ließ sich auf einer Bank nieder. Es hatte schon begonnen zu dämmern.

»Leider nein«, sagte Titus. »Ein Gegenstand, der für das Jahr 2012 steht, hilft uns zwar, aber du brauchst trotzdem eine eigene Energiequelle.«

»Kannst du nicht die Energie für mich dort hineinfüllen?«, fragte Tilda mutlos.

»Das geht auch nicht, denn es muss deine Energie sein, die dich zeitreisen lässt. Andernfalls bringt sie nur mir etwas. Aber lass doch mal sehen, ob ich den Anhänger vielleicht ein wenig empfänglicher für Energie machen kann. Vielleicht ist er ja blockiert«, meinte Titus.

Tilda griff nach ihrer Kette, die sie seit einiger Zeit nicht mehr abgenommen hatte. Im selben Moment kam Mia um die Ecke.

»Hey, Tilda! Was für ein Zufall! Geht's dir gut?«, fragte sie fröhlich.

Bei Tilda schrillten alle Alarmglocken. Sie hielt noch immer die Hand um ihren Kettenanhänger und versuchte Mias Blick zu deuten. Ihre Freundin sah aus wie immer, war freundlich wie immer. Und doch hatte sich etwas verändert: Ihre Augen funkelten auf eine seltsame Art, die Tilda unheimlich war.

»Hallo Mia! Ja, alles gut. Ich hab nur kurz verschnauft, aber jetzt wird's Zeit, nach Hause zu gehen«, sagte sie so lässig wie möglich und versuchte, einen Seitenblick auf Titus zu werfen, den Mia offenbar nicht bemerkt hatte.

Mia ließ sich neben Tilda auf der Bank nieder und hätte sich um ein Haar auf Titus gesetzt. Er konnte im letzten Moment herunterspringen und sich hinter die Bank retten.

»Ich habe gestern Abend versucht dich anzurufen. Was war denn los?«

»Mir war nicht nach Weggehen«, antwortete Tilda wahrheitsgetreu.

»Und nach Reden wohl auch nicht, hm?« Mia zog die Augenbrauen hoch und machte eine Schnute. »Ist alles ok bei dir?«

»Ja, sicher«, entgegnete Tilda. *Wenn du wüsstest! Ach Mia, ich würde dir so gerne alles erzählen. Du wüsstest sicher, was zu tun ist!*

Tilda blickte verstohlen zu Titus hinunter, der mit ernster Miene den Kopf schüttelte. Tilda seufzte.

»Ich bin ja zu neugierig, was es mit diesem Anhänger auf sich hat! Wem hast du denn versprochen, ihn niemals abzunehmen? Leon kann es ja nun nicht mehr sein! Hast du etwa doch schon jemand anderen?«

Tilda wurde rot und der Griff um ihren Anhänger noch fester.

»Ha! Wusste ich's doch! Wer ist es? Kenne ich ihn? Kein Wunder, dass du Leon so schnell wie möglich loswerden wolltest...«

Tilda schüttelte den Kopf und löste ihre Hand von der Kette. »Nein, nein. Ich habe niemand anderen. Wirklich nicht. Es ist ein sehr altes Schmuckstück und... ach, ich will jetzt nicht darüber reden.«

Mia zuckte mit den Schultern. »Wie du willst. Aber es ist faszinierend...« Im selben Moment griff sie nach dem Anhänger. Tilda reagierte schnell und riss ihr das Schmuckstück aus der Hand, aber es war zu spät: Mia hatte den Anhänger berührt. Tilda konnte sehen, wie sie mit einem Mal stockte. *Ob sie Titus nun sehen kann?*

Mia ließ sich nichts weiter anmerken, verabschiedete sich aber sehr schnell. Tilda kam das gerade recht. Mit klopfendem Herzen fragte sie Titus: »Weiß sie jetzt Bescheid?«

Der erwiderte achselzuckend: »Kann sein, glaube ich aber eher nicht. Die Berührung war sehr kurz. Ich denke nicht, dass sie mich bemerkt hat. Vielleicht kann sie Bücherwesen doch nicht riechen. Gib mal her«, forderte er und nickte dem Anhänger zu.

Er untersuchte Tildas Kettenanhänger ausgiebig, drehte und wendete ihn in seinen Händen, schloss immer wieder die Augen und gab ihn ihr dann kopfschüttelnd zurück.

»Du hast da einen ganz besonderen Anhänger. Kein Wunder, dass Mia so scharf darauf ist. Er ist ein magisches Kleinod. Was er kann, konnte ich nicht erkennen, aber das wirst du vermutlich bald herausfinden.«

Tilda zog die Augenbrauen hoch. »Ein magisches Kleinod? Was ist das?«

»Es gibt nur eine kleine Menge solcher Dinge. Jedes verleiht seinem Besitzer eine besondere Fähigkeit. Welche das ist, offenbart es aber erst, wenn die Zeit gekommen ist. Aber ganz egal, was es ist – ich habe eine gute Nachricht: Der Anhänger tankt sich die ganze Zeit selbst mit Energie voll. Kein Wunder, dass nichts mehr hineinpasst. Du bist also startklar!«

Beide strahlten. Tilda war überglücklich, aber auch hundemüde. Sie überlegte, ob sie lieber erst noch eine Nacht schlafen sollte, bevor sie ihre erste Zeitreise machte. Schließlich wollte sie ihrem Traummann ja nicht mit Augenringen begegnen! Aber letztendlich konnte und wollte sie nicht mehr warten. Zu groß war die Angst, dass bis zum nächsten Morgen doch wieder etwas schiefgehen könnte.

Titus zuckte nur mit den Achseln. »Du bist der Chef«, sagte er.

Ratlos stand Tilda vor ihrem Kleiderschrank. Wie kleidete man sich zu einem Sportgroßereignis wie Olympia? Aber noch viel wichtiger: Wie kleidete man sich, wenn man wusste, dass man gleich seinem Traummann begegnete? Es dauerte nicht lange, da lag ein beachtlicher Haufen Klamotten neben ihr auf dem Boden. Tilda seufzte.

»Zum Shoppen hast du jetzt wirklich keine Zeit mehr«, sagte Titus grinsend, der hinter ihr ins Zimmer kam.

»Titus! Würdest du mir bitte meine Privatsphäre lassen!«, rief Tilda mit gespielter Empörung und hielt ihm dann mehrere Kleidungsstücke unter die Nase. Titus zuckte jedes Mal mit den Schultern. »Es ist doch egal, was du anziehst. Wenn ihr füreinander bestimmt seid – und das seid ihr durch die Herzbande eindeutig – dann ist es ihm egal, was du anhast!«

Tilda nickte. »Du hast Recht. Aber ich brauche trotzdem etwas, in dem ich mich wohl und – … naja, sexy fühle. Robin, ich brauche deine Hilfe.« Sie ging zur Stereoanlage und schaltete Robin Thickes ›Blurred Lines‹ auf voller Lautstärke ein. Dann tanzte sie zurück zum Kleiderschrank. Während Tilda sichtlich gut gelaunt ein Outfit nach dem anderen anprobierte, beäugte Titus das Geschehen aus seinen Kulleraugen sehr skeptisch und schüttelte hin und wieder verständnislos den Kopf. Schließlich schien Tilda das Richtige gefunden zu haben. Sie trug ein hellblaues, langes Sommerkleid mit einem braunen Gürtel, das sie sehr weit hinten im Schrank gefunden hatte. Es war schlicht und dennoch etwas Besonders. Es zeigte ihre zart gebräunten Schultern, hatte aber keinen tiefen Ausschnitt. Es war körperbetont, aber weil es lang war, wirkte es dennoch nicht allzu sexy. *Eigentlich viel zu schlicht – im Buch stand doch, dass ich sehr auffällig gekleidet bin… Aber wer weiß, was man bei Olympia trägt. Ich jedenfalls habe keine Ahnung davon.* Sie zog es über und strahlte Titus an: »Fertig!«

Ein Gegenstand, der für das Jahr 2012 stand, war schnell gefunden – Tilda hatte einfach eine alte Telefonrechnung aus einem ihrer Ordner geholt und legte diese jetzt neben Titus auf den Tisch. Der hatte bereits den kleinen Handspiegel aus dem Bad in der Hand – ein kleiner Spiegel reichte völlig aus, darauf hatte er bestanden – und wartete ungeduldig. Er ergriff ihre Hand und sagte: »Bevor ich eine Verbindung aufbaue, musst du mir versprechen, dass du gleich mit all deiner Kraft an das Olympiastadion in London denkst. Nur dann landen wir direkt dort.«

Tilda nickte zuversichtlich, hatte aber ein beklemmendes Gefühl im Bauch. Das mit den Gedanken war so eine Sache. Meist musste man genau an das denken, an das man bewusst nicht denken wollte. Sie hoffte, dass es ihr in diesem Fall gelingen würde, ihre Gedanken zu steuern.

»Bereit?« fragte Titus ernst. Tilda nickte. »Dann blick bitte mit mir zusammen in den Spiegel. Schau nicht weg, halte deinen Blick konstant und nur auf dein Spiegelbild gerichtet, egal, was um uns herum passiert, bis ich es dir sage. Und denke so lange, bis wir angekommen sind, nur an das Londoner Olympiastadion. Um das genaue Datum und die Zeit kümmere ich mich. Alles klar?«

Als Tilda wieder nickte, ergriff Titus ihre Hand und sagte leise: »Los geht's!«

Tilda blickte in den Spiegel und sah ihr verängstigtes Gesicht. Sie stellte sich vor, wie dieses Gesicht durch das Olympiastadion in London irren würde, wie die großen grünen Augen verzweifelt überall nach einem Hinweis suchen würden. Sie wünschte sich nichts sehnlicher, als diesen geheimnisvollen Jungen, der sich seit vielen Nächten in ihren Träumen herumtrieb, endlich zu treffen. Sie wusste nicht, wie er aussah, sah immer nur ein Paar brauner Augen, die sie voller Liebe anblickten.

Erschrocken stellte Tilda fest, dass sie mit den Gedanken abgeschweift war und konzentrierte sich wieder fest auf das Olympiastadion. Plötzlich fühlte sie, wie sie abzuheben schien. Sie hatte den Boden unter den Füßen verloren, schien aber ruhig in der Luft zu stehen. Zu gerne hätte sie den Blick vom Spiegel abgewendet, um zu sehen, wo sie war. Aber sie starrte weiter in ihr Spiegelbild, dem allmählich die Angst aus dem Gesicht wich.

»Wir sind da!« rief Titus und im selben Moment fühlte Tilda festen Boden unter ihren Füßen und fand sich auf einer Treppe wieder. Der Himmel war dunkel. Links und rechts von ihr befanden sich Tribünen, die alle voll besetzt waren. Unter ihr liefen gerade von vielen Seiten beleuchtet die Sportler der teilnehmenden Nationen ein. Seltsam – das Bild, das Tilda von dieser Szene in ihrem Kopf hatte, war bei Tageslicht und nicht bei Nacht. *Ich und meine blühende Fantasie!*

Tilda schenkte den Sportlern nur sehr kurz Beachtung, dann ließ sie aufgeregt den Blick über die Tribünen schweifen. Sie blickte jedem einzelnen Mann ins Gesicht, wartete auf eine Eingebung, einen Blick der Erkenntnis. Aber nichts geschah – schlimmer noch: Niemand schenkte ihr Beachtung. Alle starrten wie gebannt auf das Geschehen.

Tilda flüsterte leise zu Titus: »Was ist, wenn wir im falschen Block gelandet sind?«

»Darauf habe ich keinen Einfluss«, erwiderte der. »So exakt kann ich unsere Landung nicht beeinflussen. Du musst drauf vertrauen, dass das Schicksal dich schon an den richtigen Ort schickt. Hast du denn noch niemanden gesehen?« Er war sichtlich enttäuscht.

»Nein«, antwortete Tilda niedergeschlagen. »Und ich bin auch nicht wackelig auf den Beinen. Und viel Energie hat es mich auch nicht gekostet, hierherzukommen. Es fühlt sich alles falsch an! Irgendetwas stimmt hier nicht, Titus!«

Aber so schnell wollten die beiden nicht aufgeben. Ohne großes Aufsehen zu erregen – die Dunkelheit und das spannende Geschehen unten auf dem Rasen trugen ihren Teil dazu bei – versuchten sie, in einen anderen Block zu gelangen. Bei einigen glückte es ihnen, andere Bereiche wiederum wurden kontrolliert. Ohne Ticket hatten sie keine Chance, dorthin zu gelangen. Es war immer dasselbe: Als Tilda den Block betrat, sah sie sich nach allen Seiten um, wartete auf einen Blick, ein Zeichen, ein Gesicht. Aber nichts geschah.

Nach einigen Blöcken ließ sie sich einfach auf der Treppe nieder. »Es ist zwecklos«, sprach Tilda und schloss die Augen. Sie war völlig ratlos. Alles hatte so perfekt gepasst. Die Idee mit der Zeitreise war das fehlende Puzzleteil gewesen. Und doch schien es nicht zu stimmen. Sie fühlte, dass sie auf dem richtigen Weg, aber nicht am Ziel war. Irgendwo in ihren Gedanken musste ein Fehler sein. Nur wo?

Tilda und Titus saßen beide mutlos auf der Treppe und starrten vor sich hin. Neben ihnen unterhielten sich begeistert zwei Frauen über die Olympischen Spiele. Tilda schenkte ihnen keine Beachtung, ihr Geplapper drang in ihr rechtes Ohr ein und war sogleich aus dem linken Ohr wieder verschwunden.

»Sie sehen alle so toll aus!«

»Hast du gesehen, wer die Fahne getragen hat?«

»Ich bin mir sicher, diesen Sommer wird es Goldmedaillen für uns regnen!«

»Ist das nicht fantastisch, dass wir die Spiele nun schon zum dritten Mal in London haben?«

Tilda stockte der Atem. *Was hatte die Frau da eben gesagt? Sie fand es toll, dass die Olympischen Spiele ein drittes Mal in London stattfanden? Wann um alles in der Welt hatten sie denn schon einmal dort stattgefunden?*

18

Wieder zurück zu Hause, sprang Tilda an ihren PC. Es dauerte nicht lange, dann hatte sie die Jahre: 1948 und 1908 hatten die Olympischen Spiele ebenfalls in London stattgefunden.

»Kein Wunder, dass wir 2012 niemanden gefunden haben!«, rief Titus, der sich maßlos ärgerte, nicht selbst auf diesen Gedanken gekommen zu sein. »Dein Traummann ist ein wenig älter, als du gedacht hast!«

»Himmel! Wenn ich Pech habe, ist er bereits über hundert Jahre alt!«

Tilda lachte unsicher. Mit dem Gedanken, ein Date im Jahr 2012 zu haben, hatte sie sich noch anfreunden können. Zumal sie ihren Traummann dann auch ohne Zeitreise im Hier und Jetzt hätte treffen können. Aber die anderen Jahre brachten sie mächtig ins Grübeln.

Egal wo ihr Traummann steckte – 1948 war für Tilda genauso weit weg wie 1908 – ein gemeinsames Leben schien völlig ausgeschlossen. Sie würde sicher nicht in der Vergangenheit bleiben. Und dass sie ihn überreden konnte mit ihr zu kommen, hielt sie für sehr unwahrscheinlich.

»Vielleicht sollten wir das Ganze einfach abblasen«, sagte Tilda an Titus gewandt. »Was bringt es mir schon, wenn ich den Mann meines Lebens finde und wir dennoch nicht zusammen sein können?«

»Wenn du Glück hast, geht es um Olympia 1948. Dann lebt er vielleicht sogar noch!«, erwiderte Titus augenzwinkernd.

»Lass den Quatsch, Titus«, sagte Tilda traurig.

»Entschuldige. Aber ich finde, es ist nicht an der Zeit, aufzugeben. Wir sind so weit gekommen und jetzt willst du kurz vor dem Ziel einen Rückzieher machen? Ohne mich! Ich zieh das jetzt durch und mache noch eine oder zwei Zeitreisen!«

»Aber Titus, in meinem Buch hat nie auch nur eine Passage darüber gestanden, ob ein gemeinsames Leben überhaupt möglich ist!
Wahrscheinlich ist es das auch nicht.«

»Mensch, Tilda, jetzt sei doch nicht so negativ! Wegen dir nehme ich noch menschliche Züge an! Sieh mal, wie aufgeregt ich bin!
Es ist doch völlig egal, wo oder besser gesagt wann ihr lebt.
Hauptsache ihr lernt euch einmal kennen. Und glaube mir: Die
Herzbande ist etwas so Einmaliges, dass du noch deinen Urenkeln
davon erzählen wirst. Ich habe sie natürlich selbst nie erlebt, aber
unsere Überlieferungen sagen, sie muss das größte aller menschli-
chen Gefühle sein.«

»Ha! Du willst nur wieder einen Batzen Energie abgreifen!«, rief
Tilda, hatte aber wieder ein wenig Zuversicht geschöpft. Titus hatte
Recht: Sie wünschte sich nichts mehr, als endlich diesem Jungen
gegenüberzustehen. Sie wollte wissen, wie er aussah, wie er auf sie
reagierte und natürlich wollte sie auch die Herzbande kennenlernen.

»Also gut, dann starten wir noch einen Versuch. Was soll's.
Wohin fliegen wir?« meinte sie schließlich.

»Also ich wäre ja für 1948. Ich finde, wir sollten uns chronolo-
gisch vorwärts arbeiten – oder besser gesagt, rückwärts. Aber egal.
Was meinst du?«

Tilda legte den Kopf schief und verzog ihren Mund. »Ich bin für
1908. Frag mich nicht warum, aber irgendetwas sagt mir, dass wir
dort richtig sind.«

»Zu Befehl, Kapitän«, grinste Titus. »Jetzt brauchen wir nur noch
einen Gegenstand, der für das Jahr 1908 steht…«

Tilda setzte einen verzweifelten Gesichtsausdruck auf. »Wo soll
ich denn bitteschön auf die Schnelle etwas aus dem Jahr 1908
herbekommen? Mal abgesehen davon – aus 1948 liegt auch nicht
gerade viel bei mir herum!«

Titus beschwichtigte sie: »Da hast du mich missverstanden. Es
muss nichts sein, das direkt aus diesem Jahr stammt. Es reicht,
wenn es einen Bezug dazu hat.«

»Achso! Du meinst also zum Beispiel ein Bild von jemandem,
der damals gelebt hat? Oder eine Erfindung aus dem Jahr?«

»Ja, das wäre perfekt! Eine Erfindung lässt sich doch bestimmt auftreiben.«

Tilda setzte sich wieder an den Computer und hatte schnell etwas gefunden. Sie las vor:

»Schon seit längerem ärgerte sich die Dresdener Hausfrau Melitta Bentz über den lästigen Kaffeesatz zwischen den Lippen und den bitteren Geschmack des koffeinhaltigen Getränks, das sie ihren Damen beim wöchentlichen Kaffeekränzchen servierte. Damit sollte ein für alle Mal Schluss sein! Die Gastgeberin schritt zur Tat: Sie griff nach einer Konservendose und hämmerte Löcher in den Metallboden. Aus dem Vokabelheft ihres Sohnes zog sie das Löschpapier heraus, schnitt es zurecht und legte es auf den Dosenboden, füllte Kaffeepulver hinein und goss heißes Wasser darüber. Fertig war der erste satzfreie Filterkaffee. Zufrieden kredenzte sie das aromatische Heißgetränk ihren Gästen, die der Hausfrau begeistert zu ihrem Geschick gratulierten.

Der Erfolg spornte Melitta an, sie experimentierte weiter, testete und verfeinerte ihren Filter. Am 20. Juni 1908 meldete sie ihre segensreiche Erfindung beim Kaiserlichen Patentamt zu Berlin an. Die Behörde vermerkte den Gebrauchsschutz für einen mit ›Filtrierpapier‹ arbeitenden ›Kaffeefilter mit auf der Unterseite gewölbtem Boden sowie mit schräg gerichteten Durchflusslöchern‹.

Noch im selben Jahr gründete die Ex-Hausfrau mit gerade einmal 73 Reichspfennigen Startkapital das Familienunternehmen M. Bentz, später schlicht Melitta. Der Rest ist Geschichte: Filterkaffee wurde zum Nationalgetränk - und der Vorname der Erfinderin Kult.«

Zum ersten Mal war Tilda froh, dass sie keinen der teuren Kaffeevollautomaten besaß. Sie eilte in die Küche und kam mit einem Kaffeefilter in der Hand wieder. »Sogar Original Melitta!«, rief sie.

Titus hatte in der Zwischenzeit nach dem Datum der Eröffnungsfeier gegoogelt und war jetzt mindestens genauso aufgeregt wie Tilda.

»Es ist ganz anders als beim letzten Mal! Ich spüre auch, dass es dieses Mal klappen wird«, rief er. »Wir haben nur ein Problem…«

»Dass ich morgen fit für die Arbeit sein muss?«, fragte Tilda.

»Nein. Es ist etwas anders: Unsere Energie wird knapp. Eine Zeitreise ins Jahr 1908 braucht wesentlich mehr Energie als ein kurzer Sprung ins Jahr 2012.«

»Und was bedeutet das?«, fragte Tilda. Sie wollte nicht glauben, dass sie so kurz vor dem Ziel durch etwas so Banales aufgehalten werden konnten.

»Naja. Normalerweise kann man in der jeweiligen Zeit so lange bleiben, wie man möchte und den Zeitpunkt der Rückreise selbst bestimmen – vorausgesetzt, man hat genügend Energie. Ist das nicht der Fall, wird man automatisch zurückgeschickt, wenn die Energie am Minimum ist. Das ist eine wichtige Einrichtung, denn so kann es nicht passieren, dass man keine Möglichkeit mehr für eine Rückkehr findet. In unserem Fall bedeutet das aber, dass wir vermutlich nur sehr, sehr kurz in 1908 bleiben können.«

»Können wir unsere Energiespeicher nicht dort wieder aufladen?«, fragte Tilda.

»Nein, das geht nicht. Jeder Energiespeicher lädt sich nur mit gegenwärtiger Energie auf. Er spürt es, wenn er in einer anderen Zeit ist. Deiner wird vermutlich ein oder zwei Wochen brauchen, bis er wieder vollständig geladen ist. Aber das ist jetzt egal. Ich glaube, dass wir genug Energie für einen ganz kurzen Zeitsprung haben. Diese Chance sollten wir nutzen.

»Ok. Wir machen das«, sagte Tilda entschlossen, platzierte den Kaffeefilter und den Spiegel, griff nach Titus' Hand und bereitete sich auf die Zeitreise vor.

19

Tilda überlegte, ob die Reise ins Jahr 1908 wohl länger dauern würde als die ins Jahr 2012. Sie hoffte, sie würde es schaffen, die ganze Zeit den Blick auf den Spiegel gerichtet zu halten und nicht mit ihren Gedanken abzuschweifen. Als Titus kurz nickte, wusste sie: Es war soweit. Sie sah ihr Spiegelbild an und konzentrierte sich. Das Gesicht im Spiegel sah unsicher aus. Es war nicht nur ein wenig Schlaf, der Tilda fehlte, sondern auch eine Menge Zuversicht. Sie war gerade dabei, zum dritten Mal innerhalb weniger Tage nach London zu reisen – nur mit dem Ziel, einen völlig unbekannten Jungen zu finden, der ihre große Liebe sein sollte. Aber lohnte es sich denn, das alles auf sich zu nehmen? Tilda hoffte sehr, dass sie diese Frage schon bald mit Ja beantworten konnte. Jeder vernünftig denkende Mensch hätte sie für verrückt erklärt. Sie sich selbst vermutlich auch. Aber seit sie das Buch ihres Lebens besaß und Titus kannte, war nichts mehr wie zuvor. Plötzlich war ihre Welt voller Magie, fabelhafter neuer Möglichkeiten, und leider auch dunkler Seiten. Sie dachte an die Begegnung mit Mia und wieder lief ihr ein kleiner Schauer über den Rücken. Noch schien sie nichts von Tildas Bekanntschaft mit Titus zu ahnen. Doch das war nur eine Frage der Zeit – wenn sie es nicht in der Zwischenzeit schon herausgefunden hatte. Die nächste Begegnung würde anders ablaufen. Tilda mochte gar nicht daran denken. Wenn sie doch einfach in der Vergangenheit bleiben könnte!

Die zweite Zeitreise dauerte nicht länger als die erste. Binnen weniger Sekunden landeten Titus und Tilda im Jahr 1908 – diesmal aber ein wenig unsanft. Tilda fand keinen sicheren Halt und fiel auf den Boden. Titus, den sie noch immer an der Hand hielt, fiel hinterher. Das Aufstehen war schwer, in Tildas Kopf drehte sich alles. Ihre Knie waren wie Pudding. Die vielen Menschen um sie herum sahen sie verstört an.

»Titus!«, zischte sie. »Was ist mit mir los?«

»Die Energie geht zu Ende!«, sprach Titus im Flüsterton. »Es hat deine eigene Energie angezapft. Deshalb bist du so schwach.«

Nein! Bitte nicht jetzt schon! Tilda sah verzweifelt in die Menge. Jetzt erst kapierte sie, dass sie tatsächlich mehr als 100 Jahre in die Vergangenheit gereist war. Staunend blickte sie sich um.

Das Stadion war brechend voll. Die Tribünen hatten keine Einzelsitzplätze, es waren große breite Treppen, auf denen sich dicht an dicht die Menschen drängten. Ringsherum waren die Fahnen der teilnehmenden Nationen gehisst. Nur ein kleiner Teil war überdacht. Unter diesem Dach standen Tilda und Titus. Gerade fand der Einmarsch der Sportler statt. Die trugen jedoch keine Sportklamotten, sondern weiße Hemden mit passenden kurzen Hosen und dazu eine Art Cap.

Auch die Zuschauer waren ungewohnt für Augen aus dem 21. Jahrhundert: Soweit Tilda blicken konnte, sah sie nur Männer. Alle trugen einen Anzug und einen Hut. Sie richtete sich auf. Die Männer um sie herum wichen erschrocken zur Seite, als hätten sie einen Geist gesehen. Tilda war es egal, ob sie in ihrem hellblauen Kleid Aufsehen erregen würde. Sie hatte nur sehr wenig Zeit und die musste sie nutzen. Sie hob den Kopf und blickte durch die Menge. Die meisten Männer hatten ihre Aufmerksamkeit in der Zwischenzeit wieder dem Geschehen auf dem Rasen gewidmet. Einige starrten Tilda noch mit teils überraschten, teils verärgerten Blicken an. Ob einer von ihnen…? Tildas Herz klopfte wie wild. Sie spürte, sie wusste, es MUSSTE dieses Mal einfach klappen. Alles war richtig. Trotzdem war sie so schrecklich unsicher. Sie fühlte, wie ihr die Knie zitterten. Ob das von der schwindenden Energie kam oder von der Aufregung, wusste sie nicht recht einzuordnen. Anfangs hatte sie noch kreuz und quer in alle Gesichter geblickt. Nun fing sie an systematisch ein Gesicht nach dem anderen zu scannen in der Hoffnung, irgendetwas zu erkennen. *Ich habe ja nicht einmal einen Anhaltspunkt, wie er aussieht.* Verzweiflung machte sich breit und schlug schließlich in Ärger über.

Das darf doch alles nicht wahr sein! Was soll ich denn noch alles auf mich nehmen, um ans Ziel zu kommen? Diese Menschenmenge ist einfach viel zu groß, um einen einzigen Menschen zu finden. Tilda setzte vorsichtig einen Fuß vor den anderen, um ihr Suchfeld zu erweitern. Entschuldigend zwängte sie sich an einigen Männern vorbei und erntete viele empörte Blicke.

Die Zeit läuft mir davon! Wo kann er nur sein? Sie kam an die Grenze des überdachten Teils. Plötzlich fasste sie wieder Zuversicht. *Ich war schon immer gut darin, unter Druck zu arbeiten.* Die Sonne schien ihr ins Gesicht.

Tilda seufzte. *Wenn die doch nicht auch noch alle so ähnlich aussehen würden mit ihren Anzügen und den Hüten!*

Hochkonzentriert überprüfte sie ein Gesicht nach dem anderen. Niemand erwiderte ihren Blick. Bis auf einen.

Er befand sich etwa sechs oder sieben Reihen über ihr und sah voller Staunen auf sie herab. Tildas Herz klopfte wie wild. Sie musste nicht überlegen, ob er es war. Sie wusste es. Er hatte sehr feine Gesichtszüge und dennoch einen markanten Ausdruck. Er trug einen edlen Anzug und sah – im Gegensatz zu all den anderen Männern um ihn herum – ganz und gar nicht aus wie aus einem Historienfilm. Eher wie ein moderner Superstar, der sehr elegant gekleidet war. Unter seinem schwarzen Hut erkannte sie dichtes, braunes Haar. Er war groß, wesentlich größer als die meisten anderen Männer um ihn herum und hatte herrlich breite Schultern, an die Tilda sich jetzt am liebsten angelehnt hätte. Das Faszinierendste aber waren seine Augen. Dass sie braun waren, hatte Tilda gewusst. Aber dass sie so strahlen würden, hatte sie nicht ahnen können.

Bumm! Sie zuckte zusammen. Es hatte deutlich geknallt, so laut, dass ihre Ohren regelrecht schmerzten. Aber keiner im gesamten Stadion schien den Knall gehört zu haben. Was noch viel merkwürdiger war: Als Tilda sich umsah, schien es, als hätte jemand die Zeit angehalten. Niemand um sie herum bewegte sich, jeder Einzelne war in seiner Bewegung erstarrt. Selbst Titus war bewegungsunfähig. Einzig Tilda konnte sich frei bewegen – und der Junge, auf den sie noch immer ihren Blick gerichtet hatte. *Jetzt oder nie!* Sie bewegte sich zielgerichtet auf ihn zu, ohne mit dem Lächeln aufzuhören.

Da übermannte sie ein Gefühl. Ihr Herz begann wie wild zu klopfen. Eine wohlige Wärme durchströmte sie. Sie fühlte sich glücklich, geborgen, sorgenfrei – so wundervoll wie noch nie zuvor in ihrem Leben. Wie wunderschön er war! Seine auf eigenartige Weise strahlenden braunen Augen fesselten sie, sodass sie an nichts anderes mehr denken konnte und wie in einem Rausch war. Sie wollte nur noch so schnell wie möglich zu ihm gelangen. Er schien es ebenso eilig zu haben, zu ihr zu kommen. Tilda bahnte sich ihren Weg durch die erstarrte Menge, setzte tapfer einen Fuß vor den anderen. Aber sie spürte, dass ihre Kräfte wichen, dass die Energie am Minimum angekommen war. *Nicht jetzt! Bitte nicht jetzt!*

Verzweifelt rief sie: »Wie heißt du?« Aber ihre Stimme klang so schwach, dass sie sie selbst kaum hören konnte. Ihr Lächeln wich allmählich einem verzweifelten Gesichtsausdruck. Er schien ebenso verzweifelt zu sein, ebenso unfähig, sich ihr weiter zu nähern. Er deutete mit seinen Händen einen Kreis, zeigte nach oben in den Himmel und formte mit den Lippen ein Wort. Beim nächsten Schritt verlor sie das Bewusstsein.

Als Tilda die Augen aufschlug, war sie wieder zurück in ihrer Wohnung. Draußen war es dunkel, im Wohnzimmer aber brannte noch immer das Licht wie zuvor, als sie es verlassen hatten. Aus der Stereoanlage ertönte leise Bruno Mars' ›Talking to the moon‹. Tilda war körperlich noch immer erschöpft, aber ihr Herz klopfte weiter wie verrückt. Auch das wärmende Gefühl von innen heraus war noch nicht verklungen. Ganz kurz hatte sie Angst, dass die Begegnung eben ein Traum gewesen war. »Titus? Bist du da?«, fragte sie mit schwacher Stimme.

»Ich bin hier«, antwortete das Bücherwesen. Seine Stimme klang ebenfalls matt.

»Was ist passiert? Warum bin ich ohnmächtig geworden? Und wann kann ich wieder zurück zu ihm?«

Titus zuckte unmerklich mit den Schultern. »Du hast deinen letzten Rest Energie aufgebraucht. Normalerweise hätte uns der Spiegel schon viel eher wieder zurückbringen müssen. Irgendetwas hat ihn beeinflusst, uns noch ein wenig länger in 1908 zu behalten. Deshalb hat es unsere eigenen Energiereserven angezapft. Gar nicht auszumalen, was passiert wäre, wenn wir nur noch ein paar Sekunden länger…« Er hielt inne und ließ seine runden Hände langsam in den Schoß sinken. »Aber das ist auch völlig egal. Du hast ihn gefunden, stimmt's?«

Tilda strahlte für einen Moment, doch dann wurden ihre Gesichtszüge verzweifelt. »Ich habe ihn gefunden, ja! Aber ich weiß rein gar nichts über ihn. Weder wie er heißt, noch wo, wann und wie ich ihn wiedersehen kann. Er wollte mir irgendetwas sagen, aber ich weiß nicht, was er gemeint hat.«

»Wie sah es denn aus?« fragte Titus vorsichtig.

»Hast du das nicht gesehen? Er hat mit seinen Händen einen Kreis geformt und nach oben gezeigt. Dann hat er noch etwas gesagt, das ich aber nicht verstanden habe. Ein O vielleicht oder ein U…?«

»Ich habe gar nichts gesehen, Tilda. Das war der Moment eurer Herzbande. Der gehört nur euch allein. Kein Mensch auf der Welt hat gesehen, was ihr beide gesehen habt. Aber hast du auch etwas zu ihm gesagt?«

Tilda senkte den Blick. »Ja«, gab sie zerknirscht zurück. »Ich habe ihn gefragt, wie er heißt. Etwas Besseres ist mir nicht eingefallen. Wie dumm von mir! Er hat sich wenigstens etwas dabei gedacht. Wenn ich nur wüsste, was…« Sie schloss die Augen und dachte nach. Ein Kreis, ein O oder ein U. Was konnte das nur sein? *Streng dich an, denk nach!* In Gedanken und fast automatisch sang Tilda den Song mit, der im Hintergrund lief. Sie kannte ihn in- und auswendig, es war einer ihrer Lieblingssongs.

»Meine Güte! Talking to the moon! Er meinte den Mond! Moon – wir waren ja schließlich in London. Ich habe ein Date im Mondlicht!«

20

Mit klopfendem Herzen stand Tilda am Dienstagabend vor Leons Tür. Sie hatte zwei anstrengende Arbeitstage hinter sich und vor allem zwei Nächte, in denen sie kaum geschlafen hatte. Die Sehnsucht war unerträglich. Sie wollte nur noch eines: Zurück ins Jahr 1908, um den schönen Fremden endlich näher kennenzulernen. Aber Titus hatte ihr mindestens eine wenn nicht sogar zwei Wochen prophezeit, um wieder auf die volle Energieleistung des Anhängers zurückgreifen zu können. Mit halber Ladung würde er keine Zeitreise mehr antreten, da half alles Bitten und Betteln nichts. Schließlich hatte sie klein beigeben müssen und zerknirscht eingesehen, dass Titus Recht hatte. Sie hatte keine Lust, wieder nur wenige Minuten zur Verfügung zu haben. Diese Warterei war nun nur noch viel schrecklicher als zuvor. Und Warten war nicht gerade Tildas Lieblingsbeschäftigung. Jetzt, da sie ihren Traummann endlich gesehen hatte, konnte sie an nichts anderes mehr denken. Wäre Mia nicht krank zu Hause geblieben, Tilda war sich sicher, sie hätte ihr in der Arbeit alles erzählt.

Sie seufzte kurz, war aber nur noch mehr entschlossen, die Affäre mit Leon endlich zu beenden. Wenigstens hatte sie damit eine Ablenkung von ihren Gedanken. *Hoffentlich geht es schnell…*

Sie drückte den Klingelknopf. Ihre Gedanken kreisten unaufhörlich. *Wie sage ich es ihm nur? Wann ist der richtige Moment? Gleich am Anfang? Oder erst später?* Leon öffnete lächelnd die Tür, aber auch ihm war anzusehen, dass er mit den Gedanken woanders war. Tilda hätte am liebsten auf dem Absatz kehrtgemacht, aber dafür war es jetzt zu spät. Sie atmete tief ein und betrat die Wohnung.

Das erste, was ihr auffiel, war der himmlische Duft nach Essen. Aber als ihr Blick vom Flur in das große Wohnzimmer mit den vielen hohen Bücherregalen fiel, stockte ihr der Atem. Das Licht war gedimmt und ein herrlich gedeckter Tisch stand bereit. Zwei

94

große, silberne Kerzenleuchter thronten darauf, daneben eine Vase mit einer langstieligen roten Rose und eine Flasche Rotwein. Aus dem CD-Player kam ruhige Musik.

»Leon, was soll das?«, fragte Tilda und ihre grünen Augen funkelten wütend.

»Ich hab mir gedacht, wir stoßen noch ein letztes Mal auf unser altes Leben an, oder auf unser neues – wie du willst«, erwiderte er achselzuckend.

Tilda war verwirrt. Leon schien das alles ziemlich locker zu nehmen. *Also gut, warum nicht?* Sie seufzte und setzte sich. *Diesen einen letzten Gefallen tu ich ihm noch.*

»Leon, ich…«

»Stopp! Sag nichts! Können wir bitte zuerst essen? Ich hab einen Riesenhunger.« Er legte den Kopf schief und lächelte.

Tilda nickte nur stumm.

Während des Essens kam keine rechte Unterhaltung in Gang. Tilda saß wie auf Kohlen. Lustlos stocherte sie in Leons fabelhaft zubereitetem Ratatouille. Sie wollte es endlich hinter sich haben. *Meine Güte, was hat er nur? Warum ist er so wild darauf, einen Abschied zu feiern? Er hat doch selbst eingesehen, dass es so nicht weitergehen kann.* Fast wurde sie ein wenig eifersüchtig. *Er nimmt das unglaublich locker – vielleicht hat er längst eine andere?* Der Gedanke daran versetzte ihr einen kleinen Stich, aber als sie genauer darüber nachdachte, hoffte sie, dass es stimmte. Das würde es ihr um einiges leichter machen.

Leon tunkte gerade sein letztes Stück Baguette in die Reste der Sauce, als Tilda das Besteck zur Seite legte. Sie hielt es keine Minute länger aus.

»Leon, können wir bitte endlich reden? Ich muss nämlich… Wir können nicht mehr…«

Er war um den Tisch herumgekommen und legte ihr einen Finger auf die Lippen. Tilda zuckte bei der sanften Berührung zusammen.

»Psst. Ich verstehe schon. Ich weiß. Wir müssen das endlich beenden. Es ist alles gut. Komm!«

Er nahm sie an die Hand und zog sie hoch. Während er den rechten Zeigefinger noch immer auf ihren Lippen hatte, tastete er auf dem Tisch neben sich nach der Fernbedienung der Stereo-Anlage. Im selben Moment erklang Sinead O' Connor's ›Nothing compares 2 U‹ aus den Lautsprechern.

Tilda war völlig durcheinander. Dieser Song war der Lieblingssong ihres Vaters gewesen – ihres Vaters, den sie nie kennengelernt hatte, weil er noch während der Schwangerschaft ihrer Mutter gestorben war. Leon wusste das. Aber was bezweckte er damit? Warum hatte er gerade diesen Song ausgewählt?

Er legte ihr eine Hand an die Hüfte, ergriff mit der anderen ihre rechte Hand und begann langsam mit ihr zu tanzen. Er, der sonst nie tanzte, hatte ein geradezu himmlisches Taktgefühl und bewegte sich, als hätte er nie etwas anderes gemacht.

»Ich liebe diesen Song«, sagte Tilda ohne zu Leon aufzublicken.

»Ich weiß«, erwiderte er sanft und zog sie noch ein kleines Stück näher zu sich heran. »Und Tilda… Ich liebe dich.«

Oh Gott! Oh Gott! Ich will hier raus! Nein! Das darf nicht sein! Tilda erstarrte. Während ihr die Tränen in die Augen schossen und sie sich bemühte, nicht loszuschluchzen, begann Leon zu singen.

Tilda erschauderte. Jedes einzelne Härchen stellte sich auf. Leons Hände lagen noch immer auf ihren Hüften und sie war sich sicher, dass Leon ihre Gänsehaut fühlen konnte. Diese Stimme war einfach zum Dahinschmelzen. Wie konnte jemand gleichzeitig so sanft und doch so kraftvoll singen? Und dann dieses leichte Kratzen, das so herrlich männlich klang. Tilda wusste, wie viel Überwindung es Leon kostete, hier vor ihr zu singen. Denn auch wenn sie niemanden kannte, der besser sang, so hatte er doch vor einiger Zeit seine Gitarre in die Ecke gestellt und mit dem Singen aufgehört. Niemand wusste warum. Umso mehr wusste es Tilda zu schätzen, was er für sie tat. Am liebsten hätte sie ihn jetzt geküsst. Sein Gesicht war nur wenige Zentimeter von ihrem entfernt. Das hier war ohne Zweifel das Romantischste, was je ein Junge für sie getan hatte. Tilda schloss die Augen. Und sie sah das Gesicht eines anderen Jungen vor sich. Das Gesicht des Fremden aus dem Olympiastadion. Auch wenn sie das niemals gedacht hätte, aber als sie an ihn dachte, klopfte ihr Herz noch lauter, wurde die Gänsehaut noch stärker, war das Verlangen noch größer. Das hier –

Leons Hände auf ihren Hüften und sein Gesicht so dicht an ihrem – das fühlte sich definitiv falsch an.

Aber noch ehe sie etwas erwidern konnte, sagte Leon: »Es ist mir so verdammt schwergefallen, dir das zu sagen. Aber jetzt geht es mir ganz leicht von den Lippen: Ich liebe dich!«

Er lachte leise. »Weißt du, ich wollte unbedingt der erste von uns beiden sein, der es sagt. Ich hoffe, du bist mir nicht böse? In den letzten Wochen hat sich alles verändert. Es war keine lockere Affäre mehr, die wir beide hatten. Ich habe gemerkt, dass ich bereit bin, diesen Schritt zu gehen. Ich traue mich in eine feste Beziehung. Mit dir Tilda, nur mit dir! Du bist einfach unvergleichlich! Nothing compares to you«, sang er die Worte mit Sinead O' Connor im Duett.

Jetzt erwachte Tilda aus ihrer Starre.

»Stopp, Leon! Das ist falsch! Ich kann das nicht!«

»Tilda, du brauchst keine Angst zu haben! Ich weiß, was ich anfangs gesagt habe, dass ich nicht beziehungsfähig bin. Aber jetzt weiß ich, dass ich das kann. Dass ich das will! Dass ich dich will!« Überglücklich strahlte er sie an.

»Ich, ich, ich! Warum geht es immer nur im dich?!« Tilda stieß ihn von sich weg, aber Leon hielt beharrlich ihre Hand fest. »Hast du auch nur einmal darüber nachgedacht, wie ich mich dabei fühle? Herrgott nochmal, ich will keine Beziehung mit dir!«

Jetzt war es Leon, der erstarrte. Er ließ ihre Hand los und fragte: »Wie meinst das?«

»Ich hab doch die ganze Zeit versucht, es dir zu sagen!« Tilda sah völlig verzweifelt aus. »Ich möchte diese Affäre aus demselben Grund wie du beenden: Weil sich etwas verändert hat. Du hast dich verändert! Aber nicht ich! Ich wollte nie mehr als diese blöde Affäre! Ich habe einfach nicht genug Gefühle für eine Beziehung.«

Leon rang nach Luft. »Dann war's das also?« fragte er mit eiskalter Stimme.

»Leon, bitte! Oh Gott, das tut mir so leid! Du bist mir doch wichtig! Aber ich hab gespürt, dass du mehr für mich empfindest als ich für dich. Deshalb war mir unser Gespräch doch auch so wichtig!«

»Achso und ich soll dir jetzt dankbar sein, dass du mich erlösen wolltest?« fragte er. Sein Blick war so voller Emotionen, dass Tilda ganz schwindelig wurde. Wut, Verzweiflung, Enttäuschung: All das blickte in Form zweier brauner Augen auf Tilda herab. »Und spar dir bitte dämliche Phrasen wie ›Lass uns doch Freunde bleiben‹«, fügte er hinzu. Allmählich mischte sich eine weitere Emotion in seine Augen: Hass.

Tilda lief es eiskalt den Rücken herunter. »Es tut mir so leid!« Sie war nicht einmal fähig zu weinen.

»Wie heißt er?« fragte Leon kalt.

Tilda verstand nicht.

»Wie er heißt, will ich wissen! Kenne ich ihn?«

Tilda bekam Angst. So hatte sie Leon noch nie erlebt. »Du spinnst doch! Ich hab niemand anderen!« *Noch nicht…*

»Das werden wir ja sehen.«

»Leon, bitte glaub mir: Ich wünschte, ich könnte…«

»Hör auf damit! Und könntest du jetzt bitte meine Wohnung verlassen?«

Tilda nickte traurig, holte ihre Handtasche, schlüpfte in ihre Schuhe und sah Leon voller Mitgefühl an. So vieles lag ihr auf den Lippen. Sie wollte ihm Danke sagen für die wunderbare Zeit, sie wollte ihm aufmunternde Worte zusprechen, sie wollte ihm anbieten, dass sie ihn anrufen könnte, sie wollte ihm sagen, dass sie ihn vermissen würde, aber am meisten wollte sie ihn einfach in den Arm nehmen. Nur noch ein allerletztes Mal. Aber sie widerstand der Versuchung, weil sie wusste, es würde alles nur noch schlimmer machen. Also ging sie wortlos aus der Tür, warf ihm noch einen letzten Blick zu, in den sie alle Liebe, allen Trost und alle Hoffnung legte, die sie in ihrem derzeitigen Gefühlszustand aufbringen konnte. Dann schloss sie die Tür.

21

»Machen wir zusammen Mittag?« Tilda sah Mia am nächsten Morgen sehnsuchtsvoll an. Ihre Freundin hatte eine Menge nachzuarbeiten wegen der zwei fehlenden Tage und Tilda hatte noch nicht einmal Zeit gefunden, ihr vom gestrigen Abend zu erzählen.

Mia blickte entschuldigend zurück. »Keine Zeit, ich muss in die König AG. Die wollen noch ein paar Einzelheiten unseres Konzeptes durchsprechen. Aber weißt du was – komm doch einfach mit! Ute hat doch vor Kurzem sowieso vorgeschlagen, dass du ein paar Kundentermine begleitest. Ich frag mal eben nach…«

Kurze Zeit später saßen die beiden in Mias Dienstwagen, einem blauen Mini, und hatten endlich Zeit, sich auszutauschen. Die Fahrt zur König AG würde eine gute halbe Stunde dauern.

»Schieß los: Wie ist es gelaufen? Wer hat mit wem Schluss gemacht?« fragte Mia, die beinahe platzte vor Neugier.

»Scheiße war's! Er hat mir eine Liebeserklärung gemacht! Stell dir das mal vor, Mia! Er meinte, er sei jetzt auf einmal beziehungsfähig.«

»Was?« Mia bekam vor Staunen den Mund nicht mehr zu. »Bist du sicher, dass das der richtige Leon war? Das gibt's doch nicht!«

Tilda erzählte Mia alle Einzelheiten des vorherigen Abends und wurde immer verzweifelter. »Was, wenn ich mich falsch entschieden habe?«

»Schatzilein, jetzt hör mir mal zu: Du hast dich genau richtig entschieden! Das glaubst du doch selber nicht, dass der es ernst meint! Dieser selbstgefällige, arrogante Arsch! Na, dem werde ich was erzählen, wenn ich ihn treffe! Und dann glaubt er auch noch, du würdest sofort freudestrahlend Ja sagen und ihm in die Arme fallen…« Mia schüttelte wütend den Kopf.

»Ich hatte aber schon das Gefühl, er meint es ernst«, gab Tilda kleinlaut zurück.

»Ach Quatsch! Und selbst wenn: Das geschieht ihm ganz recht, dass er mal einen Korb bekommt! Weißt du noch, wie er dich hat abblitzen lassen, als du mit ihm zu Emis Hochzeit gehen wolltest?«

»Ja, du hast ja Recht.«

Tilda erinnerte sich nur ungern an diesen Tag vor etwa vier Monaten. Der kleine Timmy hatte sie etwa zwei Wochen vor der Hochzeit gefragt: »Tilda, mit wem tanzt du?« Als Tilda sagte »Mit niemandem, Schatz. Ich komme allein«, hatte Timmy sehr traurig ausgesehen und gesagt: »Das geht nicht. Jeder braucht jemanden zum Tanzen.« Tilda hatte ihrem Neffen daraufhin versprochen, in Begleitung zu kommen. Wieso eigentlich nicht? Leon würde bestimmt mitkommen, so hatte sie gedacht. Tat er aber nicht.

»Spinnst du?« hatte er gefragt. »Ich kreuz doch nicht auf der Hochzeit deiner Schwester auf! Ich dachte, wir wären uns einig, dass wir auf sowas verzichten. Wir sind ja schließlich nicht zusammen!«

»Mensch, Leon! Es ist doch nur ein Abend. Du brauchst weder in die Kirche mitgehen, noch musst du ewig bleiben. Timmy will mich doch nur tanzen sehen.«

»Schon klar, und wenn die Band Pause macht, muss ich mich mit deiner Familie unterhalten und tausend Fragen beantworten. Nein, nein, das mach mal schön ohne mich! Du wirst schon jemand anderen finden, der mit dir tanzt.«

Tilda schüttelte den Kopf als sie daran zurückdachte. Keine Frage, es war wirklich besser, dass sie diese Affäre beendet hatte. Schon wieder musste sie an den schönen Fremden denken, sah seine funkelnden braunen Augen vor sich.

»Tilda, ich muss mit dir reden«, unterbrach Mia ernst ihre Gedanken.

Tilda erschrak.

»Du brauchst mir nichts vorzuspielen. Ich weiß, dass du losgelöst bist.«

Losgelöst? Was meinte Mia damit? Tilda wusste nicht, worauf sie hinauswollte.

»Mensch, Tilda, wir sind Freundinnen. Für mich ist die Situation echt beschissen. Ich habe eine ganze Familie im Nacken sitzen. Du kannst froh sein, dass dich noch keiner von ihnen besucht hat«, redete Mia weiter und Tilda lief es eiskalt den Rücken hinunter.

»Gib mir einfach das Buch und alles ist wieder gut«, sagte Mia schließlich. Endlich kapierte Tilda, worauf Mia hinauswollte. *Das Buch! Sie weiß von dem Buch!*

Bevor Tilda etwas erwidern konnte, redete Mia weiter: »Ich bitte dich als deine Freundin darum: Gib mir das Buch! Ich will nicht, dass dir etwas passiert.«

Tilda schnappte nach Luft. »Drehst du jetzt durch, Mia? Soll das eine Drohung sein? Ich glaub, du spinnst! Ich habe keine Ahnung von eurer ganzen Zauberwelt! Aber das ist mein Buch und ich werde es nicht hergeben!«

Mia sah sie verzweifelt an. »Sei doch bitte nicht so stur! Nur einmal! Du hast Recht: Du hast keine Ahnung von unserer Welt. Und das soll auch so bleiben. Glaub mir: Ich wäre froh, wenn ich so unbeschwert hätte aufwachsen können wie du. Aber es ist nun mal, wie es ist. Du stellst eine Bedrohung für das empfindliche Gleichgewicht dar.«

»Wie bitte? Ich bin eine Bedrohung? Das ist doch lächerlich!« Tilda schüttelte den Kopf. »Seid unbesorgt. Vor mir braucht ihr keine Angst haben.«

»Tilda, du verstehst das nicht. Solange das Buch bei dir ist, bist du eine Bedrohung. Du kannst die ganze Welt durcheinanderbringen. Gib es mir, bitte!« Mia sah sie flehend an.

»Nein«, sagte Tilda entschlossen. »Das Buch gehört mir. Und weder du noch deine Familie habt irgendein Recht, es mir wegzunehmen.«

Mia trat wütend aufs Gaspedal. »Was erhoffst du dir denn davon? Du kannst doch gar nichts damit anfangen!«

»Das ist mir auch egal. Aber es gehört mir und deshalb werde ich es nicht hergeben. Schon gar nicht an Leute wie …«

Das letzte Wort blieb ihr im Hals stecken, aber es war schon zu spät.

»Leute wie mich? Soll ich dir mal was sagen, meine Liebe? Leute wie ich sorgen dafür, dass ihr überhaupt lebensfähig seid! Also spar dir deine Beleidigungen!«

Tilda lief rot an. Sie hatte ihre Freundin nicht beleidigen wollen. Und sie musste zugeben, dass sie rein gar nichts über Mias offensichtliches zweites Leben wusste. Am liebsten wäre sie aus dem Auto gestiegen. *Titus, warum wolltest du nicht mitkommen?*

»Wir sind gleich da«, sagte Mia wieder etwas ruhiger und auch ihr Fahrstil wurde wieder ausgeglichener. Ein Lächeln spielte im ihre Lippen. »Jürgen erwartet dich schon. Er will dich und dein Buch unbedingt näher kennenlernen.«

22

»Jürgen?«, rief Tilda. »Jürgen König? Was hat der mit meinem Buch zu tun? Bist du verrückt geworden, Mia?«

Tilda fühlte sich wie eingesperrt in Mias blauem Mini. Sie bereute es zutiefst, das Angebot, Mia zur König AG zu begleiten, angenommen zu haben. Aber sie saß in der Falle. Mia bog bereits in die Tiefgarage des imposanten Firmensitzes ein.

Als Tilda aus dem Wagen stieg, überlegte sie kurz, ob sie einfach davonlaufen sollte. Aber was sollte das bringen? Sie war zu weit weg von zu Hause und außerdem bekam sie Probleme mit Ute, wenn sie den vereinbarten Termin nicht wahrnahm.

Wenn die wüsste, in was mich Mia da hineingezogen hat, dachte sie grimmig.

Mia ging mit erhobenem Kopf schnurstracks zum naheliegenden Aufzug, der sie ganz nach oben ins 5. Stockwerk brachte. Hier war jedes Detail aufeinander abgestimmt. Die Flure waren weitläufig und lichtdurchflutet. Die Fliesen glänzten sanft in einem goldbraunen Ton, die Wände waren mit beigen Blenden verziert. Jeder Raum war in angenehmes Licht getaucht, das von den vielen indirekten Lichtquellen herrührte. Riesige Vasen und akkurat platzierte antike Möbel komplettierten das Erscheinungsbild.

Mia schien sich hier auszukennen und steuerte zielgerichtet auf eine langgezogene, geschwungene Theke zu, hinter der eine gutaussehende Blondine in einem beigen Kostüm saß.

»Hallo Elli. Wir haben einen Termin bei Jürgen«, begrüßte Mia die Blondine. Die nickte.

»Hallo Mia, geht bitte schon mal in Raum 4. Er hat gerade noch einen Kunden in der Leitung.«

Mia führte Tilda durch eine satinierte Glastür in einen Besprechungsraum und ließ sich seufzend in einen weichen Lederstuhl sinken. Tilda nahm neben ihr Platz und funkelte sie wütend an.

103

»Würdest du mir jetzt bitte mal erklären, was hier gespielt wird? Was hat Jürgen König mit mir vor? Gehört der etwa auch zu euch? Und warum lieferst du mich ihm aus?«

Mia zuckte entschuldigend mit den Schultern. »Es tut mir leid, Tilda. Ich habe keine Wahl. Es ist besser für dich, wenn du nicht zu viel weißt.«

»Mia! Wir sind Freundinnen! Warum tust du mir das an?« fragte Tilda aufgebracht.

In dem Moment ging die Tür auf und Jürgen König kam flotten Schrittes herein. »Guten Morgen, meine Damen, wie schön Sie wiederzusehen! Ich danke dir für deine Bemühungen, Mia.«

Er wandte sich Tilda zu. »Und Sie sind Matilda, wenn ich mich recht erinnere?«

Tilda nickte grimmig. Jürgen König trug dasselbe hässliche Lederhalsband wie bei der Besprechung in der Agentur. Aber das Totenkopfshirt hatte er heute gegen ein Hemd eingetauscht. Dazu trug er Jeans und Turnschuhe. *So stilvoll seine Firma eingerichtet ist, so unmöglich stylt er sich selbst.*

»Wollen wir zunächst über das Geschäftliche reden«, begann Jürgen König. »Wir sind mit allen Vorschlägen der Agentur einverstanden und möchten jeden Punkt umsetzen. Herzliche Grüße an Ute und ein großes Kompliment an die Arbeit des ganzen Teams. Es ist gut zu wissen, eine Agentur zu haben, die versteht, auf was wir hinauswollen. Ich weiß, dass wir kein einfacher Kunde sind, aber ich denke, es steht uns zu, nur das Beste zu wollen.« Mia nickte eifrig.

»Es gibt da noch die ein oder andere Ergänzung«, fuhr Jürgen König fort. »Wir hätten dazu gerne ein Angebot in den nächsten Tagen.« Er schob Mia eine beige glänzende Mappe mit geprägtem Logo hinüber. Mia öffnete sie, überflog grob den Inhalt und bekam große Augen.

»Jürgen! Damit sind wir ausgelastet! Wir könnten keinen anderen Kunden mehr betreuen!«

Jürgen König grinste. »Das ist mein Wunsch. Wenn du weiterliest, dann wirst du sehen, dass wir euch als Exklusivagentur wollen. Wir halten nicht viel davon, wenn ihr eure Gedanken zwischendurch mit anderen Dingen verschwendet. Wenn ihr exklusiv für uns arbeitet, dann seid ihr fokussierter auf unsere Wünsche und Ziele.« Während Mia vor Staunen der Mund offenstand, blickte Jürgen König nun zu Tilda.

»Für Sie, Matilda, habe ich ein ganz spezielles Angebot. Würdest du uns bitte einen Augenblick alleine lassen, Mia?«

Tilda stockte der Atem, als Mia beschwingt durch die Glastür trat und sie mit Mister Lederhalsband zurückließ.

»Was wollen Sie von mir?« fauchte Tilda.

»Warum so angriffslustig, meine Liebe? Hören Sie doch erst einmal zu, was wir Ihnen anbieten möchten.«

»Ich will ihr Angebot nicht hören. Die Antwort lautet NEIN.«

Tilda machte Anstalten aufzustehen. Doch Jürgen Königs Blick wurde intensiver, bedrohlicher. Es war ihr, als würde er sie mit seinen Augen daran hindern, ihren Platz zu verlassen. Wie von Zauberhand wurde sie fester in ihren Sitz gedrückt, unfähig, sich zu bewegen.

»Ich danke Ihnen, dass Sie so höflich sind und sich unser Angebot anhören«, säuselte Jürgen König. »Vielleicht hat Ihnen Mia bereits angekündigt, warum wir ein großes Interesse an einer Zusammenarbeit mit Ihnen haben.« Tilda nickte. »Schön, dann will ich Ihnen vorab sagen, dass Sie keinerlei Angst haben müssen, auch wenn das alles hier etwas befremdlich auf Sie wirken mag. Aber Sie können mir glauben: Wir sind nicht daran interessiert, Ihnen zu schaden.«

Keine Angst! Du bist gut! Wenn man von magischen Kräften und gegen seinen Willen in seinem Sitz festgehalten wird, soll man keine Angst haben?! Und warum spricht der Typ immer von WIR? Tilda fühlte sich sehr unwohl und wünschte sich sehnsüchtig an einen anderen Ort. Jürgen König fuhr fort: »Wir wissen, dass Sie im Besitz eines Buches sind. Sie haben sicherlich schon gemerkt, dass dieses Buch völlig nutzlos ist. Es eignet sich weder zum Lesen noch zum Aufschreiben.« *Naja, wie man es nimmt…*

»Es ist Fakt, dass Sie keinerlei Nutzen von diesem Buch haben — ganz im Gegenteil. Wir wissen, dass es Ihnen auf Dauer schaden wird. Es ist immens wichtig, es wieder dorthin zurückzubringen, wo es herkommt. Wir sind darauf spezialisiert und würden dieses Risiko eingehen. Wir bringen das Buch für Sie zurück, damit Sie wieder sicher sind. Sind sie einverstanden?«

Bei Tilda schrillten alle Alarmglocken. *Sie wissen von meinem Buch – keine Ahnung warum, aber sie wissen es. Aber von Titus wissen sie nichts. Und wenn ich Titus glauben kann, dann war noch niemals ein Zwischenwesen in der Bücherwelt. Wie also wollen sie das Buch dorthin zurückbringen? Und warum sollte es mir schaden? Denk nach, Tilda! Da ist irgendwas faul. Der Typ labert nur Mist. Titus hat mir gesagt, ich soll das Buch nicht aus der Hand geben.* Sie tastete instinktiv nach ihrer Tasche, in der das Buch lag.

»Nein, sagte sie schließlich bestimmt. »Ich sagte Ihnen bereits, dass meine Antwort nein lautet. Ich werde das Buch nicht hergeben. Ich bin überzeugt, dass es keinerlei Bedrohung für mich darstellt.«

Jürgen König reagierte wider Erwarten völlig entspannt. »Ich kann Ihre Entscheidung verstehen, Matilda. Wirklich. Dieses Buch ist etwas ganz Besonderes für Sie. Ich an Ihrer Stelle würde wahrscheinlich nicht anders handeln.« *Aha, jetzt versucht er es auf diese Tour. Aber nicht mit mir mein Lieber!* »Wären Sie trotzdem bereit, sich einen Vorschlag anzuhören?«

»Aber sicher.« Tilda zuckte mit den Schultern.

»Ich weiß, dass man ideellen Wert nicht mit Materiellem aufwiegen kann. Aber ich denke, dass es für jeden eine Grenze gibt. Ich möchte Ihnen Ihr Buch abkaufen. Zu einem Preis, der Ihren ideellen Wert ersetzen kann. Ich gebe Ihnen eine Million Euro für Ihr Buch.«

Tilda stockte der Atem. Sie holte Luft, um etwas zu erwidern, da sprach Jürgen König weiter: »Treffen Sie Ihre Entscheidung nicht heute. Nehmen Sie sich die Zeit, alles zu überdenken. Ich möchte heute keine Antwort von Ihnen hören. Sie kennen mein Angebot und ich stehe dazu. Ich erwarte Sie in zwei Wochen wieder hier. Vielen Dank für Ihre Geduld.« Er nickte ihr noch kurz zu und verließ den Raum.

23

Es dauerte einige Sekunden, bis Tilda realisierte, dass sie sich wieder frei bewegen konnte. Verwirrt stand sie auf und verließ den Raum, um Mia zu suchen. Die saß in einem stilvollen Wartebereich auf einem thronähnlichen Ledersessel neben einem Zimmerspringbrunnen und strahlte sie an.

»Das ging aber schnell! Wie ist es gelaufen?«

Tilda zog die Augenbrauen hoch. Sie war enttäuscht von ihrer Freundin, dass sie sie in die Höhle des Löwen geführt hatte. Außerdem wusste sie nicht, ob sie ihr noch trauen durfte. Mia war spätestens jetzt offiziell der Feind. Dennoch war sie ihre Freundin und ihr Bauchgefühl sagte ihr, dass diese Freundschaft auch für Mia nach wie vor wichtig war.

Als die beiden im Auto saßen, fing Tilda an zu erzählen. Mia nickte zwischendurch erleichtert und rief am Ende erschrocken aus: »Eine Million Euro? Bist du dir sicher, dass du ihn richtig verstanden hast? Wahnsinn! Nichts wie weg mit dem Buch!«

Tilda hob die Augenbrauen.

»Nein«, sagte sie bestimmt. »Und wenn er mir eine Milliarde gibt. Dieses Buch gebe ich nicht her.«

»Bist du verrückt? Stell dir mal vor: Du bräuchtest nie wieder arbeiten, könntest dir alles leisten, was du willst…«

»Ich bin nicht verrückt. Die Tatsache, dass er mir einen so hohen Preis bietet, zeigt doch nur, wie wertvoll dieses Buch ist. Ein Grund mehr für mich, es nicht herzugeben. Es gehört schließlich zu mir.«

Mia pustete sich eine Strähne ihrer schwarzen Haare aus dem Gesicht.

»Sorry, aber das kann ich nicht verstehen. Was erwartest du dir denn von diesem Buch? Du hast doch nichts davon! Du wirst es noch bitter bereuen, wenn du Jürgens Angebot nicht annimmst.«

107

»Das glaube ich nicht. Mir wird nur ganz mulmig, wenn ich daran denke, wie sehr er dieses Buch haben wollte. Er wird noch mehr dafür tun, es zu bekommen, als mir eine hohe Summe zu bieten.«

»Aber heute ist doch alles friedlich gelaufen, oder?«, fragte Mia.

»Hattest du etwas anderes erwartet?«, entgegnete Tilda scharf.

»Nein! Ich hatte nur keine Ahnung, was genau Jürgen mit dir vorhat.«

»Woher kennt ihr euch überhaupt so gut? Warum bist du so vertraut mit ihm?«

»Das muss ich dir nicht erklären, oder?« Mia legte den Kopf schief. »Wir arbeiten für dieselbe Sache.«

»Und die wäre?«

»Mensch, Tilda, sei doch nicht so neugierig. Ich darf mit niemandem darüber reden. Selbst das, was ich zu dir gesagt habe, ist schon zu viel!«

»Aber die Umstände sind doch jetzt ein wenig anders, findest du nicht? Ich bin in Besitz eines geheimnisvollen Buches, das du beziehungsweise deine ominöse Geheimgesellschaft haben will. Das ist doch Grund genug, mir ein bisschen mehr über dich zu erzählen.«

»Du hast ja Recht und ich täte nichts lieber, als dir meine ganze Lebensgeschichte zu erzählen. Aber ich weiß nicht, was du wissen darfst und was nicht. Das muss ich erst klären. Sonst bekomme ich echte Probleme!« Mia war anzusehen, dass sie mit sich rang. Weil Tilda aber Mias Pflichtbewusstsein kannte, wusste sie, dass sie nichts aus Mia herausbekommen würde, was diese ihr nicht wirklich sagen wollte.

»Wir können ja ganz unverfänglich beginnen«, schlug Tilda vor. »Wie hast du denn herausbekommen, dass ich das Buch habe? Ich habe es weder jemandem gezeigt noch davon erzählt.«

»Das konnten wir uns zusammenreimen. Es ist doch logisch. Schließlich bist du losgelöst.«

»Losgelöst. Aha. Und wovon?« Tilda stellte sich absichtlich dumm. Hätte sie Titus nicht kennengelernt, wüsste sie bis heute nicht, was das Auftauchen des Buches bedeutete. Und sie musste alles daransetzen, Titus zu verstecken.

Mia sah mit großen Augen zu Tilda herüber. Sie schien erkannt zu haben, dass sie mit dem Wort »losgelöst« bereits zu viel verraten hatte.

Tilda bemerkte ihre Verunsicherung und spielte das Spiel weiter.

»Halte mich bitte nicht für bescheuert. Aber kann es sein, dass das Buch irgendeine Kontrolle über mein Leben hatte? Ich fühle mich irgendwie befreiter, seit es bei mir ist. Kann das sein oder bilde ich mir nur etwas ein?«

Mia blieb stumm.

»Also gut, versuchen wir es anders«, fuhr Tilda fort. »Wie hast du – wie habt ihr – gemerkt, dass ich losgelöst bin? Habt ihr einen großen Computer, der alle Menschen überwacht und da hat plötzlich ein rotes Lämpchen hinter meinem Namen aufgeleuchtet? Oder wie kann ich mir das vorstellen?«

Mia seufzte. »Du bist echt hartnäckig. Aber nein. So ist es nicht gewesen. Sowas merkt man einfach, wenn man die Menschen beobachtet. Bei dir ging es nur so schnell, weil wir uns fast jeden Tag sehen. Hättest du nicht so viel Kontakt zu einem von uns, dann hätte das Ganze sicher etwas länger gedauert.«

»Was meinst du mit einem von uns? Wer seid ihr denn?«

»Wir sind weder ein Geheimbund noch eine Sekte, wenn du darauf hinauswillst. Wir sind nur eine bestimmte Anzahl von Menschen mit … nun ja, besonderen Fähigkeiten.«

»Du meinst, ihr könnt zaubern? Wie viele von euch gibt es denn?«

»Tilda, jetzt hör auf damit! Ich darf und will dir nichts mehr zu diesem Thema sagen!« Mia biss sich auf die Unterlippe.

Der Rest der Fahrt verlief schweigend.

Als die beiden Mädchen in der Agentur ankamen, sagte Mia: »Zu keinem ein Wort von Jürgens persönlichem Angebot an dich! Wir reden jetzt nur über den Megaauftrag.«

24

Die Nachricht von der König AG hatte für Jubelschreie in der Agentur gesorgt und Ute hatte das ganze Team zur Feier des Tages in ein Nobelrestaurant eingeladen. Tilda konnte die Aufregung nicht verstehen. Sie fühlte sich immer unwohler. Sie hatte keine Lust ausschließlich für Mister Lederhalsband zu arbeiten. Ihre ganze kreative Karriere, die sie sich erträumt hatte, schien auf einmal den Bach runterzugehen. Wie sollte man auf neue Ideen kommen, wenn man ausschließlich in eine Richtung denken durfte, nur für einen Kunden arbeitete? Offenbar hatte Ute in der letzten Zeit ein paar wichtige Aufträge verloren und die Agentur hatte kurz davorgestanden, einige Leute zu entlassen. Das war mit dem Megaauftrag nun vom Tisch.

Aber selbst wenn es ihren Job sicherte, wollte Tilda nichts mit der König AG zu tun haben. Alles was sie wollte, war eine erneute Reise in die Vergangenheit. Die Sehnsucht wurde von Tag zu Tag stärker. Titus hatte sich offenbar so mit ihrer Energie sattgetankt, dass er meistens unterwegs war. Regelmäßig kontrollierte er ihren Anhänger, um zu sehen, wie viel Energie er wieder aufgeladen hatte. Aber noch reichte die Menge nicht aus, um eine Zeitreise zu wagen.

Tilda hatte zu nichts Lust. Jeden Abend saß sie alleine auf ihrer Couch und hörte sich »Talking to the moon« in Endlosschleife an. Bruno Mars sang gefühlvoll aus ihren Lautsprechern und sie konnte mittlerweile jedes Wort auswendig.

Wer bist du nur? Wann kann ich dich wiedersehen? Ich halte es einfach nicht mehr aus! Warum kannst du nicht hier bei mir sein? Warum muss bei mir nur immer alles so kompliziert laufen?

Tilda zog ihre Decke fest an sich und schloss die Augen.

Jedes Mal, wenn Tilda ihre Augen schloss, sah sie sein Gesicht vor sich. Seine strahlenden braunen Augen, seine zart geschwungenen Lippen, die Ungläubigkeit in seinem Blick. Im Gegensatz zu ihr hatte die Begegnung für ihn wie aus heiterem Himmel stattgefunden. Dieses Bild von seinem erstaunten Gesicht hatte sich unauslöschlich in ihr Gedächtnis eingebrannt. Sie musste nur noch ein paar Tage durchhalten, dann würde sie zu ihrer nächsten Zeitreise aufbrechen – zu ihrem Rendezvous im Mondlicht.

So sehr sie sich nach 1908 sehnte, so wütend war sie auf Mia. Wütend darüber, dass sie ihrer besten Freundin nicht mehr vertrauen konnte. Wütend, dass sie ihr nicht von der Begegnung mit dem geheimnisvollen Jungen erzählen konnte.

Dabei hatte sie das dringende Bedürfnis ihr von den Ereignissen der letzten Zeit zu erzählen. Sie war sich sicher: Nur Mia würde sie verstehen. Doch bei jedem Wort, das sie mit Mia wechselte, musste sie vorher genau überlegen, um sich ja nicht zu verplappern. Im Büro wechselten die beiden kaum mehr ein Wort. Ihr Verhalten war so auffällig, dass selbst die Kollegen schon nachgefragt hatten, ob sie sich gestritten hatten. Das konnte nicht so weitergehen.

Intuitiv griff Tilda zum Telefon und wählte Mias Nummer. Es läutete nur kurz, als Mia schon abhob.

»Tilda! Was für eine Überraschung!« Mia war die Erleichterung über Tildas Anruf anzuhören. »Geht's dir gut?«

»Ja. Also… eigentlich nicht.« Tilda brach in Tränen aus.

»Schatzilein, was ist denn los mit dir? Oh Mann, mir geht das auch nah. Es tut mir leid, was alles passiert ist. Wenn ich könnte, würde ich das alles ungeschehen machen. Aber es ist nun einmal, wie es ist. Mir sind da die Hände gebunden. Aber wir sollten nicht unsere Freundschaft unter so etwas leiden lassen!«

»Danke, das finde ich auch«, sagte Tilda schluchzend. »Aber das ist es nicht, was mich so fertigmacht. Da ist noch etwas anderes. Hast du vielleicht Zeit, kurz vorbeizukommen?«

»Ja sicher! Ich bin schon unterwegs! Bis gleich!«

Es dauerte nur wenige Minuten, dann klingelte es an Tildas Tür. Mia umarmte ihre Freundin stürmisch.

»Tilda, es tut mir so leid! Ich wollte nicht, dass du wegen dieser ganzen bescheuerten Sache so fertig bist! Lass dich mal ansehen. Meine Güte, du bist ja fix und fertig! Was ist denn los?«

Im Gehen streifte sie sich eilig die Schuhe von den Füßen und eilte mit Tilda ins Wohnzimmer.

»Ich weiß nicht, wie ich es dir sagen soll. Ich bin total durcheinander«, sagte Tilda.

»Süße, du bist doch nicht etwa verliebt?« Mia schaute sie prüfend an.

Als Tilda den Blick in den Boden senkte, grinste Mia triumphierend. »Ha! Wusste ich's doch! Ich könnte mich in den Arsch beißen, weil ich durch die Sache mit dem Buch nichts davon mitbekommen habe, dass sich meine beste Freundin verliebt hat! Erzähl! Wer ist es? Es ist doch nicht etwa … Leon?« Mia riss die Augen auf, als wäre ihr gerade etwas klargeworden, aber Tilda schüttelte energisch den Kopf.

»Ja, ich bin verliebt. Aber nicht in Leon. Es ist viel komplizierter. Ich weiß nicht, was ich dir alles erzählen kann.«

»Du kannst mir alles erzählen!«

»Eben nicht! Du warst es doch, die mich in die Falle gelockt hat und mich bei Jürgen König ins offene Messer laufen ließ. Verstehst du nicht? Ich weiß nicht mehr, ob ich dir vertrauen kann!«

Mia presste die Lippen aufeinander. »Das war falsch von mir. Aber ich hatte keine andere Wahl. Es ist ja auch ganz egal, weil das mit der Sache nichts zu tun hat.«

»Eben doch!«, rief Tilda aus. »Sogar viel mehr, als du denkst. Ich hänge da in etwas drin, bei dem mich alle Welt für verrückt erklären würde. Du bist die einzige, mit der ich darüber reden kann. Aber ich habe Angst, dass du schnurstracks zu Jürgen König und all deinen anderen geheimen Freunden läufst und ihnen davon erzählst. Und dieses Risiko kann ich auf keinen Fall eingehen.«

Jetzt war Mia sprachlos. Sie hatte vieles von Tilda erwartet, aber dass sich ihre Freundin irgendwie in Geheimnisse verwickelt hatte, von denen sie eigentlich gar nichts wissen durfte, darauf wäre sie nie gekommen. Einige Sekunden vergingen, ehe sie ihre Sprache wiederfand.

»Also schön. Du hast mein Wort, dass ich alles, was heute Abend in diesem Raum gesprochen wird, für mich behalte. Scheiße, du weißt gar nicht, welches Risiko ich für dich eingehe. Aber ich mach's! Versprochen! Du kannst dich auf mich verlassen.«

Und so erzählte Tilda die ganze Geschichte. Sie erzählte von dem seltsamen Buch, das ihr nach und nach Szenen aus ihrem Leben preisgegeben hatte, sie erzählte vom Bücherwesen Titus, das – so unscheinbar es wirkte – ein überaus liebenswerter Kerl war. Sie erzählte von ihren Zeitreisen nach London und sie erzählte von ihrer Begegnung mit dem geheimnisvollen Unbekannten, die sie zutiefst bewegte.

»So. Jetzt weißt du alles. Ich habe keine Geheimnisse mehr vor dir. Bitte nutz das nicht aus«, sagte Tilda – einerseits zweifelnd, ob sie ihrer Freundin tatsächlich vertrauen konnte, andererseits unendlich erleichtert, dass sie sich all das endlich von der Seele hatte reden können.

25

»Du kennst jemanden aus der Bücherwelt? Du hast die Herzbande erlebt?«

Mia brachte wieder einmal vor Staunen den Mund nicht mehr zu. Sie fuhr sich mit den Händen durch ihre Haare.

»Wahnsinn! Wie fühlt sich die Herzbande an? Ich meine … wie hast du gewusst, dass er's ist?«

»Was habt ihr nur alle mit der Herzbande?«, fragte Tilda kopfschüttelnd.

»Mensch, Tilda, du bist der einzige Mensch seit hunderten von Jahren, der das erleben durfte! Die Herzbande können nur losgelöste Menschen empfangen, und davon gibt es ja nicht so viele. Ist wirklich die Zeit stehengeblieben?«

»Ja. Nein. Ich weiß nicht! Alles, an das ich mich erinnern kann, ist dieser tiefe Blick in seine Augen. Ich hab sofort gewusst, dass er's ist. Keine Ahnung warum, aber das Gefühl war da, sobald ich ihn gesehen habe. Ich bin rettungslos verliebt! Noch niemals habe ich so starke Gefühle für jemanden gehabt. Ich kann mich auf nichts mehr konzentrieren, weil ich ständig nur an sein Gesicht denken muss. Ich habe Angst, dass ich ihn niemals wiedersehe!«

Zwischen Tildas Augen bildete sich eine tiefe Falte der Verzweiflung. Mia strich ihr sanft über den Kopf.

»Es wird alles wieder gut. Es dauert nicht mehr lange, dann kannst du deine nächste Zeitreise machen. Und dieses Mal wirst du genügend Zeit haben.«

»Und dann?«, rief Tilda aufgebracht. »Auch die Energie für diese Reise geht einmal zu Ende! Ich will nicht jedes Mal zwei Wochen warten, um ihn wiederzusehen! Verstehst du das nicht? Wir haben keine Zukunft! Es ist ein ewiges Hin- und Hergehüpfe zwischen den Zeiten. Das kann ich nicht – zumindest nicht auf Dauer. Ganz ehrlich weiß ich gar nicht, ob ich diese Reise überhaupt noch einmal machen soll. Es bringt ja doch nichts. Ich sollte mit dem Thema abschließen.« Tiefe Verzweiflung stand in Tildas Augen.

»Ich habe zwar keinerlei Erfahrung mit der Herzbande, aber ich kann dir versichern, dass dieser Bund dich dein ganzes Leben lang begleiten wird. Es wird nie wieder jemanden geben, den du so lieben kannst wie ihn«, sagte Mia leise.

»Na toll, genau das wollte ich jetzt hören«, erwiderte Tilda in bitterem Ton.

»Sieh doch nicht alles so negativ! Wie sagt man so schön: Wo ein Wille ist, ist auch ein Weg! Ich bin mir sicher, ihr werdet eine Möglichkeit finden, eine einigermaßen normale Beziehung zu führen. Vielleicht gibt es etwas, womit man deinen Anhänger schneller mit Energie aufladen kann. Oder vielleicht kann er dich hier in deiner Zeit besuchen. Irgendetwas wird sich schon finden, da bin ich ganz sicher! Aber bitte, lass dir dieses Date nicht entgehen! Du würdest es bitter bereuen.«

Tilda nickte tapfer. »Wahrscheinlich hast du Recht. Es ist nur so viel Neues für mich. Vor Kurzem hatte ich nicht die geringste Ahnung davon, dass es andere Welten, Zauberwesen und Magie gibt. Und jetzt stehe ich plötzlich davor, eine … nunja, Fernbeziehung der etwas anderen Art führen zu müssen. Mit diesem Gedanken kann ich mich so gar nicht anfreunden. Ich hatte ganz klassische Vorstellungen von Liebe. Ein Junge, der bei mir ist, der für mich da ist. Jetzt habe ich einen, der nicht nur in einer anderen Stadt, sondern auch gleich noch in einer anderen Zeit lebt. Himmel! Er ist ja vermutlich schon gestorben, wenn er nicht deutlich über hundert Jahre alt ist.«

Mia grinste: »Wenn er dir zwischendurch mal wieder so sehr fehlt, kannst du ihn ja an seinem Grab besuchen.«

»Oh Gott, was für eine gruselige Vorstellung!« Tilda schlug die Hände vors Gesicht.

»Gib mir mal deinen Anhänger!« forderte Mia sie auf.

Tilda zögerte. Sie war noch nicht restlos überzeugt, dass sie Mia auch wirklich vertrauen konnte. *Aber was soll's. Sie weiß sowieso schon alles.* Vorsichtig streifte sie die Kette über ihren Kopf und reichte ihn Mia. Die untersuchte ihn konzentriert, aber schon nach wenigen Augenblicken hellten sich ihre Augen auf. »Dachte ich's mir doch!«

»Was ist los?«, wollte Tilda wissen. »Ist er schon voll?«

»Nein, das nicht. Aber ich weiß, wie wir nachhelfen können! Gib mir mal deine Hand!«

Tilda streckte Mia mit fragendem Blick ihre Hand entgegen. Mia nahm sie, legte den Anhänger hinein und schloss Tildas Hand behutsam, indem sie sie in ihre Hände nahm. Dann schloss sie die Augen. Tilda tat es ihr gleich. Eine wohlige Wärme durchströmte sie von oben bis unten. Es war, als flösse alle Energie direkt durch Tilda hindurch. Aber so schnell der Augenblick gekommen war, so schnell war er auch schon wieder vorbei. Mia grinste zufrieden.

»Was hast du gemacht?« fragte Tilda.

»Nichts Besonderes. Ich habe nur eben deine Energie in den Anhänger umgeleitet. Um genau zu sein: einen Teil davon. Das Teil ist proppenvoll. Genug, um ganze zwei Tage in 1908 zu verbringen!«

Tilda wusste nicht, wie ihr geschah. Sie hielt noch immer ungläubig den Anhänger fest und begann plötzlich, am ganzen Körper zu zittern.

»Ist das wirklich wahr?« Mia nickte. »Danke Mia!« Sie konnte noch nicht glauben, was eben alles geschehen war. Eine riesige Last fiel von ihr ab. Endlich war sie alles losgeworden, was sie die letzten Tage mit sich herumgeschleppt hatte. Mia war noch immer ihre Freundin – vielmehr: Sie hatte in Mia jetzt eine Verbündete. Und das Allerbeste war, dass sie bereit für die nächste Zeitreise war. Der Augenblick, auf den sie so lange gewartet hatte, war endlich da. Sie würde ihn wiedersehen. Tilda atmete tief durch.

»Es tut so gut, dass du endlich alles weißt, Mia.«

Mia grinste noch immer. »Und ich bin froh, dass ich ganz offen mit dir reden kann. Was für ein Durcheinander! Sag mal, willst du gleich aufbrechen? Wo ist denn dieser Titus?«

Tilda sah sich um. »Er ist nicht hier. Ich habe keine Ahnung, wo er sich rumtreibt. Meine Heulerei war ihm vermutlich zu viel, da hat er sich lieber verzogen. Kannst nicht du mit mir die Zeitreise machen?« Tilda sah ihre Freundin flehend an.

»Sorry, Süße, aber das kann ich nicht. So einfach, wie dieses Bücherwesen tut, ist das nicht. Ich müsste mir erst ein paar Informationen holen und das würde wiederum Aufsehen erregen und unangenehme Fragen nach sich ziehen. Lass das mal lieber deinen Titus machen.«

»Ich befürchte, er wird sich nicht zeigen, solange du da bist«, seufzte Tilda. »Für ihn bist du der Feind.«

»Hm, ich verstehe. Ist vielleicht auch besser so, wenn wir uns nicht begegnen. Dann werde ich mal aufbrechen. Aber du erzählst mir alles ganz genau, hörst du?« Mia hob drohend ihren Zeigefinger, woraufhin Tilda lachte.

»Na logisch! Verdammt, bin ich aufgeregt!«

26

»Sag mal, bist du jetzt vollkommen verrückt geworden?« Titus'
Stimme überschlug sich beinahe und die großen Augen des kleinen
Wesens wirkten noch größer und runder. »Bist du dir überhaupt
bewusst, in welche Gefahr du uns beide damit gebracht hast?«

Tilda presste trotzig die Lippen aufeinander. »Mia ist meine
Freundin. Seit sie alles weiß, geht es mir endlich wieder gut!«

»Mia ist nicht deine Freundin! Mia ist der Feind! Sie ist ein Zwischenwesen! Kapier das doch endlich!«

Tilda hatte sich niemals vorstellen können, dass ein so kleines und
sanftes Wesen wie Titus derart in Rage geraten konnte. Sie war aber
überzeugt, nichts Falsches getan zu haben und verteidigte ihre Entscheidung vehement.

»Es mag ja sein, dass die Zwischenwesen die Feinde der Bücherwesen sind. Aber ich bin kein Bücherwesen und selbst wenn es so
wäre: Ich vertraue Mia!«

Titus schüttelte fassungslos den runden Kopf. »Heißt das, ich
kann mir jetzt einen neuen Unterschlupf suchen? Bei dir bin ich ja
offensichtlich nicht mehr sicher. Du bist zum Feind übergelaufen.«

»Nein! Titus, jetzt hör mir doch mal zu! Du bleibst natürlich bei
mir! Ich hab dich doch lieb!« Vorsichtig legte Tilda einen Arm um
Titus. Der wischte ihn aber sofort wütend weg.

»Jetzt komm mir nicht auf die Tour! Ich habe keine Ahnung, wie
viele Zwischenwesen da draußen herumlaufen. Ich könnte jederzeit einem von ihnen in die Arme laufen. Und dann wäre es aus
und vorbei. Aus mit mir, aus mit der Bücherwelt und auch aus mit
eurer Welt. Wenn die Zwischenwesen einmal einen Weg in unsere
Welt finden, dann ist das nur eine Frage der Zeit.«

»Aber Titus, ich bin mir sicher, dass Mia unsere Freundschaft
nicht dazu missbraucht! Sie hat mir ihr Wort gegeben! Ich vertraue
ihr! Sie sitzt doch auch zwischen den Stühlen. Sie kann nichts für

118

ihre Herkunft. Bitte gib ihr diese Chance! Bitte! Bitte!« Flehend sah Tilda Titus an.

»Ich weiß nicht, Tilda«, seufzte er. »Das Risiko ist einfach zu hoch, als dass wir es auf einen Versuch ankommen lassen können. Aber wir werden jetzt diese Zeitreise machen. In der Vergangenheit sind wir sicher vor den Zwischenwesen aus der Gegenwart. Bist du bereit?«

Tilda nickte, richtete ihren Blick in den Spiegel und konzentrierte sich auf ihr Date im Mondschein. Schon kurze Zeit später ergriff das vertraute Gefühl von ihr Besitz und sie schien für einen winzigen Moment in der Luft zu stehen. Diesmal wusste sie sofort, dass sie angekommen waren und wagte es, den Blick vom Spiegel zu lösen, ehe Titus sie dazu aufforderte. Es war Vollmond, eindeutig. Die Nacht war hell, die Sonne offenbar noch nicht lange untergegangen und Tilda stand direkt vor dem Olympiastadion.

Sie atmete die kühle Nachtluft ein und knöpfte ihre Strickjacke zu. Sie hatte beschlossen, es sei am vernünftigsten, dasselbe Outfit anzuziehen, das sie auch bei der ersten Begegnung getragen hatte. So würde es ihm leichter fallen, sie zu erkennen. Ganz klar: Hier war sie richtig. Sie erkannte das Stadion sofort wieder, auch wenn sie diesmal davorstand. Direkt neben ihr ragte ein kleines Türmchen in die Höhe, das hatte sie bereits von innen erkennen können. Neben dem Türmchen verlief ein kleiner Vorbau, der direkt mit dem Stadion verbunden war und der endete am Ende der Geraden wieder in einem Türmchen. *Das sieht richtig nett aus!* Schade, dass das White City Stadium in Tildas Zeit bereits den Abrissbirnen zum Opfer gefallen war.

Aufgeregt sah sich Tilda nach allen Seiten um. Es war trotz der späten Stunde noch einiges los auf dem Vorplatz zum Stadion. Die Menschen hatten durchweg gute Laune. Auf Tilda wirkte das alles beinahe ansteckend.

»Ich seh mich mal ein wenig um. Ich will euch ja nicht stören«, flüsterte Titus. Tilda nickte nur. Er war noch immer eingeschnappt. Sie konnte nicht verstehen, warum Titus keinerlei Verständnis aufbringen konnte für das, was sie getan hatte. Seit sie Mia alles erzählt hatte, ging es ihr so viel besser. Sie hatte neuen Mut und Zuversicht geschöpft. Alles würde gut werden, dessen war sie sich sicher. Seufzend lehnte sie sich gegen eine Wand. Sie wusste nicht, ob sie zu früh oder zu spät kam. Sie wusste, dass sie die ganze Nacht Zeit hatte, um ihrem Traummann zu begegnen. Doch eines wusste sie noch sicherer: Sie hasste es zu warten.

Hier vor dem Eingang war nach Tildas Ansicht der plausibelste Treffpunkt. Das Stadion hatte bereits geschlossen, also blieb nur diese eine Möglichkeit. Titus hatte ihr versichert, dass sie nicht nur im richtigen Jahr, sondern auch am richtigen Tag beziehungsweise in der richtigen Nacht gelandet waren. *Er wird kommen!* Tilda war sich so sicher wie noch nie in ihrem Leben. Das hier war nicht eines dieser Dates, bei denen man nicht wusste, ob man sitzengelassen wurde. Nein, das hier war ein Treffen zweier Liebender, die für alle Ewigkeit miteinander verbunden waren. Auch wenn sie nichts voneinander wussten außer ihren Gefühlen. Aber diese Gefühle alleine würden ausreichen, um zueinander zu finden. *Wenn nur diese dumme Warterei nicht wäre!* Instinktiv griff Tilda nach ihrem Handy, musste dann aber lachen. Es war ein komisches Gefühl, dass der Junge ihres Herzens vermutlich noch nicht einmal das Wort »Handy« gehört hatte geschweige denn wusste, wie man es benutzte. Nach und nach wurden ihr die vielen Unterschiede zwischen dieser Zeit und ihrer bewusst. Das würde noch für viele Missverständnisse sorgen, davon war sie überzeugt. Aber sie war bereit, all das in Kauf zu nehmen. Wenn sie ihn doch endlich sehen würde! War er schon auf dem Weg zu ihr? Ungeduldig und mit klopfendem Herzen ging sie den gepflegten Weg vor dem Eingang auf und ab, hielt wachsam die Augen offen und zuckte bei jedem Mann mit Hut zusammen. *Ich halte das nicht mehr aus! Ich muss mich irgendwie ablenken!* Mit zitternden Händen kramte sie in ihrer Tasche nach ihrem iPod und steckte sich so unauffällig wie möglich die Kopfhörer in die Ohren. Ellie Goulding sang »How long will I love you« und Tilda musste lächeln. Ein passenderes Lied hätte sie nicht auswählen können. Sie summte leise die Zeilen mit.

Jedes Wort, das sie hörte, machte sie sicherer, dass sie auf dem richtigen Weg war. Sie spürte ihre Sehnsucht, ihre Liebe und ihr

Glück, als gäbe es nichts anderes auf dieser Welt. Wo blieb er nur? Er konnte doch nicht mehr weit sein!

Wieder und wieder ging Tilda vor dem Eingang auf und ab. Die Menschen, die ihr begegneten, sahen sie teils staunend, teils kopfschüttelnd an. Aber der, auf den sie wartete, war nicht dabei. Sie musste an Leon denken. Auch wenn sie niemals eine feste Beziehung gehabt hatten – eines konnte man ihm nicht vorwerfen: Er war immer pünktlich gewesen, hatte sie niemals irgendwo sitzen gelassen. Wie es ihm jetzt wohl ging? Seit dem folgenträchtigen Treffen hatte sie nichts mehr von ihm gehört. Sie musste sich beschämt eingestehen, dass sie nicht einmal an ihn gedacht hatte. Aber jetzt, in genau diesem Moment, wünschte sie sich, er wäre hier. Natürlich war das aus mehreren Gründen völlig unmöglich. Aber sie hatte sich immer wohl bei ihm gefühlt, geborgen und beschützt. Ob sie sich nur aus dem Grund nie in ihn verliebt hatte, weil sie genau wusste, dass mehr als eine Affäre bei ihm nicht drin war? Sie seufzte leise und ihre grünen Augen waren voller Traurigkeit. Hatte sie einen Fehler gemacht? War sie in genau dem Moment weggelaufen, als das Glück an ihre Tür geklopft hatte? Unmerklich schüttelte sie den Kopf. *Ausgeschlossen! Ich bin nicht in Leon verliebt. Aber warum fehlt er mir dann so?* Das Treffen mit ihm hätte auch ganz anders ablaufen können. Es war eine der schönsten Liebeserklärungen gewesen, die sie jemals mitbekommen hatte. Er hatte sich unglaublich viel Mühe gegeben und sie überzeugen wollen, dass er es ernst meinte. Er hatte sogar für sie gesungen! Sie schloss kurz die Augen und hörte Leons tiefe, leicht rauchige Stimme in ihrem Kopf nachhallen. Sie klang unglaublich sexy. Tilda erinnerte sich, dass sie ihn einmal darum gebeten hatte, mit zu Mias privater Karaokeparty zu kommen. »Mit dir bringe ich den absoluten Star!«, hatte sie lachend gesagt. Aber Leon hatte abgewunken: »Das ist mir zu kindisch. Es gibt vernünftigere Sachen als singen.«

»Ach komm schon! Hauptsache, es macht Spaß!«

»Ich hab lieber auf andere Weise Spaß…«

Sie sah noch sein süffisantes Grinsen vor sich und die halb geschlossenen Augen, die sie von unten herauf ansahen – ein Blick, der so unwiderstehlich war, dass sie ihm jedes Mal nachgab. Noch jetzt durchfuhr sie ein wohliger Schauer, wenn sie daran dachte. Ja, sie hatten eine tolle Zeit zusammen gehabt und er hatte alles auf eine Karte gesetzt, wollte sich radikal ändern – für Tilda. Und sie? Sie musste sich eingestehen, dass sie auf dem besten Wege war, sich ebenfalls in Leon zu verlieben. Wenn sie es nicht schon getan hatte… Es war immer die Vernunft gewesen, die gesiegt hatte. Die Vernunft, die ihr gesagt hatte, dass es mit Leon niemals eine Zukunft geben würde. Leon musste das gespürt haben, sonst wäre er niemals auf die Idee gekommen, ihr eine so bezaubernde Liebeserklärung zu machen. Er hatte ja nicht ahnen können, dass sie kurz zuvor einen Jungen kennengelernt hatte, der noch tiefere Gefühle in ihr weckte. Leon musste sich sicher gewesen sein, dass Tilda das gleiche für ihn empfand wie er für sie. Umso mehr musste er sich gedemütigt gefühlt haben, als sie ihn so brutal abgewiesen hatte. Wieder überrollte sie dieses tiefe Gefühl eines schlechten Gewissens. Leon hätte ihr ein neues Leben bieten können, aber sie war davongelaufen, saß an einem fernen Ort, in einer fernen Zeit und wartete auf einen Jungen, den sie nur ein einziges Mal für einen kurzen Moment gesehen hatte. Ein Fremder, vom dem sie dachte, er sei die Liebe ihres Lebens – und der sich nicht blicken ließ.

Mittlerweile war der Platz vor dem Stadion fast menschenleer. Der Vollmond leuchtete noch immer hell über London und Tilda begann allmählich, sich Sorgen zu machen. Was, wenn sie etwas missverstanden hatte? Was, wenn er aus irgendwelchen Gründen verhindert war? Was wenn sie ihn niemals wiedersah? *Bitte, lass mich doch einmal Glück haben! Das kann doch nicht sein! Er muss einfach kommen!* Es zerriss ihr fast das Herz. Sie war aufgewühlt von ihren Gedanken an Leon. Sie stellte sich beide nebeneinander vor: Leon und der Fremde aus dem Olympiastadion. Sah sie im Geiste nebeneinanderstehen und verglich sie miteinander. Gut sahen sie beide aus, verdammt gut sogar. Wenn man mal von der sehr unterschiedlichen Kleidung absah – Leon in Jeans und T-Shirt, der Unbekannte in einem sauberen Anzug mit Hut – hatten sie mehr gemeinsam, als Tilda anfangs gedacht hatte. Sie waren beide groß und hatten breite Schultern. Von Leon wusste Tilda, dass sich an Armen und Oberkörper seine Muskeln abzeichneten – nicht übertrieben, aber definiert. Aber auch der Unbekannte wirkte keineswegs schmächtig – wenn man genauer hinsah, vielleicht ein wenig drahtiger. Leon trug die dunklen Haare relativ kurz und wuschelig gegelt, dazu seinen obligatorischen Dreitagebart, der manchmal rote Flecken auf Tildas weicher Haut hinterlassen hatte, wenn er zu stürmisch gewesen war. Der Fremde hatte vermutlich etwas längere Haare, auch sie waren braun, einen Ton heller als Leons. Viel mehr hatte sie aber nicht erkennen können, weil der Hut das meiste bedeckt hatte. Alles in allem sah der Unbekannte irgendwie braver aus. Das konnte aber schlichtweg an der unterschiedlichen Mode aus zwei Jahrhunderten liegen. Leons Augen waren tiefbraun und funkelten sie noch immer wütend und dunkel an. Sie hatten etwas Bedrohliches und zugleich waren sie Tilda angenehm vertraut. Die Augen des Unbekannten hatten einen warmen Braunton, der fast ins Bernsteinfarbene ging und sie leuchteten so strahlend, dass Tilda unwillkürlich den Atem anhielt. Es war ihr, als erzählten diese Augen eine ganze Geschichte. Sie sah viel Wärme, Liebe und Zuneigung. Als sie noch genauer hinsah, erkannte sie – und sie war nicht sicher, ob sie sich das vielleicht nur einbildete – eine ganz andere Nuance: Da waren auch Geheimnis, Dunkelheit und Gefahr. Noch nie hatte sie ein Paar Augen dermaßen gefesselt. Tilda war keineswegs eingeschüchtert – ganz im Gegenteil: Diese neue Erkenntnis machte sie nur umso neugieriger, den schönen Unbekannten endlich kennenzulernen. Sie dachte an die kurze, aber intensive Begegnung im Olympiastadion. Und da war es wieder: Dieses Gefühl, das sie mit einer solchen Wucht traf, dass sie fast zu Boden fiel. Es gab keinen Zweifel mehr. Leon war für den Moment vergessen. Für Tilda gab es nur noch ihn, den geheimnisvollen Unbekannten mit den strahlend braunen Augen. Sie spürte, dass es ihm genauso ging, dass sie beide füreinander bestimmt waren. Leons Gestalt war aus ihren Gedanken verschwunden. Einzig die des Fremden stand noch immer da und starrte sie ungläubig an. Tilda spürte, wie ihr Herz schneller pochte und fühlte eine wohlige Wärme durch ihren Körper strömen. Sie hielt es nicht mehr aus. Die Sehnsucht in ihr brannte wie Feuer. Sie musste ihn finden. Jetzt sofort.

Sie ging mehrere Male um das ganze Stadion herum, verhielt sich so auffällig wie möglich und suchte jeden Winkel ab. Schließlich ließ sie sich erschöpft auf die Eingangsstufen sinken. Es begann zu dämmern. Die Nacht war vorbei und ihr Date war geplatzt.

124

27

»Das kann nicht sein!« In Mias Stimme lag Ungläubigkeit.

»Kann es doch«, erwiderte Tilda matt.

Während sie im Jahr 1908 die ganze Nacht durchgemacht hatte, war in der Gegenwart nicht einmal eine Minute vergangen. Trotz der starken Müdigkeit war für Tilda nicht an Schlafen zu denken. Viel größer als die Erschöpfung war das Gefühl von Verzweiflung. Sie zermarterte sich das Hirn, was sie an der Botschaft falsch verstanden haben konnte, kam aber immer wieder zu dem einen Ergebnis: Da konnte man nichts falsch verstehen.

Er hatte eindeutig *moon* gesagt, der runde Kreis bedeutete Vollmond. Sie hatte sogar gegoogelt, dass in der Nacht nach der Eröffnungsfeier der Olympischen Spiele von 1908 Vollmond gewesen war. Alles fügte sich perfekt zusammen. Aber warum war er dann nicht gekommen?

»Ich muss gleich nochmal los. Ich muss Titus sagen, er soll mich noch einmal an den Zeitpunkt unserer Begegnung bringen. Das ist mein einziger Anhaltspunkt«, sagte Tilda.

»Und was ist mit dem Buch?«, fragte Mia. »Steht dort etwas Neues, mit dem du etwas anfangen kannst?«

»Nein, ich habe nur eine Passage gefunden, die meine Rückkehr von gerade eben beschreibt. Und ich brauche nun wirklich nicht auch noch zu lesen, wie ich mich gerade fühle. Das spüre ich selbst mehr als deutlich.«

»Süße, ich weiß nicht, ob du an denselben Zeitpunkt noch einmal zurückkehren kannst«, sagte Mia zögernd. »Weißt du, ich bin keine Expertin, was Zeitreisen betrifft, aber ich bin mir ziemlich sicher, dass es nicht möglich ist. Kein Mensch kann zweimal am selben Ort sein…«

Tilda seufzte tief. »Dann muss ich eben kurz danach auftauchen. So schnell kann er doch nicht von dort verschwinden.«

125

»Einen Versuch ist es wert. Wenn du doch nur seinen Namen wüsstest. Dann ließe sich leichter herausfinden, wann er wo war und du könntest viel gezielter nach ihm suchen.«

»Ich weiß rein gar nichts! Und er weiß nicht einmal, dass ich aus einer anderen Zeit komme – woher auch? Er hat nicht die geringste Chance, mich zu finden. Wenn ich nicht alles versuche, dann werden wir uns niemals wiedersehen. Es ist so ernüchternd, dass es allein an mir liegt, ob wir uns noch einmal sehen können. Diese blöde olympische Einweihungsfeier ist der einzige Anhaltspunkt, den ich habe. Ich kann ja schlecht die Leute in London von 1908 nach einem gutaussehenden Jungen mit Hut fragen. Die zeigen mir doch alle einen Vogel!«

Wider Willen musste Mia kichern. Sie fasste sich aber schnell wieder und sagte: »Bitte ruf mich sofort wieder an, wenn du zurück bist, ja? Ich wünsche dir alles Glück der Welt!« Ihre Stimme klang zuversichtlich.

»Danke. Das mache ich. Bis später«, antwortete Tilda tapfer, legte auf und wandte sich an Titus. »Denkst du, du kannst mich nochmal an den Ort der Begegnung ins Stadion bringen?«

»Ja sicher kann ich das. Aber deine Zwischenwesen-Freundin hatte Recht. Wir müssen einen zeitlichen Mindestabstand einhalten. Fünf Minuten dürften ausreichen. Damit gehen wir kein Risiko ein, dass wir auf uns selbst treffen.«

Er klang noch immer eingeschnappt und die Art und Weise, wie er über Mia sprach, zeigte deutlich, dass das Thema für ihn noch nicht abgeschlossen war. Tilda tat so, als bemerke sie nichts davon. Für sie zählte jetzt nur diese Zeitreise. Es war der letzte Strohhalm, an den sie sich noch klammern konnte. Sie wollte nicht aufgeben. Innerhalb weniger Sekunden hatte sie sich in Startposition begeben. Titus nahm wortlos ihre Hand und leitete die nächste Zeitreise ein.

Es dauerte wieder nur wenige Augenblicke und Tilda fand sich in hellem Tageslicht wieder. Sie stand tatsächlich fast an der exakt gleichen Stelle wie beim letzten Mal. Jede Müdigkeit war wie weggeblasen. Tilda atmete die frische Luft tief ein und versuchte, die Stelle zu finden, an der sie den schönen Unbekannten das letzte Mal gesehen hatte. Unten liefen die Sportler ins Stadion ein, als hätten sie nie etwas anderes getan. Die Suche war nicht ganz einfach, denn die Zuschauer waren alle sehr ähnlich gekleidet. In der Gegenwart wäre ein Junge mit Hut aufgefallen, 1908 aber sahen alle so aus. Zu allem Überfluss bestand fast das ganze Publikum aus Männern. Tilda erntete einige verwunderte Blicke, ließ sich jedoch nicht aus der Ruhe bringen. Schon nach kurzer Zeit hatte sie die Stelle gefunden. Der Mann, der dort vorne stand, war ihr letztes Mal aufgefallen, weil er einen auffällig großen Schnurrbart trug. Nur wenige Reihen über ihm hatte sie ihren Traummann erblickt. Alles war genau wie bei der letzten Zeitreise. Nur einer fehlte: der schöne Unbekannte.

Es war wie verhext! Tilda konnte einfach nicht glauben, was sie sah oder besser: was sie nicht sah. Irgendjemand schien etwas dagegen zu haben, dass diese Begegnung ein zweites Mal stattfand. Beim letzten Mal hatte er doch genau an dieser Stelle gestanden. Jetzt war der Platz leer. Es sah so aus, als sei er gerade erst aufgestanden und weggegangen. Tilda kramte ihr bestes Englisch hervor und fragte den Mann mit dem Schnurbart: »Entschuldigen Sie bitte, ist hier gerade ein gutaussehender Junge vorbeigegangen?«

Der Herr sah sie entgeistert an, erwiderte dann aber: »Nein, Fräulein. Hier ist niemand vorbeigekommen außer Ihnen – und das schon zum zweiten Mal.«

Tilda schloss verzweifelt die Augen, die sich langsam mit Tränen füllten. Er konnte sich doch nicht in Luft aufgelöst haben! Wo war er nur? Sie schüttelte kaum merklich den Kopf und flüsterte: »Titus, bring mich bitte zurück.«

Es dauerte nicht lange und Tilda landete sicher in ihrem Wohnzimmer. Draußen vor dem Fenster war es dunkel, ihr Handy lag noch genauso auf dem Tisch, wie sie es eben abgelegt hatte. Selbst das Display war beleuchtet, noch nicht einmal die Tastensperre hatte sich eingeschaltet.

»Irgendwo ist uns ein Fehler passiert!«, rief Tilda. »Es kann einfach nicht sein, dass er nirgends zu finden ist! Titus, bist du dir sicher, dass wir den richtigen Zeitpunkt erwischt haben?«

Das Bücherwesen entgegnete mürrisch: »Jetzt fang bitte nicht an, mir Vorwürfe zu machen. Von meiner Seite war alles in Ordnung.

Frag doch lieber mal deine Zwischenwesen-Freundin, was sie mit dir angestellt hat. Ich bin mir sicher, sie steckt dahinter!«

Tilda verdrehte die Augen. »Jetzt hör doch mal mit diesem Schwachsinn auf! Mensch, Mia ist meine Freundin und ich kann ihr vertrauen!«

»Falsch«, unterbrach sie Titus und schmunzelte ein wenig. »Ich bin kein Mensch«, Schnell wurde er wieder ernst. »Mia mag deine Freundin sein, aber sie ist nun einmal ein Zwischenwesen. Und Zwischenwesen kann man nicht vertrauen.«

28

»Ich werde ihn niemals wiederfinden!« Tilda war am Boden zerstört – schlimmer noch: Sie fühlte sich, als hätte ihr jemand den Boden unter den Füßen weggerissen, ihr die Luft zum Atmen geraubt. Sie war wütend, enttäuscht und unendlich traurig. Sie hatte alles auf sich genommen, um ihn zu finden, aber irgendetwas oder irgendjemand schien etwas dagegen zu haben.

Ob wirklich Mia…? Nein, das konnte nicht sein. Das würde sie niemals machen! Sie hätte keinen Vorteil davon!

Selbst ihren letzten kleinen Hoffnungsschimmer hatte Titus ihr geraubt: Als sie eine weitere Zeitreise – an den Punkt kurz vor dem ersten Treffen – machen wollte, hatte er seine runden Augen weit aufgerissen. Es sei nicht möglich, die Herzbande verbiete es.

Wütend hatte sie das Bücherwesen stehengelassen und war zu Mia gelaufen. Jetzt saßen die beiden Freundinnen auf Mias Sofa und dachten angestrengt nach.

»Dieser Idiot! Warum kann er mich denn nicht einfach noch einmal dorthin bringen, an den Zeitpunkt, kurz vor unserer ersten Begegnung?«

Tilda hatte vor Wut einen ganz roten Kopf.

»Ich schätze, ich muss Titus Recht geben. Das geht nicht. Überleg doch mal: Wenn du auftauchst, bevor ihr euch das erste Mal getroffen habt, dann wäre das für deinen Traumtypen die neue erste Begegnung. Demzufolge müsste bei ihm die Herzbande einsetzen. Da deine erste Begegnung mit ihm aber schon stattgefunden hat, wird sie es bei dir nicht tun. Eine Herzbande kann aber nur auf beiden Seiten funktionieren. Du würdest eure Herzbande blockieren. Das geht nicht. Mal abgesehen davon kannst du das auch gar nicht entscheiden. Selbst wenn du die Reise antreten würdest, du kämst nie an. Bei solchen Dingen wirst du automatisch gestoppt. Das ist ganz gut so. Zeitreisen sind zwar nicht sehr alltäglich, aber ich denke, wenn es diese Absicherung nicht geben würde, hätten so manche schon einiges in der Zeit durcheinandergewirbelt.«

»Also keine Zeitreise mehr.« Tilda seufzte resigniert. »Aber es gibt keine Chance, ihn noch einmal zu treffen. Was soll ich denn machen, Mia? Ich kann jetzt nicht zurück in mein altes Leben! Als ich die ganze Nacht in London gewartet habe, ist mir eins klar geworden: Ich brauche diesen Jungen! Unbedingt! Auch wenn es sich bescheuert anhört: Ich spüre, dass es ihm umgekehrt genauso geht.«

»Natürlich geht es ihm genauso. Ihr seid durch die Herzbande auf ewig miteinander verbunden.«

»Aber was soll dieser ganze Schwachsinn mit der Herzbande, wenn wir doch niemals zusammenkommen? Da verzichte ich lieber drauf!«

»Süße, die Herzbande allein sorgt nicht für glückliche Beziehungen. Auch wenn eure Herzen wie durch ein unsichtbares Band verknüpft sind, heißt das noch lange nicht, dass ihr glücklich zusammenlebt bis ans Ende eurer Tage.«

»Aber wir hatten nicht mal eine Chance dazu! Es muss doch eine Lösung geben! Es darf einfach nicht wahr sein, dass ich nicht ein einziges Wort mit ihm wechseln konnte! Und weißt du was? Das einzige, das mir jetzt noch weiterhelfen kann, ist mein Buch. Es muss schön langsam mal wieder etwas ausspucken. Ich dreh sonst noch durch!«

Als Tilda in ihre Tasche griff, stockte Mia der Atem. Tilda registrierte Mias Aufregung und zog sehr vorsichtig das Buch hervor.

»Du wirst mich doch jetzt nicht überfallen und mit dem Buch zu Jürgen König laufen?«, fragt Tilda mit leicht zweifelndem Unterton.

Mia grinste. »Ich muss mich schon sehr zusammenreißen. Um ehrlich zu sein: Es ist so ziemlich das Aufregendste in meinem ganzen Leben. Aber wenn du das Buch nicht freiwillig hergeben möchtest, wird es immer bei dir bleiben. Da hat selbst Jürgen keine Chance.«

Im selben Moment schlug sie sich mit der Hand vor den Mund. »Das hätte ich wohl lieber nicht sagen sollen.«

Tilda sah sie mit hochgezogenen Augenbrauen an.

»Du meinst, keiner kann es mir wegnehmen, wenn ich es nicht will?« Sie lächelte triumphierend, als Mia vorsichtig nickte.

»Möchtest du mal einen Blick hineinwerfen?«

Galant schob sie es zu Mia hinüber. Die legte behutsam eine Hand auf den Buchdeckel und schloss für einen Moment die Augen. Dann öffnete sie es ehrfürchtig und mit leicht zitternden Fingern, als hätte sie Angst, etwas kaputt zu machen.

»Meine Güte«, sagte sie, ohne den Blick zu heben. »Das ist einfach unglaublich. Es besitzt eine so starke Energie, wie ich sie noch nirgendwo gesehen habe. Wahnsinn. Ein kleines Wunderwerk!«

»Ja sicher«, sagte Tilda. »Es steckt ja auch mein ganzes Leben drin. Nur will es mir nicht alles verraten. Es ist, als würde es ein eigenständiges Leben führen.«

»Das ist in der Tat so«, meinte Mia kopfschüttelnd. »Es besitzt eine eigene Energie. Das erklärt auch, warum es deine Lebensgeschichte ändern kann.«

»Es stimmt also wirklich? Mein Leben ist nicht vorbestimmt? Ich kann frei entscheiden, was mit mir geschieht?«, fragte Tilda ungläubig.

»Sicher. Du bist ja losgelöst. Aber ich war immer der Meinung, für Losgelöste gäbe es keine Lebensbücher.« Sie schüttelte den Kopf. »Na dann wollen wir doch mal sehen, ob es etwas aus deiner Zukunft preisgibt.«

Sie blätterte eine Weile, verzog hin und wieder den Mund oder blinzelte, als wolle sie etwas erkennen. Als Tilda schon die Hoffnung aufgeben wollte, stieß Mia einen leisen Schrei aus.

»Das gibt's nicht!«

»Was gibt's nicht? Was ist los?« Tilda wollte ihr das Buch am liebsten aus den Händen reißen. »Los, jetzt sag schon!«

»Du machst eine neue Reise. Aber nicht durch die Zeit, sondern in die Bücherwelt«, stammelte Mia, als könne sie es selbst nicht glauben.

»Ich mache was? Oh mein Gott, lass mal sehen! Was steht denn da?«

Jetzt war es Tilda, die einen Freudenschrei ausstieß.

»Das ist tatsächlich die Lösung! Warum bin ich denn nicht von selbst darauf gekommen? Ich werde in der Bücherwelt nach seinem Buch suchen! Dann erfahre ich alles aus seinem Leben – und wo ich ihn treffen kann! Oh, ist das nicht fantastisch! Mia, sag doch auch mal was!«

Tilda hielt sich beide Hände vor den Mund und konnte ihr Glück kaum fassen.

Mia dagegen saß noch immer regungslos auf dem Sofa und ihr von Natur aus blasses Gesicht wurde noch eine Spur weißer.

»Noch niemals ist es einem Menschen gelungen, in die Bücherwelt zu gelangen«, sagte sie. »Wie um alles in der Welt willst du das schaffen? Du bist nicht einmal ein Swan!«

»Ein was bitte? Was ist denn ein Swan?«, fragte Tilda verwirrt.

»Na, einer von uns. Ein Mensch mit magischen Fähigkeiten«, sagte Mia. »Das weißt du doch.«

Tilda ging ein Licht auf. »Nein, das wusste ich nicht. Titus nennt euch immer Zwischenwesen.«

Mia lachte. »Wie charmant! Wir sind doch keine Zwischenwesen! Das hört sich an wie nichts Halbes und nichts Ganzes – und das sind wir nun wirklich nicht.«

»Aber wieso Swan? Was hat das zu bedeuten?«, fragte Tilda.

»Das stammt noch aus einer früheren Zeit, als sich die ersten Swans zusammengetan haben. Der Mächtigste von ihnen hatte einen schwarzen Schwan im Wappen. Ich glaube, althochdeutsch hieß Schwan damals Swan. Mittlerweile sprechen wir das aber Englisch aus. Ist einfach internationaler.«

»Ok, du Swan. Dann sag mir mal, wie ich in die Bücherwelt komme!«

»Wenn ich das wüsste.« Mia zuckte mit den Schultern. »Wie gesagt, es ist noch niemals jemandem gelungen. Zumindest ist noch niemand von dort zurückgekehrt. Und du kannst mir glauben: Wir suchen schon so lange wir denken können, nach einem Weg in die Bücherwelt. Es überrascht mich sehr, dass du es offenbar schaffen wirst, so talentfrei wie du auf dem Gebiet der Magie bist.«

Tilda atmete tief durch. »Was soll das heißen: Es ist noch niemand von dort zurückgekehrt? Ist es dort gefährlich?«

Mia verzog das Gesicht zu einer Grimasse. »Ich habe keine Ahnung, ob es gefährlich ist. Für Swans wahrscheinlich mehr als für einen normalen Menschen wie dich. Wir sind schließlich die erklärten Feinde der Bücherwesen. Einmal waren wir kurz davor, das Geheimnis zu lüften. Aber der letzte Schritt ist leider missglückt und wir standen wieder ganz am Anfang.« Ihre Augen wurden glasig, ihr Blick starr. Nur eine Sekunde später schüttelte sie sich und stand auf. »Das ist schon sehr lange her. Vergessen wir's. Wir bringen dich jetzt in die Welt der Bücher!«

29

»Du kannst nicht mit in meine Welt kommen, Tilda«, sagte Titus. »Du würdest in völliger Bedeutungslosigkeit versinken. Wir sind die personifizierte Bedeutungslosigkeit und genauso ist auch unsere Welt. Noch nie zuvor ist ein Mensch bei uns gewesen.«

»Aber schon alleine deshalb kannst du doch gar nicht wissen, was auf mich zukommt!«, unterbrach ihn Tilda energisch. »Titus, bitte, ich muss dorthin. Ich muss dieses Buch finden. Es ist meine einzige Hoffnung! Du hast doch auch die Gefühle gespürt, die ich hatte. Ich habe alles versucht. Er ist mein Leben!« Tränenschleier überzogen ihre Augen. »Ohne ihn bin ich nichts. Es besteht eine magische Verbindung zwischen uns. Das weiß er auch, ich habe es doch mit meinen eigenen Augen gesehen! Titus, hilf mir! Bitte!« Ihre Stimme wurde flehend.

Titus nickte. Tilda sah, wie er ihren Verzweiflungsausbruch genoss, sich aber gleichzeitig bemühte, es sich nicht anmerken zu lassen. Er lächelte ein wenig schüchtern, überlegte einen Moment und sagte dann: »Du hast Recht. Jetzt bist du nur verzweifelt. Aber bald wird diese Verzweiflung in Wut umschlagen, die Wut schließlich in Trauer und dann werden irgendwann deine Gefühle abstumpfen. Diese Herzbande hat eine enorme Kraft, die man mit Worten gar nicht beschreiben kann. Der Absturz der Emotionen in das Tal der Gefühlskälte wäre enorm, so enorm, dass ich zugeben sehr unsicher bin, was mit dir geschehen wird, wenn du deinen Traummann nicht findest. Ich habe Angst, dass du bald nichts weiter als eine leere Hülle ohne Gefühle wärst. Recht viel Schlimmeres kann dir in meiner Welt auch nicht passieren.«

Tilda sah ihn flehend an.

»Also gut, Tilda. Ich will es versuchen. Du musst dir aber bewusstmachen, dass du Gefahr läufst, für immer in der Bedeutungslosigkeit zu versinken. Ich kann dir nicht sagen, was genau

134

passieren wird. Aber meiner Meinung nach wird dich unsere Gefühlskälte einhüllen und unsere Gier nach den kleinsten Gefühlsregungen wird dich regelrecht aussaugen. Du hast nur eine Chance: Du darfst keine Emotionen zeigen. Du musst genauso kalt werden wie wir. Wir müssen uns etwas überlegen.«

»Kann Mia uns dabei helfen?«, fragte Tilda vorsichtig.

»Ein Zwischenwesen?«, zischte Titus. »Nein. Sicher nicht. Es ist gefährlich genug, wenn wir einen Weg für dich in die Bücherwelt finden. Es darf niemand auch nur eine Ahnung davon bekommen, sonst steht die Bücherwelt offen für die Zwischenwesen. Und ich mag mir gar nicht ausmalen, was dann passiert. Tilda, nimm dich in Acht vor ihr. Ich spüre, dass da etwas nicht stimmt. Sie mag deine Freundin sein und vielleicht ist sie tatsächlich gewillt, es ernsthaft zu versuchen. Aber die Macht der Zwischenwesen ist stark. Sie wird sich ihrem Willen beugen müssen.«

Tilda sah ernst auf ihren kleinen Freund hinunter. So hatte sie das noch gar nicht gesehen. Wenn erst einmal ein Weg in die Bücherwelt gefunden war, dann hieße das automatisch, dass auch die Zwischenwesen ihn nutzen könnten. Auch wenn sie Mia nach wie vor vertraute, das Risiko war ihr zu groß. Sie mussten es alleine schaffen. Sie ließ sich auf den Boden sinken und kauerte sich zusammen.

Ich sollte mich nicht in alles so hineinsteigern. Es ist doch alles nicht so furchtbar. Ich bin losgelöst, habe eine Zeitreise gemacht, durfte die Liebe meines Lebens kennenlernen und habe außerdem eine Freundin, die zaubern kann! Wer kann das schon von sich behaupten? Und dazu habe ich noch Titus, diesen wundervollen kleinen Büchergeist...

Sie blickte sich um.

»Titus? Wo bist du?«

Er war verschwunden. Sie seufzte. Jegliches Zeitgefühl war ihr abhandengekommen. In den letzten Tagen hatte sie so viel erlebt, dass es ihr vorkam wie mehrere Wochen. Sie musste schleunigst auf andere Gedanken kommen. Gerade wollte sie ihre Laufschuhe anziehen, da klingelte ihr Handy.

»Tilda! Du wirst nicht glauben, wer gerade bei mir war!« Mias Stimme überschlug sich fast vor Aufregung.

»Ähhh, keine Ahnung. Titus?«

»Nein! Leon! Er war eben hier! Ich hab gedacht, mich trifft der Schlag, als er vor meiner Tür stand. Ich meine – hallo? – woher wusste er überhaupt, wo ich wohne? Wahnsinn, der Typ liebt dich wirklich. Er wollte wissen, ob du einen anderen hast.«

Tildas Herz machte einen Sprung.

»Und? Was hast du ihm gesagt?«

»Na, die Wahrheit.«

»Wie bitte? Die Wahrheit?«

»Nein, natürlich nicht die ganze Wahrheit. Ich habe nur gesagt, dass du jemanden kennengelernt hast, dass derjenige aber sehr weit weg ist und es noch gar nicht sicher ist, ob es mit euch überhaupt was wird. Und dass das rein gar nichts mit deinen Gefühlen für Leon zu tun hat. Du hast die Entscheidung, Schluss zu machen, schließlich schon vorher getroffen.«

»Und das hat er dir geglaubt?« Tilda musste an Leons wütend funkelnde Augen denken.

»Ja, ich denke schon. Er war ziemlich lange hier. Und nachdem ich immer bei derselben Version geblieben bin – der Wahrheit – blieb ihm nichts anderes übrig, als mir zu glauben. Aber denk ja nicht, dass er dich aufgegeben hat!«

»Wie meinst du das?«

»Er ist so dermaßen verknallt in dich… Oh Mann, Tilda, wenn ich nicht wüsste, dass du die Herzbande erlebt hast – dann würde ich dir echt raten, geh zu ihm zurück. Ich habe selten einen Kerl gesehen, der so verrückt nach einem Mädchen ist. Ich weiß, was ich über ihn gesagt habe, aber der Typ hat sich um 180 Grad gedreht! Wie hast du das nur angestellt? Er gibt dich nicht auf – er macht sich Hoffnungen, dass er noch eine Chance bei dir hat.«

»Du hast ihm doch keine Hoffnungen gemacht?« fragte Tilda leise.

Sie war verwirrt. Sie spürte auf der einen Seite tiefe Gefühle für Leon, Gefühle, die sie viel zu lange unterdrückt hatte. Aber auf der anderen Seite war da etwas Neues, Atemloses, Unerreichbares und doch so Vertrautes, das sie nicht in Worte fassen konnte. Gefühle wie diese hatte sie vorher nicht gekannt.

Mia war nicht entgangen, dass ihre Freundin mit sich rang.

»Nein, ich habe ihm keine Hoffnungen gemacht. Aber ich kenne dich doch, Süße. Hör dir an, was er dir zu sagen hat. Vielleicht kannst du dann mit all dem abschließen.«

»Abschließen? Ich will mit gar nichts abschließen!« entgegnete Tilda wütend. »Es kann schon sein, dass mir Leon nicht völlig egal ist. Wir hatten schließlich eine enge Verbindung. Aber das ist nichts – rein gar nichts – im Vergleich zu dem, was ich gefühlt habe, als ich in London war.«

»Ich weiß, ich weiß doch. Ich habe nur Angst, dass… du…«

»Dass ich ihn niemals wiederfinde? Sag ruhig, was du denkst, Mia! Und soll ich dir was sagen? Ich habe auch Angst, entsetzliche Angst! Aber ich werde alles daransetzen, ihn zu finden! Er gehört zu mir wie… wie ein Lebensbuch in die Bücherwelt!«

»Ich versteh schon. Es ist nur so verdammt schwierig. Weißt du, es gibt da so einige Überlieferungen zur Herzbande, die mir Sorgen machen. Es sind grausame Geschichten von Menschen, die niemals zueinander finden konnten, obwohl ihre Herzen verbunden waren. Sie haben ihr ganzes Leben darunter gelitten, waren schwer krank oder haben ihrem Leben vorzeitig ein Ende gesetzt. Bislang hielt ich das alles für Märchen. Aber jetzt, da ich gesehen habe, dass es die Herzbande tatsächlich gibt, glaube ich auch an diese alten Geschichten. Ich möchte nicht, dass es dir bis zum Ende deines Lebens schlecht geht.« Ihre Stimme wurde ganz leise. »Hör zu, ich bin bei dir. Egal, was passiert. Ich will nicht, dass es dir so geht wie den Menschen aus diesen Geschichten. Ich unterstütze dich, Tilda!«

Tilda wurde es unheimlich, als sie Mias Worten lauschte. Bislang hatte sie gedacht, die Herzbande wäre etwas Wundervolles. Dass sie grausam sein konnte, hatte sie nicht geahnt. Trotzdem hatte sie auf einmal wieder ein positives Gefühl. Alles, was sie brauchte, war ein bisschen Ablenkung.

»Wie wär's mit einem Gläschen Martini heute Abend?«, fragte sie.

»In Ordnung. Treffen wir uns im Rastlos?«

30

Es tat gut, sich abzulenken. Tilda genoss den wunderschönen Sommerabend. Fröhlich plaudernd saß sie mit Mia an einem der Tische der herrlichen Außenterrasse des Café Rastlos. Alle Sorgen waren vergessen. Sie sprachen weder über Swans noch über die Bücherwelt und erst recht nicht über die Herzbande. Die Sonne war gerade dabei, in einen rubinroten Horizont zu tauchen. Auf jedem Tisch flackerte ein Windlicht. Das Café war bis auf den letzten Platz besetzt und alle Menschen schienen guter Laune zu sein. Aus den Lautsprechern über der Bar strömte leise Hintergrundbeschallung. Tilda nippte an ihrem Martini, behielt das kühle Getränk für einen Moment im Mund und ließ es dann langsam ihren Gaumen hinunterlaufen.

»Wundervoll«, sagte sie. »Es gibt wohl kaum etwas Schöneres, als an einem Sommerabend mit der besten Freundin ein Glas Martini zu trinken.«

Mia kicherte. »Das ist meine Tilda! Komm her!«

Sie erhob sich leicht von ihrem Stuhl, drehte sich zu Tilda, die neben ihr saß und umarmte sie herzlich. Weil auch Tilda kichern musste, bemerkte sie zunächst nicht, dass die Hintergrundmusik ausgeschaltet wurde und die Gespräche der Menschen um sie herum verstummten.

Als sanfte Gitarrenklänge ertönten, erstarrte Mia in ihrer Umarmung und blickte mit weit aufgerissenen Augen auf die Bar hinter Tilda. Noch ehe sich Tilda umdrehen konnte, hörte sie Leons rauchige Stimme, die vor all den Menschen Jason Mraz' »I won't give up« zu singen begann.

Langsam, ganz langsam, drehte sie sich zu ihm, während er weitersang. Sie hielt ihre Augen geschlossen, wagte es nicht, ihn anzusehen. Und doch spürte sie, dass er sie ansah, nur sie. Sie spürte seine Blicke wie Feuer auf ihrer Haut brennen. Jedes Wort, jeder

Ton löste von Neuem eine Gänsehaut aus. Schaudern vermischte sich mit Brennen.

Tilda hielt es nicht länger aus. Sie öffnete die Augen. Das erste was sie sah, waren seine Augen. Voller Wärme, Liebe und Hingebung. Alle Wut war verschwunden. Ihre Blicke verschmolzen miteinander. Die Gäste im Café Rastlos wurden Zeugen eines innigen Augenblicks tiefer Gefühle, die man nicht in Worte fassen konnte. Es war, als gäbe es nur diese zwei Augenpaare, deren Blicke aufeinandertrafen und eins wurden.

Leon saß einfach nur auf dem Barhocker und sang als hätte er nie etwas anderes getan. Wie von selbst glitten seine Finger über die Saiten der Gitarre, deren Klang mit seiner Stimme zu einer herrlichen Symbiose verschmolz. Auf keinem Tisch wurde mehr gesprochen, alle Aufmerksamkeit galt Leon. Der aber hatte nur Augen für Tilda. Er sang jedes Wort voller Hingabe, aber seine Augen sagten viel mehr. Diese Blicke entgingen den anderen Gästen nicht. Gespannt verfolgten sie, wem der Sänger dieses Lied widmete und schon bald stand auch Tilda im Mittelpunkt der Aufmerksamkeit.

Nach dem letzten Akkord, beendete Leon seine erneute Liebeserklärung mit einer angedeuteten Verbeugung. Die Leute klatschten begeistert Beifall, einige verlangten gar eine Zugabe. Tilda wusste nicht, was sie tun sollte. Das hatte sie gefesselt, absolut. Leon war in ihrem Herzen. Aber den größeren Platz nahm zweifelsohne der geheimnisvolle Fremde ein. Und doch brachte sie es nicht übers Herz, Leon das zu sagen. Nicht jetzt. Nicht nach diesem Song.

»Jetzt geh schon zu ihm«, sagte Mia und stupste sie an. Auch die anderen Leute erwarteten eine Reaktion von ihr. Als Tilda sich widerwillig von ihrem Stuhl erhob, sah sie Leon die Hand heben. Er schulterte seine Gitarre und ging in Richtung Ausgang. Die Menge johlte und pfiff, als Tilda sich wieder in ihren Stuhl sinken ließ. Aber Leon schien heute keine Antwort von ihr zu erwarten. Noch nicht.

31

»Warum kann er nur so verdammt gut singen?« Tilda saß kopf-schüttelnd auf ihrem kleinen Balkon und leerte ihr Wasserglas in einem Zug.

Mia grinste.

»Das hat er wirklich drauf, das muss man ihm lassen. Aber die ganze Aktion war absolut filmreif! Hast du gesehen, wie der Typ vorne neben ihm an der Bar geschaut hat? Der hat seinen Mund gar nicht mehr zugekriegt!«

Tilda kicherte. »Aber am besten war Leon: Als er am Schluss so lässig seine Hand gehoben hat und rausmarschiert ist, ohne uns noch einmal anzusehen.«

Sie versuchte, ihn zu imitieren, stieß dabei aber fast an die ange-lehnte Balkontür. »Ups... ich sollte beim Wasser bleiben«, sagte sie amüsiert und ließ sich wieder in ihren Stuhl sinken.

»Und was wirst du jetzt machen?«, fragte Mia.

»Erstmal nichts! Bist du wahnsinnig? Wenn ich jetzt zu ihm gehe, dann hab ich ein echtes Problem! Wir landen sofort im Bett!«

»Tatsächlich? So schlimm?« Mia legte den Kopf schief und zog eine Augenbraue hoch.

Tilda schloss die Augen und grinste.

»Er ist schon heiß. Das will ich ja gar nicht bestreiten. Aber irgendwas fehlt. Dieses – wie sagt man so schön – gewisse Etwas. Genau dieses Gefühl, das ich in London hatte. Es würde mich auf Dauer unglücklich machen, wenn ich bei Leon bliebe. Also müssen wir jetzt endlich zusehen, dass ich einen Weg in die Bücherwelt finde. Und vor allem, dass ich dort überlebe. Ich muss es irgend-wie schaffen, alle meine Emotionen zu unterdrücken. Keines der Bücherwesen darf auch nur das Geringste mitbekommen, sonst saugen sie mich komplett aus, sagt Titus. Wie soll ich das bloß an-stellen?«

Tilda sah ziemlich verzweifelt aus. Wieder einmal schien sie kurz vor der Lösung zu stehen und wieder einmal gab es eine weitere Hürde, an der sie zu scheitern drohte. Sie wusste nicht, ob sie ihre Zuversicht beibehalten sollte. Bei allen vergangenen Aktionen hatte sie großes Glück gehabt. Aber würde ihr das Glück auch weiterhin zur Seite stehen? Irgendwann würde es vorbei sein und vor allem: Irgendwann würde auch die letzte Chance vertan sein, den Jungen ihres Herzens wiederzusehen. Das wusste sie, mehr noch: Sie spürte, dass sie es dieses Mal schaffen musste. Wo auch immer er war, sie musste ihn finden. Dass im Falle ihres Scheiterns mit Leon ein anderer auf sie wartete, das stimmte sie kaum tröstlich. So anziehend sie Leon auch fand, nur einer hatte es geschafft, ihr Herz ganz und gar zu erobern.

Gemeinsam mit Mia rätselte Tilda noch bis in die frühen Morgenstunden, wie sie sicher durch die Bücherwelt kommen konnte. Dass Tilda einfach an nichts dachte, würde niemals funktionieren. Sie schaffte es ja nicht einmal, sich für den kurzen Moment vor einer Zeitreise auf ihr Ziel zu konzentrieren. Darauf zu hoffen, dass sie niemandem begegnete, der ihr schaden konnte, war zu gewagt. Jemanden mitzunehmen, der sie beschützte, war sinnlos. Die Gefahr drohte schließlich nicht durch körperliche Übergriffe. Schließlich kamen sie zu dem Schluss, dass Tilda eine Art Schutzschild brauchte. Etwas, das von ihr und ihren Gefühlen ablenkte. Aber wo sollten sie so etwas hernehmen? Ein kleiner Schutzzauber wäre praktisch, aber mit so etwas konnte Mia nicht dienen.

»Du brauchst einen Glücksbringer, der auf dich gepolt ist. Einen Talisman. So wie die alten Swans«, sinnierte Mia.

»Ein Amulett?«, fragte Tilda fröhlich.

»Zum Beispiel. Aber so etwas kann man nicht kaufen. Ein Talisman findet seinen Besitzer selbst.« Mia legte die Stirn in Falten.

»So in etwa, wie ich durch Zufall meinen Kettenanhänger auf dem Flohmarkt entdeckt habe?« Tilda grinste Mia breit an, aber Mia schien das nicht zu registrieren.

»Ja, so könnte man sich das vorstellen«, sagte sie gedankenverloren. Endlich kapierte sie es. »Du dumme Nuss! Natürlich! Dein

Anhänger hat dich gefunden und er hat immense Kräfte! Das könnte tatsächlich funktionieren!«

Tilda war trotz der frühen Stunde hellwach.

»Den Talisman hätten wir also schon mal. Aber wie bringe ich ihn dazu, mich zu beschützen? Oder macht er das von alleine?«

»Das weiß ich nicht. Ich müsste ihn genauer untersuchen und ihm gegebenenfalls die nötige Schutzenergie geben«, sagte Mia. »Allerdings«, fügt sie hinzu, »habe ich hier nicht die entsprechenden Werkzeuge. Du müsstest mir deinen Anhänger für einen halben Tag borgen.«

Tilda zog die Augenbrauen hoch. Ihr war überhaupt nicht wohl dabei, ihre einzige Verbindung zu Titus aus der Hand zu geben. Noch dazu direkt zu Titus' Feinden. Immerhin trug sie mit dem Anhänger immer das Gänseblümchen bei sich. Was, wenn Mias Freundschaft doch nur gespielt war und sie nur einen Weg suchte, Kontakt zu Titus aufzunehmen? Mia sah Tildas Unsicherheit und seufzte.

»Süße, ich müsste zu Tode gekränkt sein über dein Misstrauen. Aber soll ich dir was sagen? Ich kann dich verstehen! So absurd es klingt: Ich würde mir den Anhänger auch nicht geben, wenn ich du wäre.«

Sie lachte. »Aber es ist tatsächlich die einzige Möglichkeit. Titus hat nicht so viel magische Kraft.«

»Woher willst du das denn wissen?«, entgegnete Tilda. »Schließlich ist er mit mir durch die Zeit gereist!«

»Tja, das hat wenig mit magischer Kraft zu tun. Das ist eine Mischung aus Begabung und Übung. Die Bücherwesen tun sich da ziemlich leicht, weil sie eine natürliche Begabung für Zeitreisen haben. Sie reisen ja ständig in die Zukunft, um die Geschichten der Menschen aufzuschreiben. Mit ein bisschen Übung funktioniert das sicher ganz ohne Spiegel und irgendwelche Gegenstände aus den jeweiligen Jahren. Titus befolgt nur ganz strikt die Vorgehensweisen aus dem Lehrbuch. Dass das gleich beim ersten Mal funktioniert hat, ist vermutlich seinem Talent geschuldet.«

»Und du hast große magische Macht oder wie?«, fragte Tilda mit sarkastischem Unterton.

»Sehr witzig«, antwortete Mia. »Natürlich nicht. Aber ich trainiere schon mein ganzes Leben, während er nur gelesen hat. Natürlich kann ich *ein bisschen* mehr als er!« Sie seufzte. »Aber das bringt uns auch nicht weiter, wenn du mir deinen Anhänger nicht gibst.«

»Wohin willst du ihn denn mitnehmen?«, fragte Tilda vorsichtig. In ihrem Kopf blitzten Bilder von unterirdischen Geheimlaboren auf, von Kesseln, in denen Zaubertränke brodelten und Menschen in dunklen Kutten, die geheimnisvolle Sprüche murmelten.

»In die König AG«, sagte Mia langsam.

»In die König AG?« Tilda riss die Augen auf. »Du glaubst doch nicht allen Ernstes, dass ich sowas Wahnsinniges machen werde?«

Mia presste die Lippen aufeinander.

»Du hast Recht, für dich muss sich das tatsächlich nach Wahnsinn anhören. Aber erstens ist Jürgen König gerade nicht in der Firma und zweitens habe ich dort freien Zutritt zu allen Trainingsgeräten. Und vor allem zu allen Büchern.«

»Ausleihen kannst du dir dort nichts?«, fragte Tilda zweifelnd.

»Nein, leider nicht. Die Kontrollen sind sehr streng. Ich darf nichts mit hinein- und schon gar nichts mit hinausnehmen.«

»Mich also auch nicht?«

»Wie meinst du das?«, fragte Mia.

»Na, ich bin ja kein Swan. Ich darf vermutlich nicht in die heiligen Hallen«, sagte Tilda.

»Ach, so meinst du das. Du würdest mir deinen Anhänger geben, wenn du mich die ganze Zeit begleitest?«

»Ja, das würde ich.«

»Das dürfte kein Problem sein. Der Wachmann ist kein Swan. Er weiß nicht, was er dort bewacht. Ich denke, das könnte funktionieren.«

32

»So schnell hat man einen ganzen Tag frei«, freute sich Tilda am Montagmorgen, als sie mit Mia in deren Mini zur König AG düste. Ute hatte schnell eingewilligt, als Mia erklärt hatte, dass sie noch einige Angelegenheiten vor Ort zu besprechen hatte. Die Agenturchefin hatte Mia die Projektleitung übertragen und schien ihrer Mitarbeiterin blind zu vertrauen.

Vielleicht sollte ich das auch tun, dachte Tilda. *Mia ist meine Freundin und würde alles für mich tun. Und was mache ich? Ich zweifle ständig an ihrer Loyalität.*

Sie wusste selbst nicht, warum sie trotz allem noch immer diese Unsicherheit hatte. Waren es Titus' Warnungen? Oder war es tatsächlich eine innere Stimme, die ihr zur Vorsicht riet? Wie auch immer, Mia schien das im Moment – zumindest augenscheinlich – nicht zu stören. Titus hatte nach langem Zögern schließlich doch zugegeben, dass Mia Tilda behilflich sein konnte, ihre Emotionen abzuschirmen und sie so vor Übergriffen der Bücherwesen zu schützen.

Als sie in der Tiefgarage ausstiegen, nahmen sie denselben Weg wie beim letzten Besuch der König AG. Tilda lief ein Schauer über den Rücken, als sie an die seltsame Begegnung mit Mister Lederhalsband dachte, der sie auf unerklärliche Weise allein mit der Kraft seiner Gedanken an ihren Stuhl gefesselt hatte. *Und das war vermutlich nur eine kleine Kostprobe der magischen Fähigkeiten der Swans. Nicht auszudenken, zu was diese Leute noch fähig sind.*

Tilda folgte ihrer Freundin still, die wieder auf die Theke im fünften Stock zusteuerte.

»Hallo Elli. Ich brauche bitte meinen Ausweis und einen Besucherausweis für Matilda Hummel«, sagte sie nachdrücklich.

»Einen kleinen Moment, Mia«, antwortete die akkurat gestylte Blondine und tippte etwas in ihren PC.

Kurze Zeit später überreichte sie Mia zwei goldene Karten mit eingeprägtem Firmenlogo.

»Ihr habt ein sechsstündiges Fenster. Um 17 Uhr müsst ihr spätestens wieder raus.«

»Danke, das ist perfekt!«, erwiderte Mia und zog Tilda mit sich fort. Diesmal ging es in die entgegengesetzte Richtung, in einen neuen langen Gang. Das Dach war komplett verglast, Sonnenstrahlen fielen auf die teuren Bodenfliesen und tauchten alles in ein goldenes Licht. Es ging um eine weitere Kurve, als der Gang abrupt endete. Eine schlichte Tür mit der Aufschrift ›Privat‹ wartete dort. Mia öffnete sie und man sah an ihren Bewegungen, dass sie dies nicht das erste Mal tat.

»Wo ist denn der Wachmann?«, fragte Tilda erstaunt, die nicht glauben konnte, dass ein so reicher Mann wie Jürgen König keine besseren Sicherheitseinrichtungen hatte als ein simples Türschild. Mia grinste nur und bedeutete Tilda mit einer Kopfbewegung, ihr weiter zu folgen.

Hinter der Tür sah es nicht viel anders aus als davor. Dieselben Fliesen, dasselbe Glasdach. Allerdings gab es keinen langen Gang, sondern einen riesigen Raum, der komplett leer zu sein schien. Es gab lediglich viele Türen zu jeder Seite – außer zu der, aus der sie gekommen waren.

»Wir befinden uns in der Mitte des Gebäudes. Tageslicht gibt es hier nur von oben und dies« – sie deutete auf die Tür, durch die sie eben eingetreten waren – »ist der einzige Zugang. Auch wenn er unscheinbar aussehen mag, so ist er doch mit einigen Raffinessen ausgestattet. Hätten wir keine Zugangsberechtigung, wäre bereits der Alarm losgegangen.«

Tilda staunte, aber bevor sie Gelegenheit hatte, die vielen Türen zu zählen, die alle wie ein Ei dem anderen glichen, führte sie Mia bereits weiter. Sie ging zielstrebig auf eine der Türen zu ihrer Rechten zu und öffnete sie.

»Hallo Mia«, tönte schon eine tiefe Männerstimme von drinnen. Tilda ging eilig hinterher. »Wen hast du denn heute mitgebracht?«

»Hey Toni! Schön, dich zu sehen!« Mia umarmte den ganz in Schwarz gekleideten Mann. Er war zwar groß, aber sonst entsprach er nicht dem Bild, das Tilda sich von einem Wachmann gemacht hatte, der die größten Geheimnisse der Swans bewachen sollte. Er war eher schmal gebaut, hatte rotbraunes, schütteres Haar und sehr sanfte Gesichtszüge.

»Das ist meine Kollegin und Freundin Tilda. Wir haben ziemlich viel Recherchearbeit vor uns…« Sie seufzte.

Toni lachte.

»Na dann will ich euch nicht stören bei eurer spannenden Reise in die Geschichte der König AG. Lasst mich euch nur eben durchchecken.«

Mia ging durch eine Schleuse, Toni blickte kurz auf seinen Bildschirm und nickte dann.

»Alles klar. Jetzt du, Tilda! Handy, Schlüssel und Co. bitte alles zu mir. Du bekommst es zurück, wenn du wieder hinausgehst. Keine Sorge, Internetverbindung und Telefon habt ihr drinnen auch. Mia kennt sich bestens aus.«

Tilda nickte und ging ebenfalls durch die Schleuse. Sie hörte Mia mit säuselnder Stimme sagen: »Deine Kette musst du noch abgeben, Tilda!«

Tilda erschrak. Wenn sie ihre Kette abnahm, wie sollten sie dann den Anhänger bearbeiten? Doch Toni sagte im selben Moment: »Ach was, Schmuck könnt ihr dranlassen. Solange ihr nichts mit nach draußen nehmt…« Er zwinkerte Mia zu.

Einen Augenblick später waren Tilda und Mia hinter einer weiteren Tür verschwunden.

Tilda staunte nicht schlecht: Sie befanden sich in einem riesigen Raum voller Bücher in edlen Regalen, die aussahen, als wären sie mit goldbraunem Stoff bezogen. Das Ganze hatte keineswegs den Charakter einer Bibliothek, vielmehr den eines Designmuseums. In regelmäßigen Abständen fanden sich elegante geschwungene Tische mit passenden Stühlen. Neben jedem Tisch befanden sich ein Wasserspender und eine Anrichte mit unzähligen Schubladen. Obenauf lagen diverse Utensilien wie Stifte, Schreibblöcke, Fotoapparate, Laptops und einiges mehr, das Tilda nicht zuordnen konnte.

»Wow! Das ist ja der Hammer!« Tilda kam mit dem Herumschauen gar nicht mehr mit. Mia lächelte.

»Willkommen in den heiligen Hallen der Swans. Du bist der erste Mensch, der dies hier zu Gesicht bekommt.«

»Was sind das für Bücher?«, wollte Tilda wissen.

»Ach, ganz unterschiedlich. Jedes Buch, das es früher in deiner Welt gab und das sich auch nur im Geringsten mit Magie beschäftigt hat, wirst du hier finden. Und dann natürlich viele alte Schriften, Familienstammbäume, Traditionen, Lehren und so weiter. Keines dieser Bücher gibt es draußen.«

»Aber ich kenne eine Menge Bücher, die sich mit Magie befassen«, entgegnete Tilda.

»Sicher. Wie zaubere ich ein Kaninchen aus einem Hut?«, sagte Mia grinsend. »Ernsthaft: Keines der Bücher, die du kennst, hat auch nur im Geringsten mit echter Magie zu tun, wie wir sie kennen.«

»Du kannst also echt zaubern?«

»Ich würde es nicht zaubern nennen. Das Wort hört sich so… kindisch an«, sagte Mia. »Ich habe eine gewisse magische Begabung und habe von klein auf gelernt, mit dieser Begabung umzugehen.«

»Was kannst du denn alles?« Tildas Neugier war geweckt.

»Ich könnte tatsächlich ein Kaninchen aus dem Hut zaubern. Aber nicht, weil ich Kaninchen in Hüte zaubern kann, sondern weil ich dich mit Hilfe meiner Gedanken glauben machen kann, dass ich ein Kaninchen in meinem Hut habe. Auch wenn es in Wahrheit nur ein Tuch ist.«

Tilda rollte mit den Augen.

»Sowas doch nicht! Ich meine, kannst du Leute verhexen? Böse Flüche über sie legen? Sachen schweben lassen? Dich irgendwo hin beamen?«

»Immer langsam, Süße! Glaub mir, du willst gar nicht wissen, was ich an den Tagen mache, an denen ich offiziell krankgemeldet bin. Ich darf auch gar nicht mit dir darüber reden. Aber es hat kaum etwas mit den allgemeinen Vorstellungen von Hexen oder Zauberern zu tun. Und schließlich machen wir das nicht zum Spaß.«

Sie lächelte gezwungen.

»Übrigens sind wir heute auch nicht zum Spaß hier! Los, komm, wir wollen deinen Anhänger untersuchen!«

Mia führte Tilda an einen der großen Tische und bedeutete ihr sich zu setzen. Tilda nahm ihre Kette ab und reichte sie Mia. Die fädelte das feingliedrige Kettchen aus dem Amulett und legte dieses auf die Anrichte, die neben dem Tisch stand. Im selben Moment wurde das Glas, das die Anrichte bedeckte, von unten erleuchtet. Tilda konnte keine Lichtquelle erkennen und wunderte sich, dass ausschließlich der Anhänger beleuchtet wurde. Er schien von innen heraus zu strahlen. Mia war hochkonzentriert über das Schmuckstück gebeugt. Sie öffnete einen der vielen kleinen Schübe und holte nacheinander eine Reihe von Gegenständen heraus. Alle hatten dieselbe Form – die einer etwa golfballgroßen Kugel – aber alle schienen aus anderen Materialien zu bestehen. Noch verwirrender war, dass nicht nur die Materialien verschieden waren, sondern dass auch die Aggregatszustände sich zu unterscheiden schienen. Bei einem Gegenstand war sich Tilda fast sicher, dass es Wasser war – flüssiges Wasser – aber in die Form einer Kugel gebracht. Ein anderer sah aus wie eine kugelrunde Flamme, in sich lodernd.

»Was ist das?« hauchte Tilda leise.

»Verschiedene Elemente«, antwortete Mia nüchtern. »Ich will untersuchen, welchem dein Anhänger zugeordnet ist. Wenn wir das herausgefunden haben, können wir seine Kraft immens verstärken. Ich tippe auf die Zeit. Das wäre so passend.« Sie grinste.

Nacheinander legte Mia die einzelnen Elementkugeln in kleine Vertiefungen rund um den Anhänger, die Tilda zuvor gar nicht bemerkt hatte. Zwölf Kugeln ordneten sich nun um das Schmuckstück und das Ganze bekam Ähnlichkeit mit einem Ziffernblatt. Spätestens dann, als ein feiner bläulicher Lichtstrahl sichtbar wurde, der vom Anhänger ausgehend nach außen zeigte und sich im Uhrzeigersinn wie ein Zeiger zu drehen begann. Schnell und immer schneller. Schließlich war die Geschwindigkeit so hoch, dass Tilda mit bloßem Auge keinen Lichtstrahl mehr erkennen konnte. Es schien, als wäre der ganze Hintergrund des magischen ›Ziffernblattes‹ in dieses bläuliche Licht getaucht. Der Anhänger strahlte noch immer in der Mitte. Nach einigen Minuten – oder waren es nur Sekunden? – erschien ein zweites Strahlen: Eine der Elementkugeln – die, die auf dem Platz lag, an dem die Zahl 9 hätte stehen müssen, strahlte ebenso hell wie der Anhänger. Mia lächelte zufrieden, als hätte sie nichts anderes erwartet. Die Kugel schien das Element Zeit zu sein.

Kurze Zeit später aber riss Mia erschrocken die Augen auf: Drei weitere Kugeln erstrahlten kurz nacheinander. Es waren die Kugeln an den Plätzen der 12, der 3 und der 6, die nun ebenfalls leuchteten. Alle vier Kugeln bildeten gemeinsam mit dem Anhänger ein großes strahlendes Kreuz, verbunden durch feine, blaue Linien.

33

Einen Augenblick später war das Licht erloschen. Mia ordnete die zwölf Kugeln wortlos zurück in die Schublade.

»Was ist geschehen?«, wollte Tilda wissen. Der erschrockene Gesichtsausdruck ihrer Freundin bereitete ihr Sorgen. »Was hat das zu bedeuten?«

Mia schüttelte den Kopf. »Das gibt's doch nicht. Das kann kein Zufall sein. Wenn ich nur wüsste…« murmelte sie leise vor sich hin.

»Mia! Was ist los?« fragte Tilda, nun etwas nachdrücklicher.

»Dein Anhänger ist vier Elementen zugeordnet«, antwortete Mia sichtlich verwirrt. »Das kann gar nicht sein, denn alles, was mehr als einem Element zugeordnet ist, ist nicht nur höchst selten, sondern auch überaus magisch – und befindet sich demzufolge im Besitz der Swans. Wo hast du den Anhänger her?«

»Von dem Flohmarkt an der Alten Brücke. Er hat nur drei Euro gekostet«, sagte Tilda unsicher.

Mia schüttelte abermals den Kopf, runzelte ihre Stirn und dachte angestrengt nach.

»Ich kann mir keinen Reim darauf machen. Es ergibt einfach keinen Sinn.«

»Wenn du mir sagen würdest, worauf du dir keinen Reim machen kannst, kann ich dir vielleicht helfen«, bot Tilda vorsichtig an.

»Also schön. Scheiß auf alle Regeln. Ich erzähle dir jetzt ein paar Dinge, von denen du mir hoch und heilig versprechen musst, dass sie diesen Raum nicht verlassen.«

»In Ordnung«, sagte Tilda erwartungsfroh.

»Schon mal was von einem magischen Kleinod gehört?«, fragte Mia. »Vermutlich nicht«, fügte sie grinsend hinzu, während Tilda an Titus' Worte denken musste: »*Du hast da einen ganz besonderen Anhänger. Kein Wunder, dass Mia so scharf darauf ist. Er ist ein magisches Kleinod.*

150

Jedes verleiht seinem Besitzer eine besondere Fähigkeit. Welche, das offenbart es erst, wenn die Zeit gekommen ist.«

Ohne Mia etwas von ihren Gedanken zu verraten, schüttelte Tilda nur unmerklich den Kopf.

»Jeder Gegenstand auf dieser Welt ist von Natur aus mit einem Element verbunden. Es gibt einige wenige Dinge, die mit zwei Elementen verbunden sind, noch weniger sind mit drei verbunden. Wir nennen alle Gegenstände, die mehr als eine Elementverbindung haben ›Magische Kleinode‹, denn sie haben extrem starke magische Fähigkeiten. Aber dass es auch welche gibt, die mit VIER Elementen verbunden sind, davon habe ich bislang nur aus Überlieferungen gehört. Es soll früher einmal eines gegeben haben, aber angeblich fiel das dem Streit zum Opfer. Damals haben sich die Swans noch gegenseitig bekämpft und jeder wollte es für sich beanspruchen. Bei einer heftigen Auseinandersetzung wurde es zerstört – und hat damit vermutlich einige Menschenleben gerettet und zur Versöhnung der Swans beigetragen.«

»Und das soll mein Anhänger sein?«, fragte Tilda ungläubig. »Mach mal lieber den seltsamen Kugeltest nochmal. Da ist bestimmt irgendwas schiefgelaufen.«

»Da glaube ich nicht«, sagte Mia. »Das Ergebnis war eindeutig. Es gibt nur zwei Möglichkeiten: Entweder das Vier-Elemente-Kleinod wurde damals nicht – wie angenommen – zerstört, oder es gab noch ein weiteres, das von uns nicht entdeckt wurde. In beiden Fällen kann ich mir aber nicht erklären, wie wir nichts von seiner Existenz mitbekommen haben. Wir finden schon allerkleinste Staubkörner, in denen nur ein letzter Funken Magie steckt. Wie sollte etwas so Gewaltiges unseren Augen entgehen? Und warum konnte ich bisher nichts Auffälliges daran erkennen? Ich habe den Anhänger doch bereits mehrfach untersucht.«

»Das stimmt nicht Mia«, warf Tilda ein. »Als wir uns letzten Sonntag in der Stadt getroffen haben, wolltest du ihn gar nicht mehr aus der Hand geben. Irgendwas musst du gemerkt haben!«

»Du hast Recht. Ich habe eine Kraft gespürt. Aber das war deine Verbindung zu Titus. Ich konnte mir nicht erklären, was du mit der Bücherwelt zu tun hast. Dass der Anhänger ein magisches Kleinod

ist – DAS magische Kleinod – konnte ich nicht einmal erahnen!«
sagte Mia.

Und wie konnte Titus dann davon wissen? Tilda war verwirrt, traute
sich aber nicht, Mia danach zu fragen.

»Und was jetzt?«, fragte sie schließlich vorsichtig. »Meine Reise
in die Bücherwelt kann es ja jetzt wohl nicht mehr beschützen.
Schließlich hast du gerade das offenbar wichtigste Ding in der Geschichte der Swans entdeckt.«

»Ach Quatsch! Natürlich nimmst du es mit in die Bücherwelt!
Erstens gehört es dir und somit kann es dir keiner gegen deinen
Willen wegnehmen. Zweitens muss davon ja erst einmal niemand
etwas mitbekommen. Du siehst jetzt zu, dass du in die Bücherwelt
kommst und deinen Traummann findest. Danach wird mir allerdings nichts anderes übrigbleiben, als Jürgen von dem Fund zu
erzählen. Leider.«

»Musst du ihm denn unbedingt etwas davon sagen?« wollte Tilda
wissen, die wieder etwas Hoffnung schöpfte. Ihrer Meinung nach
stellte der Anhänger eine große Bedrohung für Titus und die
Bücherwelt dar, wenn er erst einmal in den Händen der Swans war.

»Leider ja. Ich kann diesen Test nicht lange geheim halten. Ich
habe ihn zwar unterdrückt, aber das wird nicht lange anhalten. Sobald die Unterdrückung unwirksam wird, erfährt Jürgen vom Test-
ergebnis. Vermutlich wird er dir weit mehr als nur eine Million bieten, wenn er erfährt, dass du in Besitz des VEK bist.«

»Des VEK?« fragte Tilda, die ein wenig überfordert war.

»VEK ist die Abkürzung für Vier-Elemente-Kleinod«, klärte Mia
sie auf.

»Puh, das alles ist echt heftig«, sagte Tilda mit ernstem Blick.
»Aber wir sollten zusehen, dass wir weiterkommen. Wie lange
kannst du den Test geheim halten?«

»Wir haben Glück. Jürgen ist auf einem Kongress und wird erst
morgen Abend wieder zurückkommen. Das heißt, er wird frühes-
tens übermorgen wieder einen Fuß in die Abtei setzen.« Als Mia
Tildas fragenden Blick bemerkte, fügte sie hinzu: »Entschuldige: Als
Abtei bezeichnen wir diesen geheimen Bereich im Inneren des
Gebäudes.«

»Es hat tatsächlich etwas von einem Kloster hier drin«, sagte Tilda und musste lächeln.

»Übrigens ist dieser Kongress auch dafür verantwortlich, dass wir heute alle Räume für uns alleine haben. Denn normalerweise ist hier wesentlich mehr Betrieb.«

»Du meinst, alle Swans sind auf diesem Kongress?«, fragte Tilda ungläubig. »Doch hoffentlich nicht meinetwegen!«

Mia verzog die Lippen zu einem schiefen Grinsen.

»Doch, meine Liebe. Du und dein Buch, ihr habt so einiges durcheinandergebracht.«

Tilda schloss für einen Moment die Augen. Alles, was sie wollte, war ihre einzig wahre Liebe zu finden. Sie hatte weder die Absicht, Bücherwesen in Gefahr zu bringen noch geheime Magier gegen sich aufzuhetzen. War es wirklich richtig, was sie tat? Musste sie wirklich so viel auf sich nehmen, nur um einen Menschen zu finden? Ihr Herz sagte ja, aber in ihrem Kopf schwirrten tausend Gedanken durcheinander. Wohin würde sie diese Reise noch führen?

Sie stand kurz davor, in die Bücherwelt zu gelangen. Aber damit war es nicht getan. Wenn sie erst einmal dort war, begann die Suche wieder von vorn. Mit Titus' Hilfe würde Tilda irgendwann auf das Lebensbuch ihres Traummanns stoßen, aber sie wusste nicht, welche Gefahren sie auf dem Weg dorthin noch erwarteten.

»Das ist ein Risiko, das ich eingehen muss«, sagte sie schließlich, mehr zu sich selbst als zu Mia.

»Definitiv«, grinste Mia. »Du bist an einem Punkt angelangt, an dem es kein Zurück mehr gibt. In wenigen Tagen wird Jürgen über das VEK Bescheid wissen und dann ist es nur noch eine Frage der Zeit, bis er es dir abnehmen wird. Du musst also jetzt in die Bücherwelt. Jetzt oder nie!«

Sie lief zu einem Bücherregal im hinteren Drittel des Raumes. Gezielt zog sie eine Reihe von schweren Büchern hervor, legte sie auf ein unscheinbares hölzernes Tablett und gab dem Ganzen einen Schubs.

Im selben Moment tauchte das Tablett direkt neben Tilda an dem großen Tisch auf.

»Wie in aller Welt hast du das gemacht?«, fragte Tilda mit weit aufgerissenen Augen.

»Ich habe die Bücher nur extrem beschleunigt«, sagte Mia und grinste. »Kinderspiel.«

Genauso verfuhr sie mit einigen weiteren Büchern und einer unscheinbaren kleinen Holztruhe. Das alles reihte sie schließlich auf dem Tisch auf.

»Was hast du jetzt vor?«, fragte Tilda. »Noch ein paar Experimente?«

»Nein. Es ist an der Zeit, deinen Anhänger darauf zu programmieren, dass er alle deine Emotionen unterdrückt und gegenüber der Außenwelt abschirmt. Wir verkleiden dich quasi als Bücherwesen!«

Tilda musste lachen. Sie stellte sich vor, wie sie auf die Größe eines Kleinkindes schrumpfte, ihre Nase knollig wurde und wie Mia ihr einen Kapuzenumhang überstreifte.

»Na da bin ich ja mal gespannt, wie du das anstellen willst«, sagte sie schließlich.

»Rein äußerlich ändert sich gar nichts«, meinte Mia, als könne sie Tildas Gedanken lesen. »Bücherwesen sehen schließlich erst dann mit ihren Augen, wenn sie Gefühle wahrnehmen. Du fällst dort also kein bisschen auf, solange dich dein Anhänger beschützt. Keiner wird Notiz von dir nehmen.«

»Und was ist, wenn doch?« Tilda bekam auf einmal ein mulmiges Gefühl.

»Keine Sorge. Die Macht des VEK ist enorm. Die Kraft hat sich durch die vier Elemente im Vergleich zu einem einfachen Talisman um das Vierfache potenziert. Du musst nur auf zwei Dinge achten: Du darfst den Anhänger unter keinen Umständen verlieren. Und... ach, das kann sowieso nicht passieren«, sagte Mia.

»Wie meinst du das? Was kann nicht passieren?« Tildas mulmiges Gefühl verstärkte sich.

»Also schön, ich will versuchen, es dir zu erklären«, sagte Mia und ließ sich in den Stuhl sinken, der neben ihr stand. »Energie besteht aus Emotionen. Je stärker die Emotionen, desto stärker die Energie. Klar soweit?« Als Tilda nickte, fuhr sie fort: »Dein Anhänger beschützt dich mit gebündelter Energie. Aber jeder Schutz hat seine Grenzen. Wenn du der Schutzenergie eine eigene Energie gegenüberstellst, die noch stärker ist, dann wird sie unwirksam.«

»Welche Energie sollte das sein?«, fragte Tilda nervös.

»Nichts zu dem du imstande bist. Du hast weder gelernt, deine Emotionen bewusst zu bündeln, noch drohen dir Extremsituationen, in denen Menschen diese starken Emotionen absondern.«

»Was sind das für Extremsituationen?« Tilda ließ nicht locker. Sie musste ganz sichergehen, dass ihr keine Gefahr drohte.

»Todesangst zum Beispiel kann solche Energie hervorrufen. Wie willst du aber denn in Todesangst geraten, wenn du unter dem Schutz des VEK stehst? Das einzige, was mir in deinem Fall noch einfiele, wäre die Herzbande. Aber auch die hast du ja schon erlebt. Ein zweites Mal kann sie nicht geschehen. Du kannst also sicher sein, dass dir nichts geschehen wird.« Mia wirkte zuversichtlich. »Es ist wie mit … mit einem Medikament, das sehr seltene Nebenwirkungen hat. Ich als dein Arzt muss dich auf alle Eventualitäten hinweisen. Aber in 99,9 % der Fälle wird nichts passieren.«

Tilda wirkte nicht sonderlich überzeugt. Wer wusste schon, was sie in der Bücherwelt alles erwartete? Und wenn noch niemals jemand dort gewesen war, wie konnte sich Mia dann so sicher sein, dass sie keinen Extremsituationen ausgesetzt wurde?

»Kein Mensch ist jemals dort gewesen«, sagte Tilda leise. »Kein Mensch und kein Swan«, fügte sie hinzu. »Und doch…«

»Das ist so nicht ganz korrekt«, unterbrach sie Tilda und schluckte. »Es gab einmal jemanden, der glaubte, einen Weg gefunden zu haben. Aber er ist nie zurückgekehrt. Wir können also nur Vermutungen anstellen.«

Mias Augen schienen übersättigt von Tränenflüssigkeit und eine winzige Träne wollte sich gerade den Weg aus ihrem rechten Augenwinkeln bahnen, als eine dichte schwarze Haarsträhne darüber fiel und Tilda die Sicht versperrte.

»Also schön, Mia. Ich werde dir vertrauen«, sagte Tilda entschlossen und schüttelte unmerklich den Kopf, als könne sie selbst nicht glauben, was sie eben gesagt hatte. »Tu, was du tun musst und bring mich auf diese Reise in die Bücherwelt!

34

Tilda hatte ihr Zeitgefühl verloren. Sie konnte nicht mehr einschätzen, wie lange sie sich schon in der Abtei aufhielten. Waren es 30 Minuten oder mehrere Stunden? Nirgendwo hing eine Uhr an der Wand. Mia war vertieft in ihre Lektüre, nahm hin und wieder Tildas Anhänger zur Hand, beugte sich darüber und schien sich noch stärker zu konzentrieren. Immer wieder schickte sie eines der vielen Bücher mit einem Schubs zurück auf seinen Platz im Regal und dennoch schien der Stapel auf dem Tisch nicht viel kleiner zu werden. Tilda indes kam sich völlig nutzlos vor. Es gab nichts, womit sie ihrer Freundin helfen konnte, aber auch nichts, womit sie sich die Zeit vertreiben konnte.

»Ist es ok, wenn ich mich ein wenig umsehe?«, fragte sie schließlich. Mia nickte nur kurz, ohne aufzusehen.

Tilda erhob sich seufzend und schlenderte durch die Regale. Eines sah aus wie das andere. Sie versuchte, die Titel auf den Buchrücken zu lesen, aber die Zeichen darauf konnte sie nicht entziffern. In der nächsten Regalreihe sah es nicht anders aus. Sie ärgerte sich. Das war DIE Gelegenheit, einmal in ein echtes magisches Buch hinein zu schmökern und sie konnte nichts lesen! Schmollend gab sie der Stirnseite des Regals einen kleinen Schubs – und musste feststellen, dass es unter ihr nachgab. Sie verlor das Gleichgewicht und sah sich schon mitsamt dem ganzen Regal umfallen. Aber nichts dergleichen geschah. Sie und das Regal blieben unversehrt. Mit dem Unterschied, dass Tilda nun auf der anderen Seite stand. Tilda runzelte die Stirn. Das konnte nicht möglich sein. Gerade hatte die Stirnseite des Regals noch zu ihrer Rechten gestanden, nun befand sie sich links davon. Als wäre sie in das Regal hineingefallen. Behutsam legte sie ihre Hand auf das mit Tuch bezogene Regalbrett – und zog sie sogleich wieder zurück. *Das war vollkommen unmöglich!* Sie konnte durch das Möbelstück hindurchfassen. Vorsichtig setzte sie einen Fuß vor den anderen und ehe sie sich versah, stand sie wieder auf der anderen, der richtigen Seite des Regals. Jetzt hatte sie die Neugier gepackt. Abermals ging sie langsam in das Regal hinein. Hier drin sah es genauso aus wie draußen. Seltsam. Was hatte das nur für einen Sinn? Sie bewegte sich in die Richtung, in der Mia saß. Und tatsächlich, da saß sie, noch immer in ihre Arbeit vertieft, die Hand über den kleinen Anhänger ausgebreitet.

»Na, wie weit bist du schon?«, fragte Tilda und legte ihrer Freundin eine Hand auf die Schulter. Erschrocken zog sie sie sogleich zurück. Denn Mia zeigte keine Reaktion – schlimmer noch: Tildas Hand glitt durch Mia hindurch als wäre sie nur eine Projektion ihrer selbst.

Eigenartig. Es ist, als befände ich mich in einem Spiegel. Ich kann sehen, was draußen passiert, aber keinen Einfluss darauf nehmen.

Gerade wollte sich Tilda erheben, um wieder zurückzugehen, als Mia sich der kleinen Holztruhe zuwandte. Vorsichtig sah sie sich um, als wollte sie in diesem Moment unbeobachtet bleiben, öffnete sachte das goldene Schloss und hob vorsichtig den Deckel. Unwillkürlich rutschte Tilda ein Stück näher und hielt den Atem an. Völlig sinnlos, schließlich konnte Mia sie in ihrem Versteck weder hören noch sehen. Tilda warf einen Blick in die kleine Truhe – und erschrak: Darin lag ein Ebenbild ihres Anhängers. Jedes Detail stimmte: Die kleinen Abnutzungsspuren, die Einkerbungen auf der Seite, ja selbst das Gänseblümchen sah exakt so aus wie das Original.

Wie ist das möglich? Warum besitzt Mia eine Kopie von meinem Anhänger? Und wie hat sie sie hergestellt? Tilda war vollends verwirrt. Spielte Mia ihre Freundschaft doch nur vor? Lief Tilda am Ende in eine Falle anstatt zu ihrer wahren Liebe? Sie musste schleunigst herausfinden, was passiert war. Schnell lief sie zurück zu dem Regal, durch das sie eben gestolpert war, und befreite sich aus ihrer Spiegelwelt, machte eine Kurve und lief zurück auf ihren Platz. Mia hatte die Truhe bereits wieder geschlossen und war dabei alles aufzuräumen.

»Was ist denn da drin?«, fragte Tilda betont lässig und bemühte sich, ihre Aufregung zu unterdrücken.

»Ein Testobjekt«, entgegnete Mia. »Du kannst gern mal aufmachen. Kann nichts passieren.« Sie grinste wieder.

Tilda konnte nicht widerstehen und öffnete den Deckel, genauso wie es Mia eben getan hatte, als sie sie beobachtet hatte. Doch sie wurde enttäuscht. Es lag zwar tatsächlich ein Kettenanhänger darin, aber dieser sah komplett anders aus als Tildas. Er war weder alt und abgenutzt, noch konnte man ihn öffnen und ein Gänseblümchen darin verstauen. Sie versuchte, ihre Enttäuschung zu verbergen.

»Hier«, sagte Mia und reichte Tilda ihren Anhänger. »Ab jetzt gehört er wieder dir allein. Danke für dein Vertrauen.«

Tilda nahm das Schmuckstück wortlos an sich. Was hatte sie da eben gesehen? Hatte sie sich das alles nur eingebildet? Oder war sie einem Zauber zum Opfer gefallen? Sie überlegte einen Moment, ob sie Mia auf ihr Erlebnis ansprechen sollte, beschloss dann aber, erst mit Titus darüber zu reden.

Sie folgte Mia zum Ausgang. Direkt neben der Tür befand sich eine Uhr – eine Uhr! – die Mia verstellte.

»Wie lange wollen wir hier gewesen sein?«, fragte sie und lächelte Tilda an. »Wir können selbst bestimmen, wie viel Uhr es draußen ist. Hier drin haben wir die Macht über die Zeit.«

Tilda wunderte sich schon gar nicht mehr, zuckte nur mit den Schultern und verfolgte, wie Mia die Uhr um etwas mehr als drei Stunden nach vorne stellte.

»Was waren wir fleißig bei unseren Recherchen«, sagte sie und grinste noch immer. Auf dem Weg zurück – vorbei an Toni, dann durch die unscheinbare, geheime Tür, zurück zu Elli und schließlich in die Tiefgarage – grübelte Tilda ununterbrochen. Dieses eigenartige Gefühl, das sie Mia gegenüber die ganze Zeit gehabt hatte – Freundschaft hin oder her – verstärkte sich gerade immens und wuchs zu echtem Misstrauen. Warum wollte Mia sie hintergehen? Warum hatte sie heimlich eine Kopie ihres Anhängers gemacht? Und was würde ihr diese nützen? Konnte sie überhaupt noch sicher sein, dass sie das Original um ihren Hals trug? Und wie um alles in der Welt sollte sie Titus davon erzählen? Sollte er tatsächlich Recht behalten, was Mia betraf?

35

Mit gesenktem Kopf schloss Tilda ihre Wohnungstür auf. Sie fühlte sich wie ein kleines Kind, das seine beste Hose beim Spielen zerrissen hatte und dies jetzt der Mutter beichten musste.

»Wie oft habe ich dir schon gesagt, dass …«, hörte sie im Geiste erst ihre Mutter schimpfen, dann verwandelte sich deren Stimme in die von Titus. Es nützte nichts. Sie musste ihm alles erzählen. Und sie musste zugeben, dass er vermutlich Recht behalten hatte, was Mia betraf. Tilda atmete mehrmals tief durch, bevor sie eintrat.

Titus war nicht da. Das verschaffte ihr etwas mehr Zeit, sich ihre Worte zurechtzulegen. Sie wünschte sich inständig, dass es nicht mehr allzu lange dauerte, bis das kleine Bücherwesen hier auftauchte. Seufzend ließ sie sich auf einem Stuhl nieder. Ihr Blick schweifte zum Telefon, das ihr stumm entgegenblinkte. Emi hatte angerufen und ihr eine Nachricht hinterlassen.

Eine Woge schlechten Gewissens erfasste Tilda, als sie realisierte, dass sie sich seit zwei Wochen nicht mehr bei ihrer Schwester gemeldet hatte. Hoffentlich war alles in Ordnung. Ob Patrick bereits aus dem Krankenhaus entlassen war? Sie drückte auf den Knopf, um zu hören, was Emi auf Band gesprochen hatte.

»Hi Tilda, ich wollte nur schnell hallo sagen. Wie geht's dir? Wir sind nächste Woche bei Mama. Wollen wir uns dort treffen? Melde dich mal, wenn du Zeit hast!«

Gerade wollte sie die Rückruftaste drücken, als Titus vor ihr stand. *Na schön,* dachte sie. *Dann mal los.*

Der kleine Büchergeist schien guter Laune zu sein. Sein faltiges Gesicht ließ den Hauch eines Lächelns erkennen.

»Hast du deinen Schutzschild erhalten?«, fragte er und legte den Kopf schief.

»Ja, zögerte Tilda. »Mia hat mir alles genau erklärt. Ich weiß, wie ich ihn aktiviere. Wir haben es bereits ausprobiert. Aber…«

»Das ist fantastisch!« unterbrach Titus sie. »Dann werden wir beide jetzt eine kleine Trainingseinheit veranstalten. Ich zeige dir, wie du in die Bücherwelt kommst und erkläre dir, wie du dort zurechtkommst.«

»Kommst du etwa nicht mit mir?«, fragte Tilda erstaunt.

»Nein, das geht nicht. Hast du vergessen: Man sucht noch immer nach mir. Das wäre viel zu gefährlich – nicht nur für mich, sondern auch für dich. Was wenn sie durch mich auf dich aufmerksam würden? Also, pass auf, ich habe mir Folgendes überlegt…«

Titus war voll in seinem Element. Er erzählte Tilda so viel, dass sie keine Gelegenheit fand, ihm von Mias geheimer Aktion zu erzählen. Und wenn sie ehrlich war, fehlte ihr auch der Mut dazu.

Hätte ich nur gleich damit begonnen! Sie ärgerte sich über sich selbst. Wenigstens konnte sie sicher sein, dass sie noch den Originalanhänger trug, denn erstens war ihre Verbindung zu Titus über das Gänseblümchen unverändert und zweitens hatte Titus bereits mehrmals über die »immense magische Kraft dieses magischen Kleinods« gestaunt.

Je länger ihr Erlebnis in der Abtei zurücklag, desto eher war Tilda davon überzeugt, dass sie sich das alles vielleicht doch nur eingebildet hatte, dass ihr ihre Fantasie einen Streich gespielt hatte. Schließlich hatte sie am Ende mit eigenen Augen gesehen, dass in dem Kästchen ein völlig anderer Anhänger gelegen hatte.

Bis spät in die Nacht hinein ging Tilda ihre Notizen durch, die sie sich im Laufe des Tages gemacht hatte. Mit einer Berührung und einem Gedanken an das, was sie am meisten in ihrem Leben beschützen wollte, konnte sie den Schutzmechanismus des Anhängers aktivieren. Das war leicht und Tilda auf Anhieb geglückt. Ein Gedanke an den unbekannten Traummann genügte und die Energie in Tilda »sprudelte förmlich in das Schmuckstück«, wie Mia begeistert ausgerufen hatte. Beenden konnte sie den Schutzzauber indem sie den Anhänger kurz öffnete. Durch diesen Mechanismus war die Energiezufuhr für einen Moment unterbrochen und musste bei Bedarf wieder von neuem in Gang gesetzt werden. Da sich der kleine Riegel nur sehr schwer öffnen ließ, bestand auch keinerlei Gefahr, dass er von alleine aufging. Mia war unglaublich stolz auf ihre Idee, den Verschluss des Anhängers zum Werkzeug ihres Zaubers gemacht zu haben.

Titus hatte Tilda erklärt, wie sie in die Bücherwelt kam und wie sie dort den Weg in die Bibliothek der alten Lebensbücher fand, unter denen sich auch das von Tildas Traummann befinden musste. Am sichersten sei es, meinte Titus, wenn Tilda direkt durch den großen Lesesaal ging. So unheimlich ihr das auch erschien, so unwahrscheinlich war es eben auch, dass sie dort auf jemand anderen als einen Leser traf. Die konnten – selbst in dem unwahrscheinlichen Fall, dass sie den ungebetenen Gast bemerkten – Tilda nichts anhaben, da sie bei einer Unterbrechung des Vorlesens sofort alle Energiezufuhr und damit auch ihr Leben verloren. So selbstlos, versicherte ihr Titus, war kein Büchergeist. Und schließlich war da auch noch der Schutzschild, unter dem niemand ihre Emotionen und damit sie selbst wahrnehmen konnte.

Für ihre Reise in die Bücherwelt wollte Titus ihr eine Kapsel bereitstellen, die sie sicher hin- und wieder zurückbrachte. Weil es in der Bücherwelt keine Zeit gab, hatte er ihr eine kleine Taschenuhr gegeben. Diese hatte er mit einem einfachen, aber wirkungsvollen Schutzzauber versehen und sie würde mit ihrer Hilfe auch in der Bücherwelt weiter in ihrem Takt laufen. Sobald ein vereinbarter Zeitrahmen abgelaufen war, sollte die Kapsel neben Tilda erscheinen und sie heil zurückbringen.

Alles erschien Tilda nun ganz logisch und sie fühlte sich gut vorbereitet. Stumm dankte sie Mia, die für den kommenden Tag ein fiktives Treffen mit Jürgen König anberaumt hatte und ihr damit einen weiteren arbeitsfreien Tag verschaffte. So hatte sie genügend Zeit, sich auf den Weg in die unbekannte Bücherwelt zu machen.

Am nächsten Morgen erwachte Tilda erstaunlich ausgeruht. Sie hatte seit langem nicht mehr so tief geschlafen. Aber jetzt spürte sie die Aufregung. Nun war es soweit. Heute sollte sie der erste Mensch sein, der eine andere Welt betrat. Heute sollte sie die letzte Chance erhalten, ihren Traummann zu finden. In Windeseile erfasste sie ein Kribbeln von innen nach außen, von oben nach unten und von links nach rechts. Selbst eine ausgiebige Dusche konnte nichts daran ändern. Außerdem war da noch ein großer Brocken, der ihr auf dem Herzen lag. Sie hatte Titus noch immer nichts von ihrem Verdacht gegenüber Mia erzählt und wusste, sie konnte ihm diese Entdeckung nicht vorenthalten. Er wusste sicher, wie sie das alles einschätzen musste. Vielleicht konnte er sie beruhigen und sie über ihr Spiegelbilderlebnis aufklären. Vielleicht hatte all das gar nichts zu bedeuten. Vielleicht hieß es aber auch, dass einer der wichtigsten Menschen in ihrem Leben plötzlich zu ihrem Feind geworden war. *Ich brauche Titus' Rat, bevor ich aufbreche. Unbedingt!*

Als sie in bequemen Jeans, ihrem Lieblingsshirt und einer Strickjacke ins Wohnzimmer trat, musste sie trotz aller Nervosität laut loslachen. Titus lag auf der Couch, einen Arm nach oben ausgestreckt, den anderen unter seinem Kopf.

»Du siehst aus wie ein Mensch!«, sagte Tilda und schüttelte den Kopf.

Titus sprang sofort auf. Die Situation war ihm sichtlich peinlich.

»Rede keinen Unsinn«, sagte er. »Ich habe nur versucht, euch zu imitieren. Reine Forschungsarbeit.«

Tilda nickte grinsend. »Schon klar.«

»Ich habe alles vorbereitet«, sagte Titus, ohne auf Tildas amüsiertes Gesicht einzugehen. »Du kannst sofort starten.«

Er überprüfte, ob sie ihren Anhänger trug und hängte ihr eine weitere Kette um den Hals. Daran baumelte die kleine Uhr. Titus tippte mit seinem Finger darauf.

»Wenn drei Stunden um sind, machst du dich auf den Weg zurück. Egal was gerade passiert. Wenn du bis dahin nicht erfolgreich warst, schicken wir dich ein weiteres Mal in die Bücherwelt. Aber du darfst die Rückkehr auf keinen Fall verpassen, hörst du? Sonst habe ich keine Chance, dich heil wieder rauszuholen.«

»Ja, ich weiß«, entgegnete Tilda. »Aber Titus, ich muss da noch etwas mit dir besprechen. Weißt du, gestern, als ich…«

»Bitte nicht jetzt. Ich muss mich konzentrieren«, sagte das Bücherwesen und formte mit seinen Händen eine Kugel.

Tilda verstummte und beobachtete, wie Titus die Augen schloss und kurze Zeit später eine Lichtquelle in der Handkugel erschien.

Zuerst war es nur ein winzig kleiner Punkt, doch je weiter Titus seine Hände öffnete, desto größer wurde er. Schließlich war der Punkt zu einer riesigen, glänzenden, beinahe durchsichtigen Kugel angeschwollen.

»Vergiss nicht«, sagte Titus. »Bücherwesen sind keine Menschen. Sie nehmen nur Energie in Form von Emotionen wahr, die sie dann gierig aufsaugen. Solange du keine Emotionen absonderst, bist du für sie unsichtbar und damit sicher. Bereit?« Er lächelte sie zuversichtlich an.

Tilda nickte beklommen. »Ich werde das Buch schon finden. Schließlich bin ich ja losgelöst und kann meine eigenen Entscheidungen treffen.«

Vorsichtig begann sie, einen Fuß in das wabernde Kugelgebilde zu setzen. Sie lächelte tapfer und zog auch den anderen Fuß nach.

»Eben. Du bist ein freier Mensch. Du hast die Herzbande erlebt. Du bist…«

Entsetzt riss Titus die Augen auf, während Tilda gerade vollständig in der Kugel verschwand, die in diesem Moment zu einer festen Hülle erstarrte.

»Was ist los, Titus? Habe ich etwas falsch gemacht?«, fragte Tilda verängstigt. Aber es war schon zu spät. Die Kugel schien sich mit ihr zu erheben. Titus war verschwunden. Ihr Wohnzimmer war verschwunden. Ihre Welt war verschwunden.

Tilda schrie und tobte. Sie hämmerte mit aller Kraft gegen die Kugel, aber sie war erstarrt und schien undurchdringbar. Tilda wollte zurück. Was hatte Titus so erschreckt? Hatte Mia etwas damit zu tun? War Titus gar in Gefahr? Aber alles Aufbäumen half nichts. Sie war unaufhaltsam auf dem Weg in die Bücherwelt. Und ihre Zeit lief.

36

Es dauerte nicht lange, da schienen sich die Nebelschwaden außerhalb der Kugel zu lichten. Die Außenhaut begann wieder, sich leicht zu bewegen und Tilda wusste, dass sie angekommen war. Neugierig äugte sie nach draußen, um zu sehen, was sie erwartete, da fiel ihr ein, dass sie etwas Wichtiges vergessen hatte. *Der Schutzschild!* Panisch griff sie nach ihrem Anhänger und aktivierte den Schutzmechanismus, inständig betend, dass es noch nicht zu spät war. Als sie die schützende Wärme um sich herum spürte, wusste sie, dass sie in Sicherheit war. Behutsam stieg sie aus der Kugel, die sich augenblicklich in Luft auflöste. Da war sie also. Das war die Welt der Bücher.

Staunend sah Tilda sich um und konnte nichts erkennen, was sie auch nur im Geringsten an ein Buch erinnerte. Alles war trist und grau. Sie kam sich vor wie in einem schwarz-weiß Film. Es gab weder einen Himmel, noch Bäume, noch einen Boden. Sie spürte eine seltsame Leere. Kein einziges Bücherwesen war zu sehen. Über ihr war kein Dach und doch fühlte sie sich eingeschlossen. Dass man in solch einer Welt überhaupt fähig war zu leben, das konnte sie nicht verstehen.

Armer Titus, dachte sie mitfühlend. *Wenn ich nur wüsste, was du mir eben sagen wolltest.* Sie dachte an die letzten Worte, die sie gehört hatte, ehe sie abgehoben war.

»Eben. Du bist ein freier Mensch. Du hast die Herzbande erlebt«, hatte er gesagt, bevor ihn etwas erschreckt hatte. *Was hat er nur damit gemeint?* Tilda versuchte, seine Gedankengänge nachzuvollziehen, überlegte, was sie selbst gesagt hatte.

»Ich werde das Buch schon finden. Schließlich bin ich ja losgelöst und kann meine eigenen Entscheidungen treffen«, hörte sie sich sagen. Da fiel es ihr wie Schuppen von den Augen. Eine Welt brach in ihr zusammen. Sie ließ sich zu Boden fallen und begann hemmungslos zu schluch-

zen. Alles war verloren. Sie würde ihren Traummann niemals wiedersehen. Wie hatte sie nur so dumm sein können! Es war so offensichtlich: Sie hatten die Herzbande erlebt! Das hieß automatisch, dass ihre Suche nach dem Lebensbuch des schönen Unbekannten erfolglos bleiben würde. Denn nur Losgelöste konnten die Herzbande erleben, das hatten Titus und Mia oft genug gesagt. Warum war keiner auf den Gedanken gekommen, dass auch Tildas Traummann losgelöst sein musste? Genau das war Titus vermutlich ebenfalls eingefallen, als Tilda in der Kugel verschwunden war.

Ein kleiner Trost war immerhin, dass Titus offenbar keine Gefahr drohte. Aber das alles konnte Tildas Leid nicht mildern. In ihrem ganzen Leben hatte sie noch nie solch unendliche Traurigkeit verspürt. Sie war mutterseelenallein und hatte keine Aussicht, jemals wieder fröhlich zu werden. Jede Hoffnung auf ein Happy End mit ihrem Traummann war dahin. Dicke Tränen rannen wie Sturzbäche aus ihren Augen und ihr gesamter Körper verkrampfte sich in unaufhörlichem Schluchzen. Sie hatte alles getan, was in ihrer Macht stand. Nie hatte sie für jemanden stärkere Gefühle gehabt als für diesen einen Jungen. Tilda wollte raus aus dieser Situation, raus aus dieser Welt. Sie wollte in ihr Bett und niemanden sehen. Niemals wieder. Am liebsten wäre sie auf der Stelle tot umgefallen. Jeder Lebenswille wich aus ihrem Körper, so groß war ihre Verzweiflung. Matt sank sie in sich zusammen und überhörte dabei das kleine Schnappen ihres schützenden Anhängers. Der Ausbruch ihrer Verzweiflung hatte den Schutz an seine Grenzen gebracht und den Riegel entsperrt. Tilda lag schutzlos in der Bücherwelt. Sie wollte bewegungslos warten, bis die Zeit abgelaufen war und sie nach Hause zurückkehren konnte.

Erstaunt stellte Tilda nur wenig später fest, dass der entsetzliche Schmerz, der von ihrem Herzen in jeden Winkel ihres Körpers ausstrahlte, langsam nachließ. Er war noch immer da, aber seine Übermacht schien zu schwinden und hinterließ eine wohltuende Leere. Tildas Gefühle stumpften ab, aber es war ihr egal. Sie genoss es, dass sie im Moment keine Schmerzen hatte. Denn alles war besser, als dieses unsägliche Gefühl, den wichtigsten Menschen im Leben für immer verloren zu haben. Sie wollte einen Blick auf die

Uhr um ihren Hals werfen. Als sie sich erhob und langsam nach ihrer Kette tastete, sah sie sie.

Um Tilda herum standen fünf Bücherwesen mit grauen Kapuzenumhängen. Sie hatten nur entfernt Ähnlichkeit mit Titus, denn zum einen waren sie deutlich größer, zum anderen drückte jede Faser ihres Körpers Bedrohung aus. *Das müssen die Wächter sein, von denen Titus mir erzählt hat. Die, die auch ihn angegriffen haben.* Sie sagten keinen Ton, aber in ihrem Gesichtsausdruck erkannte Tilda etwas, das sie auch bei Titus schon gesehen hatte. Genauso sah er aus, wenn er Tildas Emotionen anzapfte. Ihre Hände hatten den Anhänger gefunden und Tilda stellte erschrocken fest, dass er geöffnet war. *Wie konnte das nur geschehen? Ich muss ihn wieder schließen! Schnell!* Die Bücherwesen verharrten reglos um ihr Opfer, freuten sich vermutlich über die neue Gefühlsregung und saugten auch diese gierig auf. Tilda fühlte sich schwindlig, war kurz davor, das Bewusstsein zu verlieren. Eine Stimme in ihr rief: »Lass dich fallen! Du wirst ohnehin nie wieder fröhlich werden! Gib ihnen deine letzten Emotionen. Dann wird auch der Schmerz restlos verschwunden sein.«

Oh ja, das war genau das, was Tilda wollte. Sie wollte niemals wieder diesen Schmerz spüren, der ihr Herz einschnürte. Mit jeder Sekunde klang er weiter ab. Sie konnte ihn kaum noch wahrnehmen. Und es tat gut. Unendlich gut.

Aber da hörte sie ganz entfernt eine andere Stimme, die ihr leise zurief: »Reiß dich zusammen und aktiviere sofort deinen Anhänger! Es gibt noch mehr in deinem Leben als diesen Jungen! Was ist mit Emi, Patrick und Timmy? Was ist mit Mia? Was ist mit Titus? Was ist mit Leon? Du hast noch so viel vor in deinem Leben! Stell dir nur vor, was du mit deinen Zeitreisen alles machen könntest! Du könntest sogar deinen Vater kennenlernen!«

Papa! Während eine kleine Woge voller Liebe mit letzter Kraft durch Tildas matten Körper strömte, schloss sie den Anhänger und stellte sich vor, sie könnte ihren Vater endlich kennenlernen, ihn vor dem Tod beschützen. Sofort legte sich ein warmer Mantel um sie und schirmte sie vor den gierigen Bücherwesen ab, die nach und nach kehrtmachten in der Überzeugung, sie hätten ihr Opfer komplett ausgesaugt.

Tilda war erschöpft, aber langsam kehrte ihre Kraft zurück. Mit jedem Gedanken erwachte eine neue Emotion – und leider auch der Schmerz wieder. Aber dieses Mal ließ sie sich nicht niederringen. Sie hatte eben erlebt, wie mächtig diese Verzweiflung sein konnte. Das durfte sie kein weiteres Mal zulassen. Mit zitternden Knien erhob sich Tilda, fest entschlossen, dass diese Reise in die Bücherwelt nicht umsonst sein sollte. Wenn sie schon keine Chance hatte, ihren Traummann zu finden, so wollte sie wenigstens ihren Vater suchen. Dessen Lebensbuch musste irgendwo in der Bibliothek stehen. Irgendwo dort konnte sie endlich herausfinden, was ihr Vater, den sie nicht hatte kennenlernen dürfen, für ein Mensch gewesen war. Weder ihre Mutter noch ihre Schwester redeten oft über ihn. Und selbst wenn – was nützten ihr die Erinnerungen anderer? Sie brauchte eigene Erinnerungen an ihn. Entschlossen ging sie los, der Lichtquelle folgend, wie Titus es ihr aufgetragen hatte.

37

Die Bücherwelt war völlig anders, als Tilda sie sich vorgestellt hatte. Sie kam sich vor, als hätte man sie in einen Glaskasten eingesperrt – in einen sehr traurigen Glaskasten. Der Boden war völlig eben und aus einem undefinierbaren Material. Es war, als würde Tilda auf Watte laufen, so weich fühlte er sich an. Trotzdem konnte sie nicht erkennen, dass sie darin einsank. Es gab nichts, einfach gar nichts zu sehen. Nur der Boden, dessen Konturen zu verschwimmen schienen und der tröstende Schein eines Lichts, dem Tilda beharrlich folgte. Dazu kam dieser seltsame Nebel, der die Sicht – auf was auch immer – gänzlich unmöglich machte. Weit und breit war kein Bücherwesen zu sehen. Tilda fragte sich, ob die fünf, die sie gefunden hatten, bemerkt hatten, dass ein Mensch in ihre Welt eingedrungen war oder einfach nur einen kleinen Stehimbiss genossen hatten, ohne darüber nachzudenken. Ein kalter Schauer lief ihr über den Rücken, als sie das Erlebte noch einmal Revue passieren ließ. Die Aktion hätte sie beinahe ihr Leben gekostet! Es war entsetzlich, welche Leere zurückblieb, wenn die meisten Gefühle erst einmal weg waren. Sie konnte gar nicht glauben, dass sie bereit gewesen war, alles aufzugeben. So sehr es schmerzte, so sehr sie den Verlust ihrer großen Liebe betrauerte, so sehr hing sie doch auch an ihrem Leben! Niemals hätte sie es einfach so weggeworfen. Und doch hätte nicht mehr viel gefehlt und all ihre Lebensenergie wäre dahin gewesen.

Jetzt aber gab es kein Zurück mehr. Sie war nun einmal hier, in der Bücherwelt. Und das wollte sie ausnutzen. Ein Blick auf die Uhr sagte ihr, dass erst eine knappe halbe Stunde ihrer Zeit abgelaufen war. Hätte sie schätzen müssen, sie hätte keine Chance gehabt, die vergangene Zeit einzuordnen. Was schlichtweg daran lag, dass es hier keine Zeit gab. Die einzige Zeit, die es gab, lief in einer Uhr um Tildas Hals, abgeschirmt mit einem speziellen Schutzzauber.

»Wie kann denn ein Leben ganz ohne Zeit überhaupt möglich sein?«, hatte Tilda das Bücherwesen in der Vorbereitung gefragt. Titus hatte ihr daraufhin verraten, dass auch die Bücherwelt eine Zeit hatte – aber eine ganz eigene.

»In all unseren Sälen gibt es eine Zeit. Die läuft aber im Vergleich zu der euren extrem langsam – ein Menschenleben entspräche vielleicht ein paar Stunden, höchstens ein paar Tagen. Aber außerhalb dieser Säle, da gibt es tatsächlich gar keine Zeit. Wer einen Ausflug dorthin macht, braucht einen Schutzzauber, um weiter existieren zu können. Genau denselben Schutzzauber, den ich deiner Uhr – und auch dir – verpasst habe.«

Kein Wunder also, dass Titus diesen Schutzzauber so leicht ausführen konnte. Jedes Bücherwesen brauchte ihn, um in dieser Welt überleben zu können. Tilda wurde neugierig. Wie hatte Titus' Leben vorher ausgesehen? Hatte er vielleicht schon einmal genau hier gestanden, wo sie eben stand?

Urplötzlich tauchte eine Wand vor Tilda auf. Sie erschrak, denn sie hatte nichts gesehen, was sie hätte vorwarnen können. *Ob das einer der Säle ist, von denen Titus gesprochen hat?* Tilda rätselte, wie sie in das Gebäude hineinkommen sollte. Als sie den Kopf hob, konnte sie kein Ende der Wand erkennen. Alles verschwamm im nebelähnlichen Schleier, der die ganze Welt einzuhüllen schien. Auch nach links oder rechts war kein Ende in Sicht und die Lichtquelle war nicht mehr einzuordnen. Tilda entschloss sich zur rechten Seite weiterzugehen. Irgendwann würde sie schon auf einen Eingang treffen. Aber zuerst wollte sie eine Markierung setzen, um diese Stelle erneut finden zu können, für den Fall, dass sie später in die andere Richtung weitergehen würde. Sie untersuchte die Taschen ihrer Jeans und ihrer Strickjacke, in der Hoffnung, irgendetwas zu finden, mit dem man ein Zeichen in einen Stein ritzen konnte. Doch alles, was sie fand, waren ihr Handy, ihre Kopfhörer und ein – immerhin unbenutztes – Taschentuch. Deshalb versuchte sie ihr Glück einfach mit ihren Fingernägeln. Erstaunlicherweise erwies sich das Material als sehr weich und in Sekundenschnelle hatte Tilda ein »T« in die Mauer geritzt, direkt auf Augenhöhe, groß genug, um es schon von weitem zu erkennen.

Als Tilda eine Weile gelaufen war, sah es nicht danach aus, als würde die Wand ein Ende nehmen. *Was, wenn es gar kein Gebäude, sondern eine unendliche Mauer ist?*

Tilda verlangsamte ihre Schritte und zweifelte, ob sie sich für die richtige Richtung entschieden hatte. Sie ließ ihre Hand über die weichen Steine gleiten. Titus hatte ihr nichts von einer Mauer oder einem Eingang gesagt. Er hatte nur davon gesprochen, dass sie direkt zum Lesesaal gelangen würde, wenn sie nur dem Licht folgte. *Titus, wenn du nur hier bei mir wärst! Mit dir wäre das alles viel leichter zu ertragen und vor allem zu verstehen!*

Tildas Blick schweifte nach oben. *Ob ich drüber klettern kann?* Vorsichtig versuchte sie an den Steinen Halt zu finden. Aber es funktionierte nicht. Die Ritzen waren zu klein, um sich darin festzukrallen. So ging sie weiter, noch immer in dieselbe Richtung, in der Hoffnung, irgendwann auf einen Durchgang zu stoßen. Nach einer Weile – Tilda vermochte nicht zu schätzen, ob sie mehrere Tage oder nur ein paar Sekunden gegangen war – sah sie von weitem etwas durch den dichten Nebel. Es bewegte sich nicht, stand nur still. Aber da war etwas, das war nun immer deutlicher zu erkennen. Vorsichtig trat Tilda näher. Als sie erkannte, was da vor ihr stand, wich sie erschrocken einen Schritt zurück: Es war ein weiteres dieser unheimlichen, riesigen Bücherwesen, die Tilda vorhin angegriffen hatten. Aber diesmal stand sie unter dem Schutz ihres Talismans. Der Wächter konnte sie nicht sehen. Trotzdem fühlte sich Tilda sehr unwohl. Sie war schließlich nicht direkt unsichtbar. Aber der Schutzzauber schien seinen Zweck zu erfüllen: Das Wesen nahm nicht die geringste Notiz von ihr. Zitternd überlegte Tilda, ob sie kehrtmachen und in die andere Richtung weitergehen sollte, oder ob sie es wagen und an dem unheimlichen Wesen vorbeischleichen sollte. Da sah sie etwas, das ihr Herz höherschlagen ließ: Direkt hinter dem Wächter verbarg sich ein kleiner Durchgang. Er war finster und schien in einen Tunnel zu führen. Es war ein Weg in das Gebäude hinein. Nur leider musste sie dafür unmittelbar an dem Wächter vorbei.

Tilda zuckte kurz mit den Schultern. *Es hilft ja nichts! Vermutlich ist jeder Durchgang bewacht – wenn es überhaupt noch andere gibt. Also nichts wie rein da!* Langsam, ganz langsam setzte sie einen Fuß vor den anderen. Der Wächter rührte sich nicht. Tilda konnte die Gefahr spüren, die von ihm ausging, seine Gier nach Emotionen. Sie hatte Angst, er könne ihr laut klopfendes Herz hören, ihren Atem spüren oder sie ganz einfach sehen. Nun stand sie direkt vor dem Büchergeist. Sie konnte ihm beinahe ins Gesicht blicken. Doch das war von seiner dunklen Kapuze bedeckt, so dass sie keinen Gesichtszug erkennen konnte. Der Wächter stand so nah vor dem Durchgang, dass sie ihn um ein Haar berührt hätte, als sie sich weiter vorwärts tastete. Mit einer geschickten Bewegung tauchte sie in den etwa 1,50 m hohen Tunnel und lief in gebückter Haltung so schnell sie konnte. Nach einer Weile, als sie sicher war, dass sie nicht verfolgt wurde, blieb sie stehen, um durchzuschnaufen. Jetzt erst realisierte sie, dass sich der Tunnel, je weiter sie in ihn eindrang, anders anfühlte als die kalte Welt draußen. Alles wurde angenehm warm. Tilda spürte, dass hier eine Zeit tickte, wenn auch nicht so wie zu Hause, aber doch vertrauter als in der zeitlosen Welt eben. Obwohl es keine Lichtquelle gab, konnte sie schemenhaft erkennen, wohin sie lief. Die Wände des Tunnels wurden wärmer und glatter. Schon nach wenigen Momenten sah sie eine Öffnung auf sich zukommen. Kurz vorher blieb sie stehen und spähte vorsichtig hinaus.

Das was sie sah, war kein Vergleich zu dem, was sie eben hinter sich gelassen hatte. Es gab weder Nebel noch Tristesse. Tilda blickte in eine riesige Halle, die erfüllt war von einem goldenen Licht. Soweit das Auge reichte, sah sie Bücherwesen – kleinere, so wie Titus. Jedes von ihnen hatte ein Buch in der Hand und las leise daraus vor. Dieses Gemurmel erfüllte die Halle mit einem fröhlichen Singsang. Jedes Bücherwesen saß auf einem kleinen, fast runden Hocker und hatte sich darauf so zusammengekugelt, dass es einerseits seltsam verrenkt, aber doch irgendwie gemütlich aussah. Keines von ihnen hob den Blick, alle waren vertieft in ihre Vorlesearbeit. Die Wände waren schlicht und glatt, es gab weder Tische noch Lampen noch sonst irgendwelche Einrichtungsgegenstände. Aber alles schien von innen heraus zu leuchten. So befremdlich es auch wirkte, so strahlte dieser Raum dennoch eine Herzlichkeit und Wärme aus, in der sich Tilda sofort wohlfühlte.

Wow! Jedes einzelne Buch enthält die Lebensgeschichte eines Menschen! Das ist einfach unglaublich! Tilda schüttelte fassungslos den Kopf, als sie sich wieder und wieder ins Bewusstsein rief, welche Bedeutung dieser Saal für die Menschheit hatte.

Irgendwo hier ist das Lebensbuch meiner Schwester, das meiner Mutter, das von Timmy. Und das von Leon.

Es war irgendwie unheimlich, dass Leons Leben bereits vorbestimmt war, ihres dagegen nicht. Sie grübelte. Ob sie und Leon wohl ein Paar wären, wenn das alles nicht passiert wäre? Aber Moment mal… Wenn sich ihr Leben geändert hatte, dann hatte das doch auch Einfluss auf alle Menschen, mit denen sie zu tun hatte! Was, wenn in ihrer ursprünglichen Lebensgeschichte tatsächlich vorgesehen gewesen war, dass sie und Leon zusammenkommen sollten? Dann hatte sich nicht nur ihre Lebensgeschichte geändert, sondern auch Leons!

Tilda verstand gar nichts mehr. War Leon etwa auch losgelöst? War auch bei ihm ein Buch aufgetaucht? Nein, das konnte sie sich nicht vorstellen. Mia hätte sicher etwas bemerkt. Aber wenn sie logisch schlussfolgerte, dass sich mit der Änderung ihrer Lebensgeschichte zwangsläufig auch alle Lebensgeschichten derer ändern mussten, mit denen sie zu tun hatte, dann hieße das automatisch… Dass dadurch allmählich eine Kettenreaktion in Gang gesetzt würde. Je mehr Menschen Unvorhergesehenes machten, desto mehr andere Menschen würden darin verwickelt und desto mehr andere Geschichten würden geändert. Das hieße dann also, dass sich früher oder später die Geschichte der ganzen Menschheit änderte? Weil einer nach dem anderen losgelöst wurde? Tilda nahm all die Gestalten um sich herum gar nicht mehr wahr. Sie konnte sich keinen Reim darauf machen. Irgendetwas stimmte nicht, wenn sie logisch nachdachte. Und dennoch saßen hier alle so friedlich und lasen Lebensgeschichten, als hätte es nie etwas anderes gegeben. Wie war das möglich? Oder hatte sie irgendwo einen Denkfehler? So sehr sie auch nachdachte, sie konnte keine Lösung finden. *Egal, das kann ich später mit Titus klären. Er wird sicherlich eine Antwort darauf wissen. Jetzt muss ich erst einmal diesen Raum mit gelesenen Büchern finden.*

Tilda wechselte die Richtung. Anstatt längs durch die Reihen der lesenden Bücherwesen zu gehen, lief sie nun quer. Denn so konnte sie schneller das andere Ende des Raumes erreichen – längs dagegen war überhaupt kein Ende in Sicht. Ein Blick auf die Uhr zeigte, dass fast 80 Minuten ihrer Zeit vorbei waren.

Etwas mehr als die Hälfte habe ich noch. Auf der anderen Seite des Saals angekommen, suchte sie nach einem weiteren Durchgang. Sie hoffte einen ähnlichen Weg in den nächsten Saal zu finden, wie den, der sie hierhergeführt hatte. Bald entdeckte sie tatsächlich eine Art Tor – eine kleine Vertiefung in der glatten Wand mit einem kleinen Knauf daran. Es sah aus wie eine Tür im Miniaturformat, aber dennoch groß genug, um durchzuschlüpfen. Gerade wollte sie an dem Knauf ziehen, da hörte sie jemanden schreien. Es war ein markerschütternder Schrei, ein Schrei um Leben und Tod. Und es war – zu Tildas größtem Entsetzen – eindeutig ein menschlicher Schrei.

38

Hilflos sah sich Tilda nach allen Seiten um. Aber nichts schien die kugelige Ordnung der lesenden Bücherwesen zu stören. Sie hörten offensichtlich nichts von dem quälenden Laut, waren so vertieft in ihre Vorlesearbeit, dass nichts sie davon ablenken konnte. Eindeutig: Der Schrei kam nicht aus diesem Raum. Es war der Tunnel, durch den Tilda hereingekommen war. Dort schien die Quelle des markerschütternden Geräuschs zu sein. Tilda zögerte nicht lange. Auch wenn sie sich selbst dabei in Gefahr bringen sollte: Wer so entsetzlich schrie, musste sich in Lebensgefahr befinden. Wenn es tatsächlich ein Mensch war – wie auch immer er hierhergekommen war – dann war sie die einzige, die ihm helfen konnte. Denn nur sie hatte einen Schutzschild. Schritt um Schritt lief Tilda den Weg zurück durch die Reihen der lesenden Bücherwesen. Dies war der einzige Ort in dieser Welt, an dem sie sich sicher fühlte. Sie wusste, dass keiner der Leser jemals seine Arbeit unterbrechen durfte. Trotzdem war ihr ein wenig unheimlich, als sie erneut durch die endlosen Reihen schritt. Sie hatte Angst, dass eines der Wesen ganz plötzlich einen Arm nach ihr ausstrecken könnte. Doch die Leser waren so in ihre Arbeit vertieft, dass sie vermutlich selbst dann, wenn sie ihren schützenden Anhänger nicht getragen hätte, keinerlei Notiz von ihr genommen hätten. Mit jedem Schritt wurde sie mutiger und schneller. Sie hatte ein Ziel und das wollte sie erreichen.

Der Tunnel! Da ist er! So schnell sie in gebückter Haltung laufen konnte, rannte sie den Weg zurück, den sie eben kommen war, spürte nur am Rande, dass es wieder kälter wurde, dass ihr Zeitgefühl verschwand und dass Nebelschwaden ihr Blickfeld kreuzten. Stattdessen rätselte sie, wie um alles in der Welt noch ein weiterer Mensch in die Bücherwelt gekommen war und was er hier wollte. Sollte es tatsächlich einer der Swans geschafft haben? War Titus am Ende doch in Gefahr geraten, als sie ihre Reise in der glitzernden Kugel begonnen hatte? Hatte Mia durch ihn endlich den langersehnten Weg in die Bücherwelt gefunden?

Mein Gott, wenn nun Mia in Gefahr ist? Würde ich ihr helfen, wenn sie vorher Titus in Gefahr gebracht hat?

Je weiter sie lief, desto unsicherer wurde Tilda, ob sie wirklich wissen wollte, woher dieser Schrei gekommen war. Aber sie war fast da. Und es war nicht nur ihr Wille zu helfen, der stärker war, sondern auch ihre Neugier. Wenn es nun wirklich Mia war, die angegriffen wurde? Sollte sie tatsächlich einen Weg in die Bücherwelt gefunden haben? Hatte das etwas mit ihrem geheimnisvollen Erlebnis in der Abtei zu tun? Tilda ärgerte sich, dass sie Titus nicht mehr darauf angesprochen hatte. Aber nun war es zu spät. Als sie das Ende des Tunnels erreichte, stand noch immer der Wächter von eben an seinem Platz. Neben ihm aber standen zwei weitere dieser gruseligen großen Bücherwesen. Zu dritt bildeten sie einen Kreis und blickten zu Boden. Tilda konnte nicht erkennen, was — oder besser: wer — dort lag, weil ihr die Wächter die Sicht versperrten. Sie spürte nur, dass sie schnell handeln musste. Mit Schaudern griff sie nach vorne, packte mit der Hand den Umhang eines Wächters und schob ihn mit zitternden Fingern zur Seite.

Nun konnte sie sehen, wer das neue Opfer der Wächter war: Es war tatsächlich ein Mensch. Aber es war nicht Mia, die dort am Boden lag. Es war ein junger Mann, zusammengekrümmt vor Schmerzen. Er hatte ihr den Rücken zugewandt und wimmerte leise. Keiner der Wächter schien Tilda bemerkt zu haben. Also drängte sie sich in den engen Kreis, zuckte angewidert zusammen, als sie den Umhang des Wächters spürte und legte dann schützend einen Arm um den auf dem Boden Liegenden. Es blieb keine Zeit nachzudenken, wer er war. Keine Zeit zu überlegen, ob er ihr gefährlich werden konnte. Alles, was jetzt zählte, war, dass sie ihm helfen wollte. Dass sie ihm helfen musste.

Sie hoffte, dass die Kraft ihres Talismans ausreichen würde, um zwei Menschen zu beschützen. Es war ihre einzige Chance, den Verletzten zu retten. Sie rückte noch ein Stück näher, betete inständig, dass sich ihr Schutz durch die bloße Berührung vergrößerte. Aber nichts tat sich. *Es funktioniert nicht!* Tilda war verzweifelt. Sie spürte, wie der Körper des Jungen neben ihr erschlaffte. Er hatte kaum noch Emotionen in sich. Sie musste etwas tun. Sofort!

Vorsichtig berührte sie den Jungen am Kopf und wollte ihn zu sich herüber drehen. Sie wollte ihm in die Augen blicken, ihm zeigen, dass jemand da war, um ihm zu helfen. Auf diese Weise könnte sie ihm neue Energie geben, so hoffte sie, ihn für eine Weile am Leben zu erhalten, bis ihr etwas eingefallen war. Es musste ihr einfach etwas einfallen! Sachte drehte sie seinen Kopf mit beiden Händen und versuchte zu lächeln, um ihm Mut zu machen. Aber als Tilda in sein Gesicht blickte, erschrak sie und zuckte zurück.

Wie war das möglich? Auch wenn das Gesicht leblos und kalt aussah, so erkannte sie es sofort wieder. Der Fremde, der kurz davor war seine letzte Energie an die Wächter abzugeben, war niemand anderer als der Unbekannte aus dem Olympiastadion.

»Nein!« Tilda schrie jetzt laut. »Bleib bei mir! Ich will dich nicht noch einmal verlieren!«

Der Junge versuchte mit letzter Kraft die Augen zu öffnen. Er blinzelte leicht – aber das schien ausgereicht zu haben, um Tilda zu erkennen. Fast schien er zu lächeln. Neue Emotionen durchströmten seinen Körper, um fast im selben Augenblick von den Wächtern aufgesaugt zu werden. Trotzdem schaffte er es, die Augen offenzuhalten. Er blickte Tilda voller Liebe aus seinen wunderschönen, strahlend braunen Augen an. Tilda hätte nichts lieber getan, als den Blick einfach nur zu erwidern, sich in seinen Augen zu verlieren. Aber das ging jetzt nicht! Sie musste eine Lösung finden.

Was mach ich nur? Was mach ich nur? Er darf nicht sterben! Jetzt, wo ich ihn endlich gefunden habe!

Tapfer lächelte sie ihn an, um ihm weiter neue Energie zu geben.

Reiß dich zusammen! Unter Druck arbeitest du immer am besten! Was machst du, wenn nichts mehr funktioniert?

Tilda dachte angestrengt nach. Der Junge, den sie liebte, wurde immer blasser. Er murmelte etwas, das sie nicht verstehen konnte.

»Was hast du gesagt?« Tilda klang verzweifelt, weil ihr keine Lösung einfallen wollte. Lange konnte sie ihn nicht mehr am Leben erhalten.

»Neustart«, hauchte ihr Traummann mit letzter Kraft und begann erschöpft zu blinzeln. Langsam schlossen sich seine Augen wieder. Diesmal würde es für immer sein, da war sich Tilda sicher.

»Neustart?«, wiederholte sie fragend. In ihrem Hirn ratterte es. *Aber sicher! Das ist die Lösung!* Sie musste den Anhänger deaktivieren und neu starten, damit er seine Energie auf zwei Menschen erweitern konnte.

Kurz, ganz kurz, zögerte sie. Wenn sie den Anhänger deaktivierte, dann hieß das auch, sie würde sich für einen Moment den gierigen Energiesaugern ausliefern. Das, was sie vorhin erlebt hatte, wollte sie eigentlich nie wieder durchmachen. Sie hatte niemals etwas Schrecklicheres erlebt als diese unglaubliche Leere. Aber es gab keinen anderen Ausweg. Wenn sie die Liebe ihres Lebens retten wollte, dann musste sie es tun.

»Jetzt oder nie«, sagte sie leise und öffnete mit einem Klick ihren Anhänger. Ein erstauntes Raunen ging durch den Kreis der drei Wächter und im selben Moment spürte Tilda, wie die Energie aus ihr herausströmte. Obwohl sie bereits fast die komplette Lebensenergie eines Menschen ausgesaugt hatten, stürzten sich die drei Wächter förmlich auf Tildas neue, frische Emotionen.

Sie spürte, mit welcher Kraft ihr alle Energie aus dem Körper gezogen wurde. Die Energiesauger schienen umso stärker zu werden, je mehr menschliche Energie sie intus hatten. Tilda spürte, dass sie lange nicht so viel Zeit hatte wie zuvor. Fest entschlossen drückte sie sich so eng an ihren Traummann, wie es nur ging, bündelte all ihre Gedanken und dachte nur daran, dass sie ihn beschützen wollte. Um alles in der Welt wollte sie nichts anderes, als ihn beschützen.

Dich, nur dich und keinen anderen. Ich liebe dich! Mit letzter Kraft aktivierte sie den Schutzschild ihres Anhängers. Ihr Kopf sank matt zu Boden. Vor ihren Augen drehte sich alles. Tilda verlor das Bewusstsein.

39

Als Tilda wieder zu sich kam, fühlte sie sich warm und geborgen. Noch hatte sie keine Kraft, ihre Augen zu öffnen. Aber sie spürte, dass alles gut war. Starke Arme hielten sie fest, sanfte Hände strichen ihr über die Wangen. Sie hörte ein monotones Murmeln, konnte durch die geschlossenen Augen ein wohltuendes Licht wahrnehmen. Langsam kehrten die Erinnerungen zurück, die Erinnerungen an alles, was sie eben erlebt hatte. Ganz langsam rückte sie ihre Erinnerungen zurecht und realisierte, was geschehen war. Schlagartig öffnete sie die Augen.

Ein warmer Blick traf sie aus den schönsten braunen Augen, die sie jemals gesehen hatte.

»Geht es dir gut?«, fragte sie der Junge, dem diese Augen gehörten und in dessen Armen sie lag. Ein Lächeln umspielte seine perfekt geschwungenen Lippen. Tildas Herz klopfte so laut, dass es ihr beinahe peinlich war. Ihre Wangen röteten sich und sie nickte nur stumm. Sie konnte ihr Glück kaum fassen und hätte auf der Stelle vor Freude losheulen können. Was hatte sie nicht alles auf sich genommen, um diesen Kerl zu finden. Erst jetzt, als alle Hoffnung bereits zunichte schien, da war er plötzlich wie aus dem Nichts aufgetaucht. Und er war so schön! Tilda starrte wie gebannt in sein ebenmäßiges Gesicht, in die sanften Augen mit den langen Wimpern und wollte in ihrem ganzen Leben nie wieder etwas anderes sehen als dieses Gesicht.

»Ich weiß nicht, wie du hierhergekommen bist, aber ich danke dir, dass du mein Leben gerettet hast«, sagte er ohne mit dem Lächeln aufzuhören.

»Das war doch selbstverständlich«, murmelte Tilda verlegen und ärgerte sich wieder einmal über sich selbst, dass ihr nichts Besseres eingefallen war. Aus den Augenwinkeln erkannte sie, dass sie sich im Ausgang des Tunnels befanden, kurz vor dem großen Lesesaal.

Keine Spur von den Wächtern. Sie war hin- und hergerissen: Sollte sie sich aufrichten, um nachzusehen, wie viel Zeit ihr noch blieb, ob alles in Ordnung war, ob der Anhänger richtig geschlossen war? Oder sollte sie einfach so liegen bleiben, in den Armen ihres Traumprinzen? *Nur noch einen Moment,* dachte sie und wünschte sich, dass dieser Moment ewig andauerte.

»Du bist Tilda, nicht wahr?«, fragte er lächelnd.

»Ja«, antwortete Tilda erstaunt. »Woher weißt du das?«

Er grinste. »Dein kleines Gerät hier hat es mir verraten. Es hat mir sogar ein Foto von dir gezeigt.« Er hielt ihr iPhone in die Luft.

Tilda musste kichern. »Das ist mein Handy. Also, mein Telefon. Gibt es sowas in deiner Zeit überhaupt schon?« Sie verzog das Gesicht.

»Aber natürlich gibt es in meiner Zeit Telefone«, sagte Tildas Traummann. »Wenn auch nicht so technisch ausgereift wie dein Exemplar.« Er lachte. »Ich heiße Richard. Richard Brandt.«

Tilda kicherte. »Freut mich, Sie kennenzulernen, Herr Brandt.«

»Ganz meinerseits, Fräulein…«

»Hummel. Matilda Hummel. Wie eine dicke, plüschige Biene.« Tilda kicherte schon wieder. *Ich bin so kindisch! Bestimmt findet er mich unmöglich!*

»Das ist ein sehr hübscher Name. Gar nicht dick und plüschig.« Richard sah ihr direkt in die Augen. Schon wieder überrollte Tilda eine Welle der Zuneigung. Tausende von Schmetterlingen flatterten in ihrem Bauch. *Ob er mich jetzt küsst?* Tilda schloss die Augen.

»Du kommst also tatsächlich aus der Zukunft.« Richard schüttelte ungläubig den Kopf. »Wie ist das nur möglich? Sind in der Zukunft alle Menschen losgelöst?«

»Nein, das sind sie nicht! Ich bin die einzige. Also zumindest glaube ich das«, sagte Tilda, die noch immer in Richards Armen lag. »Sieh dich doch um: Alle Bücherwesen sind dabei, aus den Lebensbüchern vorzulesen.«

»Das stimmt schon. Aber wir wissen nicht, für welche Zeit sie gerade vorlesen. Du hast da einiges durcheinandergewirbelt.«

Richard zog die Augenbrauen hoch. Auf seiner Stirn entstanden kleine Falten, die Tilda unwiderstehlich fand. Sie konnte gar nicht mehr klar denken. Am liebsten hätte sie dieses wunderschöne Gesicht einfach zu sich herabgezogen und ihm einen Kuss aufgedrückt. Aber Richard schien nicht in der Stimmung dafür zu sein. Langsam setzte sich Tilda auf.

»Warte!« Richard klang erschrocken. »Wir dürfen unter keinen Umständen den Kontakt verlieren. Sonst wird der Schutz unwirksam.« Tilda sah ihn fragend an. »Nur solange wir uns berühren, bleibt der Schutzzauber intakt«, erklärte er ihr. »Wenn du mich loslässt, bin ich schutzlos.« Er lächelte wieder. »Also bitte: Nimm meine Hand und lass sie nie wieder los.«

»Nichts lieber als das«, strahlte Tilda. Schon wieder durchströmte sie dieses warme Gefühl des Glücks.

»Wir müssen wirklich vorsichtig sein«, sagte Richard ernst. »Die Gefühle, die wir ausstrahlen, sind so stark, dass man sie wahrscheinlich in der gesamten Bücherwelt wahrnehmen könnte – stünden wir nicht unter dem Schutz deines Anhängers.«

Ja, ich verstehe, was du meinst. Tilda war regelrecht benommen vor Glück und nickte etwas zerknirscht.

»Reden in der Zukunft alle Geräte mit euch?«, fragte Richard belustigt mit Blick auf Tildas iPhone.

»Nein«, Tilda lachte. »Aber so ein Smartphone ist schon eine feine Erfindung. Ich kann damit nicht nur telefonieren, sondern auch Fotos machen, Videos drehen, im Internet surfen, Musik hören…« Sie hielt inne und sah Richard zweifelnd an. Vermutlich hatte er keine Ahnung, wovon sie redete.

Aber er nickte beeindruckt und wiederholte: »Musik hören? Tatsächlich? Wie geht das denn?«

Tilda kuschelte sich an ihn, damit sie beide auf das Display ihres Handys schauen konnten ohne den Kontakt zu verlieren. Obwohl sie Richard erst kurz kannte, hatte sie keine Hemmungen, ihm so nah zu sein. Es fühlte sich vertraut an, als würde sie ihn seit Ewigkeiten kennen. Sie öffnete den Ordner mit ihrer Musik, wählte ein Lied aus und stöpselte ihre Kopfhörer an. Einen steckte sie in ihr rechtes Ohr, den anderen in Richards linkes. Dann startete sie den Song. Richard machte große Augen, als er die ersten Klänge hörte. Andächtig lauschte er der Musik.

»Unter die Haut« sang Tim Bendzko und auch Richard schien das alles unter die Haut zu gehen. Tilda lächelte. Sie hatte ein echtes Talent, für jeden Moment, für jede Stimmung, den richtigen Song auszuwählen.

Als Tim Bendzko und Cassandra Steen im Duett sangen, war Tilda mit einem Mal wieder hellwach. *Bis ich zu Hause bin!* Sie tastete nach ihrer Kette mit der Uhr und warf einen Blick darauf. Erstaunt riss sie die Augen auf: Ihre Zeit war fast abgelaufen.

»Was ist los?«, fragte Richard.

»Vier Minuten. Wir haben nur noch vier Minuten, bis ich zurückmuss.« Tilda sah ihn flehend an: »Bitte komm mit mir!«

Ich will dich hier nicht zurücklassen. Ich will dich nicht noch einmal verlieren. Wer weiß, ob ich dich jemals wiederfinde!

»Natürlich komme ich mit dir«, sagte Richard als wäre es das Selbstverständlichste der Welt. »Wenn ich denn darf«, fügte er zögernd hinzu.

Tilda fiel ihm vor Freude um den Hals, konnte ihr Glück nicht fassen und flüsterte erleichtert.

»Natürlich darfst du!«

Richard nahm sie an beiden Händen und blickte ihr ernst in die Augen.

»Aber vorher müssen wir noch etwas klären.«

Tilda erschrak. Richards Augen hatten etwas von ihrer Wärme verloren und funkelten bedrohlich.

»Was hast du hier gesucht?« fragte er sie tadelnd. »Es ist der reine Selbstmord!«

»Was ich hier gesucht habe?«

Tilda verstand nicht ganz, was er von ihr wollte.

»Dich! Ich habe dich gesucht! Niemals hätte ich erwartet, dich hier zu treffen, aber zumindest hatte ich mir einen Hinweis aus deinem Lebensbuch erhofft, wo ich dich wiedersehen kann. Denn du bist ja einfach verschwunden. Bist nicht zu unserer Verabredung gekommen, warst nicht mehr im Olympiastadion. Weißt du überhaupt, was ich alles auf mich genommen habe, um dich zu finden?«

Eine kleine Zornesfalte bildete sich zwischen ihren Augen.

Die Härte aus Richards Blick war verschwunden. Etwas sanfter sagte er: »Aber Tilda, du weißt doch genauso gut wie ich, dass es über mich kein Lebensbuch geben kann. Gäbe es ein Lebensbuch, hätten wir niemals die Herzbande erleben können.«

»Ja, das ist mir bei meiner Ankunft hier auch klargeworden. Und ich war so fix und fertig, dass es meinen Anhänger aufgesprengt hat. Die Wächter haben mich gefunden und ich habe mich gerade noch retten können.«

»Du bist bereits angegriffen worden?« Richards Händedruck wurde etwas fester. »Kein Wunder, dass sie so stark waren. Ich hatte keine Chance gegen sie. Wenn du nicht gekommen wärst…« Er schloss die Augen.

»Also: Kein Grund sauer auf mich zu sein, dass ich in die Bücherwelt gekommen bin!«, sagte Tilda trotzig.

»Keineswegs. Ich habe nur nicht verstanden, was du hier gesucht hast.«

»Das Gleiche könnte ich aber auch dich fragen! Was hast du denn hier gesucht? Denn du hast ja offenbar gewusst, dass du mein Lebensbuch hier nicht finden kannst!«

Sie funkelte ihn wütend an.

Richard lächelte. »Nicht ganz. Von dir gab es immerhin einmal ein Lebensbuch. Aber das war tatsächlich nicht der Grund, warum ich in die Bücherwelt gekommen bin. Ich war schon sehr lange auf der Suche nach einem Weg hierher. Und plötzlich überschlugen sich die Ereignisse. Ich habe dich gesehen, die Herzbande erlebt, dich wieder verloren und nur einen Moment später hat sich mir der lang ersehnte Weg in die Bücherwelt geöffnet. Es war meine einzige Chance! Und glaub mir: Ich hatte vor, sofort wieder zurückzukommen und dich am Abend zu treffen. Aber leider hat sich mir der Weg zurück versperrt.«

Er seufzte.

»Es tut mir sehr leid, dass du vergeblich auf mich gewartet hast. Es war niemals meine Absicht, dich auch nur eine Sekunde warten zu lassen. Aber ich saß hier fest. Und ich kann dir gar nicht sagen, wie dankbar ich dir bin, dass du nicht lockergelassen hast! Dank dir kann ich endlich diese schreckliche Welt verlassen. Ich weiß nicht, wie du das machst, aber du bist nicht nur die Liebe meines Lebens, sondern auch meine Lebensretterin.«

Tilda musste unwillkürlich lächeln. Sie dachte an die lange Suche nach ihrem Traummann. Sie hatte schon gar nicht mehr daran geglaubt, ihn jemals zu finden. Und jetzt stand er hier vor ihr, hielt ihre Hände und machte ihr eine Liebeserklärung. Eines aber machte sie stutzig. Was hatte er eben erzählt? Er hatte schon lange nach einem Weg in die Bücherwelt gesucht? Das kam ihr irgendwie bekannt vor. Gerade wollte sie Richard danach fragen, da tauchte eine wabernde Kugel neben ihr auf. Es war Zeit zurückzukehren.

Die Kugel schien sich nichts aus den beengten Platzverhältnissen im Tunnel zu machen. Sie breitete sich in ihrer vollen Größe aus, auch wenn das rein physikalisch betrachtet gar nicht möglich war. Aber Tilda kümmerte sich nicht darum. Sie hatte schon viel beeindruckendere Dinge gesehen als das hier.

Richard sah sie fragend an.

»Das ist unser Weg nach Hause«, sagte Tilda und löste eine Hand aus Richards Griff.

Andächtig berührte Tilda das wabernde, schimmernde Gebilde und bewegte sich nach innen, während Richard an ihrer anderen Hand langsam folgte.

»Eine Hülle aus Zeit. Das ist unglaublich! Wie hast du sie sichtbar gemacht?«

Fasziniert betrachtete Richard die schimmernde Außenhaut der Kugel.

»Komm jetzt!«, drängte Tilda und zog ihn hinter sich her. Sobald er ganz eingetaucht war, erstarrte die wabernde Hülle zu einer festen glasähnlichen Haut. Tilda atmete erleichtert auf.

»Ich habe die Kugel nicht gemacht. Das war Titus. Er ist das Bücherwesen, das meine Geschichte gelesen hat. Aber das erzähle ich dir alles später. In Ruhe.«

Richard aber wollte nichts von Ruhe wissen. »Du hast Kontakt zu einem Bücherwesen? Wie ist das möglich?«

»Ich sagte doch: Das erzähle ich dir später. Es ist eine längere Geschichte«, sagte Tilda und legte den Kopf schief. *Was hat er nur? Was bringt ihn so durcheinander?*

»Ich muss wissen, was mich dort erwartet, Tilda. Ich will nicht mit dir in deiner Zeit landen und unvorbereitet von einer Horde Bücherwesen begrüßt werden«, sagte er ernst.

Tilda lachte. »Keine Sorge. Es gibt keine Horde Bücherwesen. Da ist nur Titus. Und der ist wirklich ungefährlich. Kein Vergleich mit diesen Wächtern. Er mag Menschen! Er ist fast so etwas wie ein Freund. Er hat nur eine Abneigung gegen…«

Mein Gott, Tilda, wie konntest du so blind sein?! Richard hat die gleichen seltsamen funkelnden Augen wie Mia, Richard weiß so viel über Magie wie Mia, Richard war auf der Suche nach einem Eingang in die Bücherwelt. Wie Mia. Er ist ein Swan!

40

Es blieb keine Zeit, weitere Fragen zu stellen. Tilda konnte bereits die Konturen ihres Wohnzimmers durch die nun wieder wabernde Außenhaut der Kugel wahrnehmen. Ihre Hand verkrampfte sich in Richards. Sie waren da. Und mit ihnen auch Tildas Gewissensbisse gegenüber Titus. Es gab nun nicht nur ein Geheimnis, das sie vor ihm hatte, sondern bereits zwei. Immerhin das zweite würde er jeden Moment erfahren. Dass sie einen Swan liebte. Und was noch viel schlimmer war: dass sie ihn mitgebracht hatte.

Vorsichtig bahnte sie sich einen Weg durch die schimmernde Hülle. Richard, der noch immer ihre Hand hielt, folgte ihr angespannt.

Titus stand genau dort, wo er auch bei Tildas Abreise gestanden hatte. Er verfolgte das Geschehen mit versteinerter Miene. Sobald Richard vollständig aus der Kugel gestiegen war, löste sich diese in Luft auf.

Titus und Richard starrten sich eisig an. Keiner von beiden sagte einen Ton. Tilda wagte nicht, sich einzumischen. Wäre das alles ein Spiel – wer zuerst lacht, hat verloren – dann wäre es richtig lustig. Aber Tilda spürte mit jeder Faser ihres Körpers, dass sich hier zwei Erzfeinde gegenüberstanden. Sie fröstelte und registrierte, dass nicht nur der Blick der beiden eisig war. Hier ging irgendetwas vor sich. Etwas, das eine große Kälte ausstrahlte, die sich in Windeseile im ganzen Raum ausbreitete. Zitternd ließ sie Richards Hand los und knöpfte ihre Strickjacke zu, die ihr ein wenig Wärme spendete. Nicht weit entfernt, auf dem Sofa, lag eine Wolldecke. Aber Tilda war nicht imstande auch nur einen Schritt zu machen. Der stumme Kampf der beiden Kontrahenten hatte jede Bewegung eingefroren. Tilda spürte weder ihre Finger noch ihre Zehen. Hilflos sah sie von einem zum anderen. Niemand bewegte sich, niemand sagte einen Ton. Und dennoch schien zwischen den beiden ein Kräftemessen stattzufinden. Tilda hoffte inständig, dass niemand dabei verletzt wurde. Sie spürte, wie ihre Lippen blau wurden, sah, wie sich kleine Eiskristalle auf ihren Wohnzimmerfenstern bildeten. Draußen schien die Sonne, aber sie hatte nicht genügend Kraft, um diesen Raum mit ihrer Wärme zu erfüllen.

Die feinen Eiskristalle breiteten sich von den beiden Kontrahenten ausgehend im ganzen Raum aus. Sie bedeckten alles mit einer zartweißen Schicht, krochen über Tisch und Stühle, hüllten das Sofa ein und kletterten auf den Fernseher. Das ganze Zimmer verwandelte sich in eine kleine Winterlandschaft. Richard und Titus standen sich, unbeeindruckt von dem Geschehen – und ohne Kristallschicht – noch immer regungslos gegenüber und starrten sich an. Als Tilda spürte, wie die Eiskristalle ihre Füße erreichten und begannen, ihre Beine hinaufzukriechen, fand sie ihre Stimme wieder.

»Bitte, hört doch auf!«, rief sie zitternd, aber bestimmt.

Beide – Richard und Titus – wandten sich ab und sahen zu Tilda hinüber. Die eisige Kälte verschwand so plötzlich, wie sie gekommen war. Richard drehte sich zu Tilda und umfasste sie mit seinen Armen, so weit er konnte. Augenblicklich wurde ihr wieder wärmer.

»Tilda! Es tut mir leid. Ich wollte dich nicht verletzen. Geht es dir gut?«

Er drückte sie noch ein wenig fester an sich und sie vergrub nickend ihr Gesicht in seinem Hals. Wohlige Wärme durchströmte sie. Je fester er sie an sich drückte, desto angenehmer wurde es. Dankbar sog sie Richards Körperwärme in sich auf und spürte mit jedem Atemzug die Kälte entweichen. Auch die Eiskristalle im Zimmer schienen verschwunden und die Sonne strahlte wieder durch die klaren Fenster.

Als Tilda sich wieder in der Lage fühlte, aufzusehen, warf sie auf Zehenspitzen einen Blick über Richards Schulter. Titus stand noch immer am selben Platz und schaute sie aus seinen großen, runden Augen traurig an. Es zerriss ihr fast das Herz, ihren kleinen Freund so zu sehen. Sie befreite sich aus Richards Umarmung und ging zu Titus hinüber. Richard sog hörbar die Luft ein.

»Könnt ihr euch nicht mal einen Moment zusammenreißen?«, fragte Tilda wütend und funkelte Richard an. »Mir zuliebe!«

Richard zog die Augenbrauen hoch und ging einen Schritt zurück.

Tilda kümmerte sich nicht um ihn. Sie ging vor Titus in die Knie und sagte: »Es tut mir leid, dass ich dich so überrumpelt habe, Titus. Ich habe ihn gefunden! Ich weiß nicht wie, aber ich habe ihn gefunden. Und es ist mir völlig egal, wer oder was er ist. Kannst du das verstehen? Du musst es verstehen! Wir werden eine Lösung finden, das verspreche ich dir!«

Titus' Gesichtsausdruck war noch immer von tiefer Traurigkeit erfüllt.

»Es ist mir klar, dass es für dich keine Rolle spielt, wer er ist. Aber für mich bedeutet er Lebensgefahr. Das musst DU verstehen! Du wusstest, was er ist und hast ihn hierhergebracht?! Schlimmer noch: Du hast ihn unter den Schutz deines Anhängers genommen. Damit hat er dieselbe Verbindung zu mir wie du. Er kann mich sehen wie du! Wie konntest du mich solch einer Gefahr aussetzen?« Er schnaubte.

»Titus! Das ist nicht so, wie du denkst! Ich hab das doch nicht gemacht, um dich zu gefährden! Ich musste ihn beschützen! Ich…«

»Du musstest IHN beschützen?« Titus' Stimme überschlug sich beinahe. »Überleg dir bitte nächstes Mal genauer, wer schutzbedürftig ist. Es tut mir wirklich leid. Aber ich sehe hierfür – « er nickte in Richards Richtung »– nicht mal den Ansatz einer Lösung.«

Tilda erschrak, denn ruckartig riss Titus ihr die Kette mit dem Anhänger vom Hals, öffnete ihn und nahm das vertrocknete Gänseblümchen heraus. Den Anhänger legte er auf den Boden, aber das Gänseblümchen hielt er in seiner Hand. Und während er es langsam zwischen seinen Fingern zerrieb, verschwand er ganz allmählich vor Tildas Augen.

Tilda konnte nicht glauben, was er getan hatte. Er hatte soeben ihre einzige Verbindung zueinander zerstört!

»Titus! Wo willst du hin? Du kannst doch nicht zurück in die Bücherwelt! Wo bist du? Bleib bei mir!«

Tränen rannen ihr über das Gesicht, während sie sich verzweifelt nach allen Seiten umschaute. Aber Titus war und blieb verschwunden.

Eilig sammelte sie die winzigen Überreste des Gänseblümchens vom Boden auf, darauf bedacht, jedes kleinste Körnchen zu erwischen. Hilflos hielt sie den kleinen Haufen aus Blumenbröseln in ihrer Hand und schaute Richard an. Der setzte sich neben sie auf den Boden, presste die Lippen zusammen und schüttelte den Kopf. Schluchzend warf sich Tilda in seine Arme, die eine Hand mit den Resten des Gänseblümchens fest zu einer Faust geballt und weinte hemmungslos. Richard hielt sie einfach nur fest.

Als sie sich ein wenig beruhigt hatte, fragte sie Richard: »Werde ich ihn je wiedersehen?«

»Das weiß ich nicht«, antwortete er, betroffen von ihrer Trauer. »Wenn er es nicht will, wird es schwer sein für dich. Sehr schwer.« Er schluckte und Tilda spürte, dass er noch mehr sagen wollte.

»Was?«, fragte sie.

»Weißt du: Auch wenn es sich im Moment komisch für dich anhört – aber wahrscheinlich ist es besser so.«

»Wie kannst du so etwas sagen?« Tilda rutschte ein Stück zur Seite. »Titus ist mein Freund und er war immer für mich da. Außerdem hätte ich ihm gerne noch etwas Wichtiges gesagt. Ich hätte seinen Rat gebraucht.«

Sie dachte an das Erlebnis mit Mia in der Abtei. *War das wirklich erst gestern gewesen?* Tildas Zeitgefühl war völlig durcheinandergeraten.

Richard seufzte. »Wir wissen noch so gut wie gar nichts voneinander. Ich will wirklich versuchen, dich zu verstehen. Aber es ist so unglaublich schwer. Gib mir etwas Zeit. Bitte.«

Tilda konnte diesem Blick aus den braunen Augen nicht lange widerstehen. Und schon gar nicht, wenn Richard dazu noch seine Stirn in Falten legte.

Er hat ja Recht. Bis gerade eben wollten die Bücherwesen noch sein Leben aussaugen. Und jetzt ist er in einer für ihn völlig fremden Zeit gelandet, kennt niemanden außer mir und was mache ich? Ich bringe ihn direkt zu einem Bücherwesen! Kein Wunder, dass er so drauf ist.

»Es gibt nichts auf der Welt, was ich lieber möchte, als dich glücklich zu sehen«, sagte Richard.

Tilda streckte ihm lächelnd ihre Hand entgegen. »Nimm meine Hand und lass sie nie wieder los!«

41

Tilda und Richard blieben noch eine ganze Weile eng umschlungen am Boden sitzen und halfen sich durch ihre reine Anwesenheit gegenseitig, mit der neuen Situation zurechtzukommen. Tilda erzählte Richard, wie ihr Lebensbuch plötzlich in ihrer Handtasche aufgetaucht war, wie sie Titus kennengelernt hatte und von ihrer Freundschaft mit Mia.

Sie erzählte von Titus' Misstrauen gegenüber ihrer Freundin, ihrem Besuch bei Jürgen König und dessen Angebot, ihr das Buch abzukaufen. Sie berichtete von den geheimnisvollen Passagen in ihrem Lebensbuch, die sich – obwohl sie losgelöst war – immer wieder bewahrheiteten, von ihrer Begegnung mit ihm, Richard, und ihrer verzweifelten Suche nach ihm. Und schließlich erzählte sie von ihrem Anhänger, der ganz plötzlich ein Vier-Elemente-Kleinod sein sollte, von ihrem Besuch in der Abtei und Mias geheimnisvollen Taten.

Obwohl Richards Augen bei der Erwähnung des VEK immer größer wurden, hörte er geduldig zu, bis Tilda zum Ende kam.

»Ich weiß, das VEK muss für euch sowas wie der Stein der Weisen sein. Was mich viel mehr beunruhigt ist: Was habe ich da aus meinem Versteck heraus beobachtet? Hat Mia tatsächlich eine Kopie meines Anhängers angefertigt? Und was würde ihr die nützen?«

»Hm.« Richard überlegte. »Viel interessanter wäre es zu wissen: Welche Elemente sind deinem Anhänger zugeordnet? Hat sie dir das gesagt?«

»Nein, das hat sie nicht. Moment! Ein Element – glaube ich – ist die Zeit. Das hat sie vor dem Test geraten und es sah dann so aus, als würde es sich bestätigen. Aber sie hat nichts dergleichen gesagt. Warum ist das denn wichtig?«

»Dann wüssten wir immerhin, in welchen Bereichen dein kleiner Talisman besonders stark ist und könnten ihn eventuell entsprechend einsetzen«, sagte Richard. »Das mit der Zeit hätte ich mir auch fast denken können. Die anderen Elemente wären interessanter. Aber zurück zu deiner Frage: Das, was du da erlebt hast, ist ein sehr einfacher und sehr alter Zauber. Gleichzeitig ist er aber auch überaus wirkungsvoll. Wie du schon vermutet hast, bist du quasi in einen Spiegel geklettert.« Er lachte. »Oder besser gefallen. Wie auch immer, du hast von dort alles spiegelverkehrt gesehen, was sich in der realen Welt befand. Du hast alles gesehen, aber niemand konnte dich sehen. Aus deinem Spiegel heraus warst du also für Mia unsichtbar. Das, was du gesehen hast, hat sich tatsächlich so zugetragen. Ich kann mir nicht vorstellen, dass an diesem Zauber in den letzten hundert Jahren etwas verändert wurde. Mia hat also tatsächlich eine Kopie deines Anhängers in diesem Kästchen gehabt.«

»Und warum lag dann später etwas anderes darin?« fragte Tilda ungläubig.

»Schwer zu sagen. Es kann sein, dass sie es in der Zwischenzeit ausgetauscht hat. Es wäre aber auch möglich, dass sie die Kopie mit einem Verwandlungszauber belegt hat – der von einem Spiegel aus aber nichts nützt. Halte einen verwandelten Gegenstand vor einen Spiegel und sein Spiegelbild sagt dir, was wirklich in ihm steckt. Kein großes Kunststück.«

»Ok, dann wäre aber noch immer nicht geklärt, was Mia mit dieser Kopie bezweckt. Die Kräfte kann sie ja unmöglich kopieren. Oder etwa doch?« Tilda sah Richard erwartungsvoll an.

»Nein, das ist nicht möglich. Dann wäre es ja ein Leichtes, die magischen Gegenstände zu vervielfachen. Ich habe leider auch keine Erklärung dafür. Vielleicht will sie Jürgen König nur zeigen, wie das VEK aussieht.« Er zuckte mit den Schultern und gähnte herzhaft.

»Du musst schrecklich müde sein. Wie lange warst du denn in der Bücherwelt? Und wie bist du überhaupt dorthin gekommen?«

Tilda hatte so viele Fragen an Richard. Der aber erhob sich, ging auf das Sofa zu und ließ sich darauf fallen.

»Das erzähle ich dir später. Ich muss unbedingt ein wenig schlafen«, sagte er matt und schloss im selben Moment die Augen.

Tilda lächelte, strich ihrem Traummann eine braune Haarsträhne aus dem Gesicht und küsste ihn auf die Stirn.

»Schlaf gut, mein Liebster«, flüsterte sie. Auch wenn sie am liebsten sofort alles über ihn erfahren hätte, so konnte sie sich jetzt doch entspannt zurücklehnen und abwarten. Denn nun hatte sie ihn gefunden. Und sie hatten alle Zeit der Welt.

Ein paar Minuten blieb sie noch sitzen und betrachtete Richard beim Schlafen. Das erste Mal, seit sie ihn im Kreis der Wächter entdeckt hatte, hatte sie Gelegenheit, ihn richtig anzusehen. Er trug noch dieselbe Kleidung wie im Olympiastadion. Kein Wunder – er war ja direkt von dort in die Bücherwelt aufgebrochen. Was fehlte, waren der Hut und die Jacke. Und auch eine Krawatte – hatte er denn eine getragen? – war nicht zu sehen. Das musste alles noch irgendwo in der Bücherwelt herumliegen. Die Hose, das Hemd und die Weste, die er trug, sahen ein wenig zerknittert aus, aber lange nicht so mitgenommen, wie Tilda es nach alldem vermutet hätte. Die Haarsträhne, die sie ihm eben aus dem Gesicht gestrichen hatte, fiel wieder über seine Stirn. Seine Haare waren leicht gewellt und hatten einen warmen Braunton. Tilda konnte nicht widerstehen und strich die widerspenstige Strähne erneut zur Seite, ließ ihre Finger dann über seine stoppeligen Wangen und seine leicht geschwungenen Lippen gleiten. Er war ihr bereits so vertraut, als würde sie ihn ihr ganzes Leben kennen. Sie wusste, ohne darüber nachzudenken, dass sie alles tun würde für diesen Jungen – und dass er umgekehrt genauso handeln würde. Nichts sollte sie je wieder trennen. Er war die Liebe ihres Lebens. Er weckte in ihr all jene Gefühle, die sie bei Leon vermisst hatte.

Als sie an Leon dachte, spürte sie einen kleinen Stich in ihrem Herzen. Sie hatte ihn Richard gegenüber noch mit keinem Wort erwähnt und hatte jetzt ein schlechtes Gewissen deswegen. Hätte sie ihm wirklich gleich von Leon erzählen sollen?

»Es gibt da jemanden, der mich liebt...«

Nein, dafür war die Zeit noch nicht reif. Schließlich hatte er keinen Grund, eifersüchtig zu sein. Aber Tilda war Leon noch eine Antwort schuldig. Am Samstag hatte er ihr eine musikalische Liebeserklärung im Café Rastlos gemacht. Heute war Dienstag.

Zögerlich suchte sie in der Tasche ihrer Strickjacke nach ihrem Handy. Gerade als sie es in der Hand hielt, begann es zu läuten.

»Mia! Ich bin wieder zurück.« Mehr konnte sie nicht sagen, dann wurde sie unterbrochen.

»Tilda! Geht es dir gut? Was hast du gefunden? Hat dich das VEK beschützt? Bist du vielen Bücherwesen begegnet?« Mia war völlig außer Atem.

»Mir geht's gut. Hervorragend sogar.« Tilda lächelte. »Rate mal, wer bei mir ist.«

»Äh… Leon…?«

»Falsch! Es ist jemand, mit dem du nie rechnen würdest!«

»Jürgen König?« flüsterte Mia.

Tilda lachte laut. »Nein, du Dummkopf! Richard ist hier!«

»Richard? Wer ist Richard?« Mia schien verwirrt. »Sicher, dass es dir gut geht?«

»Ganz sicher! Mensch Mia, Richard ist ER! Mein Traummann! Der, den ich so lange gesucht habe! Ich habe ihn in der Bücherwelt gefunden!«

Mia war jetzt komplett verwirrt. »Wie hast du das angestellt? Es gab doch gar kein Lebensbuch von ihm!«

Jetzt war Tilda durcheinander. Mia hatte also auch gewusst, dass es von Richard kein Lebensbuch geben konnte und hatte ihr trotzdem geholfen, in die Bücherwelt zu gelangen. Irgendwo schrillte eine von Tildas zuverlässigen Alarmglocken. Etwas war eindeutig faul an der Sache. Wenn Mia von vornherein gewusst hatte, dass Tilda keine Chance hatte, Richards Lebensbuch zu finden, warum um alles in der Welt hatte sie sie dann in ihrem Vorhaben bestärkt?

»Mia! Was soll das? Warum hast du mich die ganze Zeit belogen? Du wusstest, dass ich sein Lebensbuch nicht finden konnte und hast mir trotzdem geholfen, in die Bücherwelt zu kommen! Wolltest du mich nur als Köder benutzen, um selbst einen Weg zu finden?«

Tilda war richtig sauer. Vorsichtig ging sie vom Wohnzimmer in ihre kleine Küche, um Richards Schlaf durch ihre Unterhaltung mit Mia nicht zu stören.

»Hey! Moment mal! Jetzt mach mal nen Punkt, Süße! Ich hab dich nicht belogen. Gut, ich geb's ja zu: Ich habe von Anfang an gedacht, dass dein Traumtyp ein Swan sein muss. Wer nicht losgelöst ist, kriegt keine Herzbande – so einfach ist das. Und losgelöst sind nun mal nur wir Swans. Dann aber haben wir diese seltsame Passage in deinem Buch gefunden: Da stand eindeutig drin, dass du in der Bücherwelt bist. Da habe ich nachgedacht: Was, wenn dein Typ auch ein ganz normaler Mensch ist, der – so wie du – auf irgendeine komische Art und Weise von seinem Buch losgelöst wird? Dann müsstest du in der Bücherwelt ja auf sein Buch stoßen können. Denn alle Bücher, deren Leben beendet sind, finden sich in der Bücherwelt wieder. Diese Möglichkeit erschien mir zwar höchst unwahrscheinlich, aber ich hätte es ja auch niemals für möglich gehalten, dass du losgelöst wirst. Na, wie auch immer. Offenbar lag ich ja dann richtig. Herzlichen Glückwunsch.« Sie klang beleidigt. »Wie hast du ihn denn dann so schnell aufgetrieben? Und in welcher Zeit?«

»Mia, du verstehst mich falsch. Ich habe keine Zeitreise mehr gemacht. Ich habe Richard direkt in der Bücherwelt gefunden. Und – ganz nebenbei bemerkt – liegst du mit deiner Denkweise doch daneben. Richard ist ein Swan.«

Tilda hörte nur noch, wie Mia nach Luft schnappte. Dann war für ein paar Sekunden Stille. Als Mia sich wieder gefangen hatte, sagte sie: »Ich bin gleich bei dir.«

<h1 style="text-align:center">42</h1>

Noch ehe Mia auf die Klingel drücken konnte, öffnete ihr Tilda schon die Tür.

»Psst. Er schläft.« Tilda legte den Finger an die Lippen. Mia nickte.

»Ich bin ja so aufgeregt! Wo ist er?« Mias Flüstern klang heiser.

»Auf der Couch. Er ist fix und fertig.«

»Was ist denn passiert?«, fragte Mia neugierig.

»Er wurde von drei Wächtern angegriffen, die ihm beinahe alles Leben ausgesaugt hätten. Ich habe ihn gerettet«, sagte Tilda stolz.

»Du?« fragte Mia laut und schlug sich dann schnell erschrocken die Hand vor den Mund.

Tilda boxte Mia in die Seite. »Du dumme Nuss! Ich habe meinen Anhänger mit ihm geteilt. Ohne mich wäre er gestorben.«

»Wow.« Mia war beeindruckt. »Und warum war er in der Bücherwelt?«

»Das weiß ich auch nicht. Wir sind noch nicht zum Reden gekommen. Bisher haben wir nur…«

»Ah, versteh schon. Vor lauter Knutschen noch nicht mal zum Reden gekommen.« Mia grinste.

»Nein! Wir haben uns noch nicht ein einziges Mal geküsst. Leider! Es ist zu viel passiert. Zuerst habe ich ihm meine Geschichte erzählt. Als ich damit fertig war, hat er vor lauter Müdigkeit kaum noch die Augen offenhalten können.«

»Na kein Wunder, du hast ihn vermutlich zu Tode gequatscht.« Sie grinste und machte eine abwehrende Bewegung, als Tilda im Spaß zum nächsten Schlag ausholte.

»Ich versteh schon, er ist schließlich nur knapp dem Tod entkommen. Aber ohne Scheiß? Ihr habt noch nicht geknutscht? Wozu ist diese Herzbande denn dann gut?« Mia konnte nicht glauben, was sie da hörte.

Tilda seufzte. »Für Schmetterlinge im Bauch, Herzklopfen bis zu den Haarspitzen, herrliche Tagträume…«

»Oh mein Gott, du bist also so wirklich, wirklich verliebt?« Mia vergaß völlig, dass sie leise sein wollte.

»Ja, das bin ich. Das bin ich schon seit ich ihn das erste Mal gesehen habe. Aber jetzt ist er wirklich, wirklich hier. Und ich bin der glücklichste Mensch auf der Welt!« Tilda konnte mit dem Lächeln gar nicht mehr aufhören.

Mia umarmte ihre Freundin herzlich. »Das ist so toll! Ich freu mich so für dich, dass du ihn endlich gefunden hast! Siehst du: Alle Mühe hat sich doch noch gelohnt. Aber jetzt will ich ihn sehen! Lass mich mal durch!«

Aufgeregt schlüpfte sie an Tilda vorbei in deren Wohnzimmer und sah Richard auf der Couch liegen. Nachdenklich betrachtete sie ihn.

»Gut sieht er aus!« flüsterte sie. »Naja, er ist eben ein Swan.« Sie kicherte. »Aber irgendwie kommt er mir bekannt vor. Komisch. Das kann eigentlich gar nicht sein. Er ist ja schließlich gute hundert Jahre älter als wir.«

Sie schüttelte kurz den Kopf.

»Wahrscheinlich liegt's einfach daran, dass er ein Swan ist. Die sind mir gleich alle so vertraut.«

Sie folgte Tilda in die Küche. Die beiden Mädchen setzten sich mit einer Tasse Kaffee an den schmalen Tisch und unterhielten sich. Tilda überlegte, ob sie Mia auf ihr Spiegelbild-Erlebnis ansprechen sollte. Aber ihr Gefühl riet ihr, es nicht zu tun. Irgendetwas verheimlichte Mia vor ihr. War Mia tatsächlich auf Jürgen Königs Seite? Und auf welcher Seite stand Richard? Schließlich war er auch ein Swan. Sie seufzte tief.

»Was ist denn los, Süße?«, fragte Mia, die gerade über die energiesaugenden Wächter philosophiert hatte.

»Ach nichts. Es ist nur alles so viel für mich. Ich kann noch gar nicht glauben, dass Richard dort drüben liegt. Ganz ehrlich habe ich große Angst, dass er plötzlich einfach verschwindet und ich meine ganze lange Suche von Neuem beginnen muss. Das wird doch nicht passieren, Mia, oder?« Tilda durchfuhr ein schrecklicher

Gedanke. »Ist seine Energie irgendwann aufgebraucht und er muss zurück in seine Zeit? So wie es bei meinen Zeitreisen war?«

Mia lächelte. »Nein. Sicher nicht. Er hat ja keine Zeitreise auf die herkömmliche Art gemacht. Eigentlich habt ihr dieses Problem sehr elegant gelöst. Es wäre tatsächlich sehr umständlich gewesen, immer wieder aufs Neue durch die Zeit zu reisen. So hat er hier seine neue Heimat gefunden.«

Tilda war erleichtert. Sie erzählte Mia von ihrer Erkenntnis auf der Reise in die Bücherwelt. Dass sie kurz nach ihrer Ankunft festgestellt hatte, dass es kein Lebensbuch von Richard geben konnte und wie diese Verzweiflung ihren Anhänger gesprengt hatte. Mia riss entsetzt die Augen auf, als sie hörte, dass Tilda sich gerade noch so vor den energiesaugenden Wächtern hatte retten können. Gebannt lauschte sie Tildas Erlebnissen.

»Als ich erkannt habe, wer er ist, war ich total geschockt«, sagte Tilda.

»Und er? Hat er dich gleich erkannt?«, fragte Mia aufgeregt.

»Ja das habe ich«, sagte Richard, der im Türrahmen stand und sich mit einer Hand durch seine Haare strich. »Wäre es jemand anders gewesen, hätte ich keine Chance mehr gehabt. Aber als ich in diese bezaubernden grünen Augen geblickt habe, da konnte ich wieder Hoffnung – und neue Energie – schöpfen.« Er lächelte Tilda an, die sogleich aufsprang und auf ihn zulief.

»Du bist ja schon wieder wach! Haben wir dich aufgeweckt?« Schüchtern stand sie vor ihm, wusste nicht, ob sie ihn einfach umarmen sollte.

»Keine Sorge«, sagte er und zog sie zu sich heran. »Ich fühle mich wie neugeboren.«

Tilda schmiegte sich glücklich an ihn und sagte dann: »Richard, das ist meine Freundin Mia. Ich habe dir ja bereits von ihr erzählt.«

»Freut mich«, sagte Richard und reichte Mia die Hand. Die war völlig von der Rolle und brachte keinen Ton heraus. Stumm streckte sie Richard ihre Hand entgegen und starrte ihn an. Tilda wunderte sich. So kannte sie ihre Freundin gar nicht. Mia war sonst immer so selbstsicher und meisterte jede Situation überlegen. Völlig verdattert nahm Mia ihre bereits leere Kaffeetasse und setzte sie an ihre Lippen, ohne den Blick von Richard abzuwenden. Schließlich fing sie sich wieder: Ihr Blick wurde fest und ihr Körper straffte sich.

»Ich lass euch dann mal besser alleine«, sagte sie und grinste. Tilda war davon überzeugt, dass dieses Grinsen aufgesetzt war.

»Was war das?«, fragte sie Richard. »Warum hat sie dich so komisch angesehen?«

»Sie hat etwas bei mir gesucht, aber offenbar nicht gefunden«, sagte Richard, der ebenfalls etwas verwirrt schien. Auf Tildas fragenden Blick hin erklärte er: »Mit offenen Blicken können wir uns stumm verständigen. Wir tauschen so einige Informationen aus. Ich habe natürlich nur Oberflächliches freigelegt. Sie muss ja nicht mein ganzes Leben wissen. Schließlich bist du dir über ihre Absichten noch nicht im Klaren.«

»Aber ich würde gerne dein ganzes Leben wissen«, sagte Tilda und sah ihn flehend an.

Richard seufzte und ließ sich auf dem Küchenstuhl nieder.

»In Ordnung. Eher gibst du ja doch keine Ruhe.«

Tilda rutschte auf ihrem Stuhl so nah heran, wie es nur ging und sah ihn erwartungsvoll an.

43

»Ich wurde am 7. Juli 1885 in London geboren. Meine Eltern sind Deutsche, aber sie sind bereits vor meiner Geburt nach London gezogen. Ich bin dort ziemlich abgeschottet aufgewachsen. In London befindet sich eine sehr große und mächtige Zentrale der Swans mit eigenen Schulen, Wohnvierteln und allem was dazu gehört. Mein Vater war besessen davon, zu den ganz Großen zu gehören. Er war es, der meine Mutter dazu überredete, nach London zu ziehen. Ich konnte ihn nie leiden. Meine Mutter musste sich fügen, denn die Heirat mit meinem Vater war ihre einzige Chance auf ein sorgenfreies Leben. Sie hat etwas getan, was normalerweise den Ausschluss aus der Gemeinschaft der Swans bedeutete: Sie hatte ein Kind mit einem Menschen. Dieses Kind – ein Junge – wurde ihr weggenommen, sein Vater getötet. Was mit dem Kind geschah, weiß ich nicht. Vermutlich haben sie es ebenfalls getötet. Meine Mutter sprach niemals über das, was damals passiert ist. Die wenigen Informationen, die ich habe, stammen von meinem Vater. Er benutzte sie gern als Druckmittel, um mir zu zeigen, dass ich etwas Besseres werden musste als meine Mutter. Warum mein Vater eingewilligt hat, meine Mutter zu heiraten, nach allem, was sie getan hat, das kann ich mir nicht erklären. Sie war zwar sehr schön, aber das ist etwas, das bei der Partnerwahl der Swans nichts zählt. Sie muss eine seltene magische Eigenschaft besitzen, ein Talent, das sonst niemand hat. Zumindest wird das in manchen Kreisen gemunkelt. Aber keiner hat es geschafft, dieses Talent ans Tageslicht zu befördern. Ich kenne meine Mutter nur als eine sehr traurige Person, die jeden Lebenswillen verloren hat und sich nur um ihrer Kinder willen durch den Alltag kämpft. Ich habe noch eine kleine Schwester, Erika. Wir haben vieles versucht, um unsere Mutter aufzuheitern, aber mehr als ein kleines Aufflackern in ihren müden Augen ist uns nie gelungen.

Meine Schwester dagegen hat ein Talent, das wirklich ungewöhnlich ist: Sie hat regelmäßig kurze Visionen von der Zukunft. Das mag auf den ersten Blick nicht sehr außergewöhnlich klingen – schließlich haben wir doch theoretisch die Möglichkeit, durch die Zeit zu reisen, aber das ist unglaublich schwierig und nur wenigen Swans bisher gelungen. Vielleicht sind sie ja in dieser Zeit bereits weiter mit ihren Forschungen vorangekommen. Jedenfalls: Das, was meine Schwester sieht, trifft immer zu, während sich unsere Zukunft – die der Losgelösten – ständig ändert. Erika war es auch, die vorausgesehen hat, dass ich einen Weg in die Bücherwelt finden sollte. Ich war erst 15 Jahre alt, da hat sie den Tag und den Ort in einer ihrer Visionen gesehen. Ab diesem Zeitpunkt wurde ich einer Sonderbehandlung unterzogen. Niemandem war es bisher gelungen, in die Bücherwelt zu kommen. Es war unser einziges Ziel. Auf nichts anderes arbeiten wir täglich hin, als einen Zugang dorthin zu finden. Ich musste mich unzähligen magischen Untersuchungen unterziehen, Behandlungen auf mich nehmen und habe die wohl umfassendste Ausbildung in der Geschichte der Swans erhalten. Niemand wollte ein Risiko eingehen. Ich wurde nur darauf trainiert, den Übergang schadlos zu überstehen um dann den Zugang für die anderen erneut zu öffnen. Aber wie du dir denken kannst, ist diese Mission trotzdem gescheitert. Deinetwegen.«

Tildas Augen weiteten sich. Doch Richard schien nicht im Geringsten verärgert zu sein, dass alles, wofür er sein Leben lang gearbeitet hatte, von ihr zunichtegemacht worden war. Er fuhr fort: »Niemand, nicht einmal Erika, konnte voraussehen, dass du in mein Leben treten würdest. Dass ich die Herzbande erleben würde. Das ist unter Swans noch niemals passiert. Seit wir uns von den Menschen abgeschottet haben, seit alle Menschen von den Bücherwesen kontrolliert werden, hat niemand auf der ganzen Welt jemals diese Gefühle erlebt. Viele hielten die Herzbande schon für ein Märchen. Irgendwann, so war man sich sicher, musste sie auch unter uns Swans jemand erleben können. Schließlich waren wir alle losgelöst, unsere Herzen waren frei. Aber offenbar gibt es unter Swans keine echte Liebe. Wenn ich ehrlich bin: Auch ich hielt die Herzbande für eine romantische Erfindung aus der Vergangenheit. Aber als ich dich gesehen habe, war mir schlagartig klar: Es gibt sie doch!

Ich kann dir gar nicht beschreiben, wie stark meine Gefühle für dich sind. So etwas kann man sich nicht einmal ansatzweise vorstellen, wenn man es nicht selbst erlebt hat! Ich habe beim ersten Blick in deine Augen gewusst: Du gehörst zu mir und nichts auf der Welt kann uns je wieder trennen. Doch dann warst du verschwunden. Ich hatte keinen Anhaltspunkt, wo ich dich finden konnte, wusste rein gar nichts über dich. Ich habe natürlich erkannt, dass du kein Swan bist und bald konnte ich auch noch etwas Weiteres einordnen: Eine eigenartige Energieschwingung hat mir verraten, dass du während unserer Begegnung auf einer Zeitreise warst. Aber das machte alles noch viel schwieriger. Wo sollte ich anfangen zu suchen? Ich wusste nicht, ob du aus der Vergangenheit oder aus der Zukunft gekommen bist. Und noch ehe ich meine Gedanken ordnen konnte, begann der Boden unter mir zu schimmern und ich wusste, das war der Eingang in die Bücherwelt. Vermutlich war ein Bücherwesen, das eben dorthin zurückgekehrt war, von der Strahlung unserer Herzbanden-Energie derart verwirrt, dass es den Zugang nicht richtig geschlossen hat. Das ist die einzige Erklärung, die mir sinnvoll erscheint. Ich musste jedenfalls schnell handeln, sehr schnell. Glaub mir: Wenn du noch vor mir gestanden hättest, hätte mich kein Zugang der Welt mehr interessiert. Aber nachdem du verschwunden warst, musste ich einfach durch das Portal gehen. Ich war ja überzeugt, dass ich schnell und heil wieder herauskommen würde. Ganz nebenbei erhoffte ich mir weitere Antworten auf viele Fragen aus der Bücherwelt. Ich wollte wissen, wer mein Halbbruder war und ob er vielleicht sogar noch lebte. Ich wollte die Bücher einiger Menschen lesen, um sie besser zu verstehen. Schließlich habe ich mein ganzes Leben fast ausschließlich unter Swans verbracht. Ich wusste, ich würde genug Zeit haben, um viele Lebensbücher zu lesen, weil die Uhren in der Bücherwelt so langsam ticken.

Ich landete direkt in einem der Säle, in denen die Geschichten aufgeschrieben werden. Weil ich es gelernt hatte, mich mit einem Zauber zu schützen, nahm keines der Bücherwesen Notiz von mir.

In aller Ruhe konnte ich sie bei ihrer Arbeit betrachten, wie sie von ihren Zeitreisen zurückkehrten, wie sie die Geschichten aufschrieben und die fertigen Bücher an die Leser weiterreichten. Ich habe gesehen, wie ein neues Leben beginnt. Der Leser befindet sich dabei in einem besonderen Raum, der – im Vergleich zu allen anderen – winzig klein ist. Dort wird eine Verbindung zu den großen Energietanks hergestellt, die überall an der Decke schweben, wie riesige Luftballons. Dann erhält der neue Leser in einer Art Zeremonie ein Buch. Er baut irgendwie eine Verbindung dazu auf und erhält, wenn das Leben des Menschen beginnt, einen so gewaltigen Energieschub, dass er kurz ohnmächtig zusammensackt. Dann begibt er sich auf seinen Platz im großen Lesesaal und liest die Lebensgeschichte des Menschen vor. Es ist faszinierend. Ich habe es mehrmals betrachtet und konnte mich gar nicht satt sehen. Die Leser wirken so glücklich dabei. Und doch: Sie zwängen euch damit ein Leben auf, das vielleicht ganz anders verlaufen könnte.

Ich habe viele Bücher gelesen und merkte, dass die Zeit immer weiter voranschritt. Die Bücher der Menschen aus meiner Zeit waren bereits alle in der Bibliothek gelandet, ihr Leben also beendet. Es wunderte mich nur, dass ich nirgends das Buch meines Halbbruders entdecken konnte. Irgendwann habe ich eine Unruhe festgestellt. Auf einmal waren sehr viele der unheimlichen Wächter in den Sälen unterwegs. Ich wusste, ich musste mich von ihnen fernhalten. Denn sie sind die Mächtigsten der Bücherwelt. Wenn es jemandem gelingen konnte, meinen Schutz zu sprengen, dann ihnen. Aber meine Neugier war größer. Ich wollte wissen, was dort geschehen war und verschob die Suche nach meinem Halbbruder.

Als ich den Wächtern vorsichtig in den Lesesaal gefolgt war, sah ich, dass dort ein Platz frei war. Das war höchst eigenartig. Es gab dort niemals freie Plätze. Irgendetwas war passiert. Ich wusste zwar nicht was, aber die Wächter waren in höchster Alarmbereitschaft. Jetzt weiß ich, dass das der Platz von Titus gewesen sein muss. Innerhalb kürzester Zeit errichteten die Wächter hohe und mächtige Mauern rund um alle Säle und patrouillierten regelmäßig. Ich musste nach draußen flüchten, um nicht irgendwann einem von ihnen in die Arme zu laufen. Dort versuchte ich, einen Weg aus der Bücherwelt zu finden. Ich fand, es war Zeit, zurückzukehren. Aber es gelang mir nicht. Ich konnte kein Portal erschaffen, kein Zeitzauber zeigte Wirkung und zu meinem größten Entsetzen begann auch noch die Wirkung meines Schutzzaubers nachzulassen. Ich wusste, wenn ich nur die geringste Emotion zeigte, bedeutete das ohne Schutz meinen Tod. Mir fehlte die Energie, um neue Zauber zu erschaffen.

Gleichzeitig schien ich aber nicht viele Emotionen abzusondern, weil ich bereits sehr ausgelaugt war. Ich war schon viel zu lange in der Bücherwelt gewesen, ohne es gemerkt zu haben. Irgendwann stand ich an einer der Mauern und da leuchtete mir etwas entgegen. Als ich es untersuchte, sah ich, dass dort jemand etwas eingeritzt hatte, ein »T«.

Das musst du gewesen sein. Denn dieser Buchstabe strahlte so viel Liebe aus, dass innerhalb kürzester Zeit auch die Wächter darauf aufmerksam wurden. Angelockt von den Emotionen, die dieser Buchstabe ausstrahlte, kamen sie in Scharen und versammelten sich darum. Ich musste so schnell wie möglich fort, denn sie hätten mich bald entdeckt. Ich wusste, meine letzte Chance war es, in einen Saal zu laufen. Für den Moment waren die Wächter mit den Emotionen aus dem Buchstaben abgelenkt. Aber so gierig sie auch waren, so pflichtbewusst schienen sie doch geworden zu sein: Einer der Wächter stand noch immer vor dem Eingang und versperrte mir meinen Weg in die Sicherheit. Ich hatte keine Kraft mehr, meine Angst zurückzuhalten. Ich war ein gefundenes Fressen für den Wächter. Es dauerte gar nicht lange und zwei weitere gesellten sich dazu. Ich schaffte es nicht, an ihnen vorbei durch den Tunnel zu laufen. Alles, was danach geschah, weißt du wahrscheinlich besser als ich. Ich weiß nur noch, dass auf einmal das schönste Gesicht der Welt vor mir auftauchte und mir gezeigt hat, dass die Liebe die größte Macht ist – egal in welcher Welt. Irgendwie hast du es geschafft, mich von den Energiesaugern abzuschirmen und hättest dabei beinahe selbst dein Leben verloren. Ich habe dich in den Tunnel getragen und darauf gewartet, dass du deine Augen öffnest. Nebenbei bemerkt: die schönsten Augen, die ich je gesehen habe.«

Tilda strahlte ihn an, tief bewegt von seiner Geschichte. »Das war ich gar nicht allein. Du warst es doch, der mir gesagt hat, dass ich den Anhänger neu starten muss! Ich hatte keine Ahnung, wie ich dich retten sollte!«

Richard legte seine Stirn in Falten.

»Tatsächlich?«, grübelte er. »Daran kann ich mich gar nicht erinnern. Seltsam, wozu man fähig ist, wenn man weiß für wen man es macht.« Er lächelte glücklich, schwieg einen Moment und sagte dann: »Weißt du, was ich jetzt wahnsinnig gerne machen würde?«

Mich küssen? Tilda lächelte kokett und schüttelte den Kopf.

»Ich würde unglaublich gerne ein heißes Bad nehmen. Denkst du, das wäre möglich?«

Tilda zog die Augenbrauen hoch und versuchte ihre Enttäuschung zu verbergen.

»Aber sicher«, sagte sie. »Dort drüben ist das Badezimmer.«

44

Während Richard in ihrer Badewanne saß, versuchte Tilda mit aller Macht, nicht daran zu denken, wie er wohl nackt aussah. Aber natürlich gelang es ihr nicht – wie bei allem anderen, an das sie unbedingt nicht denken wollte. Zu gerne hätte sie durchs Schlüsselloch geschaut, aber sie wusste, das würde ihr nichts bringen – die Badewanne befand sich leider neben und nicht gegenüber der Tür. In ihrer Fantasie sah sie starke Arme, einen knackigen Hintern, eine breite Brust, die zum Anschmiegen einlud… Sie ertappte sich dabei, wie sie Richards Kopf auf Leons Körper setzte.

Da war er schon wieder! Was machte Leon nur dauernd in ihren Gedanken! Ärgerlich versuchte sie ihn daraus zu verdrängen. Selbst jetzt, wo Tilda ihr Glück mit Richard gefunden hatte, war ein Platz in ihrem Herzen noch immer von Leon besetzt. Und ein Stück davon wurde von ihrem schlechten Gewissen übertönt. Sie hatte Leon noch immer keine Rückmeldung auf seine Aktion am Samstag gegeben. Egal! Es gab jetzt Wichtigeres! Tilda fiel ein, dass Richard nichts Frisches anzuziehen hatte und sie beschloss ihm schnell etwas zu holen. Sie wohnte nicht weit von einem kleinen Einkaufszentrum entfernt und würde dort bestimmt etwas für ihn finden.

Zaghaft klopfte sie an die Badezimmertüre. »Richard?«, fragte sie vorsichtig. »Ich geh schnell los und kauf dir ein paar frische Anziehsachen. Lass dir Zeit!«

»Ich danke dir!«, hörte sie ihn rufen. Schnell schlüpfte sie in ihre Ballerinas, schnappte sich die nächstbeste Handtasche und machte sich auf den Weg zum Shoppen.

Die Auswahl fiel ihr erstaunlich schwer. Lange überlegte sie, was einem Kerl aus den Anfängen des 20. Jahrhunderts wohl gefallen könnte und war sich auch bei den Größen nicht ganz sicher. Schließlich entschied sie sich für eine zeitlose Jeans – er musste sich doch anpassen! – und ein graumeliertes Poloshirt. Dazu gefiel ihr ein sportliches Sakko aus Jerseystoff. Sie schnappte sich noch einen Dreierpack karierter Boxershorts, schlichte graue Socken und kam auch an den Sonnenbrillen nicht vorbei.

So eine Pilotenbrille muss ihm hervorragend stehen! Fehlten nur noch Schuhe. Sie entschied sich für einfache blaue Sneakers, nahm aber zur Sicherheit drei Größen zur Auswahl mit.

Vollbepackt und glücklich machte sie sich wieder auf den Heimweg. Gerade überquerte sie eine kleine Fußgängerbrücke, die das Einkaufszentrum mit dem Parkplatz verband, da kam ihr Leon entgegen. Es gab keine Chance, auszuweichen. Ohnehin war es bereits zu spät. Er hatte sie schon gesehen.

»Tilda!«, rief er erfreut. »Warst du schnell beim Feierabend-Shoppen?«

Erschrocken sah Tilda auf die Uhr. Es war bereits sieben. Sie konnte gar nicht glauben, wie schnell der Tag vergangen war. Eigentlich hatte sie jetzt überhaupt keine Zeit für Leon. Aber ihr schlechtes Gewissen hob drohend den Zeigefinger.

Also schön...

»Leon! Wie geht es dir? Mensch, es tut mir sehr leid, dass ich mich noch nicht bei dir gemeldet habe. Ich musste das Ganze erstmal sacken lassen. Das war...«

Sie hielt kurz inne. »Das war die schönste Liebeserklärung, die mir jemals ein Junge gemacht hat.« *Verzeih mir, Richard!*

Leon nickte verlegen. Tilda fand es sehr süß, wie er sofort seine Arroganz verlor, sobald Musik ins Spiel kam.

»Kein Ding. Ich wollte sowieso erstmal weg. Ich bin es nicht mehr gewohnt, zu singen. Und schon gar nicht vor so vielen Leuten.«

»Versteh ich.« Tilda lächelte gequält. »Und jetzt willst du sicher eine Antwort von mir, oder?«

»Hm«, er zog eine Augenbraue hoch und legte den Kopf schief. »Habe ich dir denn eine Frage gestellt?«

»Nein. Das hast du nicht«, sagte Tilda fragend.

»Im Ernst: Ich will dich zu nichts drängen. Aber ich will, dass du weißt, dass ich auf dich warte. Auch wenn es verdammt weh tut.«

Er legte eine Hand auf sein Herz und setzte einen gequälten Gesichtsausdruck auf.

Tilda seufzte. Wie sollte sie ihm nur möglichst schonend beibringen, dass es keine Zukunft für diese Beziehung gab?

»Hey, hör mal…« Sie strich sich ihre Haare aus dem Gesicht. Leon machte einen Schritt auf sie zu, ergriff ihre Hand, die noch auf ihrer Wange lag und zog sie zu sich. *Nimm meine Hand und lass sie nie wieder los.* Tilda reagierte sofort, entzog ihm ihre Hand wieder und wich zurück. Leon blieb entgeistert stehen. Mit dieser Gegenwehr schien er nicht gerechnet zu haben.

»Jetzt mach's mir doch nicht so schwer!«, sagte Tilda ein wenig lauter als gewollt. »Ich weiß das doch alles zu schätzen, was du für mich tust! Aber um Gottes Willen: Warte nicht auf mich! Da wartest du vergeblich! Ich habe mich entschieden!« Sie erwartete schon, dass Leon wieder wütend reagierte, aber das tat er nicht. Er sah sie nur weiter traurig an.

»Mein Herz gehört dir, Tilda. Und ich sehe dir doch an, dass du auch etwas für mich empfindest! Du kannst mir nicht weismachen, dass da nichts ist!« Sein Blick war herausfordernd. »Komm schon! Gib's doch zu!«

Tilda spürte, dass er Recht hatte. Sie spürte aber auch, dass die Gefühle für Richard um ein Vielfaches stärker waren. Doch sie brachte es nicht übers Herz, Leon davon zu erzählen. Eine leichte Röte kroch ihre Wangen empor. Leon fasste das als Zustimmung auf. Er zwang sich, ruhigzubleiben.

»Ich hab dir alles gesagt. Wann immer du mir etwas zu sagen hast, melde dich. Ich gebe dir alle Zeit der Welt dafür. Mach's gut.«

Er drückte ihr einen flüchtigen Kuss auf die zartrosa Wange und wandte sich zum Gehen.

Sag's ihm. Jetzt! Befrei dich von deinem schlechten Gewissen! Halte ihn nicht noch länger hin! Ich habe einen anderen!

»Ich habe einen anderen«, flüsterte sie. Aber Leon war schon ums nächste Eck verschwunden.

Sichtlich mitgenommen schloss Tilda ihre Haustüre auf. Die Badezimmertüre stand offen. Vorsichtig ging sie hinein. Aber das

Bad war leer. Alles war sauber, das Wasser war bereits wieder aus der Wanne ausgelassen. Nur ein paar Wassertropfen verrieten, dass hier vor Kurzem jemand gebadet hatte. Tilda ging ins Wohnzimmer und fand Richard auf der Couch sitzend, nur mit einem Handtuch um die Hüften, während er begeistert mit der Fernbedienung hantierte.

»Tilda! Ich hab dich gar nicht kommen hören! In der Zwischenzeit habe ich mich ein wenig mit deinem Fernseher vertraut gemacht. Fantastisch, was man damit alles anschauen kann!«

Er lachte und bemerkte erst jetzt, dass Tilda etwas bedrückte.

»Was ist denn passiert? Geht es dir nicht gut?«

Augenblicklich stand er auf und kam auf sie zu. Tilda beschloss, ihm erst einmal nichts von Leon zu erzählen. Sie hatte jetzt absolut keine Lust darüber zu reden. Außerdem brachte sie der Anblick ihres Traummannes gerade auf ganz andere Gedanken, als er mit ihrem lila Handtuch um seine Hüften auf sie zukam. Er war so schön, dass ihr regelrecht schwindlig wurde. Wie in Zeitlupe sah sie ihn auf sich zukommen.

Er ist noch schöner als ich es mir vorgestellt habe. An diesem Kerl ist einfach alles perfekt!

Er war nicht der Typ, der im Fitnessstudio Gewichte stemmte — wie auch, im Jahr 1908. Dennoch schien er sehr sportlich zu sein. Jeder Muskel zeichnete sich leicht ab, ohne zu stark hervorzutreten. Seine Brust war glatt und auf seiner rechten Seite, direkt auf den Rippen, bemerkte Tilda eine etwa fünf Zentimeter lange Narbe, die entweder sehr schlampig oder gar nicht vernäht worden war. Ein kleiner Makel, der ihn in Tildas Augen noch interessanter machte. Seine Haare waren nass und glänzten im Sonnenlicht, das durchs Fenster fiel.

»Es ist alles in Ordnung«, sagte sie. »Ich habe nur einen Schrecken bekommen, als du nicht mehr im Badezimmer warst.«

Sie lachte verlegen, weil sie ihren Blick nicht mehr von ihm wenden konnte und bemerkte, dass sie schon wieder rot wurde.

»Hier.« Sie reichte ihm die Tüte mit ihren Einkäufen. »Das habe ich dir mitgebracht. Ich hoffe die Sachen passen dir.«

Richard, der sich über Tildas offensichtliche Verlegenheit amüsierte, nahm ihr breit grinsend die Tüte ab.

»Danke«, antwortete er und begutachtete ein Kleidungsstück nach dem anderen, während Tilda aus lauter Verlegenheit begann, die Etiketten zu entfernen.

»Sieht gut aus. Ich schlüpf gleich mal rein.« Und ehe sich Tilda versah, ließ er das lila Handtuch fallen und zog sich in aller Seelenruhe seine neuen Klamotten an.

Tilda war die Situation mehr als peinlich. Aber Richard schien sich nicht daran zu stören. Zum Glück hatte er seine neue Garderobe schnell angezogen.

»Findest du, es steht mir?«, fragte er und schaute Tilda herausfordernd an.

Tilda blickte verlegen zur Seite. Richard sah gar nicht mehr aus wie aus dem vorigen Jahrhundert. Ganz im Gegenteil: Mit seinem neuen Outfit, seinen welligen, nicht ganz kurzen Haaren und dem Dreitagebart passte er perfekt in die Gegenwart.

»Für einen über 100-Jährigen gar nicht schlecht«, entgegnete Tilda und ihre grünen Augen leuchteten.

»Hey!« Richard hob drohend den Zeigefinger. »Keine Beleidigungen bitte!«

Er machte einen Schritt auf sie zu und hob mit der rechten Hand ihr Kinn an, so dass sie ihm direkt in die Augen sehen musste. »Für ein so junges Ding sind Sie reichlich vorlaut, Fräulein Hummel.«

Tilda grinste von einem Ohr zum anderen. »Glücklicherweise befinde ich mich in einer Position, in der derartige Verhaltensweisen durchaus angebracht sind.«

»Ach ja? Sind Sie da sicher?«

»Und ob! Denn egal welche Beleidigungen ich von mir geben werde: Sie werden mich immer lieben.«

Richards Ausdruck wurde weich. Einige Sekunden lang sah er ihr einfach nur ganz tief in die Augen. Und Tilda verlor sich erneut in seinem Blick.

»Das stimmt«, sagte er schließlich. »Ich werde dich immer lieben.«

Ganz sachte zog er sie zu sich heran und schloss sie in seine Arme. Tilda legte den Kopf auf seine Brust und schloss die Augen.

Sie genoss den Moment der Nähe, lauschte dem Klopfen seines Herzens und sog seinen Geruch in sich auf.

»Zeigst du mir deine Welt?«, fragte Richard.

45

Tilda war mit Richard bis weit nach Sonnenuntergang unterwegs. Die Straßen waren trotz der späten Stunde noch belebt, denn das Wetter war herrlich und jeder nutzte die Sonnenstrahlen aus, so lange es ging. Selbst jetzt war es noch angenehm warm, so dass Richard sein neues Sakko gar nicht brauchte. Seine Sonnenbrille hatte er – wie Tilda ihm vorgeschlagen hatte – in den Ausschnitt seines Poloshirts gesteckt. An jeder Ecke gab es etwas zu staunen. Richard stellte ihr unendlich viele Fragen und auf einige wusste Tilda keine Antwort. Obwohl er bereits sehr viel in den Büchern der Bücherwelt über ihre Zeit gelesen hatte, war es doch etwas völlig anderes, plötzlich mitten in einer fremden Zeit zu stehen und mit tausenden neuen Erfindungen konfrontiert zu werden, von deren Existenz er bis vor Kurzem noch nicht einmal etwas hatte ahnen können.

Sie gingen durch breite Straßen und kleine Gassen, holten sich frische Paninis von einem kleinen italienischen Imbiss, tranken Prosecco aus der Dose, begutachteten Parkautomaten, LED-Beleuchtungen, Hauseingänge, automatische Schiebetüren, Werbeplakate, die Kleidung der Menschen und vieles mehr. Noch nie war Tilda mit so offenen Augen durch die Straßen gelaufen.

Es machte ihr großen Spaß Richard ihre Stadt, ihre Zeit, ihre Welt zu zeigen. Aber noch mehr genoss sie es, einfach händchenhaltend mit ihm durch die Straßen zu schlendern. Das war etwas, das sie mit Leon niemals hatte tun können.

Stolz bemerkte sie die Blicke anderer Mädchen, die Richard teils heimlich, teils ganz offensichtlich bewunderten. Ihm schien das alles gar nicht aufzufallen. Er hatte nur Augen für alles Neue – und für Tilda.

Nie ließ er ihre Hand los und blieb immer wieder stehen, um so bezaubernde Sätze zu sagen wie: »Ich kann gar nicht glauben, dass das schönste Mädchen aller Zeiten neben mir steht.« Tilda war so glücklich wie noch nie in ihrem Leben.

Doch irgendwann überfiel auch sie die Müdigkeit. Es war ein langer, ereignisreicher Tag gewesen und morgen musste sie wieder in der Agentur erscheinen. Ein weiterer freier Tag war nicht mehr drin. Erst jetzt registrierte sie, wie weit sie gelaufen waren. Daher schlug sie vor, mit dem Bus zurückzufahren.

Richard schien enttäuscht. Aber Tilda sagte: »Wenn du mich nicht den ganzen Weg zurücktragen willst, dann bleibt dir nichts anderes übrig als Bus zu fahren.«

In dem fast menschenleeren Bus saßen die beiden eng aneinandergeschmiegt.

»Lust auf einen Song?«, fragte Tilda und zog ihr iPhone mitsamt Kopfhörern aus der Tasche.

»Gerne.« Richard zeigte sich von allen technischen Geräten besonders fasziniert und auch die moderne Musik schien ihm zu gefallen.

Tilda teilte ihren Kopfhörer erneut mit Richard und wählte ein passendes Lied aus. Es dauerte nicht lange, da hatte sie es gefunden. Und während die beiden durch die Fenster des Busses die funkelnden Lichter der Stadt betrachteten, die sich langsam zur Ruhe legte, sang Gareth Dunlop »A whole new world« und sie beide fühlten mit jedem Wort, das er sang, wie sehr er ihnen aus dem Herzen sprach.

Tilda lächelte Richard an. Sie liebte diese Version des alten Disney-Songs. Mit Gareth Dunlops Interpretation hatte er all seine Kitschigkeit verloren. Was blieb, waren echte Gefühle und die Sehnsucht nach einer großen Liebe.

Kurz nach Mitternacht erreichten Tilda und Richard Tildas Wohnung. Ganz Gentleman, bot Richard sofort an, auf der Couch zu schlafen. Tilda hätte zwar nichts dagegen gehabt, wenn er zu ihr unter die Bettdecke gekrochen wäre, aber sie wusste: Sie hätte kein Auge zugemacht. Und sie brauchte wirklich dringend ein bisschen Schlaf.

Der Wecker läutete am nächsten Morgen erbarmungslos.

»Nur noch ein paar Minuten«, murmelte Tilda verschlafen.

Aber es half nichts. Sie musste aufstehen. Richard hatte sie gebeten, ihn vor ihrem Arbeitstag noch mit dem Internet vertraut zu machen.

Er wollte unbedingt alles über ihre Zeit lernen. Seufzend erhob sie sich und schlurfte ins Bad.

Nach einer schnellen Dusche fühlte sie sich schon viel besser. Sie flitzte in die Küche, um Kaffee aufzubrühen. Dann schlich sie vorsichtig ins Wohnzimmer. Die Rollos verdunkelten das Zimmer, aber durch ein paar Spalten fiel Sonnenlicht. Lächelnd blieb Tilda an der Tür stehen und betrachtete ihren schlafenden Traummann. Sie bewunderte ihn, wie er die Situation meisterte. Nachdem er ihr seine Lebensgeschichte erzählt hatte, hegte sie Mitgefühl für ihn. Er hatte alles aufgegeben, wofür er zuvor gelebt hatte. Er hatte ein wohlhabendes, magisches Leben im 20. Jahrhundert gegen ein ganz einfaches, stinknormales im nächsten Jahrtausend getauscht. Prunkvolle Häuser gegen eine einfache Wohnung. Maßgeschneiderte Anzüge gegen H&M-Klamotten. Einen geregelten Tagesablauf gegen Langeweile. Eine Zukunftsperspektive gegen Ungewissheit. Freunde und Familie gegen Tilda. Es war wahrlich keine Selbstverständlichkeit. Wäre sie in seiner Situation, sie hätte es niemals so gelassen akzeptiert. Aber er schien mit all dem keine Probleme zu haben, konnte sein altes Leben einfach hinter sich lassen und öffnete sich für alles, was auf ihn zukam.

Langsam zog sie die Rollos hoch. Richard erwachte von dem schleifenden Geräusch und öffnete die Augen.

»Guten Morgen«, murmelte er schlaftrunken. »Wie spät ist es denn?«

»Kurz vor sieben«, sagte Tilda und lächelte ihn an. »Du darfst aber gerne noch weiterschlafen. Mein Bett wäre auch frei.«

»Verlockendes Angebot.«

Er schloss noch einmal die Augen und grinste. Dann schob er Tildas Wolldecke auf die Seite und erhob sich, nur mit Boxershorts bekleidet, von der Couch.

»Aber es gibt viel zu tun. Ich muss lernen mich in meiner neuen Zeit zurechtzufinden. Außerdem muss ich wohl oder übel Kontakt zu den hiesigen Swans aufnehmen. Da Mia Bescheid weiß, wird es nur eine Frage der Zeit sein, bis sie hier auftauchen. Dem würde ich gerne zuvorkommen.«

Während Richard im Bad war, packte Tilda ihre Tasche für die Arbeit und fuhr ihren Laptop hoch. Als sie Richard anschließend erklärte, wie er damit umgehen musste, war sie beeindruckt, wie schnell er begriff und alles umsetzen konnte. Sie legte ihm fünfzig Euro – für alle Fälle – und ihren Wohnungsschlüssel auf den Tisch, erklärte ihm noch schnell, wie er das Telefon bedienen musste und bat ihn abends zu Hause zu sein, weil sie ihren zweiten Schlüssel bei ihrer Schwester hatte.

»Ich wünsch dir einen schönen Tag«, sagte er gut gelaunt.

»Ich dir auch. Bis heute Abend«, erwiderte Tilda, unschlüssig, ob sie ihn zum Abschied küssen sollte.

Nein, unser erster Kuss soll kein Abschiedskuss sein! Mit einem beklommenen Gefühl im Bauch schloss sie die Tür hinter sich. Da war sie schon wieder: Diese Angst, die ihr in alle Poren kroch, sobald Richard außer Sichtweite war. Diese immense Angst, ihn zu verlieren.

»Das ist ganz normal, wenn man verliebt ist«, sagte Mia bestimmt, als Tilda ihr in der Agentur davon erzählte. »Wenn du jemanden so sehr liebst, dass du dein Leben für ihn geben würdest, dann hast du automatisch Angst, dass du ihn verlierst.«

»Ach ja? Und woher willst du das denn so genau wissen, wenn du doch gar nicht weißt, was wahre Liebe wirklich ist?«, fragte Tilda scherzend. Aber damit schien sie bei Mia einen wunden Punkt getroffen zu haben. Sie presste die Lippen zusammen und hielt kurz die Luft an.

»Halt mir bitte keine Vorträge, was in meinem Leben passiert und was nicht!«, zischte sie.

Tilda zog die Augenbrauen hoch und hob entschuldigend die Hände. »Ich wollte dich wirklich nicht verletzen.«

»Schon gut.« Mias Gesichtszüge hatten sich wieder entspannt. »Ach übrigens: Wie sieht's denn aus? Hat er dich schon geküsst?«

»Nein.« Tilda schüttelte mit grimmiger Miene den Kopf. »Manchmal frage ich mich, ob sich die Menschen vor hundert Jahren überhaupt geküsst haben.«

Mia lachte. »Wenn ich an deiner Stelle wäre, ich hätte schon längst selbst die Initiative ergriffen. Er sieht so umwerfend aus! Dass du dich da überhaupt noch zurückhalten konntest…«

Tilda bemerkte, wie sich Mias Wangen leicht röteten und musste innerlich kichern. So kannte sie ihre Freundin gar nicht. Sie war sonst eine Meisterin darin, ihre Emotionen zu verbergen.

»Ach, weißt du, wir kennen uns ja kaum. Es ist irgendwie komisch: Obwohl ich weiß, dass er genauso fühlt wie ich, ist es trotzdem so aufregend. Ich dachte immer, die Herzbande erleichtert das alles ein bisschen. Aber das stimmt gar nicht.«

Mia seufzte. »Deine Probleme möchte ich haben. Aber das wird schon. Heute Abend schnappst du ihn dir!« Sie zwinkerte Tilda zu. »Jetzt muss ich aber an die Arbeit. Ich habe heute eine Menge zu tun. Es ist viel liegen geblieben, als wir unseren … Termin« – sie setzte mit ihren Fingern Gänsefüßchen in die Luft – »bei Jürgen hatten. Und noch dazu rechne ich jeden Moment mit einem Anruf. Vermutlich ist er bereits in der Abtei und hat bemerkt, was wir am Montag für eine Entdeckung gemacht haben.«

Sie nickte mit dem Kopf in Richtung Tildas Anhänger und ihr Blick blieb daran hängen. »Wo ist denn das Gänseblümchen?«, fragte sie erstaunt.

»Weg.« Tilda merkte, wie sich ihre Augen mit Tränen füllten. »Titus hat es zerstört. Er hat den Kontakt abgebrochen, weil ich ihn durch Richard in Gefahr gebracht habe.«

»Oh. Das tut mir leid. Und ärgerlich ist es obendrein. Er war unser einziger Kontakt zur Bücherwelt.«

Tilda ärgerte sich, dass Mia Titus' Weggang mit einem bloßen Achselzucken einfach so hinnahm. Schlimmer noch: Sie bedauerte es nur aus dem Grund, weil er ihre einzige Verbindung zur Bücherwelt gewesen war. Aber wie es ihr, Tilda, dabei ging, interessierte sie gar nicht.

Sie schluckte und wollte sich nicht auf eine Auseinandersetzung mit Mia einlassen.

Die fuhr ungehindert fort: »Jetzt bleiben nur noch du und Richard. Dir ist schon klar, dass ihr demnächst eine Einladung in die Abtei erhalten werdet?«

Tilda nickte beklommen. Sie hatte keine große Lust, diesen unheimlichen Raum erneut zu betreten.

46

Eine Woche war jetzt vergangen, seit Jürgen König sein großzügiges Angebot gemacht hatte, Tildas Buch abzukaufen. Seitdem hatte sich Tildas Leben – wieder einmal – völlig auf den Kopf gestellt. Sie hatte zwar ihren Traumprinzen gefunden, aber dafür Titus verloren. Und so sehr sie den Gedanken daran auch verdrängte: Mit Mia stimmte definitiv etwas nicht. Irgendetwas verheimlichte ihre Freundin vor ihr.

Der Arbeitstag verging quälend langsam. Mehrmals ertappte sich Tilda dabei, wie sie zu Hause anrufen wollte, nur um sich zu vergewissern, dass Richard noch da war. Aber sie wollte nicht den Eindruck erwecken, ihm nachzuspionieren. Er hatte es schon schwer genug, da brauchte er nicht auch noch eine neugierige Freundin.

Der Gedanke an die Zukunft machte ihr Angst. Richard hatte weder einen Pass noch eine Geburtsurkunde. Er hatte keinen Schulabschluss – zumindest nichts, was heute gültig war – und keinen Beruf. Sie selbst verdiente zwar für ihre Stelle recht gut, aber würde das reichen, um sie beide zu versorgen? Und was, wenn Richard seine Suche nach einem Eingang in die Bücherwelt auch in dieser Zeit fortsetzte? Wenn sie dabei zusehen musste, wie Titus' Welt zerstört wurde? Sie musste unbedingt mit ihm darüber reden. Es gab so viel zu besprechen, so viel zu klären.

Als Tilda pünktlich nach Hause fuhr, stand ein bulliger schwarzer BMW direkt vor dem Eingang. Tilda runzelte die Stirn – sie hatte dieses Auto hier noch nie gesehen. Keiner der Nachbarn konnte sich einen so teuren Wagen leisten. Sie parkte ihren Fiat Panda direkt dahinter und konnte beobachten, wie ein Mann aus der Haustüre trat und in den BMW einstieg. Er kam ihr bekannt vor. Während sie ihr Auto absperrte, fiel es ihr ein: Das war Toni! Der Wachmann aus der Abtei! Ungeduldig drückte sie auf den Klingel-

217

knopf und wartete, dass Richard ihr öffnete. Mit einem liebevollen Lächeln empfing er sie.

»Was hat Toni hier gewollt?«, fragte Tilda misstrauisch.

»Du kennst ihn?« Richard schien erstaunt. »Er hat mich nur nach Hause gefahren. Ich besitze ja kein Auto und mit dem Bus hätte ich es nicht mehr rechtzeitig geschafft.«

»Nach Hause gefahren? Wo warst du denn?« Tilda beschlich ein eigenartiges Gefühl.

»Ich war bei Jürgen König. Ich sagte doch bereits, dass ich ihm zuvorkommen möchte. Da ist das Überraschungsmoment größer.« Er zog die Augenbrauen hoch. »Warum so skeptisch, Fräulein Hummel?«

Warum sieht er nur so verdammt gut aus, wenn er seine Stirn runzelt? Tilda schüttelte leicht den Kopf.

»Ich mache mir nur Sorgen. Jürgen König ist … irgendwie gruselig. Er hat mich allein durch Kraft seiner Gedanken auf meinem Stuhl festgehalten. Wer weiß, wozu er noch imstande ist.«

Richard lachte auf.

»Oh, du kannst mir glauben. Er ist noch zu sehr viel mehr imstande. Er ist der Meister der Swans.«

»Der Meister? Du meinst, er ist der Ober-Swan?«

»So könnte man das sagen, ja«, lächelte Richard. »Aber komm doch erstmal rein.«

Er schloss die Haustür hinter ihr und nahm ihr die Tasche ab. Tilda schmolz innerlich dahin. Sie konnte sich nicht erinnern, jemals einen so aufmerksamen Jungen getroffen zu haben. Erst als sie sich auf den Stühlen in der Küche niedergelassen hatten, fuhr er fort:

»Es hat sich ja so viel geändert seit 1908. Die Zentrale befindet sich schon längst nicht mehr in London, sondern hier. Und die Swans leben gar nicht mehr zurückgezogen, sondern haben sich voll in die normale Welt integriert. Das ist kaum zu glauben! Es war immer mein Traum am normalen Leben teilzunehmen und heute ist das für jeden Swan eine Selbstverständlichkeit. Sie üben normale Berufe aus, sind mit Menschen befreundet und führen sogar Liebesbeziehungen mit Menschen. Nur beim Thema Fortpflanzung gibt es keine Ausnahmen.« Seine Begeisterung schlug wieder in einen ernsten Gesichtsausdruck um. »Jürgen König ist mächtig. Sehr mächtig. Er würde alles tun, um einen Weg in die Bücherwelt zu finden. Ich komme ihm da natürlich sehr gelegen. Schließlich war ich schon einmal dort. Auch dich möchte er einer genauen Untersuchung unterziehen. Er will an deine Speicherenergie, um herauszufinden, wie Titus dich in die Bücherwelt gebracht hat. Und dein Buch interessiert ihn natürlich nach wie vor brennend.«

Tilda blickte ihn erschrocken an.

Bitte sag mir, dass das nicht wahr ist! Ich will Mr. Lederhalsband nie wiedersehen!

Richard schien ihre Gedanken zu lesen: »Hab keine Angst, Tilda. Ich habe nicht vor ihm zu helfen. Alles was ich will, ist ein ruhiges Leben mit dir. Ich will von den Swans nichts mehr wissen. Aber zunächst einmal sind wir auf ihre Hilfe angewiesen. Deshalb habe ich eingewilligt mit ihnen zu kooperieren.«

»Wie meinst du das? Warum sind wir auf ihre Hilfe angewiesen? Ich brauche sie nicht! Keinen von ihnen!«

»Überleg doch mal: Ich existiere in dieser Zeit offiziell ja nicht einmal. Die Swans kümmern sich darum, dass ich alle Papiere erhalte, die ich brauche. Sie verschaffen mir einen Beruf, um Geld zu verdienen. Sie haben Mittel und Wege, mich innerhalb kürzester Zeit mit allem Wissen über die vergangenen 100 Jahre zu versorgen. Verstehst du? Ich wäre nicht mehr hilflos einer neuen Welt voller Erfindungen und Technik ausgeliefert! Ich wüsste, wie das alles zu bedienen ist. Und obendrein bekämen wir eine hübsche, große Wohnung – ohne einen Cent dafür zu bezahlen.«

Tilda war sprachlos vor Wut.

»Ohne einen Cent zu bezahlen?«, brachte sie schließlich hervor. »Was glaubst du denn? Wir bezahlen dafür mit etwas viel Wertvollerem: Mit unserer Freiheit! Vergiss es! Ich will nichts von denen! Wir schaffen das auch so irgendwie. Ich kann einen zweiten Job annehmen. Ich bring dir alles bei, was du wissen musst. Irgendwie kriegen wir das hin! Aber bitte liefere uns nicht diesen Verbrechern aus!«

Richards Augen wurden kälter. Das warme Flackern darin verschwand für einen Moment und wich einem Flehen. Er umfasste Tildas Hände.

»Ich liefere uns niemandem aus. Sie werden dir nichts tun. Auch die Bücherwelt werden sie nicht finden. Weil keiner von uns weiß, wie man dorthin gelangt. Wir geben ihnen für eine Weile, was sie haben wollen. Und dann sind wir frei.«

Tilda spürte, wie ihr ein leiser Schauer über den Rücken lief. »Das ist nicht dein Ernst, oder? Du willst jetzt nicht ernsthaft von mir verlangen, dass ich das mache? Wer weiß, was sie alles herausfinden, wenn sie erst einmal alles genau untersucht haben – dich und mich und mein Buch.«

Richard seufzte. »Glaub mir, sie werden damit keinen Weg in die Bücherwelt finden. Es ist wie mit deinem Buch, das sie solange nicht besitzen können, bis du einwilligst: Solange kein Bücherwesen einen Durchgang öffnet, solange ist die Bücherwelt sicher. Es tut mir wirklich leid, Tilda, aber wir haben ohnehin keine andere Wahl mehr. Ich habe bereits zugesagt.«

47

Tilda konnte nicht glauben, was sie da hörte. Wie konnte Richard sie derart hintergehen! Sie war unter keinen Umständen bereit, Titus und seine Welt ein weiteres Mal zu verraten. Gut, das erste Mal hatte sie es nicht beabsichtigt, als sie Richard mit dem Schutz ihres Anhängers gleichzeitig auch die Möglichkeit gab, Titus zu sehen. *Titus!* Bestimmt war er noch irgendwo und beobachtete sie. Zurück in die Bücherwelt konnte er ja nicht mehr. Tilda war es ihm schuldig, ihn nicht noch einmal einer Gefahr durch die Swans auszusetzen. Selbst wenn das bedeutete, dass… *Würde ich Richard dafür aufgeben?* Ein großer Schmerz durchzuckte sie und erinnerte sie an die Gefühle, die sie in der Bücherwelt gehabt hatte, als sie Richard für immer verloren glaubte.

»Ich muss an die frische Luft«, sagte Tilda ausdruckslos und ließ den verdutzten Richard einfach stehen.

Als sie die Tür hinter sich zugezogen hatte, bemerkte sie, dass sie keinen Schlüssel eingesteckt hatte. *Was soll's. Richard wird schon nicht weglaufen.*

Ziellos ging Tilda durch die Straßen und dachte darüber nach, was Richard zu ihr gesagt hatte. *NEIN! Ich werde mich denen nicht ausliefern! Das kommt gar nicht in Frage!* Sie war absolut überzeugt von ihrer Meinung, denn sie sah eine große Gefahr in dieser Kooperation. Aber auch Richard schien überzeugt zu sein. Er hatte diese Zusage doch nicht ohne Grund getroffen. Ob Mr. Lederhalsband ihn irgendwie dazu gezwungen hatte? Auf dieselbe Weise, wie er Tilda gezwungen hatte, in ihrem Stuhl sitzen zu bleiben? Tilda mochte gar nicht daran denken. Womöglich schwebte Richard in großer Gefahr.

»Aaaaaahhhhhh!« schrie sie laut und einige Passanten schüttelten verwundert die Köpfe. *Ich brauche jemanden, mit dem ich darüber reden kann. Ich brauche einen Rat.* Normalerweise wäre Tilda in solch einer

Situation sofort zu Mia gefahren. Die aber hing da vermutlich ebenfalls mit drin und obendrein verheimlichte sie ihr etwas. Auch ihre Mutter war nicht die richtige Gesprächspartnerin. Tilda war mit allen Sorgen und Problemen immer zu ihrer großen Schwester gelaufen. *Emi… Ich kann sie unmöglich einweihen. Sie hat genug um die Ohren. Aber ich wäre jetzt wirklich gerne bei ihr.*

Tilda sprang in den nächsten Bus und fuhr zu ihrer Schwester. Emilia wohnte mit ihrem Mann Patrick und dem kleinen Timmy in einem kleinen Reihenhäuschen auf der anderen Seite der Stadt. Obwohl sie nicht viel Platz zum Wohnen hatten, fühlte sich Tilda dort immer sehr geborgen. Ihre Schwester hatte ein Talent dafür, selbst die kleinsten Räume so zu gestalten, dass sie Herzlichkeit und Wärme ausstrahlten. Aus jedem Winkel in diesem Haus lachte Tilda das Glück an und sie erinnerte sich daran, dass sie Emi immer beneidet hatte, dass sie die Liebe ihres Lebens bereits gefunden hatte. Jetzt war es auch bei ihr soweit – aber leider etwas komplizierter. Es war bereits halb acht, als Tilda läutete. Ihr Schwager Patrick öffnete ihr die Tür und sah sie erstaunt an.

»Tilda? Was machst du denn um die Zeit hier? Emi hat gar nicht gesagt, dass du vorbeikommst.«

»Konnte sie auch nicht«, antwortete Tilda. »Ich bin spontan hergekommen. Ist sie denn da?«

Patrick hatte schnell erkannt, dass Tilda etwas bedrückte. Er nickte mit dem Kopf nach innen und lächelte aufmunternd.

»Rein mit dir. Sie bringt gerade Timmy ins Bett. Aber dann hat sie bestimmt Zeit für dich.«

Etwas verunsichert saß Tilda in der gemütlichen Wohnküche, während Patrick ihr ein Glas Wasser einschenkte.

»Wie geht's dir denn? Was machen die Verletzungen?«

»Gut! Erstaunlich gut! Die Rippen schmerzen zwar noch ziemlich, aber der angebrochene Arm«, er zeigte auf seinen linken Unterarm, »hat sich schlussendlich als Prellung erwiesen. Ärzte sind auch nicht allwissend.« Er lachte und zwinkerte ihr zu. »Und ein paar arbeitsfreie Wochen hat mir das alles auch noch beschert.«

Schon kurze Zeit später ging die Tür auf und Emi kam herein. Mit erstauntem Blick ging sie auf Tilda zu und umarmte sie.

»Was machst du denn hier? Ist alles in Ordnung?« Als sie Tilda
für einen Moment in die Augen geschaut hatte, nickte sie wissend.
»Alles klar. Schatz, wolltest du nicht den Film ansehen… wie hieß
er doch gleich?«

»Bin schon weg«, grinste Patrick und verschwand ins Wohnzimmer. Als die Tür ins Schloss gefallen war, fragte Emi neugierig:
»Wie heißt er? Und warum macht er dich so traurig?«

Tilda schloss für einen Moment die Augen. Emi war ein Phä-
nomen. Sie schien ihre Gedanken schon immer zu ahnen, bevor sie
sie ausgesprochen hatte. Schon als Kinder hatten sie sich manchmal stumm verständigt. Weil sie sich so nah waren, einander in- und
auswendig kannten, dass sie mit einem Blick erkennen konnten, was
die andere fühlte. Aber wie sollte sie ihrer Schwester nur von all
dem erzählen, ohne etwas von Titus, der Bücherwelt oder den
Swans zu verraten?

»Er heißt Richard«, begann sie schließlich. »Er ist die Liebe meines Lebens. Lach nicht, das ist einfach so. Ich spüre es.«

Emi legte ihr eine Hand auf den Arm.

»Ich lache nicht. Manchmal weiß man das einfach. Aber was ist
passiert?« Sie stellte keine neugierigen Fragen, obwohl Tilda ihr
ansah, dass sie vor Spannung fast platzte. Emi zeigte ihr unmissverständlich, dass sie auf ihrer Seite stand. Dass sie nicht sauer war,
weil sie erst jetzt damit ankam. Und dass sie ihr zuhören würde.
Das tat gut, so gut.

Tilda seufzte. »Er hat etwas hinter meinem Rücken gemacht, mit
dem ich nicht einverstanden bin. Er hat einen … Vertrag unter-
zeichnet. Eine Art Mietvertrag für eine neue Wohnung, ein gemeinsames Leben. Es ist ein wenig kompliziert. Er hat … eine sehr
große … Familie. Die hat ihn sein ganzes Leben lang eingeengt.
Seit er mich kennt, fühlt er sich frei. Jetzt will er aber doch die Hilfe
der Familie annehmen, um uns ein einfacheres Leben zu ermöglichen. Dafür sind wir ihnen tagtäglich ausgeliefert.« Sie lächelte gequält und hoffte, dass Emi mit dieser Version der Geschichte etwas
anfangen konnte.

»Hm«, sagte die und machte ein nachdenkliches Gesicht. »Eine
gemeinsame Wohnung? Wie lange kennst du Richard schon?«

»Noch nicht sehr lange.« Tilda senkte die Augen. »Ich weiß, das hört sich total überstürzt an, aber…«

Emi unterbrach sie.

»Ach Quatsch. Natürlich geht das ziemlich flott bei euch. Aber ich habe auch vom ersten Moment an gewusst, dass Patrick und ich zusammengehören. Ich will deine Beziehung überhaupt nicht in Frage stellen. Ich habe nur überlegt, ob es vielleicht nicht angebracht wäre, seiner Familie eine Chance zu geben. Wenn du ihn noch nicht lange kennst, dann konntest du dir über seine Familie noch gar kein richtiges Urteil bilden. Vielleicht sind sie ja ganz nett.«

Wenn du wüsstest, Emi! Wenn du nur wüsstest!

Emi fuhr fort: »Es gibt so vieles, das auf den ersten Blick unmöglich erscheint. Und doch gelingen dann immer wieder erstaunliche Dinge. Ich habe die Erfahrung gemacht, dass jeder Mensch eine Chance verdient hat, ihn kennenzulernen. So unsympathisch er anfangs auch erscheinen mag.«

Wenn es denn nur normale Menschen wären…

Tilda seufzte.

»Weißt du, nicht einmal Richard wollte mehr etwas von ihnen wissen. Und jetzt hat er auf einmal hinter meinem Rücken beschlossen, dass wir uns dort einnisten. Das kann ich einfach nicht glauben!«

»Kleines, sie sind aber doch noch immer seine Familie! Sie sind sein Zuhause. Er gehört zu ihnen, was auch immer er tut. Und es ist ihm bestimmt nicht leichtgefallen, sich von ihnen abzuwenden. Wenn du mich fragst, ist es nicht das, was dich so verletzt. Es ist die Tatsache, dass er diese Entscheidung ohne dich getroffen hat. Und darüber müsst ihr reden.« Sie hob neugierig den Blick. »Wo wohnt er denn überhaupt? Kenne ich ihn?«

Tilda schüttelte den Kopf. *Du bist ihm garantiert noch nie in deinem Leben begegnet.*

»Kann ich mir nicht vorstellen«, sagte sie. »Er wohnt momentan bei mir. Er … er hat noch keine Wohnung hier, weil er aus London kommt.«

»Oh«, sagte Emi erstaunt. »Dann muss ich dringend zusehen, dass ich mein Englisch aufbessere.«

»Nein, das brauchst du nicht«, lachte Tilda. »Er ist eigentlich Deutscher, nur in London aufgewachsen. Oh Mann, Emi. Ich bin so verliebt! Er ist der tollste Junge, denn ich je gesehen habe. Und ich kann gar nicht fassen, dass er mich genauso liebt wie ich ihn.«

Emi sah sie mit diesem typischen Schwesternlächeln an, das ihr zeigte, wie sehr und wie ehrlich sie sich mit ihr freute. Auch wenn sich eine kleine Sorgenfalte auf ihrer Stirn zeigte. Tilda war dankbar, eine Schwester wie Emi zu haben. Emi war immer für sie da, egal ob sie sich jeden Tag meldete oder nur alle paar Wochen. Sie strahlte trotz ihres stressigen Lebens als berufstätige Mama immer Ruhe und Zuversicht aus. Sie war für Tilda schon immer eine Art Mutterersatz gewesen. Denn Emi hatte ihr all das gegeben, was sie bei ihrer richtigen Mutter vermisst hatte. Sie hatte mit ihr gemeinsam die Monster unter ihrem Bett in die Flucht geschlagen, sie hatte ihr beigestanden, wenn sie eine schlechte Note geschrieben hatte, sie war Ratgeber in allen Lebenslagen und vor allem erste Anlaufstation bei Liebeskummer. Das zog sich durch das ganze Leben der beiden und Tilda hatte immer wieder ein schlechtes Gewissen, dass sie Emi das niemals würde zurückgeben können. Aber Emi sagte immer: »Ich bin die große Schwester und mache eben das, was große Schwestern tun. Du bist die kleine Schwester und du machst mich glücklich, wenn du einfach nur kleine Schwester bist.«

Tilda erzählte Emi – soweit es die Geschichte zuließ – alles von Richard. Sie erzählte ihr, wie er aussah, welch warmen Braunton seine Augen hatten, wie herrlich seine Haare schimmerten, wenn das Sonnenlicht darauf fiel. Sie erzählte ihr, wie sie händchenhaltend durch die Stadt gelaufen waren und Richard sie gebeten hatte, ihre Hand zu nehmen und nie wieder loszulassen. Sie erzählte, wie süß er die Stirn runzelte und wie ihr jedes Mal schwindlig wurde, wenn er ihr in die Augen sah. Und Emi hörte einfach nur zu. Als Tilda geendet hatte, sagte Emi leise: »Ich glaube, du solltest ihn nicht mehr länger warten lassen. Er macht sich bestimmt schon Sorgen.«

Erschrocken folgte Tilda Emis Blick auf die große Uhr über dem Esstisch und stellte fest, dass es bereits halb elf war. Daher nahm sie Emis Angebot, sie schnell mit dem Auto nach Hause zu fahren, dankbar an.

Als sie vor ihrer Haustüre stand, atmete sie tief ein und aus. Das Gespräch mit ihrer Schwester hatte gutgetan. Sie konnte jetzt viel klarer denken und war bereit noch einmal über alles mit Richard zu reden. Auch wenn sie das ganze Ausmaß der Katastrophe nicht begreifen konnte – Emi hatte dennoch Recht: Die Swans waren gewissermaßen Richards Familie und damit außer ihr alles, was er hatte. Sie waren tatsächlich so etwas wie sein Zuhause und sie hatten es verdient, eine Chance zu bekommen.

Gerade wollte Tilda auf die Klingel drücken, da bemerkte sie, dass die Haustüre angelehnt war. Mit klopfendem Herzen öffnete sie sie. Ein zusammengefalteter Zettel fiel herunter, der offenbar eingeklemmt gewesen war. In ordentlicher, geschwungener Handschrift stand darauf:

Es tut mir leid, wenn ich dich enttäuscht habe. Ich werde alles wieder in Ordnung bringen. Warte nicht auf mich. Ich liebe dich.

48

Vorsichtig öffnete Tilda die Tür ganz und schaltete das Licht ein. Keine Spur von Richard. Zum ersten Mal, seit sie ihn kannte, verfluchte sie innerlich, dass er aus einer anderen Zeit kam. Jeden anderen hätte sie einfach auf dem Handy anrufen können, aber nicht ihn. Wo mochte er bloß stecken? Was wollte er wieder in Ordnung bringen? Und warum, verflixt noch mal, sollte sie nicht auf ihn warten? Sie konnte ohne ihn nicht leben! Da erwartete er allen Ernstes, sie würde sich seelenruhig ins Bett legen und einschlafen, während er allein unterwegs war, in einer Stadt, die er nicht kannte. In einer Zeit, die er nicht kannte. *Nein, mein Lieber! So geht das nicht!* Tilda war hellwach. An Schlaf war nicht zu denken.

Unruhig lief sie in ihrer Wohnung auf und ab. Sie konnte keinen klaren Gedanken fassen. Was, wenn Mr. Lederhalsband ein paar Schlägertypen losgeschickt hatte, um ihn zu kidnappen? Wenn sie ihn gezwungen hatten, diesen Brief zu schreiben? *Ach Quatsch! Das ist doch Unsinn.* Warum sollten sie ihn kidnappen, wenn er doch bereits einen Vertrag mit ihnen unterschrieben hatte? Außerdem hätten sie dann sicher nicht nur ihn, sondern auch das Buch mitgenommen. Das Buch! Wo hatte sie es hingelegt? Es war nicht mehr im Regal. Und Tilda war sich sicher, dass sie es dort hingestellt hatte. Ein kleiner Schockmoment erfasste sie, dann fiel ihr Blick auf den Esstisch. Der Laptop war aufgeklappt und der Bildschirmschoner zeigte ihr, dass Richard noch nicht lange fort sein konnte. Denn nach 15 Minuten Bildschirmschoner setzte der Energiesparmodus ein und der Bildschirm wurde schwarz. Was aber viel wichtiger war: Direkt neben dem Laptop lag Tildas Buch – aufgeschlagen!

Neugierig setzte sich Tilda auf den Stuhl. Fast bildete sie sich ein, er wäre noch warm. Sie konnte Richards Anwesenheit regelrecht spüren. Er musste erst vor Kurzem los sein. *Verdammt! Warum konnte ich nicht ein wenig eher zurückkommen. Was mag er nur in meinem Buch gelesen haben?*

Ein Blick auf die aufgeschlagene Seite zeigte ihr wieder einmal nur unleserliche Zeichen. *So ein Mist!* Tilda fragte sich, was ihr dieses Buch überhaupt nützen sollte, so wenig, wie es preisgab. Richard schien irgendetwas darin gefunden zu haben, was ihn veranlasst hatte, so spät noch die Wohnung zu verlassen. *Wenn ich nur wüsste, was.*

Sie versuchte logisch zu schlussfolgern. Wo konnte er so spät noch hin sein? Ihr Auto stand vor dem Haus. Er musste zu Fuß unterwegs sein. Die König AG war definitiv zu weit entfernt für einen Fußmarsch. Und auch mit dem Bus war sie um diese Uhrzeit nicht mehr zu erreichen. Wo um alles in der Welt trieb er sich rum? Er kannte doch niemanden! Tilda registrierte das Blinken des Telefons, das einen Anruf in Abwesenheit anzeigte. Gedankenverloren nahm sie es in die Hand und erkannte Emis Nummer. Sie hatte das Telefon gar nicht läuten gehört. Wahrscheinlich hatte Emi nur einmal ganz kurz anklingeln lassen, um Tilda daran zu erinnern, sich bei ihr zu melden. Sie wollte wissen, ob sie sich ausgesprochen hatten. Ihre Schwester war wirklich ein Schatz. Zu gern hätte Tilda ihr schnell eine Nachricht geschrieben »Alles in Ordnung.« Aber anlügen wollte sie sie auch nicht. Mehr aus Zufall drückte sie die Taste mit den zuletzt gewählten Rufnummern. Die Nummer, die am Display erschien, kannte sie nicht. Es war eine Handynummer, gewählt um 22:43 Uhr. Ihr Herz klopfte laut, als sie die Taste drückte. Ein Freizeichen ertönte.

»Ja?« Die männliche Stimme klang gereizt. »Hallo?«, fragte sie nach einer Weile ohne den aggressiven Tonfall verloren zu haben.

»Hier … ist … Matilda Hummel«, stotterte Tilda. »Könnte ich bitte mit Richard sprechen?«

»Matilda!« Sofort wurde die Stimme eine Spur freundlicher. »Wie nett, dass Sie anrufen.«

Tilda erkannte jetzt, mit wem sie sprach. Es war Mr. Lederhalsband höchstpersönlich.

»Wir sind gerade in einer wichtigen Besprechung. Darf ich Sie ein wenig vertrösten?«

Also doch! Richard war bei Jürgen König – wie auch immer er so schnell dorthin gekommen war. Tilda fröstelte beim Klang dieser Stimme und sie bildete sich ein, dass Jürgen Königs Zauberkräfte auch durch das Telefon zu wirken schienen. Sie fühlte sich wie gefesselt. Dennoch sprach sie jetzt mit fester Stimme.

»Entschuldigen Sie bitte die Störung. Aber es ist wirklich wichtig. Geben Sie ihn mir bitte.«

Sie hörte ein Räuspern, ein Rascheln, musste einige Sekunden warten und schließlich tönte Richards vertraute Stimme flüsternd an ihr Ohr: »Tilda! Woher hattest du Jürgens Nummer?«

Woher ich seine Nummer habe? Interessiert es dich gar nicht, wie es mir geht? Warum verschwindest du einfach aus meiner Wohnung ohne einen Hinweis zu hinterlassen, wo du bist? Und was um alles in der Welt hast du um diese Uhrzeit mit Jürgen König zu besprechen?

»Wo bist du?«, fragte sie dann nur.

»Nicht weit von deiner Wohnung entfernt. Ich wollte nicht, dass Jürgen dort hineinkommt. Ich musste mich unbedingt noch einmal mit ihm treffen.«

»Warum? Warum jetzt? Ich vermisse dich! Wir müssen reden!«

»Ach Tilda, du hast mich einfach allein gelassen. Stundenlang. Ich wusste nicht, wo du bist, ich habe mir riesige Sorgen gemacht, dir könnte etwas zugestoßen sein. Und jetzt bin ich erst seit ein paar Minuten weg und du rufst mir schon hinterher!« Er versuchte ruhig zu klingen. »Mach dir bitte keine Sorgen. Es wird nicht mehr lange dauern. Aber bitte bleib zu Hause. Dort bist du sicher.« Dann legte er auf, ohne dass Tilda noch etwas erwidern konnte.

Völlig überrollt wollte sie gleich noch einmal anrufen, aber sie wusste, es war zwecklos. Was gab es nur so Wichtiges zu besprechen? Er hatte gesagt, er wäre nicht weit von ihrer Wohnung. Schnell schlüpfte sie in ihre Schuhe, fest entschlossen, ihn da draußen zu suchen, egal, was er ihr eben gesagt hatte. Erst als sie die Tür hinter sich ins Schloss gezogen hatte, fiel ihr auf, dass sie ihn jetzt tatsächlich finden musste. Denn sie hatte keinen Schlüssel.

Du bist so blöd! Gerade warst du erst bei Emi! Du hättest doch von dort den Ersatzschlüssel mitnehmen können! Sie ärgerte sich über sich selbst. Aber es war jetzt zu spät.

Sie überlegte. Wo kannte sich Richard aus? Was wäre ein geeigneter Treffpunkt für eine nächtliche Besprechung? Sie ging an allen Cafés im Umkreis vorbei. Die Gäste waren überschaubar, aber nirgends eine Spur von Richard und Mr. Lederhalsband. Auch rund um das Einkaufszentrum war niemand zu sehen, obwohl die Bänke und Laternen dort eine gute Kulisse boten. Völlig erschöpft registrierte Tilda mit dem Läuten der Kirchturmuhr, dass es bereits halb eins war. Wenn Richard nun schon wieder zu Hause war? Und sich erneut Sorgen um sie machte? Sie musste wieder zurück!

Im Laufschritt erreichte sie ihre Wohnung, aber trotz mehrmaligen Läutens öffnete niemand die Tür. Richard war noch nicht wieder zurück. Seufzend ließ sie sich auf den Eingangsstufen nieder und hoffte, dass niemand sie dort bemerkte.

Erst jetzt, als sie sich gesetzt hatte, fiel ihr auf, wie sehr ihre Füße vom vielen Laufen schmerzten, wie kraftlos sie war. Erschöpft schloss sie für einen Moment die Augen. Sie sehnte sich nach ihrem Bett, nach ihrem warmen, weichen Bett. Wie schön wäre es, sich einfach fallen zu lassen, sich die Decke über den Kopf zu ziehen und alles zu vergessen, was der Abend gebracht hatte. Fast konnte sie spüren, wie sie auf die Matratze sank, den Kopf auf das kuschelige Daunenkissen legte.

Als sie die Augen wieder öffnete, saß sie nicht mehr auf der Treppe. Sie lag tatsächlich in ihrem Bett. Ihr Wecker verriet ihr, dass es kurz vor drei Uhr morgens war. Trotzdem war Tilda mit einem Schlag hellwach. Denn sie spürte nicht nur die weiche Vertrautheit ihres Bettes, sondern auch zwei starke Arme, die sie von hinten umschlungen hielten. Einen warmen Körper, der sich wie ein passendes Puzzleteil an sie schmiegte. Sie lauschte seinen regelmäßigen Atemzügen und fühlte, wie sein Herz im steten Rhythmus an ihrem Rücken pochte. *Bumm-bumm. Bumm-bumm. Bumm-bumm.*

Tilda wusste weder, wie lange sie schon hier lagen, noch wie sie hierhergekommen war. Sie konnte sich jedenfalls nicht erinnern, selbst gelaufen zu sein. Vermutlich hatte Richard sie die Treppe hinaufgetragen. Sie war noch vollständig bekleidet, nur ihre Schuhe hatte er ihr ausgezogen. *Er ist so anständig!* Tilda spürte, wie eine erneute Welle der Zuneigung sie überrollte. Ganz egal, was heute vorgefallen war: Sie würde ihm keine Vorwürfe machen. Sie würde zu ihm stehen, bedingungslos. Denn ohne ihn war ihr Leben nichts mehr wert. Das wusste sie nun. Sachte drückte sie einen Kuss auf Richards Hand, sog seinen Duft in sich auf. Er regte sich ein wenig. Tilda wünschte sich, er würde aufwachen, überlegte, ob sie ihn aufwecken sollte. Seine Nähe beschleunigte ihren Puls derart, dass sie keine Chance sah, in dieser Nacht noch einmal einzuschlafen.

Einige Minuten verharrte sie reglos in ihrer Position. Dann hielt sie es nicht mehr aus.

»Richard?«, flüsterte sie leise.

Sie spürte, wie Richard sich ein wenig bewegte, wie er wach wurde. Er setzte sich etwas umständlich auf, weil er sich zuvor noch aus seiner innigen Umarmung mit Tilda befreien musste. Tilda bereute schon wieder, ihn geweckt zu haben, weil sie dadurch die Nähe zu ihm verlor.

Das Schlafzimmer war dunkel, nur durch das Fenster fiel der matte Schein der Straßenlaterne herein. Keiner sagte ein Wort. Schließlich begann Tilda leise: »Es tut mir leid.«

Sie tastete nach seiner Hand, legte ihre hinein und er antwortete mit einem sanften Händedruck.

»Es tut mir leid, dass ich einfach weggelaufen bin. Ich konnte mir nicht vorstellen, dass wir unser Leben in die Hände der Swans legen. Aber ich habe nachgedacht. Wir sollten ihr Angebot annehmen. Ich vertraue dir. Du hast diese Entscheidung nicht ohne Grund getroffen.«

Richard umschloss Tildas Hand nun mit beiden Händen und führte sie an seinen Mund. Ganz sanft küsste er sie und verharrte dann in dieser Position. Tilda spürte seinen Atem auf ihren Fingern.

»Ich muss mich bei dir entschuldigen«, sagte er dann. Seine Stimme klang ein wenig abwesend. »Ich werde dich nie wieder allein lassen.«

Sein Griff verkrampfte sich um ihre Hand. Tilda bemerkte, dass seine Hände plötzlich schweißnass waren.

»Was ist passiert?«, fragte sie vorsichtig.

»Wir werden das Angebot der Swans nicht annehmen. Wir halten uns von ihnen fern. Ich habe es Jürgen vorhin mitgeteilt.«

Tilda erschrak. Das hatte sie nicht gewollt. Richard sollte nicht wegen ihrer Aktion alles aufgeben, was er hatte.

»Das ist nicht dein Ernst, oder?« fragte sie ungläubig.

»Doch, das ist es. Wir haben keine andere Wahl. Die Swans und du – das geht einfach nicht.« Bitterkeit lag in seiner Stimme.

»Nein! Das stimmt nicht! Ich komme schon mit ihnen klar! Ich werde es zumindest versuchen. Ruf gleich nochmal an und sag ihnen, dass du dich anders entschieden hast!« Leise fügt sie hinzu: »Die Swans und ich – das geht. Du bist der beste Beweis dafür.«

Aber Richard sagte nur kalt: »Nein, Tilda. Es geht wirklich nicht. Und es hat nichts mit deiner Abneigung gegen die Swans zu tun. Ich muss dich vor ihnen beschützen.«

»Mich beschützen? Du musst mich nicht beschützen! Ich kann gut auf mich selbst aufpassen! Hast du vergessen, dass ich dir das Leben gerettet habe?« Sie versuchte es lustig klingen zu lassen, aber es hörte sich aufgesetzt an.

Richard legte seine Hände auf ihre Schultern und kam mit seinem Gesicht ganz nah an ihres. Selbst in der Dunkelheit bildete sie sich ein, seine Augen wütend aufflackern zu sehen.

»Du hast ja keine Ahnung!«, zischte er. »Sie sind gefährlich. Du bist in Lebensgefahr.« In seiner Stimme schwang Schmerz mit. »Ich habe es gelesen. In deinem Buch.«

49

»Du hast was?« Tilda schnappte nach Luft. Sie erinnerte sich, dass ihr Lebensbuch aufgeschlagen neben dem Laptop gelegen hatte. Das, was es Richard verraten hatte, war bereits wieder verschwunden gewesen, als sie hineingeschaut hatte.

Richard stand auf und schaltete das Licht an. Wortlos zog er einen Zettel aus seiner Hosentasche und reichte ihn Tilda. In derselben Handschrift wie auf der Nachricht in der Tür stand dort:

Schmerz. Alles, was **sie** *fühlt, ist Schmerz. Die Zeit ist abgelaufen.* **Ihre** *Hände umklammern noch immer das Buch.* **Sie** *ist nicht bereit, es ihnen zu geben. Niemals. Aber* **sie** *spürt bereits, wie das Leben aus* **ihr** *entweicht. Sobald* **sie** *tot ist, ist das Buch frei. Frei für den Feind.*

Tilda hielt den Atem an. Sie konnte nicht glauben, was sie da las.

»Das … das kann nicht sein«, stotterte sie. Aber tief drin wusste sie: Alles, was in ihrem Buch stand, hatte sich genau so zugetragen. Also würde auch diese Passage früher oder später eintreffen.

»Doch, das kann es. Am liebsten würde ich dich einpacken und mit dir ans andere Ende der Welt fahren. Aber selbst das würde uns nichts nützen. Solange du das Buch besitzt, solange werden sie es haben wollen.« Richard klang gefasst, aber unendlich traurig. Mit finsterem Blick fügte er hinzu: »Es ist eine Prophezeiung, genau wie die meiner Schwester. Egal was du auch tust, sie erfüllen sich immer.«

»Dann geben wir ihnen das Buch!«, rief Tilda aus. »Oder noch besser: Wir verstecken es!«

Richard schüttelte den Kopf.

»Ich habe schon so oft erlebt, dass Menschen vor ihrer Prophezeiung geflohen sind. Aber egal, was sie auch getan haben, ihre Zukunft hat sie immer eingeholt.«

»Aber ich bin losgelöst! Mein Leben ist frei, ich bin nicht von der Bücherwelt abhängig! Meine Zukunft ändert sich ständig!«

»Das hatte ich auch gehofft. Aber überleg doch mal: Warum verrät dir dein Buch dann immer noch diverse Passagen aus deinem Leben? Ich bin mir sicher, es hat nichts mehr mit dem zu tun, was ursprünglich einmal darinstand. Dein Buch hat sich auf seinem Weg von der Bücherwelt hierher geändert. Ich kann mir nicht erklären wie und warum, aber es besitzt jetzt eine magische Gabe. Es kann in deine Zukunft sehen. Ich habe Jürgen König angerufen, um ihn zu bitten, dich nicht unter Druck zu setzen. Aber er hat unmissverständlich klargemacht, dass er dein Buch unter allen Umständen in seinen Besitz bringen will. Er ist regelrecht besessen davon!«

Tilda wollte nicht glauben, was Richard ihr erzählte. Irgendwo musste ein Denkfehler sein! Das konnte, das durfte einfach nicht wahr sein. *Ich will nicht sterben! Ich will bei Richard bleiben, mit ihm glücklich werden.*

»Und was machen wir jetzt?«, fragte sie flüsternd.

»Wir wissen nicht, wie viel Zeit wir noch haben. Es kann heute passieren oder erst in 50 Jahren. Leider haben sich alle bisherigen Prophezeiungen aus deinem Buch relativ schnell erfüllt. Wir müssen also damit rechnen, dass…« Er stockte.

»Dass uns nicht mehr viel Zeit bleibt«, vollendete Tilda seinen Satz. Sie warf sich in seine Arme und schmiegte ihr Gesicht an seine Brust. Richard hielt sie fest, als wolle er sie niemals wieder loslassen.

»Ich lasse dich keine Sekunde mehr aus den Augen«, sagte er. Seltsamerweise fühlte sich Tilda keineswegs hoffnungslos – im Gegenteil: Sie fühlte sich wach und frisch wie lange nicht. Und sie spürte Zuversicht. Zuversicht, dass doch alles gut werden würde. Zuversicht, dass ihnen eine Lösung einfallen würde. Zuversicht, dass sie ein langes gemeinsames Leben haben würden. Sie hob den Kopf und sah in Richards von hilfloser Trauer erfüllte Augen. Alles Leuchten schien daraus verschwunden.

»Ich weiß zwar nicht viel über Magie. Aber eins habe ich gelernt: Die Liebe ist eine große Macht. Deshalb glaube ich daran, dass wir es gemeinsam schaffen können. Du und ich. Für immer«, sagte sie und lächelte zaghaft. Richard nickte tapfer. Er schien wenig überzeugt, aber zumindest seine Augen flackerten ein wenig auf. Er versuchte ein vorsichtiges Lächeln und zog dazu seine Augenbrauen hoch. Tilda liebte diesen Blick und strahlte ihn an.

»Du bist so stark«, murmelte er. »So stark und so wunderschön. Du löst Gefühle in mir aus, die mir bislang völlig unbekannt waren. Wie machst du das nur? Du hast nie gelernt mit Magie umzugehen und doch verzauberst du mich.«

Er löste eine Hand aus der Umarmung und strich über Tildas Gesicht. Dann beugte er sich wie in Zeitlupe zu ihr hinunter, schloss seine Augen und küsste sie. Als Tilda seine weichen, warmen Lippen auf den ihren spürte, durchfuhr sie ein elektrisierender Schauer. Eine sanfte Berührung nur und doch konnte Tilda sie in jedem Winkel ihres Körpers spüren. Eine Woge des Glücks erfasste sie und ihr Herz begann schneller zu schlagen. Sie öffnete ihren Mund und fühlte, wie seine Zunge den richtigen Weg fand. *Ich will nie wieder etwas anderes tun als das hier!*

Atemlos – und für Tildas Geschmack viel zu früh – löste Richard sich von ihr. Seine Augen hatten ihr Leuchten wiedergefunden.

»Das hätte ich schon viel eher tun sollen«, sagte er grinsend.

Tilda sah ihn frech an. »Da haben wir ja einiges nachzuholen«, antwortete sie und zog ihn erneut zu sich herab.

Als Tilda am nächsten Morgen aufwachte, hatte sie keine Zeit, Richards Nähe zu genießen. Ein Blick auf die Uhr verriet ihr, dass es kurz nach acht war. *Scheiße! Ich müsste schon in der Agentur sein!* Tilda fühlte sich wie gerädert und absolut nicht in der Lage, einen anstrengenden Arbeitstag zu beginnen. Aber es half nichts. Blaumachen kam nicht in Frage, zumal sich wegen ihres Ausflugs in die Abtei und die Bücherwelt bereits die Arbeit auf ihrem Schreibtisch stapelte. In Windeseile machte sie sich fertig. Als sie aus dem Bad kam, stand Richard vor ihr.

»Wo willst du hin?«, fragte er sie.

»In die Arbeit. Ich bin schon viel zu spät dran!« Tilda schlüpfte in ihre Schuhe.

»Das geht nicht. Was, wenn dir etwas passiert?«

Tilda setzte einen genervten Gesichtsausdruck auf.

»In der Arbeit? Was soll mir dort schon passieren? Ich kann mich doch hier nicht einschließen.« Sie sah, wie Richard mit sich rang und atmete tief durch. *Nicht dran denken, WIE spät du dran bist!* Sie nahm seine Hände und sah ihm tief in die Augen.

»Was auch immer geschehen wird: Wir können es nicht ändern. Und ich will nicht für alle Ewigkeit in dieser Wohnung sitzen. Ich habe keine Angst. Auch wenn es verrückt klingt, aber ich weiß, dass mir heute nichts passieren wird.«

Er nickte. »Also gut. Du wirst schon wissen, was du tust. Auch wenn ich umkommen werde vor Sorge.«

Er fuhr sich mit der Hand durch seine Haare und lachte unsicher. Dann zog er sie zu sich heran und küsste sie innig. Tilda konnte darin bittersüße Verzweiflung schmecken.

Die Mittagspause nutzte Tilda, um bei Richard vorbeizuschauen. Zwar hätte sie am liebsten durchgearbeitet, um den Berg an Arbeit etwas kleiner zu machen, aber sie wollte Richard ein wenig Sorge abnehmen. Und außerdem musste sie mit ihm über seine Entscheidung reden, was die Unterstützung durch die Swans betraf.

Freudestrahlend öffnete er ihr die Tür. »Tilda! Was für eine schöne Überraschung!«

»Ich muss leider bald wieder los, aber ich habe es nicht ausgehalten ohne dich.« Sie lächelte und hielt ihm eine Tüte hin. »Da. Ich hab uns was zu essen geholt. Gebratene Nudeln von meinem Lieblingsasiaten.«

Während sie am Tisch saßen und die Nudeln aßen, fing Tilda an: »Ich habe nochmal nachgedacht über deine Entscheidung. Wir sollten das Angebot der Swans annehmen. Wenn wir vor der Zukunft sowieso nicht davonlaufen können, dann spricht wirklich nichts dagegen. Du könntest ein geregeltes Leben führen und müsstest nicht den ganzen Tag tatenlos in meiner Wohnung herumsitzen.«

Richard nickte ernst. »Ich habe ebenfalls nachgedacht und nochmal mit Jürgen telefoniert. Er war regelrecht geschockt, als ich ihn damit konfrontiert habe, dass ich dein Leben durch ihn bedroht sehe. Er hat mir versichert, dass dir weder durch ihn noch durch einen anderen Swan jemals ein Leid geschehen wird. Mehr noch: Er ist sogar bereit, einen offiziellen Schutzvertrag aufzusetzen. Damit stehst du unter dem besonderen Schutz der Swans. Das hieße, wenn du in Gefahr gerätst, ist jeder Swan verpflichtet, sein Leben für deines einzusetzen, wenn er dich damit retten kann.« Er seufzte. »Ich habe ihm natürlich nicht erzählt, dass ich das aus deinem Buch erfahren habe. Aber ich weiß nicht, was ich davon halten soll.«

Tilda sah ihn fragend an.

Richard schüttelte den Kopf, als könne er noch immer nicht fassen, was er da gehört hatte.

»So ein Schutzvertrag ist etwas extrem Seltenes. Du wirst dadurch mit einer Art unsichtbarem Mantel eingehüllt, den jeder Swan sofort erkennen kann. Egal, ob er dich kennt oder nicht: Er wird dich mit seinem Leben beschützen.«

»Das … hört sich doch gut an?« Tilda war unsicher, was das zu bedeuten hatte.

»Ja, das tut es! Ich bin nur verwirrt, wie dein Buch dann der Meinung sein kann, dass du trotz Schutzvertrag …« Er stockte. »Wir müssen schnell handeln. Nicht, dass es noch geschieht, bevor der Schutzvertrag wirksam ist.« Er griff zum Telefon und wählte Jürgen Königs Nummer.

Tilda fühlte sich nicht wohl in ihrer Haut. Sicher, so ein Schutzvertrag – wie auch immer er funktionieren mochte – war bestimmt eine feine Sache und sie rechnete es Jürgen König hoch an, dass er dieses Angebot gemacht hatte. Aber sie befürchtete, dass das Ganze irgendwo einen Haken hatte. Wie Richard schon gesagt hatte: Man konnte vor seiner Zukunft nicht davonlaufen. Außerdem bescherte es ihr ein mulmiges Gefühl zu wissen, dass jeder Swan bereit war für sie zu sterben. Das wollte sie nicht. So groß ihre Abneigung auch war: Das war ihr zutiefst zuwider. Und außerdem ging ihr das alles viel zu schnell.

»Jürgen, ich bin's. Richard. Ich würde das gerne sofort erledigen. Ja, sie ist bei mir. Das wäre nett von dir. Prima, ich danke dir. Bis gleich.« Er legte das Telefon auf den Tisch und sagte zu Tilda: »Wir sollen gleich zu Jürgen fahren.«

Tilda verließ völlig verdattert mit Richard auf dem Beifahrersitz die Stadt. Jürgen König wollte in der Agentur anrufen, um sie ein weiteres Mal für eine persönliche Besprechung zu beanspruchen. Als Geldgeber der Agentur konnte er sich solche Sonderwünsche erlauben. Tilda wurde schlecht, als sie an den Papierstapel auf ihrem Schreibtisch dachte. Sie würde ein paar Nachtschichten einlegen müssen, um das alles abzuarbeiten.

Richard saß wie auf Kohlen und witterte von jeder Seite Gefahr. Hätte er Autofahren können, wäre er sicher selbst gefahren.

»Jetzt nochmal ganz langsam«, versucht Tilda Ordnung in ihre Gedanken zu bringen. »Was machen wir jetzt genau?«

Richard schnaufte tief durch. »Wir unterzeichnen einen Vertrag bei Jürgen König. Darin verpflichtet er sich, dass du unter dem offiziellen Schutz der Swans stehst. Keiner von ihnen kann dir je ein Haar krümmen und wird dich gegen jegliche Gefahr verteidigen.«

»Aber das wird er doch nicht aus reiner Nächstenliebe tun?«, fragte Tilda zweifelnd. »Was steht in diesem Vertrag noch drin?«

Richard schluckte. »Du wirst quasi in die Gemeinschaft der Swans aufgenommen. Mit allem, was dazu gehört.«

50

Bereits zum dritten Mal ging Tilda den Weg von der Tiefgarage der König AG bis zum Empfang. Dieses Mal erwartete sie nicht nur Elli mit ihrem perfekten Lächeln, sondern auch Mr. Lederhalsband himself. Galant reichte er ihr seine Hand.

»Matilda, welche Freude!« Richard nickte er nur stumm zu. Tilda fühlte die bereits vertraute Gänsehaut über ihren Nacken kriechen.

Jürgen König führte Tilda und Richard in einen Besprechungsraum. Insgeheim hatte Tilda erwartet, dass dieses Treffen in der Abtei stattfinden würde. Aber dieses Mal würde sie sich mit einem magiefreien Bereich des Gebäudes begnügen müssen. Als sie Platz genommen hatten, öffnete ihr Gastgeber eine Schublade, die sich unter dem Tisch befand und zog eine lederne Mappe hervor. Daraus entnahm er einen kleinen Stapel bedruckter Blätter und schob sie Richard zu. Anschließend reichte er ihm einen Stift. »Es ist alles vorbereitet. Du musst nur noch unterschreiben.«

Richard nahm den Stift zögernd entgegen. Tilda hielt den Atem an. Sie sah ihm an, dass er am liebsten ungelesen unterschrieben hätte, um sie nicht länger einer eventuellen Gefahr auszusetzen. Dennoch sagte er: »Ich möchte mir erst noch alles in Ruhe durchlesen.«

»Sicher«, erwiderte Jürgen König achselzuckend.

»Und ich wüsste auch gerne, was wir hier unterzeichnen«, mischte sich Tilda ein.

Mr. Lederhalsband wandte sich ihr zu und lächelte sie an.

»Sie, meine Liebe, kommen in den einzigartigen Genuss des Personenschutzes durch die Gemeinschaft der Swans. So etwas machen wir nur in extremen Ausnahmefällen. Der Letzte, der diese Sonderbehandlung erfahren hat, war Ihr … Lebensgefährte.«

Mit einem süffisanten Grinsen nahm er zur Kenntnis, dass Tilda offenbar bislang noch nichts davon gewusst hatte. »Wir können es uns nicht leisten, Sie zu verlieren. Sie sind unser Schlüssel zur Bücherwelt und damit wertvoller als der teuerste Schatz.«

Tilda schauderte. Stand Richard etwa auch unter diesem besonderen Schutz? Warum hatte er ihr nichts davon gesagt? Nicht lange, dann hatte sie sich wieder im Griff.

»Ich weiß das sehr zu schätzen, aber ich kenne Sie, Herr König. Sie sind ein Geschäftsmann. Sie tun nichts ohne eine Gegenleistung dafür zu erwarten.«

Erstaunt hob Jürgen König die Augenbrauen.

»Sie haben eine gute Menschenkenntnis, Matilda. In der Tat ist dieser Schutz nicht kostenlos für Sie. Auch wenn man ihn mit Geld niemals bezahlen könnte. Apropos Geld: Mein Angebot, Ihnen Ihr Buch abzukaufen ist hinfällig. Sie erhalten von uns alle Annehmlichkeiten, um ein sorgenfreies Leben führen zu können. Aber was ich erwarte, ist Ihre Kooperation – und Ihren Anhänger.«

Automatisch fasste Tilda an ihre Kette.

Er weiß davon! Er will den Anhänger! Mia hat ihm alles erzählt. Das also steckt hinter alldem!

Unschlüssig sah sie zu Richard hinüber. Der sah sie bittend an.

»Könnte ich für einen Moment mit Richard alleine sprechen?«, fragte Tilda an Jürgen König gewandt.

»Aber sicher. Ich werde am Empfang auf Sie warten«, sagte der und verließ rasch den Raum.

»Du stehst auch unter dem Schutz der Swans?«, fragte Tilda zweifelnd.

»Ich stand darunter«, erwiderte Richard düster. »Eine reine Vorsichtsmaßnahme. Seit Erika vorausgesehen hatte, dass ich einen Weg in die Bücherwelt finden werde, wollten sie kein Risiko mehr eingehen. Reichlich dumm, denn jeder wusste, dass sich die Prophezeiung immer erfüllt. Sie hätten also getrost darauf verzichten können. Ich habe ihn aber in der Bücherwelt verloren.«

Er legte die Hand in seinen Nacken und strich sich dann verlegen durch die Haare.

»Das ist nicht schlimm. Denn ich bin es nicht, der beschützt werden muss, sondern du!«

»Aber sie wollen meinen Anhänger!« Tilda verzog das Gesicht.

»Ja, das ist mir klar. Aber du bist wertvoller als alle Elemente der Welt. Und dein Anhänger hat nur vier davon.« Richard schloss seine Arme um sie.

Tilda dachte nach, während sie Richards Duft einsog. Irgendwie hatte er Recht. Warum immer davonlaufen? Alles, was sie wollte, war Richard. Auch wenn sie nicht daran glauben mochte, so wusste sie doch, dass dieser Zustand nur von kurzer Dauer sein würde. Irgendwann würde sich die Prophezeiung aus ihrem Buch erfüllen. Und bis dahin wollte sie jede einzelne Sekunde auskosten. Außerdem erschien ihr der Anhänger – trotz der vermeintlichen Macht durch die vier Elemente – ohne das Gänseblümchen, ohne die Verbindung zu Titus – wertlos.

»Und was ist mit meinem Buch? Warum will er das plötzlich nicht mehr haben? Du hast doch gesagt, er ist besessen davon.«

»Ja, das habe ich tatsächlich gedacht. Aber er hat erst vor Kurzem von der Existenz des VEK gehört. Das ist tatsächlich so etwas wie der Heilige Gral für ihn. Noch dazu trägt es die Energie von deiner Reise in die Bücherwelt in sich – also eine ähnliche Speicherenergie wie dein Buch. Damit kann er quasi zwei Fliegen mit einer Klappe schlagen: Er hat das VEK und eine Verbindung zur Bücherwelt. Zunächst wird er sich damit begnügen. Sollte es ihm aber auch nicht helfen, einen Weg in die Bücherwelt zu finden, wird er garantiert auf dein Buch zurückkommen. Es ist nur eine Frage der Zeit, wenn du mich fragst.«

Tilda sah ihn entsetzt an.

Wenn der Bücherwelt durch diesen Pakt eine Gefahr drohte, würde sie niemals einwilligen. So sehr sie sich ein sorgenfreies Leben mit Richard wünschte, so sehr wollte sie auch Titus und seine Welt beschützen.

Richard schien ihre Gedanken zu ahnen.

»Mach dir keine Sorgen«, sagte er leise, als hätte er Angst, jemand könnte ihnen zuhören. Seine Lippen streiften ihre Ohrmuschel und jagten wohlige Schauer durch ihren Körper.

»Es wird Jürgen auch mit dem VEK nicht gelingen, einen Weg in die Bücherwelt zu finden.«

»Aber er wird große Macht haben, habe ich Recht?«

Richard nickte etwas widerwillig. »Sicher wird das seine Macht nochmals erweitern. Aber ich denke, wir müssen das in Kauf nehmen. Du brauchst diesen Schutz!«

Tilda überlegte. Ein wenig Zeit konnten sie gewinnen. Sie wäre beschützt, ihr Buch in Sicherheit. Eine Frage lag ihr aber noch auf dem Herzen.

»Wie ist das, wenn ich in die Gemeinschaft der Swans aufgenommen werde?«

Richard zuckte mit den Schultern.

»So genau kann ich dir das auch nicht sagen. Normalerweise wird man als Swan geboren. Die magischen Fähigkeiten werden ja vererbt. Du bist der erste Mensch, der durch einen Vertrag dazu gehört. Aber du hast etwas geschafft, was keinem Swan bislang gelungen ist: Du warst in der Bücherwelt! Und schau mich nicht so an: Ich war natürlich auch dort, wäre aber ohne deine Hilfe nie mehr zurückgekehrt. Vielleicht erhältst du Unterricht in einfacher Magie, vielleicht aber auch nicht. Auf jeden Fall aber werden sie dich zur Geheimhaltung verpflichten. Kein Mensch darf je etwas über uns erfahren.«

Tilda nickte. Und schloss für einen Moment die Augen. Wollte sie sich wirklich darauf einlassen? Sich in die Abhängigkeit der Swans begeben? Einerseits war sie neugierig, mehr über sie zu erfahren. Aber das hieß auch, dass sie ihre Familie belügen musste. Und was viel schlimmer war: Sie war den Swans ausgeliefert. Keine Leistung ohne Gegenleistung. Rundum-Schutz auf der einen Seite, totale Kontrolle auf der anderen Seite. Und wer konnte ihnen schon die Garantie dafür geben, dass ihr nichts geschehen würde? Richard hatte selbst gesagt, die Prophezeiung würde sich erfüllen. Nein, sie konnte das nicht. Sie wollte sich niemandem ausliefern. Ihr Inneres sträubte sich gegen diesen Vertrag. Sie holte tief Luft, um Richard ihre Entscheidung mitzuteilen.

Ich kann das nicht. Er stand vor ihr und sah sie erwartungsvoll, flehend an. Seine ganze Körperhaltung zeigte, dass er sich nichts mehr wünschte, als sie unter diesen Schutz zu stellen.

Anstatt die Worte zu sagen, die ihr bereits auf den Lippen lagen, atmete Tilda nur hörbar aus.

»Ich will dich nicht verlieren«, sagte Richard leise und blickte ihr dabei durch ihre Augen direkt ins Herz. »Jetzt, wo ich dich endlich gefunden habe.«

Er kam einen winzigen Schritt auf sie zu und blieb dann direkt vor ihr stehen ohne sie zu berühren. Ihr ganzer Körper fühlte sich von ihm angezogen wie von einem Magneten.

Sie wollte ihn auch nicht verlieren. Niemals wieder.

Und auch wenn sie spürte, dass sie nur eine kleine Chance hatten, der Prophezeiung zu entrinnen, so wusste sie auch, dass sie bereit war, alles dafür zu opfern. Ein kleiner Strohhalm, an den sich ihre ganze Hoffnung klammerte.

»Also schön«, sagte sie schließlich. »Ich werde es tun. Ich werde ihnen meinen Anhänger geben.«

Richard strahlte sie an. »Du weißt gar nicht, wie glücklich du mich damit machst!«

Ab diesem Zeitpunkt ging alles sehr schnell: Richard unterzeichnete alle Papiere. Als Tilda sich wunderte, dass ihre Unterschrift nicht benötigt wurde, erklärte man ihr, dass nur ein Swan derartige Verträge unterzeichnen durfte. Weil sie erst mit Unterzeichnung der Verträge in die Gemeinschaft aufgenommen wurde, musste Richard für sie unterschreiben.

Jürgen König händigte ihnen eine kleine Mappe aus weichem Leder aus und streckte Tilda die Hand entgegen.

»Herzlichen Glückwunsch, Matilda. Du bist nun offiziell ein Swan – der erste ohne magische Fähigkeiten.«

Tilda fiel auf, dass er plötzlich zum »Du« gewechselt hatte. Offenbar duzte man sich unter den Swans.

Einen Moment später öffnete sich die Tür und eine ältere Dame ganz in Weiß trat herein. Sie trug eine Schutzbrille und hielt ein kleines Kästchen in der Hand. Ohne ein Wort zu sagen, hob sie nur fragend die Augenbrauen und wartete auf ein Zeichen von Jürgen König. Als dieser mit dem Kopf in Richtung Tilda nickte, bewegte sie sich auf sie zu.

»Du erhältst jetzt einen kleinen Chip. Wir implantieren ihn dir in den Nacken. Von dort breitet sich der Schutzwall über deinen ganzen Körper aus. Es wird nicht wehtun.«

Tilda folgte gehorsam, senkte den Kopf und wartete geduldig, während die Dame das Kästchen öffnete und eine kleine Spritze herausnahm. Tilda hatte keine Angst vor Spritzen, aber diese Situation war ihr trotzdem mehr als unangenehm. Kurz zuckte sie zusammen, als sie ein Stechen in ihrem Nacken fühlte, aber mehr passierte nicht. Das Implantat war gesetzt, Tilda war beschützt, auch wenn sie keine Veränderung spüren konnte.

Ungläubig tastete sie die Stelle ab, wo sie eben das Stechen gemerkt hatte. Eine winzig kleine Erhebung zeichnete sich an ihrem Haaransatz ab, mehr war äußerlich nicht zu erkennen. Die Dame in Weiß verließ den Raum grußlos.

Tilda konnte sehen, wie Richard sprichwörtlich ein Stein vom Herzen fiel. Erleichtert nahm er ihre Hand und drückte sie fest.

Jürgen König kam auf sie zu.

»Wir haben nun unseren Teil der Verabredung eingehalten. Jetzt bist du dran. Wenn ich bitten dürfte?«, sagte er auffordernd und Tilda spürte die Gier in seinem Blick.

Ein letztes Mal atmete sie tief ein, dann streifte sie die Kette über ihren Kopf und legte sie in Jürgen Königs Hand.

51

Tilda wusste nicht wie ihr geschah. Nur kurze Zeit später saß sie mit Richard in einer schwarzen Limousine mit getönten Scheiben. Die brachte sie in die edelste Wohngegend der ganzen Stadt und hielt vor einem beeindruckenden Wohngebäude. Tilda staunte über die wunderschöne hellgraue Fassade, die durch Holz- und Glaselemente aufgelockert wurde. Dazwischen waren riesige Fensterfronten und langgezogene, teils überdachte Balkone. Der Fahrer verabschiedete sich von Tilda und Richard, die sich fragend ansahen. Richard zog das kleine Ledermäppchen hervor, das er von Jürgen erhalten hatte, und öffnete es. Darin fand sich ein Schlüsselbund mit einem kreisrunden Anhänger, auf dem die Zahlen 34-5 eingraviert waren. Richard zuckte mit den Schultern. »Dann mal los!«

Er nahm Tildas Hand und führte sie zum Eingang des Gebäudes. Ein Wachmann in derselben Uniform wie Toni sie getragen hatte, stand davor und nickte den beiden zu.

»Willkommen!«

Er öffnete ihnen die Tür und wies ihnen den Weg zum Aufzug. Mit großen Augen bewunderte Tilda die edle Ausstattung. Alles war in Schwarz und Weiß gehalten. Ehe sie sich versah, stand sie schon im Aufzug. Richard drückte auf den Knopf mit der Nummer 34-5. Verwundert registrierte er, dass nichts geschah. Tilda erkannte gleich, warum. Sie nahm ihm den Schlüsselbund ab und hielt den kleinen Anhänger an den Schalter. Ein kurzes Piepen ertönte und augenblicklich schlossen sich die Türen. Als der Aufzug startete, beobachtete Tilda, wie sich Richards Augen weiteten. *Der Arme! Er ist noch nie zuvor Aufzug gefahren!* Sie drückte seine Hand und musste innerlich lachen. Schon nach wenigen Sekunden war die Fahrt nach ganz oben, in den fünften Stock, vorbei. Die Türen öffneten sich und als Tilda und Richard aus dem Aufzug traten, befanden sie sich direkt in ihrer neuen Wohnung. Links und rechts von ihnen führte ein Flur in verschiedene Zimmer. Zur linken Seite endete er in einer großen Glasfront, die eine herrliche Aussicht über die Dächer der Stadt bot. Zu jeder Seite der Glasfront führte eine Tür vom Flur in ein Zimmer, ein kleines Bad zur linken und ein Zimmer zur rechten Seite, das Tilda für das Schlafzimmer hielt.

Nach rechts endete der Flur in einer matt satinierten gläsernen Schiebetür, die ein Stück geöffnet war und den Blick auf ein atemberaubendes, riesiges Wohnzimmer mit offener Küche freigab. Tilda schritt ungläubig hindurch.

»Das soll unsere Wohnung sein?« fragte sie Richard.

Der schien völlig gelassen. Er zog sie zu sich heran und sagte leise: »Willkommen zu Hause, Fräulein Hummel.«

Wieder spürte Tilda ein leises Beben in ihrem ganzen Körper, als Richard sie küsste. Für den Moment vergaß sie alles um sich herum. Es gab nur sie beide und ihre unendliche Liebe zueinander. Dann aber packte sie die Neugier. Kichernd löste sie sich aus Richards Umarmung.

»Ich will den Rest von der Bude hier sehen!«

Staunend setzten sie die Wohnungsbesichtigung fort. Vom Wohnzimmer ausgehend führte ein offener Flur in einen weiteren Teil der Wohnung. Dazwischen ging eine Tür nach links in ein ausladendes – und perfekt ausgestattetes – Büro, eine andere führte nach rechts in einen fensterlosen, aber sehr modernen Hauswirtschaftsraum. Geradeaus öffnete Richard die Tür in ein herrliches Schlafzimmer. Eine Fensterfront in etwa 1,80m Höhe zog sich über die gesamte Länge des Raumes. Davor stand ein sehr einladendes Boxspringbett wie aus einem Designerkatalog. Zur rechten Seite führte eine weitere Tür in ein riesiges Badezimmer. Zur linken Seite befand sich eine Schiebetür. Als Tilda sah, was sich dahinter verbarg, stieß sie einen kleinen Freudenschrei aus.

»Ein begehbarer Kleiderschrank!«, rief sie. »Sieh doch, Richard! Und er ist bereits eingeräumt!«

Sie hatte Recht: In dem Kleiderschrank hätte gut und gerne ein weiteres Schlafzimmer Platz gefunden. Aber er war gefüllt mit deckenhohen Regalen, in denen sich, ordentlich geschlichtet oder auf Bügel gezogen, eine riesige Menge an Kleidungsstücken befand. Ergriffen zog sie einige Kleider heraus und betastete bewundernd die edlen Stoffe. Das war ein echter Traum.

Richard stand etwas abseits und beobachtete Tilda grinsend. »Wie ich sehe, hat sich in den letzten hundert Jahren nichts geändert, was Frauen und schöne Kleider betrifft.«

Tilda lächelte entschuldigend und räumte alles wieder an seinen Platz. »Ist das wirklich alles unseres?«, hauchte sie.

»Ja, das ist es. Die Swans hatten schon immer die finanziellen Mittel, um sich ein angenehmes Leben zu ermöglichen. Ein sehr angenehmes.«

»Dann ist das gar nichts Besonderes für dich?«, fragte Tilda, die nicht verstehen konnte, wie gelassen Richard auf all das hier reagierte.

»Doch – aber eher, weil ich mit modernen Wohnungen und deren Einrichtung noch gar nicht vertraut bin. All diese Lichter«, er deutete auf die LED-Spots an Decke, Wand und Boden, »die automatischen Türen und all das andere, das ist mir so fremd. Ich muss mich erst ein wenig daran gewöhnen.« Seine Augen funkelten in dem warmen Braunton, den Tilda so liebte. »Aber ich freue mich sehr, dass es dir gefällt. Ich würde alles tun, damit du glücklich bist.«

Tilda konnte ihr Glück kaum fassen. Das war mit Abstand die schönste Wohnung, die sie je gesehen hatte. Und doch lag ihr ein großer Brocken auf dem Herzen, der alle Freude über die neue Wohnung trübte. Sie hatte sich an die Swans verkauft, war jetzt ein Teil von ihnen. Sie hatte ihnen ihren Anhänger gegeben und damit eine große Macht, der sie seit Jahrhunderten auf der Spur waren. Wozu mochte sie das VEK befähigen? Drohte Titus und der Bücherwelt Gefahr? Auch wenn Richard beteuert hatte, dass die Bücherwelt in Sicherheit war, mochte sie nicht so Recht daran glauben. Über 100 Jahre lagen schließlich zwischen Richards Swans und den hiesigen.

Mit ernster Miene ging Tilda zurück in ihr neues Wohnzimmer. Sie sah, dass es von dort auf einen langen Balkon hinausging, der bis zu dem Zimmer hinüberreichte, das sie anfangs für das Schlafzimmer gehalten hatte. Dabei war es höchstens eine Miniaturausgabe davon – aber trotzdem ein wunderschönes Gästezimmer. Ein wenig ungeschickt öffnete sie die große Schiebetür, die auf den Balkon hinausführte und ließ sich dort auf einen Sessel nieder. Richard kam ihr nach und bemerkte, dass sie Sorgen hatte.

»Was ist denn los?«, fragte er und ließ sich neben ihr nieder.

Tilda erzählte ihm, was sie bedrückte.

Richard hörte ihr geduldig zu. Dann lächelte er sie aufmunternd an.

»Das VEK ist in der Tat eine mächtige Waffe, wenn es in die falschen Hände gerät. Aber ich kenne die Swans auch ein wenig: Es ist nicht ihre Absicht, Kriege zu führen. Ganz im Gegenteil: Wir kümmern uns seit jeher darum, dass die Welt im Gleichgewicht bleibt, helfen mit unserer Magie, wo wir nur können. Wir müssen zwar sehr zurückhaltend agieren, weil wir die festgeschriebenen Leben der Menschen nicht durcheinanderbringen wollen. Aber ein kleiner Zauber hier und da kann sehr hilfreich sein.«

»Und dennoch wollt ihr in die Bücherwelt, um dort die Kontrolle über die Menschen zu übernehmen!«, schnaubte Tilda.

»Das ist nicht wahr! Hat dir das Titus erzählt? Wir wollen die Menschen nicht kontrollieren. Wir wollen sie befreien! Ich frage mich nur manchmal, ob das auch richtig ist.«

Tilda konnte nicht glauben, was er da sagte.

»Ob das richtig ist? Sieh mich an und sag mir noch einmal, dass es falsch war, dass ich losgelöst wurde!«

Richard verzog das Gesicht zu einem gequälten Lächeln.

»So meine ich das doch nicht. Aber mein langer Aufenthalt in der Bücherwelt hat meine Meinung über die Einstellung der Swans gründlich durcheinandergeworfen. Überleg doch mal: Wären auf einen Schlag alle Menschen frei, gäbe das entsetzliches Chaos. Herzbanden würden Ehen zerstören, Leben würden aus der Spur geraten, keiner könnte sich erklären, was passiert. Du hattest Glück und hattest Titus an deiner Seite. Er hat dich über alles aufgeklärt, was mit dir passiert. Aber was machen die Milliarden anderer Menschen? Und was soll mit den Bücherwesen geschehen? Wenn sie nicht mehr vorlesen, fließt keine Energie mehr in ihre Welt. Sie würden alle sterben. Die eine Welt würde durch ihre plötzlich erlangte Freiheit ins Chaos stürzen, die andere niedergemetzelt werden.«

So hatte Tilda das alles noch gar nicht betrachtet. Aber Richard hatte Recht: Es wäre Wahnsinn, die Menschheit loszulösen.

»Dankst du, es wird ihnen gelingen, in die Bücherwelt zu kommen?«

Richard zuckte mit den Schultern.

»Ich glaube nicht. Aber sie werden einiges Neues darüber erfahren. Das VEK ist sicher nicht schädlich dabei. Und uns werden sie auch noch genauestens untersuchen.«

»Wie meinst du das?«

»Na, ob wir irgendwelche Spuren der Bücherwelt an oder in uns tragen. Magische Spuren. Aber ich denke, da ist nichts. Zumindest nichts, das ihnen weiterhelfen würde.«

»Gut.« Tilda nickte. Aber da gab es noch etwas, das ihr auf dem Herzen lag. »Und was wird mit meinem Buch geschehen?«

Richard lachte kurz auf. »Am liebsten würde ich es verbrennen. Aber das wird vermutlich nicht funktionieren. Fest steht, dass in diesem Text stand, dass du das Buch umklammerst, wenn du dich in Gefahr befindest. Damit meine ich: Solange du dich von dem Buch fernhältst, droht dir keine Gefahr. Ich weiß natürlich, dass irgendwann etwas Unvorhergesehenes eintreten wird und sich die Prophezeiung trotzdem erfüllt. Aber ich habe die Hoffnung, dass wir es trotzdem schaffen können. Das sollte uns erst einmal ein kleiner Trost sein – und uns gegebenenfalls etwas Aufschub verschaffen.«

Tilda verstand. »Also nicht mehr zurück in die alte Wohnung?«

»Nein.« Richard schüttelte den Kopf. »Ich werde das Buch von dort holen und es irgendwo verstecken. Irgendwo, wo du niemals hinkommen wirst. Dann kannst du auch wieder in deine alte Wohnung zurück. Ein paar Sachen wirst du ja vielleicht doch noch brauchen, oder?« Sein Lächeln wirkte zuversichtlich.

Tilda kicherte. »Viel werde ich nicht brauchen. Auch wenn ich gerade an meinen Schokoladenvorrat denken muss. Ob es hier wohl etwas Essbares gibt?«

Sie ging zurück in die Wohnung und wollte gerade den Kühlschrank öffnen, als sie auf der Arbeitsplatte etwas liegen sah. Auf einem silbernen Tablett lag eine weitere lederne Mappe, etwas größer als die, in der ihr Wohnungsschlüssel gelegen hatte. Neugierig öffnete sie sie.

»Richard!«, kreischte sie kurze Zeit später. »Schau mal, was ich hier gefunden habe!«

52

Richard hatte gar keine Zeit, in die Küche zu gehen, da kam ihm Tilda schon aufgeregt entgegen. In der Hand hielt sie zwei Autoschlüssel und zwei auf ihren Namen ausgestellte Kreditkarten. Sie grinste übers ganze Gesicht.

»Wo habt ihr Swans nur so viel Kohle her? Übrigens liegen da auch ein Ausweis und ein Reisepass für dich. Frag mich nicht, wie sie das angestellt haben. Und ein Brief – vermutlich von Jürgen König.«
Sie las vor:

Herzlich willkommen in eurer Wohnung. Hoffentlich konnten wir euren Geschmack treffen. Ein paar wichtige Informationen für den Anfang: Dieses Haus ist nur von Swans bewohnt. Ihr seid also in bester Gesellschaft. Ein Wachmann sorgt rund um die Uhr für eure Sicherheit. Zweimal pro Woche kommt eine Zugehfrau. Den genauen Zeitpunkt wird sie mit euch selbst vereinbaren. In der Tiefgarage stehen zwei Autos für euch. Richard, dein Führerschein befindet sich bereits im Handschuhfach, ich rate dir aber dringend, vorher dein Fahrtraining bei uns zu absolvieren. Matilda, du brauchst ab sofort nicht mehr an deinem alten Arbeitsplatz erscheinen. Ich habe dort bereits für Ersatz gesorgt und dich offiziell als persönliche Beraterin eingestellt. Inoffiziell habt ihr beide im Moment allerdings nur eine Aufgabe: Mir von euren Erfahrungen in der Bücherwelt zu erzählen. Richard, du erfährst zudem eine Sonderbehandlung, um dich mit allen Gepflogenheiten dieser Zeit vertraut zu machen. Solltet ihr etwas brauchen – was immer es auch sein mag – wählt die »0« am Haustelefon. Ein zweiter Wohnungsschlüssel befindet sich am Schlüsselbrett neben dem Eingang. Ach ja: Vermutlich wusstet ihr das bereits – aber der Vollständigkeit halber noch eine weitere Information: Die Kreditkarten haben kein Limit. Wir sehen uns morgen früh um 8.

Das musste ein Traum sein. Tilda konnte nicht mehr klar denken. Sie hatte nicht nur ihren Traummann an ihrer Seite, sondern auch noch eine Traumwohnung und unbegrenzt Geld zur Verfügung. Ihr Shoppingherz machte einen Sprung, wurde aber von einem Stein wieder zurückgehalten. Der Stein, der ihr noch immer auf dem Herzen lag. So traumhaft sich alles anhören mochte, sie traute sich nicht, es in den vollsten Zügen auszukosten. Klar, dieser Luxus war sehr verlockend, aber wenn sie ehrlich war, wäre ihr ein einfaches Leben ohne die Abhängigkeit von den Swans lieber gewesen. Richard dagegen schien keinerlei schlechtes Gewissen zu haben. Er kannte es nicht anders, nahm alle Annehmlichkeiten als selbstverständlich hin. *Ein schönes verwöhntes Bürschchen habe ich mir da geangelt,* dachte Tilda spöttisch. Ob er auch ohne diesen Luxus leben konnte? Sie war unsicher. Sie fuhr sich durch ihre honigblonden Haare und blieb mit der Hand an der kleinen Erhebung in ihrem Nacken hängen.

»Was macht dieses Implantat dort eigentlich?«, fragte sie Richard. »Ich hatte eher erwartet, dass ich irgendwie verzaubert werde. Das hier, das ist so ... unmagisch.«

Richard lachte. »Glaub mir, in diesem kleinen Ding steckt mehr Magie als du dir jemals vorstellen kannst. Sie wird umso wirkungsvoller, wenn sie an einen greifbaren Gegenstand geknüpft ist. Damit du ihn nicht verlierst, hat man ihn dir direkt unter die Haut gesetzt. Das ist fantastisch! Mir wurde er mehr oder weniger aufgeklebt. Deshalb konnte ich ihn auch verlieren.«

Er tastete ebenfalls in seinen Nacken.

»Hier.«

Er drehte sich um, hob seine Haare ein wenig an und gab den Blick auf seinen Nacken frei. Tilda sah eine etwa Cent-Stück große blutverkrustete Wunde. Es sah aus, als hätte man ihm den Gegenstand gewaltsam entfernt.

Tilda erschrak. Sie hatte diese Verletzung noch gar nicht bemerkt.

»Wer war das?«, fragte sie.

Richard setzte einen gleichmütigen Gesichtsausdruck auf, versuchte das Ganze zu überspielen.

»Ich weiß es nicht mehr. Es ist in der Bücherwelt passiert, während des Angriffs, aus dem du mich gerettet hast. Ich kann mich nicht daran erinnern. Aber danach war der Schutz verschwunden.

Wahrscheinlich steckte zu viel Energie drin und die Gier der Wächter hat den Knopf abgelöst.«

Er zuckte mit den Schultern.

»Ist nicht weiter schlimm. Ich brauche den Schutz nicht mehr. Hauptsache, du hast ihn.«

Als Richard sich wieder zu ihr umdrehte, sagte sie: »Eins verstehe ich nicht: Warum stellt Jürgen König nur mich unter diesen Schutz? Du hast dein ganzes Leben der Suche nach der Bücherwelt gewidmet, hast tatsächlich den Eingang gefunden und warst dort – sogar viel, viel länger als ich! Du hast wesentlich mehr Wissen darüber und kannst ihm viel besser helfen als ich! Warum beschützt er mich? Ich habe keinerlei magische Fähigkeiten!«

Richard seufzte und nahm ihre Hände.

»Du, Tilda, bist etwas ganz Besonderes. Du trägst eine Macht in dir, die viel größer ist als die magischen Kräfte aller Swans zusammen: die Liebe.«

Ungläubig schüttelte Tilda den Kopf. »Die Herzbande? Aber du hast sie doch auch erlebt?«

»Das stimmt. Aber bei mir kann sie keine solche Kraft entwickeln wie bei dir. Es gibt zu viel anderes Magisches in mir. Aber du bist absolut frei und ganz und gar erfüllt von der Macht der Herzbande. Das macht dich zu einem einzigartigen Menschen – nicht nur für mich.«

»Na schön, mag sein, dass die Herzbande mich zu etwas Besonderem macht. Aber inwiefern? Und warum ist das für Jürgen König so wichtig?«

»Das kann ich dir auch nicht so genau beantworten. Es gibt nur sehr wenige Überlieferungen zur Herzbande – aus einer Zeit, als die Menschheit noch frei war. Ich hielt das alles immer für Märchen. Ich hielt auch die Herzbande selbst für ein Märchen. Aber jetzt, da ich sie erlebt habe, weiß ich, dass auch diese Überlieferungen wahr sein müssen – oder zumindest der Kern. Ein Mensch, der die Herzbande erlebt, trägt eine immense Kraft in sich, die ihn zu übermenschlichen Dingen befähigt, allein durch die Kraft der Liebe. Welche Kraft das ist, das ist bei jedem Menschen unterschiedlich. Fest steht nur, dass Jürgen König natürlich um diese

Überlieferung weiß und dich, beziehungsweise deine Kraft, für seine Zwecke nutzen möchte.«

»Schöne Scheiße. Ich bin jetzt also die Geheimwaffe der Swans.«

Tilda hatte es langsam satt, eine erschreckende Neuigkeit nach der anderen zu erfahren. *Oh guter Alltagstrott, wo bist du nur hin?*

Richard blinzelte sie verlegen an.

»Ich habe mit all dem ja auch nicht gerechnet. Nimm es einfach, wie es ist. Versuchen wir, das Beste draus zu machen! Es könnte wahrlich schlimmer um uns stehen!« Er machte eine ausladende Bewegung. »Diese Wohnung ist – um es mit der Sprache deiner Zeit zu sagen – der Wahnsinn. Und ich bin unglaublich gespannt darauf, noch mehr über diese Zeit zu erfahren. Ich will diese ganzen technischen Geräte bedienen können, ich will Autofahren lernen, ich will…«

Er bemerkte Tildas zweifelnden Blick und fügte hinzu: »Vor allem aber will ich mit dir glücklich sein.«

Das munterte Tilda ein wenig auf. Er hatte wieder einmal Recht: Es könnte wirklich schlimmer sein. Sie hatten alle Annehmlichkeiten, die man sich nur vorstellen konnte. Und wer weiß? Vielleicht behielt Richard auch mit seiner Vermutung Recht, dass alle Untersuchungen der Swans nichts bringen würden, solange Tilda nicht gewillt war, ihnen etwas zu verraten. Vielleicht konnte sie diese Welt und die von Titus irgendwie retten. *Ha! Ich kann die Welt retten!* Das klang reichlich eingebildet, fand sie. Und dennoch: Sie war der Schlüssel, der seidene Faden, an dem das empfindliche Gleichgewicht hing. Und sie wollte ihn mit aller Kraft verteidigen.

53

Die nächsten Tage verbrachten Tilda und Richard hauptsächlich in der Abtei. Richard erhielt zunächst eine Sonderbehandlung: Er lernte die Geschichte der letzten 100 Jahre, wurde mit der modernen Technik und den hiesigen Gepflogenheiten vertraut gemacht und lernte Autofahren. Das alles ging natürlich unglaublich schnell, weil die Swans mit irgendeinem Zauber nachhalfen. Innerhalb weniger Tage war Richard kaum mehr anzumerken, dass er aus einem anderen Zeitalter kam: Er benutzte Wörter, die Tilda noch nie von ihm gehört hatte, kannte sich mit der Bedienung der Haustechnik besser aus als sie und fuhr begeistert mit seinem BMW i8. Insgeheim fand Tilda es ein wenig schade: Sie hatte diese kindliche Unwissenheit, die dem Zeitunterschied geschuldet war, irgendwie niedlich gefunden. Andererseits war sie froh, dass diese hundert Jahre nicht mehr zwischen ihnen standen. Und Richard hatte sich trotz intensivster Swan-Behandlung seine guten Manieren bewahrt. Er öffnete ihr jede Tür, ging beim Treppensteigen schützend unter ihr und war stets um ihre Sicherheit und ihr Wohlergehen bemüht. Ein echter Gentleman.

Tilda dagegen musste den ganzen Tag in einem abgeschlossenen Zimmer innerhalb der Abtei verbringen. Eine freundliche Frau namens Constanze – Tilda schätzte sie auf Mitte vierzig – stellte ihr ununterbrochen Fragen der unterschiedlichsten Art. Fragen zu ihrer Kindheit, Fragen zu ihrer Ausbildung, Fragen zu ihren Vorlieben und natürlich auch Fragen über die Bücherwelt. Sobald Tilda eine Zwischenfrage stellte, reagierte Constanze ungehalten. Deshalb hatte Tilda beschlossen, sich ihrem Schicksal zu ergeben. Solange sie nur irgendetwas auf Constanzes Fragen antwortete, schien diese zufrieden. Sie bemühte sich, alle Antworten, die Titus und die Bücherwelt betrafen, vorsichtig zu beantworten. Aber irgendetwas schien Constanze mit ihr zu machen, denn ob sie wollte oder nicht: Die Wahrheit sprudelte nur so aus ihrem Mund. Irgendwann, so war sich Tilda sicher, hatte sie Constanze ihr ganzes Leben erzählt – und zwar vorwärts und rückwärts. Sie beneidete Richard, dessen Tagesablauf wesentlich aufregender und abwechslungsreicher war als ihrer. Sie vermisste ihn jede Sekunde, in der er nicht bei ihr war – was leider fast ständig der Fall war. Sogar das Wochenende hatten Tilda und Richard in der Abtei verbracht und sich all die Tage außer am Morgen und am Abend nicht gesehen. Daher waren sie glücklich, als sie am darauffolgenden Donnerstag – eine Woche nach dem Einzug in ihre neue Wohnung – die Nachricht erhielten, dass die Untersuchungen erst am Montag fortgesetzt würden.

Richard war froh, endlich Gelegenheit zu haben, Tildas Buch zu holen und es zu verstecken. Außerdem wollte er sich um die Auflösung des Mietvertrages kümmern und alles, was Tilda ihm aufgetragen hatte, aus der alten Wohnung holen.

Tilda wollte die Zeit nutzen, um Emi einzuladen – mit der sie nur einmal kurz telefoniert hatte – und um sich bei Mia zu melden. Die nämlich hatte sie die ganze Zeit nicht ein einziges Mal gesehen. Langsam fragte sie sich, ob mit ihrer Freundin alles in Ordnung war. Als sie ihren alten Arbeitsplatz betrat, wurde sie von einem neuen Gesicht am Empfang begrüßt.

»Guten Morgen! Wie kann ich Ihnen helfen?«, flötete eine ziemlich bieder gekleidete und schüchtern wirkende junge Frau mit einer dicken Hornbrille. *Das ist also der Ersatz für mich.*

»Ist Mia da?«, fragte sie. Als sie den fragenden Blick der neuen Empfangsdame bemerkte, fügte sie hinzu: »Mia Gutenberg. Durchwahl 22.«

Tilda hatte Mitleid mit ihr. Sie schien ziemlich überfordert. Kein Wunder, schließlich hatte sie Tildas Job offenbar von heute auf morgen übernehmen müssen. Irgendwie hatte sie es schließlich geschafft, die Telefonanlage zu besiegen und fragte mit piepsiger Stimme in den Hörer: »Frau Gutenberg? Hier ist Besuch für Sie.«

Einen Moment hörte sie zu, dann fragte sie an Tilda gewandt: »Wie ist bitte Ihr Name?« Tilda lächelte sie aufmunternd an. »Tilda. Wir kennen uns.«

Die Empfangsdame schob sich ihre Brille zurecht und sagte, wieder in den Telefonhörer: »Tilda. Sie sagt, sie… In Ordnung. Danke!« Sie wurde rot und legte auf. »Sie sollen hochgehen.« Tilda nickte ihr lächelnd zu.

Auf dem Weg nach oben kam ihr Mia bereits entgegen.

»Tilda! Ein Glück, dass du da bist! Ich dreh noch durch hier. Das hässliche Elklein macht mich wahnsinnig.« Sie verdrehte die Augen. »Du hast sie ja eben kennengelernt. Unsere neue Empfangsdame. Sie ist die reinste Schlaftablette und hat offenbar noch nie mit einem Computer gearbeitet. Gehen wir was essen? Ich muss dringend raus hier!«

Tilda musste sich ein lautes Lachen verkneifen, als sie sich vorstellte, wie Mia der Neuen ihren Arbeitsplatz erklärte.

»Klar, gehn wir was essen. Hässliches Elklein sagt ihr zu ihr?« Sie kicherte.

»Naja, liegt irgendwie nahe. Wenn man Elke heißt und wie ein hässliches Entlein aussieht…«

»Du bist so boshaft!« Tilda boxte Mia in die Seite. Stark bemüht, ein Kichern zu unterdrücken, gingen sie grüßend an der Neuen vorbei und verließen die Agentur.

»Café Rastlos, was hab ich dich vermisst! Es kommt mir vor, als wäre es eine Ewigkeit her, seit ich das letzte Mal hier war!«

Seufzend ließ sich Tilda auf ihren eben freigewordenen Lieblingsplatz sinken. Mia grinste frech.

»Was macht dein neues Leben als Swan?«, fragte sie. Tilda verzog das Gesicht. »Es ist kein Spaß, soviel kann ich dir sagen. Die wollen alles von mir wissen. Ich glaub, die wissen mittlerweile mehr über mich als du oder Emi.«

»Wer arbeitet mit dir? Constanze?«

»Jaaa. Sie ist ziemlich hartnäckig.« Tilda rümpfte die Nase.

»Das ist sie tatsächlich. Aber sie ist ganz nett. Ich hatte schon öfter mit ihr zu tun.«

»Mag sein. Aber ich halte diese ewige Fragerei nicht mehr aus. Ein Glück, dass das – zumindest vorübergehend – ein Ende hat. Mensch, Mia, du müsstest unsere Wohnung sehen! Sie ist ein Traum!«

»Ihr seid in der Sternallee, oder? Ich hab davon gehört. Die Wohnungen sind die allerneuesten. Gerade erst fertig geworden. Ich besuch euch gerne mal, wenn ich darf.«

»Jederzeit! Ich würde mich wirklich freuen. Wir … wir haben uns kaum mehr gesehen, seit das alles passiert ist. Ich hoffe, es geht dir gut?«

Tilda legte den Kopf schief und sah ihre Freundin fragend an.

»Oh ja, mir geht es bestens. Es gab viel zu tun, sowohl in der Agentur als auch bei uns. Ich habe nicht viel geschlafen in letzter Zeit.«

Sie zog die Augenbrauen hoch. »Aber wer braucht schon Schlaf?« Tilda lachte.

»Du sagst es. Ich wollte dich noch etwas fragen. Ich brauche eine zweite Meinung.«

Sie wurde wieder ernst. Sie wollte Mia fragen, was sie von der Prophezeiung aus dem Buch hielt. Aber irgendetwas hielt sie davon ab. Schon wieder hörte sie ihre Alarmglocken schrillen und spürte, sie sollte Mia besser nicht einweihen in das, was das Buch ihr von ihrer Zukunft verraten hatte. Es war das einzige Geheimnis, das sie noch hatte. Selbst Constanze hatte es bisher nicht aus ihr herauslocken können.

»Ja?« fragte Mia neugierig.

Tilda zögerte. »Ach, ist nicht so wichtig. Ich muss erst mit Richard darüber reden«, winkte sie schließlich ab.

Mia hob fragend die Augenbrauen.

»Mit Richard? Na klar. Wie läuft's eigentlich bei euch? Hat er dich endlich geküsst? Versteht ihr euch gut?«

»Ob wir uns gut verstehen? Aber hallo! Ich war noch nie so glücklich in meinem Leben. Er ist einfach perfekt für mich. Und natürlich hat er mich schon geküsst.«

Sie strahlte übers ganze Gesicht und war dankbar, dass Mia gleich ein anderes Thema angeschnitten hatte.

Sie wusste ja selbst nicht, warum ihr unwohl dabei war, wenn sie Mia Geheimnisse verriet.

»Gut.« Mia grinste. »Und wie ist er so im Bett? Du hast ja jetzt fast direkten Vergleich mit Leon.«

Tilda sah ihre Freundin skeptisch an. Täuschte sie sich oder hörte sie da einen boshaften Unterton? Sie beschloss nicht darauf einzugehen.

»Richard ist keine Affäre, Mia. Das weißt du doch. Da geht es um sehr viel mehr als Sex. Der richtige Augenblick wird schon noch kommen. Außerdem hatten wir in der letzten Woche kaum Zeit füreinander.«

»Ach, weißt du«, sagte Mia beiläufig. »Dass ihr durch die Herzbande verbunden seid, muss ja nicht automatisch heißen, dass ihr immer nur auf Wolke sieben schwebt. Der Alltagstrott holt jeden irgendwann mal ein, hm? Aber da kommt das Fest am Samstag ja gerade richtig«, plapperte Mia.

Als sie Tildas fragenden Blick bemerkte, ergänzte sie: »Das Sommerfest der König AG? Habt ihr noch keine Einladung erhalten?«

Tilda schüttelte den Kopf. »Nie davon gehört.« Konnte es sein, dass Mia ihr gerade einreden wollte, ihre Beziehung zu Richard wurde langweilig? *Sie hat doch noch gar nicht richtig angefangen!* Tilda tobte innerlich, versuchte aber sich nichts anmerken zu lassen.

»Das ist sicher in dem ganzen Durcheinander untergegangen. Ich kümmere mich darum, dass ihr eine Einladung bekommt. Das wird herrlich! Das Sommerfest findet jedes Jahr statt – mit Kunden und Geschäftspartnern. Und natürlich mit allen Swans, vorausgesetzt, sie haben Zeit. Es ist eine riesige Veranstaltung. Eine Liveband spielt, alles ist herrlich geschmückt und du kannst feiern bis zum Abwinken. Die Cocktailbar ist übrigens sehr zu empfehlen.« Sie grinste. »Ihr kommt doch? Das diesjährige Motto ist Hawaii. So wie ich Jürgen kenne, wird das ganze Areal mit feinem Sand bedeckt sein.«

»Ui, das hört sich super an! Sicher kommen wir! Endlich können wir mal wieder weggehen! Ich hoffe, das ist keine zu steife Angelegenheit?«

Mia lachte. »Nein, überhaupt nicht. Es gibt keine geilere Party im Jahr.«

Mit gemischten Gefühlen verabschiedete sich Tilda wenig später von Mia, die noch einiges in der Agentur zu tun hatte. Sie setzte sich in ihren neuen BMW i3 und stöhnte vor Hitze. *Schwarze Autos sind ja echt schick, aber im Sommer kein Spaß. Zumindest so lange, bis die Klimaanlage Wirkung zeigt.* Auf dem Nachhauseweg rief sie per Freisprecheinrichtung schnell bei Emi an und lud sie für den kommenden Tag zum Frühstücken ein. Da ihre Schwester Urlaub hatte, war sie sofort einverstanden.

Als sie ihren i3 in der Tiefgarage parkte, stellte sie erfreut fest, dass auch Richards Auto schon da war. *Wir haben einen freien Nachmittag nur für uns!* Aufgeregt fuhr sie mit dem Aufzug nach oben. Mit einem leisen »Bing« öffneten sich die Türen. Wieder staunte Tilda über die herrliche Wohnung, in der einfach alles perfekt war. Sie konnte noch immer nicht ganz glauben, dass das ihr neues Zuhause sein sollte. Es fühlte sich eher wie ein Urlaub an. Ein Luxusurlaub in einem 5-Sterne-Hotel, der bald wieder zu Ende gehen würde. Immer wieder musste sie sich deutlich machen, dass das hier Normalität war. Dass sie hier zu Hause war. Mit dem Mann ihrer Träume.

Wo war er denn? Das Wohnzimmer war leer. Nach und nach suchte Tilda alle Zimmer ab. Seltsam, sein Autoschlüssel hing ordnungsgemäß am Schlüsselbrett. Aber von Richard war keine Spur. Als sie auch den Balkon überprüft hatte, hörte sie ein klackerndes Geräusch aus dem Gang. Sie hielt die Luft an. Hatte sie sich das eingebildet? Nein, da war es schon wieder. Es war niemand zu sehen.

»Richard?« fragte sie ängstlich. Da öffnete sich die Tür neben dem Aufzug. Die Tür die ins Treppenhaus führte, das Tilda noch nie benutzt hatte. Richard stand vor ihr und grinste sie an.

»Ich muss dir etwas zeigen«, sagte er. Verwundert bemerkte Tilda, dass er barfuß war.

Er zog ein dunkles Tuch aus der Garderobe und verband ihr die Augen.

»Was ist denn los?«, fragte Tilda aufgeregt. Richard legte ihr einen Finger auf die Lippen.

»Überraschung!«, sagte er leise.

Tilda wusste nicht, was er vorhatte. Was hatte er im Treppenhaus gemacht? Was konnte es dort Besonderes geben? Sie ließ sich von Richards sicheren Händen durch die Tür führen und zur Treppe bugsieren. Oh! Es ging nach oben und nicht – wie erwartet – nach unten. Tilda rätselte noch immer. Wo mochte der Weg hinführen? Als sie stoppten, konnte sie hören, wie Richard eine weitere Tür öffnete. Dann schob er sie behutsam hindurch. Tilda fühlte, wie ihr die Sonne ins Gesicht schien. Ein sanfter Windhauch ließ ihre Haare flattern. Richard stand hinter ihr und hielt sie mit beiden Armen fest.

»Wo sind wir?« fragte sie.

»Rate mal!« Tilda konnte in seiner Stimme hören, wie er sich freute.

»Äh, auf dem Dach?«

»Gar nicht schlecht, Fräulein Hummel.« Er drückte ihr einen sanften Kuss in den Nacken. Dann öffnete er ihre Augenbinde.

54

Tilda stockte für einen Moment der Atem. Sie waren tatsächlich auf dem Dach. Aber dieses Dach war nicht einfach ein Dach. Es war eine gigantische Dachterrasse. Die Fläche war genauso groß wie ihre gesamte Wohnung. Hier oben war nicht nur ein Pavillon mit Loungemöbeln und einem plätschernden Springbrunnen aufgebaut, sondern auch ein atemberaubender Luxus-Swimmingpool mit Außendusche und passenden Liegen. Im hinteren Bereich befand sich eine kleine überdachte Bar. Überall standen riesige Pflanzkübel. Es war das reinste Paradies.

Tilda kam aus dem Staunen gar nicht mehr heraus.

»Was ist das?« fragte sie völlig ungläubig.

»Das ist unsere Dachterrasse. Sie gehört ganz allein uns. Nur die oberste Wohnung hat das Anrecht auf diesen besonderen Luxus. Gefällt sie dir?« Er grinste.

Tilda schüttelte den Kopf. Das war unglaublich. Sie hatte noch nie so etwas Schönes gesehen.

»Doch! Ja!«, rief sie laut, als Richard sie zweifelnd ansah. »Sie ist der Wahnsinn!«

»Das wollte ich hören«, sagte Richard und hob Tilda mit einem Satz hoch. Hilflos in seinen Armen zappelnd konnte sie nur noch kreischen, bevor sie mit einem lauten Platschen im Pool landete. Richard sprang sofort hinterher.

»Na warte, das kriegst du zurück!«, rief Tilda mit gespieltem Ernst. Mit aller Kraft versuchte sie ihn unter Wasser zu drücken. Doch Richard war stärker. Er hob sie aus dem Wasser und warf sie ein Stück weit, so dass sie erneut unterging. Prustend kam sie wieder an die Wasseroberfläche und setzte diesmal eine noch grimmigere Miene auf. Ihre Schuhe hatte sie längst verloren. Sie schwamm auf ihn zu. Kurz bevor er sie erneut zu fassen bekam, tauchte sie unter, ergriff seine Füße, die gerade so den Boden berührten und brachte ihn aus dem Gleichgewicht. Blitzschnell tauchte sie wieder auf und drückte ihn dann nach unten. Als Richard schnaubend wiederauftauchte, sagte er bewundernd: »Gute Taktik, Fräulein Hummel. Ich sehe schon: Sie wissen sich zu verteidigen. Ich brauche mir keine Sorgen um Sie machen.«

Er streckte ihr seine Hand entgegen. Tilda ergriff sie lächelnd, da spürte sie, dass er startete, um sie ein weiteres Mal zu werfen.

»Nein!«, quietschte sie. Richard setzte sie wieder ab und hielt sie fest. Er sah ihr streng in die Augen.

»Aber ein bisschen leichtgläubig sind Sie noch.«

Ehe Tilda etwas darauf erwidern konnte, zog er sie zu sich heran und küsste sie stürmisch. Jeder Kuss von ihm fühlte sich an wie der erste. Intensiv und leidenschaftlich, bezaubernd und ein wenig verzweifelt. Aber dieser Kuss schmeckte eindeutig nach mehr.

Sie schlang die Beine um ihn und ließ ihre Hände durch seine Haare fahren. Ihr Puls beschleunigte sich. Sie wollte ihm ganz nah sein und drückte sich so eng an ihn, wie es nur ging. *Siehst du, Mia! Von wegen Alltagstrott!* Richard schien für einen Moment überrascht von ihrer Überschwänglichkeit, dann erwiderte er sie. Seine Hände strichen über ihren Rücken, wanderten nach unten, über ihren Po bis zu den Oberschenkeln, dort wo ihr Kleid endete. Ganz vorsichtig, fast ein wenig schüchtern, spielte er mit dem Saum, als wollte er fragen, ob er weitermachen durfte. *Ja, das darfst du!* Tilda strich mit den Fingerspitzen über Richards Haare, hielt kurz inne, als sie die verkrustete Stelle in seinem Nacken spürte und ließ ihre Hände dann weiter nach unten gleiten. Durch den Stoff seines triefendnassen Hemdes spürte sie seine Rückenmuskulatur. Richard schob nun sanft den Saum ihres Kleides nach oben, Stück für Stück.

Tilda schloss die Augen und spürte seinen warmen Atem an ihrer Wange. Seine Hände hatten nun das Kleid so weit nach oben geschoben, dass ihr Po freilag. Richards Hände auf ihrem Po – diese Berührung war neu für Tilda. Er hielt kurz die Luft an und war unsicher, ob er zu weit gegangen war. Aber es fühlte sich gut an. Tilda wollte mehr. Ungeduldig öffnete sie die Knöpfe seines Hemdes, während er ihren Hals liebkoste. Nachdem Richards Hemd irgendwo im Pool gelandet war, öffnete er mit zitternden Fingern den Reißverschluss ihres Kleides und streifte es ihr über den Kopf. Das Braun in seinen Augen schien Funken zu sprühen.

»Du bist so schön«, seufzte er und verharrte für einen Moment in dem Blick ihrer Augen. Er brauchte sie nur anzusehen und in Tildas Körper tanzten tausende Schmetterlinge. Sie lächelte leicht, überfordert von der immensen Strahlkraft seiner Augen. Dann küsste er sie erneut, seine Hände tasteten sich über ihre Arme, ihren Bauch bis zu ihrem Po und spielten mit ihrem Höschen. Tilda hörte, dass Richards Atem schneller ging, wie er leise stöhnte.

»Ich liebe dich«, murmelte er. »Ich liebe dich so sehr.«

Noch nie hatte Tilda die Berührungen eines Jungen so genossen. Noch nie hatten Hände auf ihrem Körper solche Gefühle in ihr geweckt. Sie wollte ihn spüren. Jetzt. Sofort. Aber sie konnte nicht. So sehr sie es auch wollte, sie musste ihm erst von Leon erzählen. Sie musste ihm erzählen, dass es einen anderen Typ gab, der sie liebte. Vorher konnte sie das hier nicht ruhigen Gewissens fortsetzen. Sie ärgerte sich selbst maßlos darüber.

Richard bemerkte, dass sie zögerte.

»Was ist los?«, fragte er überrascht und las in ihren Augen, die sich mit Tränen füllten. »Oh nein, ich wollte dich nicht drängen. Es tut mir leid! Es tut mir leid!«

Er nahm ihr Gesicht in beide Hände und küsste ihre Nasenspitze. Tilda schüttelte energisch den Kopf, wischte ärgerlich die Tränen weg.

»Nein! Du hast mich nicht bedrängt! Mir tut es leid. Ich weiß auch nicht, was los ist. Ich wollte es doch auch. Aber dann…«

Seufzend ließ sie ihren Kopf auf seine Brust sinken. *Ich wollte es erzwingen, um Mia zu beweisen, dass wir glücklich sind. Dabei habe ich das gar nicht nötig.* Richard strich ihr zärtlich über ihre nassen Haare.

»Schon gut. Ist doch nicht so schlimm.«

»Doch, das ist es«, antwortete Tilda, wütend auf sich selbst. Wütend, weil sie plötzlich Hemmungen hatte, die sie bei Leon nie gehabt hatte. Wütend, dass sie diesen Augenblick zerstört hatte und vor allem wütend, weil sie wieder einmal nicht in der Lage war, Richard von Leon zu erzählen.

Richard setzte sich auf die Kante des Pools und ließ die Füße im Wasser baumeln. Seine beigen Chinos klebten an seinen Beinen. Er zog Tilda hinterher, setzte sie neben sich und legte einen Arm um ihre Schultern.

»Hey, es ist alles gut. Mach dir keine Vorwürfe. Solange du bei mir bist, machst du mich glücklich. Egal, wie viel du anhast.« Er grinste. »Obwohl ich schon zugeben muss, dass diese Unterwäsche sehr sexy ist. So etwas gab's vor hundert Jahren noch nicht.«

Tilda lächelte ihn an. *Jetzt! Sag's ihm doch endlich! Es ist doch nichts dabei!*

Richard erhob sich.

»Komm, wir ziehen uns was Trockenes an und dann fahren wir in deine alte Wohnung. Ein paar Sachen holen, die du noch brauchst.«

»Du hast das Buch schon versteckt?«, fragte Tilda erstaunt.

»Na klar! Das war das erste, was ich heute gemacht habe. Und keine Sorge: Es ist an einem sicheren Ort. Dein Mietvertrag ist auch schon gekündigt. Nächste Woche kommt bereits der Nachmieter.«

Kurze Zeit später saßen sie in Richards i8 – natürlich hatte er darauf bestanden zu fahren – und waren auf dem Weg in Tildas alte Wohnung. Als sie vor dem Wohnhaus hielten, überrollte Tilda eine Flut der Erinnerung an ihr altes Leben. Mit zögernden Schritten betrat sie die Wohnung, die noch bis vor Kurzem ihr Zuhause gewesen war. Es war ein eigenartiges Gefühl, durch die kleinen Zimmer zu gehen. In jedem Winkel klebten Erinnerungen. Leise seufzend packte sie ein paar Dinge in die Kartons, die Richard bereits aufgestellt hatte. Ihre Fotos, CDs, ein paar Lieblingsklamotten, ihre Bücher. Das meiste brauchte sie nicht mehr, weil es ersetzt worden war durch Teureres, Besseres, Neueres.

Als sie einen neuen Karton aus dem Schlafzimmer holte, erschrak sie. In dem Karton lag ihr Buch. Das Buch ihres Lebens. Wie war das möglich? Richard hatte doch gesagt, er hatte es versteckt?

»Richard? Komm mal bitte schnell her!« Tilda wusste nicht, was sie glauben sollte. Ein solch miserables Versteck konnte er sich nicht ausgedacht haben. Als Richard mit fragendem Blick ins Zimmer kam, hielt Tilda ihm das Buch entgegen. In Richards Augen lag Fassungslosigkeit.

»Wo hast du das her?«, fragte er und riss es ihr aus der Hand.

»Es lag hier, in diesem Karton«, sagte Tilda und deutete nach unten.

»Das kann nicht sein!« Richard fuhr sich mit den Fingern durch die Haare. »Ich habe es doch eigenhändig weggebracht.«

»Aber es ist wieder da. Wer kann es nur hergebracht haben? Wo hast du es denn versteckt?«

»Das ist nicht wichtig. Keiner konnte davon wissen. Es muss von selbst zurückgekommen sein.« Er atmete tief durch. »Ich habe es fast befürchtet. Es ist an dich gebunden. Es wird immer wieder einen Weg zu dir finden.«

Niedergeschlagen setzte er sich auf Tildas altes Bett. »Ich hatte gedacht, wenn ich es nur von dir fernhalte, bist du in Sicherheit. Jetzt muss ich wieder jeden Moment damit rechnen, dass die Prophezeiung eintritt. Dass du…«

Er beendete seinen Satz nicht, sah ihr nur tief in die Augen und Tilda las die Verzweiflung und den Schmerz darin. Tröstend gab sie ihm einen Kuss auf die Stirn.

»Es wird schon alles gut werden«, sagte sie.

Sieben Kartons hatten sie schließlich gepackt. Nicht viel, aber zu viel für den 18. Daher rief Richard in der Hausverwaltung der Sternallee an und beauftragte jemanden, die Sachen abzuholen. Nur das Buch wollten sie gleich mitnehmen. Lieber wollten sie es an einem Platz in ihrer Wohnung deponieren als damit zu rechnen, dass es irgendwann von selbst in Tildas Händen auftauchte. Richard erlaubte Tilda nicht, das Buch zu berühren. Schließlich war in der Prophezeiung davon die Rede gewesen, dass Tilda das Buch umklammerte. Richard bestand sogar darauf, dass Tilda fuhr, während er das Buch festhielt. Seine Finger verkrampften sich darum und er sagte während der ganzen Fahrt keinen Ton.

Zu Hause angekommen, packte er es in eine kleine Kiste und stellte diese in das oberste Regal im Arbeitszimmer. Kein sicheres Versteck, aber besser, als es offen auf dem Wohnzimmertisch liegenzulassen.

Tilda hatte am Eingang einen roten Briefumschlag aus dem Briefkasten gefischt. Als sie ihn öffnete, stellte sie erstaunt fest, dass darin die Einladung für das Sommerfest der König AG lag. Entweder hatte Mia sich sehr rasch darum gekümmert oder sie hätten sie ohnehin heute erhalten.

»Aloha!
Unser diesjähriges Sommerfest steht ganz unter dem Motto Hawaii. Wir freuen uns auf Sommer, Sonne, Strand, leckere Cocktails und gute Musik!
7.Juli
20.00 Uhr
Hauptsitz König AG
Dresscode: Cocktail‹

Sie freute sich sehr auf das Fest. Der Wetterbericht meldete strahlenden Sonnenschein und gewohnt heiße Temperaturen für Samstag und Tilda verspürte große Lust auszugehen. Ganz besonders mit Richard.

Mit der Einladung wedelnd, kam sie ins Wohnzimmer und setzte sich neben den noch immer vor sich hinstarrenden Richard.

»Wir gehen am Samstag auf ein Sommerfest!«, rief sie begeistert. Ihr Freund hob nur eine Augenbraue.

»Jetzt komm schon!«, sagte Tilda aufmunternd. »Ich werde das Buch nicht anrühren. Versprochen! Lass uns das Leben genießen!«

»Das Leben genießen? Solange es noch geht…«, murmelte Richard.

»Eben! Wer weiß, wie lange unsere gemeinsame Zeit noch dauert? Jede Minute ist kostbar und da will ich keinen griesgrämigen, grummelnden, Löcher in die Luft starrenden…«

»Schon gut!«, unterbrach Richard sie und musste gegen seinen Willen lachen. »Ich höre ja schon auf damit. Du hast ja Recht. Wir müssen jede Sekunde genießen. Ich kann mich nur nicht damit abfinden, dass ich dich gerade erst gefunden habe und vielleicht schon bald wieder verlieren werde. Das tut so verdammt weh.«

»Ich weiß.« Tilda setzte sich neben ihn und nahm seine Hand in ihre. »Aber versuch einfach nicht daran zu denken. Vielleicht kommt doch noch alles ganz anders. Vielleicht ist die Kraft unserer Liebe so groß, dass sie stärker ist als jede Prophezeiung. Ich glaube daran.«

Richard schien nicht ganz überzeugt, nickte aber dennoch und sagte: »Ich werde es versuchen.«

»Sehr gut!« Tilda strahlte ihn an. »Dann werde ich mich jetzt umziehen und von dir zum Essen ausführen lassen.«

Sie senkte den Kopf und sah ihn von unten herauf an.

Richard seufzte. »Wie könnte ich diesem Blick wiederstehen. Los, ab mit dir! Zieh dir was Hübsches an!«

Auch wenn sie in die teuersten Restaurants hätten gehen können, landeten Tilda und Richard bei Tildas Lieblingsitaliener. Dort fühlte sie sich einfach wohler. Obendrein war das Essen hervorragend. Tilda bestellte sich ein Tomatenrisotto mit Shrimps und Richard aß die erste Pizza seines Lebens.

»Wie sieht's aus?« Tilda grinste Richard an. »Schaffst du noch einen Nachtisch? Das Semifreddo ist sehr zu empfehlen.«

Richard winkte dankend ab. »Die Pizza war umwerfend. Ich möchte den guten Geschmack noch ein wenig auf der Zunge behalten. Außerdem platze ich gleich.«

Glücklich und sehr satt beschlossen sie, zu Fuß nach Hause zu gehen. Die Sonne war gerade untergegangen und die Luft wurde etwas angenehmer. Händchenhaltend und ohne Eile schlenderten sie durch die Straßen.

»Du, Richard«, begann Tilda und er sah sie fragend an.

»Was ist denn los?«

»Es gibt da noch etwas, das ich dir sagen muss.« Sie drückte seine Hand ganz fest, als hätte sie Angst, er würde sie im nächsten Moment loslassen. Sie schluckte. »Bevor ich dich kennengelernt habe, war ich mit einem anderen zusammen.«

Gut. Jetzt ist es raus. Richard blieb stehen und Tilda beeilte sich hinzuzufügen: »Nicht richtig zusammen. Wir hatten nur eine Affäre. Es war nichts Ernstes. Also zumindest für mich nicht.«

Sie sah, wie es in Richards Kopf ratterte. Es schien ihm nicht zu gefallen, was er da hörte. Aber er sagte nur leise: »Ok.«

»Du brauchst dir wirklich keine Sorgen zu machen! Er bedeutet mir nichts! Für mich war das immer nur eine Affäre. Aber er wollte plötzlich mehr und hat mir eine Liebeserklärung nach der anderen gemacht. Ich weiß auch nicht, warum er sich so geändert hat. Anfangs war er richtig stolz darauf, dass er nie eine feste Beziehung hatte. Mit mir wollte er sie plötzlich.«

»Was man ihm nicht verübeln kann, wer immer er auch ist«, ergänzte Richard mit einem gequälten Lächeln. »Eine Affäre, so so. Hattest du denn Gelegenheit, die Affäre zu beenden?«

Tilda sah zu Boden. »Ja, ich habe sie beendet. Aber er will nichts davon wissen. Er glaubt irgendwie, dass wir doch noch eine Chance haben. Die es nicht gibt! Für mich ist die Sache klar!«

Richard nickte. »Vielleicht solltest du nochmal in Ruhe mit ihm reden. Mit seiner Vergangenheit muss man abschließen. Ich habe das mit meiner auch getan.«

»Das habe ich doch. Er bildet sich da irgendwas ein. Aber bitte glaub mir: Da ist nichts.«

Richard hob ihren Kopf an und schaute sie prüfend an. »Wenn du mir sagst, dass du nichts für ihn empfindest, dann glaube ich dir. Mir ging es doch auch nicht anders. Die Herzbande hat uns beide völlig überrumpelt. Woher solltest du denn wissen, dass wir von einer Sekunde auf die andere plötzlich zusammengehören?«

Als er Tildas schuldbewussten Blick bemerkte, fügte er hinzu: »Hey, ganz egal, was zwischen euch passiert ist: Ich will es gar nicht wissen. Es interessiert mich nicht. Was für mich zählt, ist das Hier und Jetzt. Der Rest ist Vergangenheit.«

Glücklich warf sich Tilda in seine Arme. »Danke«, hauchte sie ihm ins Ohr. »Ich liebe dich so sehr.«

»Und ich dich erst.« Er drückte sie und küsste sie zärtlich.

55

Am nächsten Morgen wachte Tilda glücklich auf. Richard war schon aufgestanden. Heute würde Emi kommen und ihr neues Zuhause sehen! Sie würde Richard kennenlernen. Eine kribbelige Aufregung kroch durch Tildas Körper. Sie freute sich darauf, Emi an ihrem neuen Leben teilhaben zu lassen, ihr endlich zu zeigen, von wem und was sie die ganze Zeit gesprochen hatte.

Als sie frisch geduscht in die Küche kam, saß Richard bereits am Tisch und trank eine Tasse Kaffee, die Zeitung vor sich ausgebreitet.

»Guten Morgen mein Engel«, sagte er und erhob sich, um ihr einen Kuss zu geben. »Hast du gut geschlafen?«

»Ja. Neben dir schlafe ich immer gut.« Sie lächelte. »Emi kommt heute zum Frühstücken. Sie freut sich schon darauf, dich kennenzulernen.«

»Deine Schwester? Schön, dann bleibe ich noch ein bisschen. Ich wollte nochmal kurz zu Jürgen fahren, aber das hat noch ein wenig Zeit.«

»Zu Jürgen? Hast du eine neue Behandlung?«

»Nein, er hat mich gebeten, heute nochmal zu kommen. Außerdem wollte ich mit ihm reden, ob man die Verbindung, die das Buch zu dir hat, nicht irgendwie lösen kann. Damit ich es doch wieder verstecken kann. Schau nicht so! Ich verrate ihm schon nicht, was drinsteht! Aber er weiß wirklich unglaublich viel – sowohl magische Dinge als auch Menschliches. Nicht umsonst hat er ein so riesiges Firmenimperium aufgebaut, das in der Menschen- und der Swanwelt größte Beachtung und Anerkennung erfährt. Wusstest du, dass neun weitere Firmen zur König AG gehören?«

Tilda schüttelte den Kopf. Es war ihr auch egal. Mr. Lederhalsband war ihr unsympathisch. Da konnte er noch so viel Wissen haben – sie traute ihm nicht. Trotzdem wollte sie sich von ihm nicht die gute Laune verderben lassen. Sie deckte den Tisch und flitzte noch schnell zum Bäcker, um frische Semmeln zu holen. Gerade hatte sie alles fertig, als das Telefon läutete.

Der Wachmann von unten meldete sich: »Frau Hummel, Ihre Schwester ist hier. Soll ich sie raufschicken?«

»Ja! Bitte! Ich erwarte sie schon!«

Kurze Zeit später öffneten sich die Aufzugstüren. Emi trat mit großen Augen in den Flur.

»Du hast einen Wachmann? Das ist ja abgefahren!«

»Emi! Schön, dass du da bist! Ich freu mich so! Komm rein, ich zeig dir alles!«

Ungeduldig zog Tilda sie an der Hand ins Wohnzimmer, wo Richard wartete.

»Emi, das ist Richard.« Tildas Herz klopfte laut, als ihre Schwester und ihr Traummann das erste Mal aufeinandertrafen. Emi reichte Richard höflich die Hand.

»Hallo. Freut mich, dich kennenzulernen.«

»Ganz meinerseits«, erwiderte Richard galant. »Warum hast du deinen Mann und deinen Sohn nicht mitgebracht?«

»Oh.« Emi lächelte entschuldigend. »Ich bringe sie gern ein anderes Mal mit. Aber heute wollte ich in Ruhe mit Tilda reden. Wenn Timmy dabei ist, geht das nicht so einfach. Außerdem ist er gerade im Kindergarten.«

»Wir würden uns freuen, wenn ihr uns einmal zu dritt besucht«, sagte Richard herzlich.

»Sehr gerne.« Emi war völlig geplättet von allem. Tilda musste innerlich kichern, denn so schüchtern kannte sie ihre Schwester gar nicht.

Als sie ihr die ganze Wohnung gezeigt hatte, war Emi sprachlos.

»Das ist ja unglaublich!«, flüsterte sie fassungslos.

Richard wartete bereits am Esstisch auf die beiden Mädchen.

»Setzt euch doch«, sagte er und zog zwei Stühle vor. Als Emi bemerkte, dass nur für zwei gedeckt war, fragte sie Richard erstaunt: »Isst du nicht mit?«

»Nein, ich trinke nur eine schnelle Tasse Kaffee mit euch. Dann muss ich leider los. Aber ihr habt bestimmt auch ohne mich eine Menge zu besprechen, oder?«

Nach einigen Schlucken Kaffee schien Emi ihre Sprache wiedergefunden zu haben.

»Also, eure Wohnung ist wirklich toll! Wie seid ihr da nur so schnell rangekommen?«

Tilda blickte unsicher zu Richard. Sie wusste nicht genau, was sie Emi sagen durfte. Richard übernahm sofort.

»Purer Zufall. Es ist eine Firmenwohnung der König AG. Als ich von London hierhergekommen bin, war das die einzige, die frei war. Da habe ich natürlich nicht nein gesagt. Und Tilda habe ich gleich mitgenommen.« Er legte einen Arm um Tilda und strahlte sie an.

»Wie lange warst du denn in London?«, fragte Emi.

»Ich bin dort geboren und aufgewachsen. Meine Eltern stammen aber beide aus Deutschland. Sie haben Wert darauf gelegt, dass ich beide Sprachen lerne.«

»Wow, das ist toll. Ich beneide alle, die das Glück haben, zweisprachig aufzuwachsen. Das war uns leider nicht vergönnt.« Sie zwinkerte Tilda zu.

»Ach«, winkte Richard ab. »Englisch kann doch heutzutage fast jeder. Das ist doch gar nichts Besonderes mehr.« Mit einem Blick auf die Uhr erhob er sich. »Wenn ihr mich jetzt entschuldigt, ich muss leider los.«

Er reichte Emi die Hand: »Besuch uns bald mal wieder! Und bring den Rest deiner Familie mit!«

Tilda zog er zum Abschied in seine Arme und küsste sie. »Bis später!«

»Und?« fragte Tilda neugierig, als Richard auf dem Weg nach unten war. »Wie findest du ihn?« Ihre Wangen waren vor Aufregung gerötet.

Emi deutete einen Ohnmachtsanfall an.

»Er ist himmlisch«, hauchte sie und ließ sich kichernd fallen. »Im Ernst: Er ist toll! Er ist so nett und so gut erzogen und auch verdammt gutaussehend. Wo hast du den nur her? Und er vergöttert dich! Er hat dich die ganze Zeit angeschmachtet!«

»Findest du?« Tilda stütze ihren Kopf mit der Hand und lächelte verschmitzt. »Ist das so offensichtlich?«

»Aber hallo! Das sieht ein Blinder mit Krückstock! Tilda, ganz ehrlich, mir war erst nicht wohl bei dem Gedanken, dass du so schnell mit ihm zusammengezogen bist. Das ging alles ziemlich fix. Ein neuer Freund, eine neue Wohnung, ein neuer Arbeitsplatz: Ich hatte echt Sorgen, ob du glücklich bist. Aber wenn ich dich so anschaue, dann sehe ich, dass jede Sorge unbegründet war. Du strahlst nur so vor lauter Glück! Ich habe nicht den geringsten Zweifel, dass es dir gut geht!«

»Danke, Emi. Ich bin wirklich so glücklich wie noch nie in meinem Leben. Das alles hier« – sie deutete auf die Wohnung – »das kommt mir noch immer vor wie ein Traum. Ich kann mich immer noch nicht sattsehen.«

»Frag mich mal! Du wohnst im puren Luxus!«, und schon stimmte sie Cros Erfolgssong »Einmal um die Welt an«. Tilda musste laut lachen. Dann wurde Emis Miene wieder ernster. »Sag mal, wie habt ihr eigentlich euer Problem mit der Familie gelöst?«

Tilda seufzte. »Es ist nicht seine wirkliche Familie, um die es geht. Die Familie ist gewissermaßen die Firma. Wohnung, Autos, Jobs: Das alles hängt von der König AG ab. Wir müssen eben ständig verfügbar sein und auch in Kauf nehmen, am Wochenende für sie zu arbeiten. Aber ich denke, wir kriegen das schon irgendwie hin.«

Emi nickte. »Das denke ich auch. Ihr schafft das schon. Mensch, ich muss mich erst mal an den Gedanken gewöhnen, dass meine kleine Schwester nicht nur in festen Händen ist, sondern obendrein eine Wohnung hat, die größer ist als mein ganzes Haus!« Sie kicherte und sah auf ihre Armbanduhr. »Oh Mist, so spät schon! Ich muss noch einkaufen, bevor ich Timmy vom Kindergarten hole!«

Als sich Emi verabschiedet hatte, fühlte sich Tilda viel besser. Es tat gut, ihre Erlebnisse mit ihrer Schwester zu teilen – wenn sie ihr auch nicht die ganze Wahrheit sagen konnte.

Nachdem Tilda alles aufgeräumt hatte, beschloss sie, schnell einkaufen zu gehen. Sie brauchte nicht nur ein Kleid für das kommende Sommerfest – der Dresscode »Cocktail« und ein Blick in

ihr Ankleidezimmer hatten deutlich gemacht, dass sie auf keinen
Fall das richtige Kleid besaß – sondern wollte auch noch etwas anderes besorgen. Deshalb war sie nicht sehr enttäuscht, als Richard
ihr eine Nachricht schrieb, dass er doch bis zum Abend in der
König AG bleiben musste. Mr. Lederhalsband hatte wohl wieder
etwas sehr Wichtiges zu besprechen.

56

Richard war erst spät abends nach Hause gekommen, als Tilda schon schlief. Als Tilda am nächsten Morgen aufwachte, war es noch sehr früh. Sie war am Abend zeitig zu Bett gegangen, weil ihr ohne Richard langweilig gewesen war. Auf Zehenspitzen schlich sie ins Bad und dann in die Küche, um alles vorzubereiten. Mit klopfendem Herzen wartete sie darauf, dass Richard aufstehen würde.

Als er schließlich – gähnend und in Boxershorts – aus dem Schlafzimmer kam, rieb er sich verwundert die Augen.

»Erwarten wir jemanden?«, fragte er mit Blick auf den gedeckten Tisch.

Tilda lächelte geheimnisvoll und schüttelte den Kopf.

»Von wem ist der Kuchen?«, fragte er weiter.

»Von mir«, kicherte Tilda. Sie machte einen Schritt auf ihn zu und versteckte etwas hinter ihrem Rücken.

»Was ist denn los mit dir? Habe ich irgendwas verpasst?«

Tilda schmunzelte und drückte ihm einen Kuss auf den Mund. »Herzlichen Glückwunsch zum Geburtstag! Heute ist der siebte Juli.«

Richard riss die Augen auf.

»Tatsächlich! Daran habe ich überhaupt nicht gedacht! Danke! Wie lieb von dir!«

Tilda holte eine kleine schwarze Schachtel mit einer roten Schleife hinter ihrem Rücken hervor.

»Das ist für dich. Ich hoffe, es gefällt dir.«

Unsicher strich sie sich eine Strähne aus dem Gesicht.

Richard wirkte verlegen, was Tilda freute. Sie schien ihm eine echte Überraschung bereitet zu haben. Ungeduldig wartete sie, bis er die Schachtel geöffnet hatte und freute sich noch mehr, als sie seinen fragenden Gesichtsausdruck bemerkte.

»Danke«, reagierte er unschlüssig. »Aber was ist das?«

Er hielt ein rotes herzförmiges Schloss in die Höhe. Darin war etwas eingraviert:

»Nimm meine Hand und lass sie nie wieder los. T+R«

Tilda lachte. »Es ist schön, zu sehen, dass offenbar auch die Swans nicht perfekt sind. Da haben sie doch glatt vergessen, dir etwas Wichtiges über diese Zeit beizubringen.«

»Und das wäre?«

»War nur ein Witz. Es ist nichts Wichtiges. Aber etwas Schönes. In vielen Städten gibt es mittlerweile Brücken, an denen Verliebte gravierte Schlösser anbringen. Als Zeichen dafür, dass sie für immer zusammengehören. Da dürfen wir als erstes Traumpaar der Herzbande nicht fehlen.« Sie legte den Kopf schief. »Ich hoffe, es ist dir nicht zu kitschig?«

Richard zog sie in seine Arme.

»Das ist sehr, sehr süß von dir. Und wenn du mich fragst, dann sollte die ganze Welt erfahren, wie sehr ich dich liebe. Danke. Es ist das schönste Geburtstagsgeschenk, das ich je bekommen habe.«

Tilda lächelte erleichtert.

»Ach ja«, sagte sie mit Blick auf den gedeckten Tisch. »Ich wusste nicht genau, wie viele Kerzen ich in den Kuchen stecken sollte. Wie alt wirst du eigentlich? 117?«

Richard setzte eine empörte Miene auf. Dann zuckte er mit den Schultern.

»Gute Frage. Ich habe, kurz bevor ich in die Bücherwelt gelangt bin, meinen 23. Geburtstag gefeiert. Aber auch mein Ausweis sagt mir, dass ich heute 23 werde.« Er verzog den Mund zu einem schiefen Grinsen. »Was soll's. Dann bin ich eben der erste Mensch, der zweimal 23 wird. Das sollten wir gebührend feiern!«

Tilda musste lachen. »Das werden wir! Heute Abend ist das große Sommerfest. Das wird die schönste Geburtstagsparty, die du jemals hattest!«

Richards Miene wurde ernst. »Ehrlich gesagt, weiß ich nicht, ob es Jürgen Recht ist, wenn wir dort Party machen. Er ist ziemlich sauer auf dich.«

Er ließ sich auf einen Stuhl sinken.

Tilda blieb vor ihm stehen.

»Was hat denn Mr. Lederhalsband schon wieder damit zu tun? Und warum ist er sauer auf mich? Ich habe ihm nichts getan!«

Richard musste wider Willen lachen.

»Du nennst ihn Mr. Lederhalsband? Das würde ich ihn lieber nicht hören lassen.« Dann fügte er ernst hinzu: »Er hat gestern getobt vor Wut. Ich konnte ihn gerade noch abhalten, dich persönlich abzuholen. Es ist wegen deines Anhängers.«

»Warum? Was soll damit sein?«

»Er ist nicht das VEK.«

»Er ist nicht…?« Tilda blieb vor Staunen der Mund offen.

»Nein. Er ist nur ein ganz gewöhnlicher Anhänger. Es ist höchst eigenartig. Wir können es nicht erklären. Ich habe zunächst vermutet, dass die volle Kraft nur dann entfaltet wird, wenn du ihn trägst. Aber Mia hat gesagt, sie hat ihn im Labor untersucht, ohne dass du ihn berührt hättest. Sie hat…«

»Mia war auch da?« Tilda wusste nicht, was sie sagen sollte. Warum mischte sich Mia ein? Das war eine Sache, die sie nichts anging!

»Ja, Jürgen hat sie dazu geholt. Sie hat schließlich die Untersuchungen geleitet«, besänftigte sie Richard.

»Na sicher! Und sie war es auch, die den Anhänger ausgetauscht hat! Jetzt wird mir einiges klar!« Tilda schnaubte.

»Nein, Tilda. Ich weiß, was du denkst. Aber es hat kein Austausch stattgefunden. Du hast definitiv das VEK mit in die Bücherwelt genommen. Ein gewöhnlicher Anhänger hätte niemals uns beide beschützen können.«

»Dann hat sie ihn später ausgetauscht!«

»Nein.« Richard schüttelte den Kopf. »Das geht auch nicht. Der Anhänger, den Jürgen hat, trägt noch die Spuren der Bücherwelt an sich. Niemand hat ihn ausgetauscht. Er hat nur irgendwie seine Kraft verloren. Das ist zumindest meine Erklärung dafür. Jürgen sieht das anders.«

Tilda presste ihre Lippen wütend aufeinander. »Er denkt, ich habe ihn ausgetauscht?«

Richard nickte. »Ja, das tut er. Und Mia übrigens auch.«

»Mia!? Sie glaubt, ich habe den Anhänger ausgetauscht?«

»Ja. Sie ist sogar überzeugt davon, dass du uns allen etwas vormachst. Dass du noch immer Kontakt zu Titus hättest und dass er mit dir gemeinsam am Austausch der Anhänger gearbeitet hätte.«

Tilda schnaubte vor Wut.

»Hat sie sie nicht mehr alle? Das ist absoluter Blödsinn! So sehr ich es mir wünschen würde, aber Titus ist nicht mehr da! Du hast es doch mit eigenen Augen gesehen!«

Tränen traten ihr in die Augen.

»Ich weiß, Tilda. Sieh mich an! Ich glaube dir. Aber so wie es aussieht, bin ich der einzige. Sie wollen eine Erklärung.«

»Was soll ich ihnen denn sagen? Ich habe doch wirklich keine Ahnung, was mit dem Anhänger passiert ist!«

Richard dachte angestrengt nach. Dann sagte er: »Also schön. Lass uns zu Jürgens Sommerfest gehen. Sie sollen sich selbst davon überzeugen, dass du die Wahrheit gesagt hast. Dann werden sie dir glauben müssen.« Er lächelte sie an. »Und jetzt hör bitte auf zu weinen. Ich kann es nicht ertragen, wenn du traurig bist. Wir finden schon einen Weg, damit sie dir glauben. Aber jetzt möchte ich erst einmal mein herrliches Geburtstagsfrühstück genießen. Komm!« Er zog sie auf seinen Schoß und wischte ihr zärtlich die Tränen aus dem Gesicht. »Auch wenn ich der Meinung bin, dass du wesentlich verführerischer aussiehst als das ganze Essen hier.«

»Hey!« Tilda hob drohend den Zeigefinger. »Beleidige nicht meinen Kuchen!«

»Das würde mir nicht mal im Traum einfallen«, erwiderte Richard, nahm ihren Zeigefinger in seine Hand und drückte einen Kuss darauf. »Wärst du so nett, mir ein Stück davon zu bringen?«

57

Unsicher trat Tilda ins Wohnzimmer, wo Richard bereits auf sie wartete. Er sah umwerfend aus in seinem dunkelgrauen Anzug und würde alle Blicke der weiblichen Gäste auf sich ziehen. Tilda fuhr sich verlegen, durch ihr Haar, das in einem geflochtenen Zopf über ihre rechte Schulter fiel. Sie trug ein schlichtes und dennoch körperbetontes grünes Kleid, das knapp über ihren Knien endete. Das ärmellose Oberteil war mit feiner Spitze überzogen, der Rock fiel gerade nach unten. Die farblich passenden Sandaletten hatte sie kurz vorher doch noch gegen ihre bereits eingelaufenen schwarzen Peeptoes getauscht. Schließlich musste sie einen ganzen Abend darin herumlaufen.

Richard strahlte sie an. »Du siehst bezaubernd aus. Ich werde dich keine Sekunde aus den Augen lassen, sonst nimmt dich mir noch jemand weg!«

Tilda lachte und blickte verlegen zu Boden. Richard kam auf sie zu. »Und du bist so groß. Wie hoch sind denn bitteschön diese Schuhe? Wie um alles in der Welt willst du darin laufen?«

Mit einem verschmitzten Grinsen sah Tilda ihm in die Augen.

»Es gibt also trotz aller Magie noch Dinge, die ich besser kann als du. Endlich sind wir mal auf Augenhöhe.«

»Bitte nicht übertreiben, Fräulein Hummel. Um mit mir auf einer Augenhöhe zu sein, fehlt noch ein ganzes Stück.«

Tilda stellte sich auf die Zehenspitzen. »So besser?«, fragte sie.

»Hmmm«, machte Richard. »Kann man gerade so gelten lassen.« Er zog sie zu sich heran und küsste sie.

Dann reichte er ihr seine Hand. »Wollen wir los?«

Tilda nickte und schenkte ihm ihr schönstes Lachen. »Nimm meine Hand und lass sie nie wieder los!«

Eine halbe Stunde später erreichten sie das Areal der König AG. Alle Parkplätze waren restlos überfüllt, so dass ihnen nichts anderes übrigblieb, als ein Stück zu laufen. Am Einlass standen die Menschen Schlange auf einem langen roten Teppich. Einer nach dem anderen erhielt eine bunte Blumenkette zur Begrüßung. Als sie endlich drin waren, staunten sie nicht schlecht. Vom eigentlichen Firmengelände war nichts mehr zu erkennen. Überall standen Palmen in riesigen Töpfen. Es gab hawaiianisch anmutende Bars, bunte Lichterketten, plätschernde Springbrunnen und feinsten weißen Sand wohin sie auch schauten. Tilda hatte Schwierigkeiten mit dem Laufen, weil sie mit ihren hohen Schuhen bei jedem Schritt einsank. Schließlich tat sie es den meisten anderen weiblichen Gästen gleich und gab ihre Schuhe in die Obhut des Personals, das eigens dafür bunte Schuhkartons vorbereitet hatte.

»War wohl nix mit Augenhöhe«, sagte sie achselzuckend an Richard gewandt. Der bot ihr triumphierend seinen Arm und sie hakte sich dankbar unter.

Das Getümmel war enorm. Tilda war schlecht im Schätzen, aber wohin sie auch schaute: Man sah nur Menschen. Die meisten waren dem Anlass entsprechend gut gekleidet, einige wenige hatten maßlos übertrieben oder waren gar salopp in Freizeitkleidung gekommen. Tilda hatte Mitleid mit den Männern, die in ihren Anzügen unter der Hitze litten.

Die Sonne ging bereits unter, aber die Temperaturen würden wohl nicht merklich sinken. Auch Richard stand bereits der Schweiß auf der Stirn. Sie suchten Zuflucht in einer Cocktailbar, aus der ein angenehmer Lufthauch strömte.

»Setz dich«, sagte Richard und wies Tilda einen kleinen Zweiertisch zu. »Ich hole uns etwas, mit dem wir uns von innen kühlen können.«

Tilda ließ sich dankbar nieder und beobachtete mit verliebtem Blick, wie er auf die andere Seite zur Getränkeausgabe verschwand.

Einen Augenblick später stellte jemand zwei bunt dekorierte Cocktailgläser auf den Tisch.

»Leon! Was machst du denn hier?« Tilda hätte nie damit gerechnet, ihn hier zu treffen.

Leon zwinkerte ihr zu. »Dasselbe wollte ich dich fragen. Was für eine Überraschung! Wow, Tilda, du siehst super aus!«

Tilda war die Begegnung sichtlich unangenehm. Jeden Moment musste Richard zurückkommen und sie wollte ein Aufeinandertreffen der beiden unbedingt vermeiden.

»Ich arbeite seit Kurzem für die König AG«, antwortete sie kühl. »Und du? Was machst du hier?«

Leon ging nicht auf ihre abweisende Art ein.

»Meine Firma gehört zur König AG. Ich bin jedes Jahr auf dieser Party. Und – hey – ich wollte gerade meinem Kollegen« – er winkte einem jungen Mann mit einer auffällig bunten Krawatte ein paar Tische weiter zu – »einen Cocktail holen, aber der muss sich jetzt wohl selbst anstellen. Hier.« Er schob ihr das Glas zu. »Greif zu. Ich lade dich ein.« Er grinste anzüglich.

»Haha«, sagte sie trocken. »Als ob du einen Cent dafür bezahlt hättest.«

Zerknirscht sah Leon zu Boden.

»Jetzt hast du mich durchschaut.« Er beugte sich zu ihr vor und sah ihr direkt in die Augen. »Aber glaub mir, Baby. Ich hätte jeden Preis dafür bezahlt, um dich einzuladen.«

Tilda rutschte ein Stück von ihm weg. Leon hatte offenbar schon ein paar Cocktails getrunken.

»Hey, auch wenn ich mich wiederhole: Aber du bist wunderschön!«

Er verringerte den Abstand zwischen ihnen wieder.

»Das Kleid hat genau die gleiche Farbe wie deine Augen.«

Tilda konnte nicht mehr weiter zurückrutschen. Ihr Stuhl stieß bereits an die Wand.

»Danke Leon«, entgegnete sie abweisend. »Das ist nett von dir. Aber ich glaube, dein Kollege wartet schon auf seinen Drink.«

Trotz aller Zurückhaltung musste sie zugeben, dass er gut aussah. Er trug einen schwarzen Anzug mit einem korallefarbenen Hemd – ein schöner Kontrast zu seinen dunklen Haaren. Ein echter Hingucker.

»Der? Ach was! Mit dem hab ich das schon geklärt.« Er zwinkerte dem Kerl mit der bunten Krawatte zu.

»Leon, ich glaube, du verstehst mich falsch. Ich bin nicht alleine hier.« Sie deutete auf den Stuhl, auf dem Leon saß.

»Ja, das war mir klar. Ist Mia auch hier?«, sagte er fröhlich. Erst als er Tildas gequälten Gesichtsausdruck bemerkte, wurde ihm klar, was sie meinte. »Du … du bist in männlicher Begleitung?«

Tilda nickte. Warum musste er es so erfahren? Warum hatte sie es ihm nicht von Anfang an gesagt? *Der arme Kerl hat sich tatsächlich weiterhin Hoffnungen gemacht. Und ich bin schuld daran!* Sie musste es ihm erklären.

»Hör mal«, begann sie, aber Leon unterbrach sie: »Nur männliche Begleitung oder mehr?«

»Mehr.« Tilda blickte zu Boden.

Leon schluckte. »Ist es etwas Ernstes oder nur ein Zeitvertreib? Sag mir, dass es nur ein Zeitvertreib ist!«

»Es ist etwas Ernstes«, antwortete Richard, der mit zwei Cocktails in der Hand hinter Leon aufgetaucht war. »Etwas sehr Ernstes.«

Leon drehte sich erschrocken um und fuhr aus seinem Stuhl, als er Richards wütendem Blick begegnete. Er hob beschwichtigend die Hände.

»Sorry Mann, das ist alles ein großes Missverständnis.«

»Das will ich hoffen«, knurrte Richard, setzte sich demonstrativ auf den Platz direkt neben Tilda und legte einen Arm um sie.

Leon blieb wie angewurzelt stehen und schaute Tilda aus großen Augen an, traurig, fassungslos und wütend zugleich. Dann zeigte er mit dem Finger auf sie und sagte laut: »Wir zwei, wir haben noch was zu klären, Süße.« Dann nahm er seine Cocktails, wandte sich um und verließ die Bar.

Richard starrte ihm noch hinterher, als er schon längst verschwunden war. Tilda wusste nicht, was sie sagen sollte. Sie schämte sich vor Richard, der davon ausgegangen war, dass Leon längst über sie beide Bescheid wusste. Und sie schämte sich vor Leon, den sie vor den Augen aller Gäste so barsch abgewiesen hatte. Sie hatte ihm alles erklären wollen, in aller Ruhe. Niemals hatte sie ihn so verletzen wollen. Es versetzte ihr einen Stich, wenn sie an seine traurigen Augen dachte. Diese Augen, die immer alle seine Emotionen widerspiegelten. Die nichts verheimlichen konnten, weder Freude, noch Trauer. Ganz genau wie bei Richard, dachte sie überrascht. Auch Richards Augen waren imstande, ganze

Geschichten über seinen Gefühlszustand zu erzählen. Waren es Leons Augen, die sie noch immer fesselten?

Vorsichtig tastete Tilda nach Richards Hand und drückte sie sanft. Als er nicht reagierte, seufzte sie.

»Es tut mir leid. Ich hätte es ihm schon längst sagen müssen…«

»Wer war das?« fragte Richard ungläubig. Er starrte noch immer in die Richtung, in die Leon verschwunden war.

Tilda war überrascht. »Das war Leon! Mein … meine Ex-Affäre. Ich dachte, das wüsstest du?«

Richard deutete ein Kopfschütteln an. »DAS war Leon? Mein Gott.« Endlich sah er sie an. »Du hast noch Gefühle für ihn.«

»Nein!« rief Tilda entrüstet. »Das stimmt nicht! Es ist vorbei. Da ist nichts mehr!«

Richards Augen wurden kälter.

»Du brauchst mir nichts zu verheimlichen. Ich kann es sehen.« Schon wieder schüttelte er den Kopf. »Und ich weiß auch warum. Er ist mein Bruder.«

58

Tilda schnappte nach Luft. »Da musst du dich täuschen! Er ist nicht dein Bruder. Das kann gar nicht sein. Überleg doch mal!«

Richard war total durcheinander. »Ich verstehe es auch nicht. Aber er ist es. Zweifellos.«

Tilda sah ihn argwöhnisch an. Was sollte dieses Gerede von seinem Bruder? Sie wusste, dass Richards Mutter aus ihrer Beziehung mit einem Menschen ein Kind gehabt hatte. Aber alle waren davon ausgegangen, dass man dieses Kind getötet hatte. Und selbst wenn man es am Leben gelassen hatte: Richards Bruder – oder besser gesagt: Halbbruder – musste vor über hundert Jahren gelebt haben. Keine Chance, dass er irgendwie in dieser Zeit gelandet war, zumal Tilda von Richard wusste, dass Zeitreisen vor hundert Jahren für die Swans noch ein äußerst kniffliges Unterfangen gewesen waren. Es war absolut unmöglich! Schön, die beiden hatten dieselben Augen. Aber das konnte Zufall sein!

»Wie kommst du darauf?« fragte Tilda skeptisch.

»Wie ich darauf komme? Ich weiß es! Jeder erkennt die Verbindung der Blutsverwandtschaft.« Entschuldigend fügte er hinzu: »Alle Swans natürlich. Sofern sie ihre Gedanken nicht blockieren. Aber dazu ist er nicht imstande.«

»Hey.« Tilda drückte seine Hand, die sie noch immer festhielt, diesmal etwas fester. »Es lässt sich bestimmt irgendwie rausfinden, ob er dein Bruder ist und wie er hier gelandet ist. Aber eins musst du mir glauben: Ich will nichts von ihm. Er ist mir wichtig, aber nur als Freund. Du bist alles, was ich will. Wirklich.«

Endlich erwiderte Richard ihren Händedruck und die vertraute Wärme kehrte in seine Augen zurück, allerdings vermischt mit etwas Kummer.

»Das ist schön zu hören. Ich bin mir nur unsicher, ob du genauso reden würdest, wenn wir nicht durch die Herzbande verbunden wären. Ob es nur die Herzbande ist, die dich an deinem Glück mit ihm hindert.«

Tilda antwortete ohne zu zögern: »Vergiss diese blöde Herzbande. Du bist das Beste, was mir je passiert ist. Wenn ich dich nicht getroffen hätte, wäre mein Leben sinnlos. Bei Leon hatte ich immer das Gefühl, dass mir etwas fehlt. Bei dir habe ich es gefunden.« Flehend sah sie ihn an.

Richard entgegnete mit hochgezogenen Augenbrauen: »Dann will ich hoffen, dass du es nicht wieder verlierst, was immer es auch ist.« Er lächelte sie an. »Du würdest mir das Herz brechen, wenn du mich verlässt. Ich müsste sofort von der nächsten Klippe springen.«

»Dummkopf!«, sagte Tilda zärtlich. »Das wird nicht passieren.« Sie schlang ihre Arme um ihn und küsste ihn zärtlich.

Als sie ihre Cocktails ausgetrunken hatten, beschlossen sie, sich die große Tanzfläche anzusehen. Draußen wehte ein frischer Wind, der Richard erleichtert aufatmen ließ. Die Sonne war bereits untergegangen und das ganze Areal war von tausenden Fackeln und bunten Lampions erleuchtet. Die Band war in Hochform und unzählige Paare tummelten sich auf der Tanzfläche.

»*She loves you*« dröhnte es aus den Lautsprechern. Richard hob den Zeigefinger und sagte stolz: »Beatles. 1963.« Tilda musste lachen. »Wow! Das Jahr hätte ich nicht gewusst. Du warst wirklich fleißig!«

Richard senkte seinen Zeigefinger und deutete auf die Tanzfläche.

»Sieh mal, wer sich dort amüsiert.«

Tildas Blick folgte seinem Finger und sie erkannte Mia, die mit einem hübschen Blonden tanzte. Sie trug ihre sonst so glatten, schwarzen Haare heute gelockt mit einem tiefen Seitenscheitel und einer riesigen pinken Blüte. Ihr Kleid hatte genau denselben Farbton. Es war schulterfrei, das Oberteil mit Pailletten besetzt und ab der Taille fiel es in einem fließenden Faltenrock bis zu ihren Knien. Sie sah fantastisch aus. Wenn sie nicht so blass wäre, hätte man sie glatt für eine Hawaiianerin halten können. Es dauerte nicht lange, da schien sie Tilda und Richard bemerkt zu haben und winkte ihnen fröhlich zu.

»Kommt doch her!« rief sie gegen die Musik an und machte eine einladende Handbewegung. Tilda und Richard sahen sich für einen Moment zweifelnd an. Dann sagte Richard: »Darf ich bitten, Fräulein Hummel?« Kichernd hakte sich Tilda bei ihm unter und ließ sich von ihm auf die Tanzfläche führen.

»Hi Mia!«, rief Tilda. Mia umarmte sie stürmisch.

»Tilda! Schön, dass ihr da seid! Jetzt kann die Party richtig losgehen!« Tilda war überrascht von Mias Herzlichkeit.

»Hallo Richard«, sagte Mia und umarmte auch ihn – ein bisschen zu innig und zu lange für Tildas Geschmack. Als sie dann auch noch sah, wie Mia ihm etwas ins Ohr flüsterte und dabei kicherte, war sie kurz davor, Richard von ihr wegzuzerren. Aber nach dem, was gerade mit Leon passiert war, wollte sie nicht schon wieder Unruhe in ihre Beziehung bringen. Deshalb verfolgte sie nur mit versteinerter Miene, wie Richard in Mias Lachen einstimmte.

»Wie sieht's aus?«, fragte Mia an Richard gewandt. »Tanzen wir eine Runde?« Tilda kochte innerlich.

»Später gerne«, erwiderte Richard höflich. »Aber du hast sicher Verständnis, dass der erste Tanz Tilda gehört.«

Lächelnd drehte er sich zu ihr und streckte ihr die Hand entgegen.

»Schon klar«, antwortete Mia. »Ich hab ja auch einen Tanzpartner.«

Sie deutete auf den blonden jungen Mann, der schüchtern darauf wartete, dass sie ihre Unterhaltung beendete.

»Das ist übrigens Felix.«

Tilda nickte ihm freundlich zu.

»Der Glückliche«, sagte Richard und reichte ihm die Hand. »Im wahrsten Sinne des Wortes. Freut mich.«

»Was soll denn das heißen?«, fragte Tilda grimmig, als Richard sich wieder ihr zugewandt hatte.

»Was denn?«, erwiderte der ahnungslos.

»Der Glückliche!«, äffte sie ihn nach.

»Warum bist du denn so aufgebracht?«, fragte Richard überrascht. »Felix heißt nun mal lateinisch der Glückliche.«

»Ich weiß«, erwiderte Tilda finster.

»Was nicht heißen muss, dass er glücklicher ist als ich. Ich wollte nur nett sein. Alle Gäste können doch sehen, dass ich der glücklichste Mann der Welt bin. Weil du an meiner Seite bist!«

Er drückte ihr einen Kuss auf den Mund. Das schien Tilda zu besänftigen. *Ich seh' schon Gespenster. Richard ist einfach nur freundlich. Kein Grund zur Panik!*

Die Band hatte inzwischen sanftere Klänge angestimmt.

»So schmeckt der Sommer«, tönte es aus den Lautsprechern. Tilda liebte dieses Lied. Es erinnerte sie an viele schöne Momente, die sie erlebt hatte. An unvergessliche Sommer, an Urlaube am Meer, Eis bis zum Umfallen, ihren ersten Kuss…

Beschwingt durch die Musik schmiegte sie sich eng an Richard und bewegte sich mit ihm gemeinsam im Takt. Viel Platz zum Tanzen war nicht, aber das kam Tilda gerade recht. So konnte sie Richard viel näher sein.

Nach ein paar Liedern kam Mia mit Felix auf die beiden zu und fragte: »Also ich brauche eine Pause! Kommt ihr mit an die Poolbar?«

Sie zwinkerte verschwörerisch. Richard sah Tilda fragend an.

Sie nickte: »Ja, es ist wirklich verdammt heiß. Eine kleine Verschnaufpause wäre wirklich gut. Aber ich möchte später nochmal tanzen, ok?«

Richard lachte: »Wenn's weiter nichts ist!«

Mit Richard an der Hand folgte sie Mia und Felix, die sich bereits einen Weg durchs Getümmel bahnten. Allmählich verteilten sich die Menschen ganz gut auf die verschiedenen Bereiche. Das Gelände wirkte nicht mehr ganz so überfüllt wie am Anfang. *Hier sind so viele Menschen — und ich muss ausgerechnet auf Leon und Mia treffen!* ärgerte sich Tilda. *Jetzt fehlt nur noch, dass Jürgen hinter der nächsten Ecke wartet.*

Die Vierergruppe fand Platz an einem Stehtisch unweit des Pools. Und Tilda wurde den Verdacht nicht los, dass zwischen Mia und Richard irgendwas lief, denn Mia bat Richard, mit ihr gemeinsam etwas zu trinken zu holen. So stand Tilda mit Felix allein am Tisch, grub ihre Füße in den weichen Sand und wusste nicht, was sie mit

Mias Begleiter reden sollte. Er war kein Swan, soviel erkannte sie in der Zwischenzeit schon. Alle Swans hatten braune Augen, die in bernsteinfarbenen Tönen funkelten. Felix dagegen hatte stahlblaue Augen.

»Woher kennt ihr euch, du und Mia?«, fragte sie schließlich.

»Vom Sommerfest letztes Jahr«, erwiderte Felix. »Ich arbeite für die König AG in England.«

»Ui, und da habt ihr letztes Jahr schon ausgemacht, dass ihr heute gemeinsam herkommt?«, staunte Tilda.

Felix lachte.

»Nein, wir haben ab und zu mal beruflich miteinander zu tun. Zufälligerweise erst letzte Woche und da haben wir beschlossen, dass wir uns hier wieder treffen müssen.«

Tilda setzte eine verschwörerische Miene auf und kam ein Stückchen näher auf ihn zu.

»Läuft da was zwischen euch?«

Felix wurde rot.

»Nein«, sagte er abwehrend. »Wir sind nur befreundet.«

»Aber du stehst auf sie, oder?«, fragte Tilda.

Felix war die Fragerei sichtlich unangenehm. »Lass das mal mich entscheiden, ja?«, zischte er.

Tilda zuckte mit den Schultern. »Sorry. Ich hätte mir nur gewünscht, dass sie endlich mal jemanden trifft, der sie glücklich macht. Und du«, sie lächelte, »wärst genau ihr Typ.«

Damit hatte sie ihn.

»Tatsächlich?«, fragte er neugierig. »Und auf was steht sie sonst so?«

Tilda grinste. »Wenn ein Mann ihr seine volle Aufmerksamkeit schenkt, das findet sie toll.«

Felix nickte dankend und Tilda hoffte, dass das Problem mit Mia und Richard – zumindest für den heutigen Abend – gelöst war.

»Oh, schon wieder Cocktails!«, stöhnte sie, als vier bunt dekorierte Gläser auf den Tisch gestellt wurden. »Ich bräuchte zwischendurch einfach mal ein Wasser.«

»Dachte ich mir doch«, sagte Richard und zog eine Flasche aus seiner Hosentasche.

»Danke«, hauchte Tilda. »Du bist ein Schatz.«

Felix wandte sich unterdessen Mia zu und versuchte sie in ein Gespräch zu verwickeln. Die wollte aber nicht viel davon wissen und unterhielt sich lieber mit Tilda und vor allem mit Richard. Als auch noch Leon in ihrem Blickfeld aufkreuzte, schloss Tilda genervt die Augen. Der Abend war gelaufen.

Leon funkelte sie an – fragend, wütend, enttäuscht. Er machte eine seitliche Bewegung mit dem Kopf.

»Können wir reden?«

Richard, der alles beobachtet hatte, sagte leise zu Tilda: »Klär das bitte mit ihm. Aber sag ihm um Gottes Willen nicht, dass er mein Bruder ist.«

Tilda flehte Richard an: »Ich will jetzt nicht. Das kann ich doch auch später machen. Ich will bei dir bleiben!«

Richard sah sie eindringlich an.

»Bitte! Tu es mir zuliebe. Ich kann sonst nicht ruhig schlafen, wenn ich dauernd fürchten muss, einen Mitstreiter zu haben. Außerdem muss ich noch ein ernstes Gespräch mit Mia führen. Ich würde auch gerne Jürgen mit dazu holen. Ich muss sie überzeugen, dass du keinen Kontakt mehr zu Titus hast.«

»Muss das denn unbedingt jetzt gleich sein?« Sie seufzte.

»Ja, je eher desto besser. Mia ist total komisch drauf.«

»Ok, ich geh ja schon«, ergab sich Tilda.

»Warte!«, sagte Richard und hielt sie an der Hand fest.

»Was ist los?«, fragte Tilda erschrocken.

Richard zog sie zu sich heran, nahm ihr Gesicht in beide Hände und küsste sie. Tildas Herz klopfte so laut, dass sie sicher war, alle Menschen um sie herum konnten es hören. Aber es war ihr egal. Es war ihr auch egal, dass Mia und Leon sie beobachteten. Sie ließ sich fallen und spürte nur die sanfte Berührung auf ihren Lippen – die leider viel zu schnell wieder vorbei war. Richard grinste sie an.

»Entschuldige. Aber ich musste hier nochmal eindeutig klarstellen, wer zu wem gehört.«

59

Als Tilda auf Leon zuging, war das Funkeln in seinen Augen dunkler geworden.

»Gehen wir ein Stück?«, fragte er tonlos. Tilda nickte beklommen. Sie schlenderten den schmalen Weg entlang, der von der Poolbar in den hinteren Bereich des Geländes führte. Hier gab es keine Attraktionen, demzufolge auch kaum Menschen. Abrupt blieb Leon stehen, stützte eine Hand an einer Palme ab und fuhr sich mit der anderen durch die Haare.

»Was ist das zwischen euch?« fragte er ungläubig.

Tilda wusste nicht, worauf er hinauswollte.

»Eine Beziehung«, erwiderte sie fragend.

»Nein! Das meine ich nicht.« Leon schüttelte den Kopf. »Ihr geht miteinander um, als würdet ihr euch schon jahrelang kennen. Gleichzeitig seid ihr aber frisch verliebt. Mann, Tilda, warum hast du mir nicht gleich gesagt, dass ich niemals auch nur den Hauch einer Chance bei dir hatte! Sag schon, wie lange geht das schon? Hast du mich nur angerufen, wenn er keine Zeit hatte?«

»Moment mal«, sagte Tilda entrüstet. »Ich bin nicht diejenige, die mehrere Affären gleichzeitig hatte und mit Partnern um sich geworfen hat, dass es nur so kracht! Du hast Recht: Es ist etwas ganz Besonderes zwischen Richard und mir. Aber ich kenne ihn noch nicht mal zwei Wochen.«

»Aber du wohnst bei ihm! Willst du mir allen Ernstes einreden, dass du mit jemandem zusammenziehst, den du zwei Wochen kennst? Jeder andere, aber nicht du, Tilda! Ich kenne dich doch!« Er klang sehr bedrückt. »Und außerdem hatte ich niemanden anderen während ich mit dir … zusammen war.« Er senkte den Blick. »Mag sein, dass ich vorher manchmal mehrere Mädels gleichzeitig hatte, aber das konnte ich nicht mehr, seit ich dich kenne. Ich habe nur eine Weile gebraucht, um zu kapieren, woran das liegt.«

»Hey«, Tilda legte ihm tröstend eine Hand auf die Schulter. »Ich rechne es dir hoch an, dass du dich so positiv verändert hast…«

»Man, jetzt hör doch mal mit dem Gesülze auf!« Leon wischte verärgert ihre Hand weg. »Jetzt reden wir mal Klartext, Süße. Ich will wissen, was du für mich empfindest! Und sag jetzt nicht, da ist nur Freundschaft. Das kauf ich dir nicht ab!«

Tilda wusste nicht, was sie erwidern sollte. Sie konnte Leon unmöglich sagen, dass er einen Teil ihres Herzens erobert hatte. Denn das würde ihm wieder Hoffnungen machen – die vergeblich waren, weil der eindeutig größere Teil ihres Herzens Richard gehörte. Andererseits wollte sie ihn nicht schon wieder anlügen. Leon bemerkte ihr Zögern und sagte: »Wenn du noch einen Moment brauchst, dann fange ich eben an. Ich habe es dir zwar schon mehrfach und auf unterschiedliche Arten gesagt, aber ich werde es jetzt nochmals wiederholen.«

Er sah ihr tief in die Augen.

»Du hast mich verzaubert, Tilda. Klar, du siehst umwerfend aus. Aber das allein ist es nicht.« Er zuckte hilflos mit den Schultern. »Ich weiß nicht, wie du das machst. Aber du hast eine Art mit Menschen umzugehen – mit *mir* umzugehen – die mich einfach nur staunen lässt. Du strahlst eine innere Ruhe aus, weckst aber gleichzeitig Seiten in mir, die völlig neu für mich sind. Oder längst vergessen waren. Wie die Musik zum Beispiel. Ich kann nicht mehr klar denken, nicht mehr schlafen, nicht mehr atmen. Du bist mein erster Gedanke wenn ich aufwache und du verfolgst mich bis in meine Träume. Ich werde noch irre. Ich bin sowas von verliebt in dich!«

Tilda schluckte. Sie spürte, wie ihr Tränen in die Augen traten. Es tat so verdammt weh, ihn jetzt schon wieder enttäuschen zu müssen.

»Also gut«, begann sie. »Ich sag dir jetzt, was Sache ist. Aber erwarte kein Happy End von mir.«

Leon reagierte nicht, sondern sah sie nur erwartungsvoll an.

»Ich muss zugeben, dass ich mit dem Gedanken gespielt habe, ob wir beide eine Beziehung führen können. Ich habe gemerkt, dass sich zwischen uns etwas verändert hat und konnte das auch nicht genau einschätzen. Aber ich habe eine Entscheidung getroffen. Und die war anders als deine Entscheidung. Ich wollte das mit dir beenden. Diese Affäre, oder wie auch immer du es nennen willst. Weil ich gespürt habe, dass sich da etwas entwickelt, das ich nicht verkraften kann. Es ging mir zu weit, hat mich überfordert. Weil mir etwas Entscheidendes gefehlt hat. Für mich war klar: Affäre ja, Beziehung nein. Und das habe ich entschieden, bevor ich Richard kannte.«

»Was hat dir gefehlt?«

»Das kann ich nicht genau sagen. Ich weiß es ja selbst nicht. Fakt ist nur, dass Richard es hat. Was auch immer es ist. Aber das wusste ich zu dem Zeitpunkt ja noch nicht! Ich musste unsere Affäre beenden, weil du mehr wolltest und ich nicht.«

»Aber es ist dir schwergefallen«, ergänzte Leon.

»Ja natürlich. Wem würde das nicht schwerfallen?«

»Und weiter? Wie haben sich deine Gefühle weiterentwickelt?« Leon ließ nicht locker.

Tilda seufzte. »Erst einmal kam Richard. Als ich ihn getroffen habe, da wusste ich einfach: Er ist es. Schau nicht so, das ist keine romantische Schwärmerei. Weißt du, auch wenn es sich kitschig anhört: Aber unsere Herzen sind irgendwie verbunden. Wie durch ein unsichtbares Band miteinander verknüpft. Es gab nie auch nur einen Zweifel.«

Leon nickte verdrießlich.

»Ja, das sieht man leider. Als ihr vorhin geknutscht habt, dachte ich, gleich sprühen Funken oder so.«

Tilda war überrascht, dass das selbst für Leon so offensichtlich war.

Sie lächelte ihn dankbar an, weil er es so ehrlich zugab.

»Und weiter?«, fragte er. »Was fühlst du jetzt? Was fühlst du hier in diesem Augenblick?«

Tilda stockte.

»Komm schon, Tilda! Was sagt dir dein Herz genau jetzt?«

»Ich…« Sie spürte, wie sie rot wurde. »Ich fühle etwas für dich«, gab sie kleinlaut zu und fügte sofort an. »Aber lange nicht so viel wie für Richard!«

Leon grinste triumphierend. »Wusste ich's doch! Ich dachte schon, ich bin verrückt. Aber jetzt weiß ich, dass ich mich nicht getäuscht habe.«

Tilda hatte sich wieder gefangen.

»Immer mit der Ruhe, Leon! Davon kannst du dir gar nichts kaufen. Mein Herz gehört Richard. Und das wird sich niemals ändern.«

»Aber ein kleiner Teil davon gehört mir«, sagte er strahlend. »Du weißt gar nicht, wie glücklich du mich damit machst.«

»Warum denn?« Tilda konnte seine Freude nicht ganz nachvollziehen.

»Weil ich mich nicht getäuscht habe, was dich angeht. Weil ich dich noch immer kenne und weiß, was in dir vorgeht. Scheiße, es tut wirklich weh, dass ich nur die Nummer zwei bin. Aber wenigstens kann ich mich auf mein Gefühl verlassen. Und wer weiß? Vielleicht dreht sich der Spieß ja irgendwann mal um?«

Tilda verzog das Gesicht. Jetzt hatte sie wieder ein schlechtes Gewissen. Er hatte sie noch immer nicht aufgegeben.

»Ach was, komm her«, sagte Leon aufmunternd. Er zog sie in seine Arme und Tilda wehrte sich nicht. Ein riesiger Stein fiel ihr vom Herzen. Endlich hatte sie ihm alles gesagt. Er war nicht mehr wütend auf sie. Vielleicht war doch so etwas wie Freundschaft möglich? Sie ließ ihren Kopf auf seine Schulter sinken.

»Ich wünsche mir, dass du glücklich bist«, sagte Leon sanft. »Noch mehr wünsche ich mir natürlich, dass du *mit mir* glücklich bist.« Er lachte leise. »Aber ich habe verstanden, dass das im Moment nicht möglich ist.«

Tilda hob ihren Kopf ein wenig, atmete den Geruch ein, der ihr vor Kurzem noch so vertraut gewesen war, spürte die Arme, die sie schon so oft gehalten hatten, Leons Gesicht neben ihrem, Bartstoppeln auf ihrer Wange, Hände auf ihrem Rücken. Alles war ihr so bekannt und doch schon wieder fremd.

»Du musst mich gehen lassen«, flüsterte Tilda ihm ins Ohr. »Ich will, dass *du* glücklich wirst. Und das kannst du nicht, wenn du mich nicht loslässt.«

Sie spürte, wie sich Leons Umarmung verstärkte. Er lehnte seinen Kopf gegen ihre Schulter und vergrub sein Gesicht in ihrem Hals.

»Oh Mann. Tilda, du machst mich fertig. Können wir nicht einfach die Zeit noch einmal zurückdrehen?«

Er hob seinen Kopf und sah Tilda mit hochgezogenen Augenbrauen an. Derselbe Blick wie Richards. Tilda bekam Gänsehaut, obwohl es noch immer weit über 20 Grad hatte.

»Versprich mir bitte eins: Wenn er dich nicht glücklich macht, dann komm zu mir zurück. *Bitte.*«

Tilda nickte beklommen.

»Ich verspreche es.«

Dieser Blick war so intensiv. Auch wenn Leons Augen ein anderes Braun hatten als Richards: Das, was Tilda in ihnen las, war gleich. Leidenschaft, Verzweiflung, Sehnsucht, Liebe, Schmerz. Sie war gefangen von diesen Augen. Sie liebte diese Augen. Leon kam langsam näher, war nur noch Millimeter von ihrem Gesicht entfernt. Tilda war unfähig sich zu bewegen. Sie konnte Leons Atem spüren und die kleinen Schweißperlen auf seiner Stirn zählen. Sie spürte ein Kribbeln, das durch ihren Körper kroch. *Jetzt küss mich doch endlich!*

Leon schloss seine Augen, verzog das Gesicht und schüttelte den Kopf – als hätte er ihre Gedanken gelesen. Dann ließ er sie los, drehte sich um und ging.

Tilda blieb wie versteinert stehen. Da war eben etwas aus ihrem Innersten nach außen geströmt. Etwas Neues. Etwas Gewaltiges. *Mein Gott, ich hätte ihn geküsst! Ich hätte es getan, wenn er nicht...* Ihre Gesichtszüge verkrampften sich, sie ballte ihre Hände zu Fäusten und ließ sich auf den Boden sinken.

60

»Leon!«, rief Tilda. »Leon, warte!«

Er drehte sich um und sah besorgt, wie sie in verkrampfter Haltung auf dem Boden saß. Sofort eilte er zu ihr zurück, half ihr auf und legte beschützend einen Arm um sie.

»Was ist denn los? Geht es dir nicht gut?«

Sofort entspannte sich Tilda. Sie atmete tief ein.

»Danke«, sagte sie.

»Gern geschehen«, erwiderte Leon skeptisch.

»Nicht dafür. Danke, dass du die Situation nicht ausgenutzt hast«, sagte Tilda verlegen.

Leon zuckte hilflos mit den Schultern. »Ich bereue es gerade zutiefst«, sagte er und durch die traurigen Augen meinte Tilda sein schelmisches Grinsen zu erkennen. Er zeigte mit dem Finger direkt in ihr Gesicht. »Du hättest es getan, stimmt's? Du hättest mich geküsst.«

Als Tilda nichts erwiderte, rief er aus: »Mein Gott, ich Idiot!« Er schlug sich mit der flachen Hand auf die Stirn. Dann setzte er seinen Dackelblick auf und fragte: »Krieg ich nochmal eine Chance?«

Tilda musste lachen.

»Nein«, sagte sie. »Aber vielleicht ist dein Platz in meinem Herzen jetzt ein winzig kleines Stückchen größer als vorher.« Sie drückte ihm einen zarten Kuss auf die Backe. »Nicht, dass ich dir Hoffnungen machen will. Ich hab dich wirklich lieb, Leon. Nur mehr ist es leider nicht.«

»Schon gut, schon gut!« Leon hob beschwichtigend die Hände. »Ich hab's ja verstanden.« Er seufzte tief. »Dann bringe ich dich mal lieber wieder zurück zu deinem Typen. Bevor du mir hier noch zusammenklappst und ich am Ende die Schuld kriege.«

Er reichte ihr seine Hand. Tilda zögerte.

»Na los, komm schon. Ein bisschen Händchenhalten muss schon drin sein für diesen Extra-Service.« Er grinste.

Tilda ergriff seine Hand und lächelte glücklich. Er war wieder ganz der Alte. Während sie schweigend den Weg zurückgingen, dachte Tilda an den komischen Moment eben. Als sie Leon beinahe geküsst hätte. *Was ist nur in mich gefahren?* Das Bedürfnis, ihn zu küssen, war zum Glück so schnell wieder verschwunden, wie es gekommen war. *Es müssen diese Augen gewesen sein. Ich habe Richard darin gesehen.*

»Ihr beide seid euch sehr ähnlich«, sagte Tilda in Gedanken versunken. »Du und Richard.«

Leon schaute sie amüsiert von der Seite an.

»Das darf ich jetzt als Kompliment auffassen oder wie? Ein bisschen steif ist er ja, wenn du mich fragst. Aber ihr Mädels steht halt auf die altmodische Art.«

Tilda verdrehte lächelnd die Augen. »Ach, vergiss es.«

Als sie in den Bereich der Poolbar traten, sah sie Richard in einer der vielen Sitzgruppen. Neben ihm saß Mia, den beiden gegenüber erkannte sie Constanze und Jürgen König, der selbst heute nicht auf sein obligatorisches Lederhalsband verzichtet hatte. *Na bravo.*

Sie drückte Leons Hand versehentlich etwas zu fest. Der erwiderte nur stumm ihren Griff und führte sie bis an den Tisch. Mit finsterer Miene nickte er Richard zu, dann wandte er sich wieder zu Tilda um.

»Ich werde dann mal wieder zu meinen Kollegen gehen.« Er lachte gezwungen und sagte in die Runde: »Einen schönen Abend allerseits!«

Im Gehen beugte er sich nochmal zu Tilda vor und sagte leise, so dass nur sie es verstehen konnte: »Das nächste Mal bist du fällig!«

Tilda lachte und umarmte ihn zum Abschied.

»So weit wird es nicht kommen«, entgegnete sie und küsste ihn auf die Backe. »Mach's gut!«

Als sie noch Leon hinterher sah, der sich seinen Weg durch die Poolbar bahnte, hörte sie schon Jürgen Königs säuselnde Stimme.

»Matilda, schön, dich zu sehen! Ich hoffe, du hast einen angenehmen Abend!«

»Ja, das habe ich. Danke für die Einladung«, erwiderte Tilda zuckersüß, dann verengten sich ihre Augen zu Schlitzen.

In ihrem Kopf hatte sich ein Schalter umgelegt und das Erlebnis mit Leon in den Hintergrund gedrängt. Jetzt hatte sie Gelegenheit, ihren Ärger über die Unterstellungen ihr gegenüber loszuwerden.

»Ich würde gerne mal meine Sicht der Dinge schildern, bevor hier wieder über mich spekuliert wird«, sagte sie.

»Bitte, nur zu«, sagte Jürgen König belustigt und wies ihr einen Sitzplatz zu. Aber Tilda blieb stehen.

Ok, dann mal los.

Tilda musste nicht lange überlegen. Die Worte sprudelten ihr förmlich aus dem Mund.

»Ich will niemandem etwas tun! Und wenn mir hier irgendeine Absicht unterstellt wird, dann finde ich das eine bodenlose Frechheit! Ich habe mir das alles nicht ausgesucht! Irgendwie ist dieses Buch bei mir aufgetaucht und hat mein Leben über den Haufen geworden! Nichts ist mehr so, wie es vorher war! Ich muss meine Familie belügen, ich habe meine Arbeit verloren, ich muss mich stundenlang irgendwelchen Fragereien unterziehen! Und wofür? Nur, damit ich mit Richard in Ruhe zusammen sein kann? Ich will das alles nicht mehr! Ich habe nicht den geringsten Grund, euch anzulügen. Es ist mir egal. Wisst ihr was? Ihr könnt mein blödes Buch auch haben. Ich bringe es am Montag höchstpersönlich vorbei. Aber lasst mich und Richard bitte endlich in Ruhe.«

Tilda bemerkte erst jetzt, dass während ihres Monologs auch die Gespräche an den umliegenden Tischen verstummt waren. Mindestens 30 Augenpaare waren auf sie gerichtet. Jürgen König war ein sehr bekannter Mann und niemand war es gewohnt, dass jemand so mit ihm redete. *Ups! Das wollte ich nicht!* Unsicher und mit zusammengekniffenen Lippen schaute Tilda hin und her. Sie sah Richard, dessen Gesichtsausdruck angespannt wirkte. Sie sah Mia, die höchst erstaunt schaute. Und sie sah Jürgen König, der von einem Ohr zum anderen schmunzelte. Er klopfte mit der rechten Hand auf den freien Sitzplatz neben sich. Tilda ließ sich peinlich berührt darauf nieder und wäre am liebsten mitsamt dem Sessel im Boden versunken.

»Warum so aufgebracht, Matilda?«, fragte Mr. Lederhalsband. »Ich denke, wir haben eben eine Lösung gefunden, die alle Seiten zufriedenstellen sollte. Constanze, Mia, Richard? Was meint ihr?«

Die drei nickten. Langsam setzten auch die Gespräche an den umliegenden Tischen wieder ein. Die anderen Gäste hatten wohl eine scharfe Zurechtweisung des Gastgebers erwartet. Als nichts dergleichen passierte, hatte Tildas Ansprache ihren Reiz verloren.

»Habt ihr?« Tilda suchte Richards Blick. Der nickte nochmals.

»Ja, das haben wir.« Er lächelte sie an. Es würde alles gut werden. Tilda atmete tief ein und aus.

»Okay«, sagte sie. »Dann seid ihr hier schon fertig?«

»Wir haben nur auf dich gewartet«, sagte Richard.

»Mhm.« Tilda wollte nur noch raus hier. Richard merkte das und erhob sich.

»Ihr entschuldigt uns? Ich werde Tilda alles in Ruhe erklären. Für heute haben wir wirklich genug besprochen. Wir wollen doch alle das schöne Fest genießen!«

Er reichte Tilda seine Hand, die sie sofort dankbar ergriff.

»Amüsiert euch noch gut!«, rief Jürgen König ihnen hinterher.

61

»Bist du wahnsinnig geworden?«

Richard wusste nicht recht, ob er lachen oder ernst bleiben sollte. Tilda schlug die Hände vor ihren Mund und schloss die Augen. Dann fing sie an zu prusten und musste schließlich laut loslachen. Alle Anspannung fiel von ihr ab. Sie lachte, bis ihr die Tränen kamen. Richard beäugte sie skeptisch mit einem schiefen Grinsen und wartete darauf, dass ihr Lachanfall vorüberging.

»Was ist so lustig?«, fragte er mit erhobenen Augenbrauen, als sie sich langsam beruhigte.

»Ich weiß es nicht«, antwortete Tilda und wischte sich die Tränen aus dem Gesicht. »Ich weiß es wirklich nicht. Aber hast du gesehen, wie er geschaut hat?«

Schon wieder prustete sie los.

Richard schüttelte amüsiert den Kopf.

»Er mag dich irgendwie. Jeden anderen hätte er in Grund und Boden geschrien. Keiner traut sich so mit ihm zu reden. Wie machst du das?«

Tilda kam langsam wieder zur Ruhe und hielt sich den Bauch, der ihr vor lauter Lachen schon wehtat.

»Ich mache überhaupt nichts. Du findest, dass er mich mag?«

»Ja«, erwiderte Richard und zog sie zu sich heran. »Und ich kann es ihm nicht einmal verübeln.«

Sie ließen sich auf einer Bank abseits des Geschehens nieder. Es war sehr dunkel. Weder der Schein der Fackeln noch das Licht der bunten Lampions reichte bis hierher.

»Also, raus mit der Sprache«, sprach Tilda, wieder gefasst. »Was habt ihr vorhin besprochen?«

»Erst will ich wissen, was Leon dir zugeflüstert hat, als er sich von dir verabschiedet hat.«

Tilda wurde rot und war froh, dass es so dunkel war.

»Er sagte, er will mich das nächste Mal küssen«, antwortete sie zerknirscht und erwartete eine empörte Reaktion von Richard. Der sog aber nur hörbar die Luft ein und erwiderte: »Also hat er dich heute nicht geküsst?«

»Nein«, sagte Tilda erstaunt. »Wieso sollte er? Was hast du erwartet?«

Richard zuckte mit den Schultern.

»Nichts, ich … ich hatte nur so ein komisches Gefühl. Für einen Moment war es, als hätte ich dich an ihn verloren.«

Tilda wusste genau, was für ein Moment das gewesen war. Aber wie konnte Richard ihn gespürt haben? Sie beschloss, gar nicht darauf einzugehen. Es würde Richard nur verletzen.

»Wir haben alles geklärt. Er ist nicht mehr sauer. Wir konnten ganz offen reden. Ich bin so froh, dass er endlich alles weiß. Er wird uns keine Steine in den Weg legen, glaub mir. Er war wirklich nett.«

Richard rutschte ein Stückchen näher.

»Dann ist ja gut. Dann gehörst du jetzt mir ganz allein.«

Er zog sie an ihrem Zopf zu sich heran und küsste sie.

»Moment!«, wehrte sich Tilda. »So gut du auch küssen kannst, aber du bist mir auch noch eine Antwort schuldig!«

»Ach ja, das hätte ich beinahe vergessen«, seufzte Richard.

»Also was?«, fragte Tilda neugierig. »Was habt ihr besprochen?«

»Wir hören auf. Keine Fragerei mehr, keine Geheimnistuerei. Alles wird wieder ganz normal.«

Tilda fragte misstrauisch: »Und das heißt?«

»Du sollst wieder ein ganz normales Leben haben. Du bekommst deinen alten Job wieder – die Agentur gehört ja jetzt offiziell zur König AG. Ich bekomme ebenfalls eine Stelle innerhalb der König AG. Damit haben wir ein ganz geregeltes Leben. Ich werde zwar weiterhin an einigen Swan-internen Schulungen teilnehmen, aber das ist nicht weiter schlimm. Du bist ganz raus. Du behältst nur deinen offiziellen Status.«

»Und was ist mit meinem Buch?«

»Sie wollen es nicht. Sie brauchen es nicht mehr. Stell dir vor! Damit ist auch erst einmal die Gefahr gebannt, die von ihm ausgeht.«

Tilda verstand nicht.

»Aber was ist mit der Bücherwelt? Sie wollen doch einen Weg hineinfinden?«

»Oh ja. Aber sie haben bereits eine Lösung gefunden. Eine ohne VEK und ohne dein Buch.«

»Tatsächlich? Wie ist ihnen das gelungen?«

»Es war eher eine Zufallsidee. Mia ist darauf gekommen. Als ich von meiner Vermutung erzählt habe, dass der Zugang in die Bücherwelt wegen der Herzbande versehentlich offenblieb, meinte sie, man müsse künstlich solche Emotionen erzeugen, um die Bücherwesen abzulenken. Schließlich sind sie überall um uns herum. Wir nehmen sie nur nicht wahr. Und wir wissen nur zu gut, wie versessen sie auf große Emotionen sind. Irgendwann wird wieder ein Portal offenbleiben. Und dieses Mal werden wir dafür sorgen, dass wir es eigenständig öffnen und schließen können.«

Tilda dachte nach. Das klang traumhaft. Ein geregeltes Leben mit Richard ohne diesen ganzen Schwachsinn. Ohne Aussicht auf ein viel zu frühes Ende. Denn wenn die Swans ihr Buch nicht mehr brauchten, dann hieß das doch auch, dass die Prophezeiung hinfällig war. Konnte das tatsächlich möglich sein? Konnten sie die Prophezeiung ungeschehen machen? Fast glaubte sie daran. Und doch bedrückte sie etwas. Titus. Was würde mit seiner Welt passieren, wenn die Swans erst einmal dort waren? Was würde mit ihm passieren? Ob sie ihn jemals wiedersehen würde?

Richard wickelte eine Strähne, die sich aus ihrem Zopf gelöst hatte, um seinen Finger.

»Ich weiß, was du denkst«, sagte er leise. »Aber Titus und seine Welt sind erst einmal nicht in Gefahr. Sie haben es ja noch nicht einmal geschafft, künstliche Emotionen zu erzeugen. Zumindest nicht in der geforderten Stärke. Das allein wird eine Menge Zeit in Anspruch nehmen. Es wird Monate dauern. Und dann ist immer noch nicht gesagt, dass das mit dem Zugang sofort klappt. Die Suche nach dem Weg in die Bücherwelt war schon immer ein Geduldsspiel. Wenn es in dieser Generation nicht klappt, dann eben in der nächsten. Oder der übernächsten. Wir haben keine Eile damit.«

Tilda lehnte ihren Kopf an seine Schulter und atmete die ange-
nehme Nachtluft ein.

»Lass uns tanzen«, sagte sie matt.

62

Die Tanzfläche war fast leer. Tilda wunderte sich, dass nur Musik vom Band lief. Die Musiker hatten sich neben der Bühne versammelt und schienen sich zu beratschlagen. Jürgen König kam angelaufen und hatte einen hochroten Kopf.

»Was ist hier los?«, fragte er wütend. »Sie werden dafür bezahlt, Musik zu machen! Sehen Sie sich doch mal die Tanzfläche an!«

»Es tut uns leid«, antwortete einer der Männer. »Aber unser Sänger hat wohl irgendwas Falsches gegessen. Er kotzt sich die Seele aus dem Leib, wenn ich das so sagen darf.«

»Na dann finden Sie eben einen anderen Sänger! Das kann doch nicht so schwer sein!«, schimpfte Jürgen König. »Ich gebe Ihnen zehn Minuten. Sonst bekommen Sie keinen Cent von mir!«

Tilda sah Richard an.

»Wir müssen Leon finden. Er kann singen!«

Sie deutete nach rechts: »Du suchst auf der Seite, ich auf der anderen. In fünf Minuten treffen wir uns wieder hier!«

Richard war so überrumpelt, dass ihm gar nichts anderes übrigblieb, als Tildas Anweisung zu folgen.

Aufmerksam suchte Tilda die Menge ab. *Hoffentlich ist er noch nicht nach Hause gegangen!* Fünf Minuten waren wirklich nicht lange. Mit Blick auf die Uhr machte sie sich wieder auf den Weg zurück Richtung Bühne, betend, dass Richard Leon gefunden hatte.

Tatsächlich: Da standen sie alle beide, direkt neben der Bühne und hielten einen Sicherheitsabstand zueinander, als würde der andere unangenehm riechen. Richard atmete erleichtert auf, als er Tilda erblickte. Leon stürmte sofort auf sie zu.

»Tilda, was ist passiert? Dein Typ hat gesagt, du brauchst meine Hilfe?«

Tilda lachte. »Mein Typ heißt Richard. So viel Zeit muss sein. Und ich brauche tatsächlich deine Hilfe. Die Band braucht einen

Sänger. Und…« *Wenn ich ihm jetzt sage, dass er Jürgen König damit einen Gefallen tut, sagt er nein.* »Also, weißt du, ich will unbedingt tanzen. Kannst du bitte, bitte einspringen?«

Leon riss die Augen auf.

»Da rauf? Auf die Bühne? Vor den ganzen Leuten? Hast du nen Knall?«

Tilda sah ihn flehend an.

»Bitte, Leon! Sonst ist die Party vorbei. Und ich will heute endlich einmal tanzen.«

Sie senkte den Blick. Ja, Leon dachte offenbar dasselbe wie sie. Diese Situation hatten sie schon einmal gehabt. Bei Emis Hochzeit hatte Tilda auch nur tanzen wollen und Leon hatte abgelehnt.

»Mann Tilda, das ist etwas ganz anderes! Das ist nicht einfach nur ein Tanz!« Er fuhr sich mit der Hand durch seine Haare. »Ich kann das nicht! Weißt du, welche Überwindung es mich gekostet hat, im Café Rastlos für dich zu singen?«

Mittlerweile waren auch die Musiker der Band hellhörig geworden und verfolgten gebannt den Dialog der beiden.

»Bitte«, sagte Tilda eindringlich. »Rette den Abend für mich. Du bist der beste Sänger, den ich kenne. Du … du kriegst auch einen Kuss dafür.« Sie sah aus den Augenwinkeln, wie Richard nach Luft schnappte.

Leon wiegte den Kopf hin und her.

»Süße, ich würde alles tun, um einen Kuss von dir zu bekommen.« Er fasste sie an beiden Händen. »Aber du verlangst da echt viel von mir.«

»Ich weiß«, sagte Tilda. »Und ich setze auch viel dafür ein.«

Leon nickte. »Ich weiß. Also schön. Scheiße Mann, ich geh da rauf!« Er hob drohend den Zeigefinger. »Und du bleibst bis zum letzten Song, ist das klar?«

Tilda grinste übers ganze Gesicht. »Danke!«, rief sie und die Musiker jubelten begeistert.

»Aber vorher«, sagte Leon und nahm Tilda wieder an beiden Händen, »hole ich mir noch meine Bezahlung ab.«

Er beugte sich zu Tilda herunter, die ihn unsicher anschaute. Richard machte einen Schritt auf die beiden zu, blieb dann aber stehen. Tilda schloss die Augen und erwartete Leons Lippen auf den ihren. Sie spürte, wie sein Gesicht immer näherkam und konnte sich nicht entscheiden, ob sie es gut finden sollte. Nur noch ein Millimeter…

Leons Lippen streiften Tildas Mund nur ganz sanft und landeten schließlich auf ihrer Wange. Er platzierte einen Kuss darauf und flüsterte ihr dann ins Ohr: »Nicht so, Süße. Wenn, dann will ich einen richtigen Kuss. Nächstes Mal.«

Er grinste und Tilda lachte verlegen. Richard atmete erleichtert auf.

»Also schön Jungs«, sagte Leon zu den Musikern. »Darf ich ein paar Änderungen im Programm vornehmen?«

»Was sollte das?«, fragte Richard ungehalten.

Tilda gab kleinlaut zurück: »Ich wollte ihn nur überreden zu singen. Tut mir leid! Ich wollte doch nur mit dir tanzen!«

Zerknirscht sah sie ihn an.

Richard schüttelte den Kopf.

»Du hast mich ganz schön ins Schwitzen gebracht. Zum Glück hat er die Situation nicht ausgenutzt. Mach das bitte nie wieder.«

Tilda nickte. *Leon hat die Situation wieder einmal nicht ausgenutzt.*

»Verdammt anständig, dein Bruder.«

Richard seufzte tief.

»Du bist immer wieder für eine Überraschung gut. Aber das liebe ich so an dir!«

Er legte einen Arm um sie und drückte sie an sich.

Gerade als Jürgen König – mit noch immer hochrotem Kopf – angestiefelt kam, sprach Leon ins Mikrofon: »Hey hallo, ihr Tanzwütigen. Es kann weitergehen.«

Jürgen Königs Gesichts nahm augenblicklich wieder einen normalen Farbton an. Leon fuhr fort: »Wir haben kurzfristig umdisponieren müssen, aber jetzt steht einer rauschenden Ballnacht nichts mehr im Wege.«

Er zwinkerte Tilda von der Bühne aus zu.

»Mit dem nächsten Lied möchte ich mich bei einer ganz besonderen Person bedanken. Sie hat mich nicht nur hier auf die Bühne gebracht, sondern sie sorgt mit ihrer bezaubernden Art dafür, dass ich meine Freude am Singen wiederentdeckt habe. Hör gut zu, Süße, das ist für dich.«

Viele neugierige Gäste hatten sich mittlerweile um die Bühne versammelt und schauten sich verwundert um, von wem Leon redete. Tilda lachte leise in sich hinein und ließ sich von Richard auf die Tanzfläche führen.

Der verdrehte die Augen.

»Jetzt kommt bestimmt irgendein schwülstiges Liebeslied.«

»Ach komm schon«, besänftigte ihn Tilda. »Er singt es für uns.«

Dann begann Leon gefühlvoll »When I was your man« von Bruno Mars ins Mikrofon zu singen und die skeptischen Blicke der Menge verwandelten sich in Beifallsstürme.

»Ich wusste es«, sagte Richard genervt, legte aber seine Arme um Tilda und bewegte sich mit ihr gemeinsam im Takt der Musik.

Nachdem die erste Strophe verklungen war, hob Richard überrascht die Augenbrauen.

»Das hätte ich nicht erwartet«, gab er zu. Tilda lächelte selig.

Danke Leon! Danke für dein Verständnis, für deine Zurückhaltung. Danke dafür, dass du mir mein Glück mit Richard gönnst.

Im Nu war die Tanzfläche zum Bersten gefüllt. Leons Stimme lockte die Menschen aus allen Bars ringsum herbei.

»Richard?« Tilda blickte auf. Sie hatte noch etwas auf dem Herzen.

»Was ist los?«

»Irgendwann wird es soweit sein. Irgendwann werden die Swans die Bücherwelt zerstören.«

Richard überlegte kurz. Dann sagte er: »Ja, da hast du vermutlich Recht. Aber ich verspreche dir hier und jetzt, dass ich alles tun werde, um das zu verhindern.«

Tilda lächelte dankbar und schmiegte sich an ihn.

Leon sang die letzten Zeilen von Bruno Mars' Song. Als der letzte Ton vorüber war, machte er eine angedeutete Verbeugung und schaute mit traurigem Blick in Tildas Richtung. Dann bedankte er sich bei seinem Publikum für den überwältigenden Applaus.

Tilda warf ihm eine schnelle Kusshand zu und blickte dann Richard an. »Also?« fragte sie mit einem Grinsen auf den Lippen.

»Also was?«, fragte er.

»Wirst du all das tun, von dem Leon gesungen hat? Wirst du mir Blumen kaufen? Mit mir tanzen gehen? Mir all deine Zeit widmen? Meine Hand halten?«

Er zog die Augenbrauen hoch. »Wir sind heute ganz schön frech Fräulein Hummel!«

Tilda strahlte ihn an. »Wie sieht's aus?«

»Komm her, du!«, sagte Richard zärtlich und zog sie zu sich heran. »Ich lass dich niemals wieder los!«

Epilog

13. Dezember 1908

Anna kniete zusammengekauert in der Kirchenbank und zog sich das große Tuch ins Gesicht, um ihre Tränen zu verbergen. Sie liebte diesen Ort der Stille, abseits der Swans. Keiner von ihnen verirrte sich je hierher. Obwohl sie nicht an Gott glaubte, fühlte sie sich besser, wenn sie hier war. Als wäre jemand da, der sie in den Arm nahm und tröstende Worte für sie sprach. Keiner zeigte Verständnis dafür, dass sie so am Boden zerstört war, seit Richard einfach verschwunden war. Er war wie vom Erdboden verschluckt. Hatten zunächst noch alle gejubelt, weil sie ihn in der Bücherwelt wähnten, so war die Freude bald in Enttäuschung umgeschlagen. Er hatte es nicht geschafft. Einen Monat hatten sie ihm gegeben, maximal zwei. Heute waren es genau fünf Monate, seit er sie verlassen hatte. Ein Foto war alles, was ihr von ihm blieb. Sie trug es immer bei sich.

Vorsichtig zog sie es aus ihrer Weste und musste sich zusammenreißen, um nicht loszuschluchzen. Er fehlte ihr so! Sie wusste, dass alle Ehen der Swans arrangierte Zweckehen waren. Aber sie hatte schon als kleines Mädchen gewusst, dass es bei ihr einmal anders werden würde. Sie träumte davon, einmal die Herzbande zu erleben und mit dem Mann ihres Herzens bis an ihr Lebensende glücklich zu sein. Auch wenn sich der Wunschtraum von der Herzbande nicht erfüllt hatte, so hatte sie doch in Richard den besten Ehemann gefunden, den man sich nur wünschen konnte.

Einen, um den sie alle anderen Mädchen beneideten. Einen, für den ihr Herz schlug.

Er war warmherzig, freundlich und obendrein gebildet und gutaussehend. Sie hatte ihn schon angehimmelt, als sie gerade einmal elf Jahre alt gewesen war. Auch wenn diese Liebe niemals auf Gegenseitigkeit beruht hatte, so hatte er sie doch stets aufmerksam und respektvoll behandelt.

Sie verfluchte Erika und ihre Prophezeiungen. Natürlich konnte sie nichts dafür. Aber hätte Erika nicht diese schreckliche Prophezeiung erhalten, dass Richard der Eine sein sollte, der den Weg in die Bücherwelt finden würde, dann wäre es niemals so weit gekommen. Sie hätten für alle Zeiten glücklich sein können.

Plötzlich hörte Anna Schritte neben sich. Erschrocken sah sie auf. Eine kleine, dick vermummte Gestalt kam direkt auf sie zu. Erst als sie ihren Schal aus dem Gesicht zog, erkannte sie sie. Es war Erika. Ihre Augen waren gerötet. Sie hatte ganz offensichtlich geweint. Anna bekam ein schlechtes Gewissen, dass sie so schlecht über sie gedacht hatte. Schließlich hatte nicht nur sie ihren Ehemann verloren, sondern auch Erika ihren Bruder. Immer wieder staunte sie, dass die beiden genau die gleichen Augen hatten. Das war auch der Grund, warum sie Erikas Anwesenheit kaum ertragen konnte. Aus Erikas Augen schaute sie Richard an und jeder Blick versetzte ihr einen Stich im Herzen.

»Ich muss mit dir reden, Anna«, flüsterte Erika.

»Hier? Wir dürften gar nicht hier sein«, entgegnete Anna.

»Ich weiß. Aber es ist wichtig. Ich hatte eine neue Vision. Eine Vision, die dich betrifft. Dich und Richard.«

Anna schluckte. Sie schöpfte wieder Hoffnung. War etwa doch noch nicht alles verloren? Konnte es sein, dass er wieder zu ihr zurückkehrte? Erwartungsvoll sah sie Erika an.

Die zögerte.

»Ich weiß nicht genau, was ich davon halten soll. Ich werde sie dir jetzt sagen und dann sofort wieder löschen. Denn ich möchte nicht, dass *sie* davon erfahren. Wir hatten genug Wirbel wegen … Richard.« Sie stockte kurz, als sie seinen Namen aussprach. »Präge dir gut ein, was ich dir jetzt sage, denn ich werde in wenigen Minuten nichts mehr davon wissen. Es ist so etwas wie Richards letztes Geschenk an dich.«

Anna nickte nur und erwartete Erikas Prophezeiung.

»Ich sehe in eine Zeit, die weit in der Zukunft liegt. Ich sehe deine Urenkelin. Richard ist bei ihr. Es wiederholt sich alles. Er ist Glück und Untergang für dich. Er ist Glück und Untergang für sie. Sie fühlt wie du und sie liebt wie du. Daran wird sie zugrunde gehen.«

Anna ließ Erikas Worte in ihrem Kopf nachhallen. Dann schüttelte sie den Kopf.

»Er kann nicht dort sein, Erika. Das weißt du.«

Erika zuckte mit den Schultern.

»Natürlich weiß ich das. Es ist absolut unmöglich. Aber du weißt genauso gut wie ich, dass keine Vision jemals falsch war. Eines kann ich dir mit Gewissheit sagen: Es ist Richard! Es sind seine Schwingungen, die ich empfange.«

Anna sah Erika fassungslos an. »Dann lebt er noch?«

»Ja. Das heißt: Ich weiß es nicht. Ich verstehe die Vision ja selbst nicht. Ein Grund mehr, sie ein für alle Mal aus meinem Gedächtnis zu löschen. Denn selbst wenn er in der Zukunft lebt: Wir werden dort niemals hinkommen. Deshalb will ich auch nicht mit diesem Wissen leben. Hast du dir alles gemerkt?«

Anna nickte. »Ja, das habe ich.«

»Gut«, sagte Erika. »Dann werde ich diese Prophezeiung vernichten. Mach damit, was du willst.«

Sie erhob sich und wickelte ihren Schal wieder um Hals und Gesicht.

»Warte«, sagte Anna zögernd. »Warum hast du sie mir verraten?«

Erika hielt kurz inne. »Weil du der einzige Mensch außer mir bist, der ihn wirklich liebt.« Sie lächelte gequält.

»Danke«, sagte Anna leise. »Es bedeutet mir sehr viel zu wissen, dass er noch lebt.«

Sie drückte Erikas Hand. Erika nickte ihr zu und verließ die Kirche.

Abspann: Gregor Meyle – Du bist das Licht

Danksagung

Ich danke dir, liebe Leserin, lieber Leser, dass du mein Buch gelesen hast und hoffe, es hat dir gefallen. Der Weg bis hierher war nicht ganz einfach und eine ganze Menge Menschen ist jetzt schon daran beteiligt, dass es veröffentlicht werden konnte. Als erstes sage ich natürlich Danke an meine drei Kinder und den wundervollsten Mann der Welt: Ihr zeigt mir jeden Tag, dass das Leben unberechenbar bleibt, und dass das genau richtig ist. Ihr seid meine größte Inspiration und Kraftquelle. Danke für eure bedingungslose Liebe!

Ein großes Danke geht auch an meine Eltern und meine Schwestern, die immer hinter mir stehen, egal wie verrückt meine Gedanken auch sein mögen. Besonders möchte ich mich bei Bärbel bedanken: Für deine Geduld mit mir, deine wertvollen Tipps, das viele Lob - und die homöopathischen Satzzeichen. Ich sage auch ein riesiges Dankeschön an alle meine anderen Testleser für eure Zeit und eure Kritik: Danke, liebe Omas, liebe Anja, liebe Corinna, liebe Maike, liebe Martina, liebe Lilo, liebe Marianne, liebe Mariella!

Danke sage ich auch an meinen Verlag und meine Lektorin: Dafür, dass ich so warmherzig aufgenommen und unterstützt wurde (und werde) und die Möglichkeit bekommen habe, meine Geschichten ganz unverfälscht nach außen zu tragen.

Zum Schluss möchte ich von den vielen Musikern, deren Lieder mich so wundervoll beim Schreiben inspiriert haben, drei ganz besonders hervorheben – auch wenn sie dies vermutlich niemals lesen werden: Danke Bruno Mars, danke Gareth Dunlop und danke Gregor Meyle, dass ihr in so wenigen Zeilen so viel aussagen könnt und meine Gedanken zum Sprudeln bringt.

Es ist noch nicht vorbei…

Tildas Geschichte geht noch weiter. Für den Fall, dass du nicht mehr warten kannst, bis der zweite Teil der Bücherwelt-Saga erscheint, habe ich einen Tipp für dich: Folge der Bücherwelt-Saga auf Facebook! Dort erhältst du immer alle aktuellen News rund um die Bücher und viele Hintergrundinformationen dazu. Außerdem gibt es auch hin und wieder etwas zu gewinnen.

Ich freue mich auf dich!

Playlist

Queen: *Crazy little thing called love*
James Morrison & Nelly Furtado: *Broken strings*
Eric Carmen: *All by myself*
Robin Thicke feat. T.I. & Pharrell: *Blurred Lines*
Bruno Mars: *Talking to the moon (Acoustic piano version)*
Sinéad O'Connor: *Nothing compares 2 U*
Ellie Goulding: *How long will I love you*
Jason Mraz: *I won't give up*
Tim Bendzko feat. Cassandra Steen: *Unter die Haut*
Gareth Dunlop: *A whole new world**
Cro: *Einmal um die Welt*
The Beatles: *She loves you*
Edward Reekers: *So schmeckt der Sommer**
Bruno Mars: *When I was your man*
Gregor Meyle: *Du bist das Licht*

Unter folgendem Link findest du die Playlist auf Spotify:
https://open.spotify.com/user/isegrimverlag/playlist/1mp3Jf9jPj
O4yB1mhm9VCW

Unter folgendem Link findest du die Playlist auf Youtube:
https://www.youtube.com/playlist?list=PLQXCPrPqLWpb4hRX
ATcrNk0aqOlEVESh_

* Diese Titel sind auf Spotify leider nicht verfügbar und fehlen in der Playlist.